MONTRÉAL ET L'EAU

DU MÊME AUTEUR

Des pouvoirs et des hommes. L'administration municipale de Montréal, 1900-1950, Montréal et Kingston, McGill-Queen's University Press, 2000.

Municipal Services and Employees in the Modern City: New Historic Approaches (codirection avec Irene Maver et Pierre-Yves Saunier), Aldershot (Angleterre), Ashgate, 2003.

Faire et fuir la ville. Espaces publics de culture et de loisirs à Montréal et Toronto, XIXe *et XX*^e^ *siècles*, Québec, Presses de l'Université Laval, 2006.

Metropolitan Natures: Environmental Histories of Montreal (codirection avec Stéphane Castonguay), Pittsburgh, University of Pittsburgh Press, 2011.

Michèle Dagenais

MONTRÉAL ET L'EAU

Une histoire environnementale

Boréal

Dépôt légal : 1er trimestre 2011
Bibliothèque et Archives nationales du Québec

Diffusion au Canada : Dimedia
Diffusion et distribution en Europe : Volumen

Catalogage avant publication de Bibliothèque et Archives nationales du Québec et Bibliothèque et Archives Canada

Dagenais, Michèle, 1957-

Montréal et l'eau : une histoire environnementale

Comprend des réf. bibliogr. et un index

ISBN 978-2-7646-2095-3

1. Ressources en eau – Aménagement intégré – Québec (Province) – Montréal – Histoire. 2. Aménagement du territoire – Québec (Province) – Montréal – Histoire. 3. Eau – Utilisation – Québec (Province) – Montréal – Histoire. 4. Urbanisation – Québec (Province) – Montréal – Histoire. 5. Environnement – Protection – Québec (Province) – Montréal – Histoire. I. Titre.

HD1696.C24M66 2011 333.91009714'28 C2010-942699-1

ISBN PAPIER 978-2-7646-2095-3

ISBN PDF 978-2-7646-3095-2

ISBN ePUB 978-2-7646-4095-1

Introduction

> *Où est le Saint-Laurent, mon fleuve ? Il est là. On ne l'entend pas. Il est comme le cheval qui attend dans l'écurie. On ne le voit pas. Mais je sens qu'il est là, qu'il coule en faisant semblant de ne pas couler, qu'il embrasse la ville* [...].
>
> RÉJEAN DUCHARME (1967)[1]

L'eau occupe une place de premier plan dans l'actualité. Elle constitue une grande préoccupation dans la population montréalaise : autant l'eau consommée au quotidien que l'eau polluée par les activités humaines et industrielles, ou l'eau vive de l'archipel de Montréal. Demandes d'accès à l'eau à des fins récréatives, mise en valeur et protection des rives de l'île, vieillissement des infrastructures font régulièrement la manchette. Toutes ces questions témoignent de l'importance qu'ont prise les problèmes environnementaux, de l'intérêt que suscitent la qualité des milieux de vie et la protection des milieux naturels. Elles témoignent également de l'attirance de la population pour l'eau vive, attirance facile à comprendre dans le cas d'une ville comme Montréal, sise au centre d'un riche bassin hydrographique, entre le Saint-Laurent et la rivière des Prairies.

Cet attrait pour l'eau est aussi alimenté par une certaine nostalgie à l'égard d'un passé idéalisé où les populations urbaines auraient vécu en harmonie, voire en symbiose avec l'eau. Les pressions exercées sur les pouvoirs publics depuis les années 1960 pour dépolluer les rivières et les lacs et redonner aux populations des fenêtres sur le fleuve ont largement contribué à construire cette image, voire à transformer le désir d'accès à l'eau en un enjeu politique et en une question de droit. Bref, pour des questions tant de santé publique et d'approvisionnement en eau potable que de restauration des milieux naturels et de désir de communion avec la nature, l'eau occupe une place centrale dans la vie montréalaise.

Ces préoccupations sont d'une acuité d'autant plus grande que la naissance de Montréal est étroitement liée à l'eau, comme l'ont montré historiens et géographes en diverses circonstances et depuis les origines de la ville. Comment l'eau a-t-elle été mise à contribution dans le processus d'urbanisation de Montréal ? Comment les rapports entre les Montréalais et l'eau ont-ils évolué depuis deux cents ans ? À ce jour, aucune étude n'a considéré le rôle de l'eau dans l'urbanisation du territoire de Montréal, un processus historique pourtant déterminant dans la configuration de la ville comme dans la manière dont se pose désormais la relation des Montréalais avec l'eau.

C'est l'objectif de cet ouvrage que de montrer la centralité de l'eau et de ses aménagements dans la production de nouvelles formes urbaines depuis le début du XIXe siècle. L'histoire de Montréal y sera abordée avec l'eau comme dimension constitutive du développement de la ville. Une telle approche suppose de concevoir cette histoire comme résultant de relations étroites avec la nature plutôt que comme lui étant extérieure. Seront ainsi mises au jour les transformations mutuelles de la ville et de son hydrologie sur plus de deux siècles. Plus qu'un espace de culture, Montréal y sera considéré comme un espace hybride, produit de processus à la fois naturels et sociaux[2].

Jusqu'à maintenant, les ouvrages qui ont traité de l'eau dans l'histoire de Montréal n'ont pris en compte que certaines dimensions. Les auteurs ont eu tendance à l'examiner de manière fragmentaire, soit en s'intéressant aux infrastructures et à la consommation humaine[3], soit en se penchant sur l'hydrographie ou sur des cours d'eau en particulier. Ainsi, quand on évoque l'eau dans l'histoire de Montréal, on pense d'abord et surtout au Saint-Laurent, au port et à ses activités, et, plus rarement, à la rivière des Prairies ou à ces deux cours d'eau simultanément. Ou alors, les géographes dépeignent la richesse de l'hydrographie montréalaise : ce fut le cas de Joseph Bouchette (1815) comme de Jean-Claude Robert (1994), de Raymond Tanghe (1928) et de Raoul Blanchard (1953)[4]. Ou encore, l'eau est considérée de manière instrumentale, en lien avec les activités qu'elle a rendues possibles sur le plan de l'économie, de la santé ou des loisirs, sans que soient démontrés les processus d'adaptation réciproque des milieux urbain et naturel survenus au fil des siècles.

L'intérêt pour la transformation des relations entre Montréal et l'eau qui forme le cœur du présent ouvrage s'inspire de deux perspectives historiographiques, celle de l'histoire environnementale et celle de l'histoire urbaine. Ces dernières années, de nombreux travaux associés à l'histoire environnementale ont porté sur des cours d'eau. Le Rhin, la Bow ou le Columbia ont donné lieu à de riches monographies qui ont mis au jour les dynamiques naturelles et sociales à la source de leurs transformations dans le temps[5]. Or, en faisant de rivières particulières l'objet central de leur étude, ces auteurs ont eu tendance à les considérer comme des entités autonomes. Ils ont parfois négligé le contexte spatial dans lequel s'inscrit l'histoire de ces cours d'eau. En somme, ceux-ci ont été étudiés d'abord comme des objets naturels. De leur côté, si les historiens des villes se sont intéressés à l'eau, ils ont surtout étudié le phénomène de sa mise en réseau et son impact sur la structuration de l'espace urbain[6]. Ils ont plus rarement cherché à montrer comment les caractéristiques propres aux milieux naturels ont pesé sur la configuration des infrastructures. De même, ils ont parfois traité les éléments naturels comme des objets inertes, en ne tenant pas suffisamment compte des transformations consécutives à leur mise en réseau.

C'est en croisant ces deux perspectives historiographiques que j'ai cherché à reconstituer les processus d'imbrication de l'eau et de la ville dans l'histoire de Montréal. Mais de quelle eau s'agit-il ? Comment est-elle définie ? Je tenterai de l'aborder à la fois dans sa globalité et sous ses diverses formes, en examinant ensemble les cours d'eau qui ceinturent l'île et l'eau qui coule dans les réseaux souterrains. L'eau sera considérée dans ses dimensions concrètes et tangibles, comme élément physique qui se transforme avec le développement de Montréal en même temps qu'il y contribue. Elle sera aussi examinée sur le plan socioculturel, comme une composante cruciale dans la production et la transformation de l'espace montréalais. L'étude de l'eau ne peut se faire sans qu'on tienne compte de ces dimensions, à la fois matérielles et sociales, elles-mêmes interreliées.

Qu'elle soit canalisée ou qu'elle se présente sous forme vive, l'eau a contribué et contribue encore à la structuration du territoire montréalais et des rapports de la population au territoire. Si ses formes et les modalités qui en définissent l'accès et l'approvisionnement résultent des contraintes propres au milieu biophysique, elles découlent autant de l'état des relations sociales et de rapports de pouvoir, d'où l'objectif de considérer la question également sous cet angle. Ainsi, la relation quotidienne avec cet élément n'a rien de fatal ou de définitif, même si les infrastructures qui y donnent accès pèsent lourdement sur les usages. Nos rapports avec l'eau et nos manières de l'utiliser sont tributaires des politiques adoptées et des choix techniques effectués, de même que des transformations de l'environnement, les uns et les autres se modelant mutuellement. En somme, les formes changeantes sous lesquelles l'eau se présente à diverses époques sont constamment produites et reproduites à travers des processus sociopolitiques qu'il importe de mettre au jour[7].

Dans une perspective de longue durée, l'ouvrage entend reconstituer les dynamiques sous-jacentes à la façon dont a été conçue, définie et vécue la relation collective avec l'eau. Celle-ci n'est jamais univoque. Elle suscite des sentiments contradictoires, tout comme dans le cas du rapport avec la nature de manière générale. Pour paraphraser Ari Kelman, on pourrait avancer que la ville (et ses habitants) a toujours eu « avec son environnement une relation tendue qui semblait tout à la fois assurer son avenir et l'assombrir[8] ». De fait, depuis la colonisation européenne, la présence abondante de l'eau est apparue à la fois comme un atout et comme un problème. Voies de communication reliant la ville au continent et au reste du monde, les cours d'eau qui ceinturent l'île ont aussi été considérés comme des obstacles quand la région métropolitaine s'est développée et qu'il a fallu ériger des ponts pour les franchir. Ces affluents ont constitué une formidable ressource pour la consommation humaine en même temps qu'ils ont été utilisés comme poubelle, déversoir pour les déchets, jusqu'à devenir une menace pour la santé. L'attrait des berges a toujours, lui aussi, généré son lot de plaisirs et d'inquiétudes à la fois. Comme nous le verrons, d'ailleurs, c'est bien souvent à travers les menaces qu'apparaît la conscience de l'eau et que se construit le rapport des collectivités avec celle-ci. C'est donc en prenant en compte cette relation antagoniste où l'eau est considérée comme étant tantôt utile, tantôt menaçante, tantôt source de plaisir, tantôt dangereuse pour l'humain que j'aborderai la transformation des rapports de la population avec l'eau dans l'espace montréalais depuis le début du XIXe siècle.

De tout temps, les relations avec l'eau se sont élaborées autour de certains enjeux ; un des principaux, sinon le principal, est celui de son accès. La manière de définir cet accès et de le réglementer, les moyens techniques mis en œuvre pour distribuer l'eau et modeler ses usages et sa consommation sont fonction des rapports de pouvoir et font l'objet de débats publics selon des termes qui varient suivant les époques. C'est en étant attentif à ces débats qu'on peut repérer les acteurs (élus, fonctionnaires, scientifiques, militants) qui pèsent dans les choix et identifier le vocabulaire dans lequel se construisent les rapports du milieu urbain avec l'eau. Cela suppose de considérer l'eau comme un objet historique, à la fois réalité et concept, qu'il convient de dénaturaliser ou, en d'autres mots, d'historiciser[9].

La réalité de l'eau se construit en fonction du regard qu'on porte sur elle et des formes changeantes qu'elle peut prendre. Comment ce regard s'élabore-t-il ? Quels sont les processus qui transforment l'eau en « un objet de connaissance, de gestion, de discours[10] » ? J'ai choisi d'utiliser le terme de « perspectives » pour rendre compte des connaissances, des théories, des valeurs et des croyances en circulation qui déterminent les rapports collectifs avec l'eau. Une fois présenté l'état de l'historiographie sur la question dans le premier chapitre, le reste de l'ouvrage se structurera autour des diverses perspectives selon lesquelles l'eau a été conçue et représentée, des formes sous lesquelles elle se présente, des modalités entourant sa transformation, de ses aménagements et de ses usages. J'ai identifié quatre perspectives qui influencent et accompagnent les manières dont se construisent les rapports entre ville et eau depuis plus de deux siècles. Ainsi, au deuxième chapitre, la réalité de l'eau s'élaborera en lien avec les préoccupations pour la circulation, celle des biens comme celle des personnes. Le chapitre s'ouvre sur le démantèlement des fortifications ceinturant Montréal, en 1801. Cette opération lui fait perdre son caractère de ville ancienne. Le processus d'aménagement qui s'amorce dès lors s'accompagne d'une tentative de réglementer la présence et les usages de l'eau dans l'espace urbain de même que sur les berges. Une première série de travaux sont entrepris qui conduisent à la canalisation ou au recouvrement de certains cours d'eau, et à la démolition concomitante des petits ponts qui permettaient de les franchir. La réalisation des premiers travaux d'aménagement du port participe elle aussi de cette volonté de décloisonner Montréal et de l'inscrire dans un espace de circulation plus large.

Le milieu du XIXe siècle voit s'amorcer une nouvelle période caractérisée par le recours croissant aux moyens techniques pour transformer les milieux, naturels et bâtis. L'adoption de l'idéal sanitaire amène un changement de perspective : l'eau en circulation devient le moyen par lequel assainir et gouverner la ville en voie d'industrialisation. Ce changement, qui forme la matière du troisième chapitre, s'inscrit dans un double processus de transformation. Sur le plan politique, d'abord, l'avènement d'institutions locales marque le début d'une période de municipalisation du territoire montréalais, qui se déploie par le truchement des services de l'eau. Sur le plan écologique, ensuite, on procède à l'adduction de l'eau du fleuve et à sa mise en circulation dans l'espace urbain, au moyen de conduits et de tuyaux. Or le frasil qui se forme à l'entrée du canal de l'aqueduc, principale voie d'approvisionnement de la ville, les inondations des basses terres de la pointe Saint-Charles ou encore les boues qui s'accumulent dans les bassins du port témoignent du fait que le travail d'adaptation des milieux naturels, eux-mêmes en transformation, requiert un entretien et des ajustements constants.

Grâce aux réseaux d'eau potable et d'eaux usées, l'espace montréalais se nettoie et devient de plus en plus salubre. Mais cela se produit par le rejet des déchets hors de ses frontières, dans les cours d'eau et sur les territoires des villes voisines. Dès les dernières décennies du XIXe siècle, l'assainissement de Montréal provoque de nombreuses tensions, qui seront examinées dans le chapitre 4 : dans le port redessiné, entre les municipalités du bassin versant de la rivière Saint-Pierre, sur le versant nord de l'île le long de la rivière des Prairies. Dans un contexte de forte urbanisation, l'utilisation des cours d'eau à la fois pour la consommation humaine et pour le rejet des égouts atteint ses limites. La circulation de l'eau ne suffit plus à garantir sa potabilité. On doit désormais la traiter pour éliminer les substances qui la contaminent, comme le montrent les découvertes bactériologiques. Ces nouvelles connaissances marquent un autre changement de perspective, dont l'adoption se répercute sur le plan environnemental, mais aussi social.

Le recours accru à des moyens techniques pour approvisionner les populations en eau potable permet aux autorités montréalaises d'étendre leur emprise sur une partie croissante de l'île. À partir du moment où la Ville fournit de l'eau potable aux municipalités voisines, elle peut continuer à rejeter ses eaux usées sur les rives nord et sud sans en assumer les conséquences. C'est aussi le cas des riches municipalités situées en amont de Montréal. Tout cela a pour effet de transformer l'hydrologie de l'île par l'intégration des cours d'eau secondaires, avec une partie du fleuve et de la rivière des Prairies, dans le plan de drainage de Montréal, et d'engendrer des inégalités environnementales.

Cela est particulièrement visible du côté de la rivière des Prairies, alors en voie d'intégration au territoire montréalais (chapitre 5). Dans sa partie centrale, la rivière devient le réceptacle des égouts du versant nord de l'île et est de plus en plus considérée comme un des principaux collecteurs du réseau de Montréal. À la fin des années 1920, l'érection d'un barrage et d'une centrale électrique à la hauteur de Sault-au-Récollet contribue à son tour à l'urbanisation de la rivière. La mise en activité du barrage aggrave le problème de pollution de l'eau à cet endroit, puisqu'en modifiant le débit de la rivière il retient le long des rives les eaux usées qui s'y déversent, toujours plus abondantes. Mais le barrage entraîne aussi des retombées sur un autre plan. En atténuant la vigueur des rapides, il altère le débit de la rivière des Prairies, ce qui crée des conditions propices à la baignade. Le secteur devient le lieu de prédilection des villégiateurs et des visiteurs du dimanche. Ici comme ailleurs le long du Saint-Laurent, on trouve des traces de loisirs aquatiques, dont la pratique sera cependant contrariée dans la seconde moitié du XXe siècle.

L'après-guerre et plus généralement les années 1950 marquent une nouvelle période de développement de la région montréalaise. Elle est caractérisée par la reprise intense de l'urbanisation et des grands travaux sur le Saint-Laurent. Opérations de dragage, empiétements et déversements de déchets assaillent le fleuve et les autres plans d'eau de la région. La situation inquiète les amateurs de plein air, à commencer par les pêcheurs et les chasseurs, qui pilotent des enquêtes sur le terrain et entreprennent des campagnes de sensibilisation auprès des pouvoirs publics. La mise au jour des signes de la dégradation des eaux du Saint-Laurent alimente une critique croissante à l'égard du mode de développement et de gestion du territoire montréalais dans l'après-guerre. C'est dans ce contexte qu'émerge une nouvelle façon de penser les rapports entre la ville et l'eau, que j'associe à la perspective écologique. Visant au départ la dénonciation de la pollution du bassin hydrographique montréalais, les débats évoluent vers le projet de démocratiser l'accès à l'eau, pour enfin déboucher sur la volonté de se réapproprier les berges à Montréal. Les milieux naturels et leur protection deviennent la valeur cardinale. L'environnement est malmené par une société urbaine nécessairement coupable de sa détérioration. Les discours omettent ainsi de considérer l'environnement dans sa profondeur historique et comme une réalité hybride, produit des interrelations entre milieux naturels et sociaux.

Les deux derniers chapitres de l'ouvrage évoqueront les transformations survenues depuis dans la ville et la région montréalaises, et présenteront les principaux projets destinés à résoudre les problèmes qui émergent dans ce contexte. La question de la pollution, à laquelle se greffe celle des inondations par suite de l'urbanisation des rives, conduit à une nouvelle définition du territoire montréalais où ville et île sont vues de plus en plus comme des composantes de l'archipel. Bien que tous les plans de gestion des eaux n'aboutissent pas, ils n'en contribuent pas moins à construire une vision de Montréal où l'eau occupe une place majeure. Restauration de la qualité des cours d'eau et des milieux riverains, et revendications croissantes en faveur d'un meilleur accès à l'eau à des fins de loisirs constituent des enjeux centraux de l'histoire récente de Montréal.

Chaque chapitre du livre examinera donc les principaux aménagements dont l'eau a fait l'objet au cours des deux cents dernières années, en cherchant à les situer dans le contexte du développement et de la transformation globale de l'espace montréalais. C'est à dessein que les limites de Montréal ne sont pas clairement définies ou fixées. L'histoire de la ville, de ses cours d'eau et des rapports entre les deux est organisée selon un emboîtement d'échelles, de la ville à l'archipel. Cette perspective découle du projet d'aborder l'histoire de Montréal dans ses rapports avec les éléments naturels, au premier rang desquels se trouve l'eau. En somme, ce sont les configurations changeantes des rapports entre territoire urbain et eau qui constituent la trame du livre.

CHAPITRE PREMIER

Montréal, une ville, une île

C'est en regardant se profiler la métropole au-dessus du bassin de La Prairie et des rapides de Lachine, depuis les lointaines grèves de Sainte-Catherine, rive sud, que l'image s'est imposée. Cet ensemble de 325 îles [...], *coupées du Québec continental mais reliées à lui par une trentaine de ponts, n'est pas facile à définir tellement il est complexe et riche dans sa géographie et son histoire. Et pourtant une formule semble parfaitement lui convenir.* [...] *Montréal ressemble à son insularité* [...], *vue comme lien et rupture dans l'espace et le temps* [...].

LORRAINE GUAY (2000)[1]

C'est effectivement en prenant de la hauteur et en l'observant en perspective qu'on saisit le mieux la double nature de Montréal, comme ville et comme île. Dans les rues de la ville, au centre de l'île, et même à ses marges, cette dimension est difficilement perceptible. Si tous les Montréalais savent bien que leur ville est sise sur une île, elle-même située au cœur d'un chapelet d'autres, peu d'entre eux vivent quotidiennement cette réalité. Nombre d'observateurs déplorent d'ailleurs l'absence de cours d'eau dans le paysage urbain, même si ces derniers n'en existent pas moins.

Cette distance apparente de la ville par rapport à l'eau vive est le produit de processus historiques complexes auxquels les ouvrages de synthèse sur l'histoire et la géographie de Montréal ont largement contribué. Ce chapitre examine les grands travaux publiés sur Montréal aux XIXe et XXe siècles afin de dégager les diverses manières dont l'hydrographie de la région a été perçue, considérée et représentée. Il retrace ainsi les circonstances qui ont conduit à la marginalisation de la place accordée à l'eau, au fur et à mesure de l'urbanisation de la ville et de ses territoires environnants. De la première étude sur le territoire bas-canadien du réputé Joseph Bouchette, arpenteur général du Bas-Canada, en 1815 jusqu'à la série des atlas historiques de la fin du XXe siècle, les auteurs ont été unanimes à voir dans le réseau d'eau qui ceinture Montréal non seulement un atout, mais la base même de son développement.

Située au centre de l'archipel d'Hochelaga, Montréal se trouve au confluent du Saint-Laurent et de la rivière des Outaouais, laquelle s'écoule à partir du lac des Deux Montagnes par quatre bras. Le sud de l'île est baigné par le Saint-Laurent et par les deux premiers bras de l'Outaouais, qui se réunissent à l'ouest du lac Saint-Louis avant de passer par le couloir étroit des rapides de Lachine. Au nord, les deux autres bras de l'Outaouais se séparent pour former les rivières des Prairies et des Mille Îles. Ces deux cours d'eau ceinturent l'île Jésus et s'écoulent sur une cinquantaine de kilomètres avant de rejoindre le fleuve, à l'extrémité nord-est de l'île.

L'objectif de ce chapitre est de décrire dans quelle perspective l'eau a été considérée depuis les deux derniers siècles dans les principaux ouvrages historiques et géographiques. Ce sera l'occasion d'examiner les composantes de l'archipel d'Hochelaga et de suivre les aménagements dont ont fait l'objet certaines de ses parties au fil du temps. Dans l'historiographie des deux cents dernières années, cinq périodes se dégagent qui semblent constituer autant d'étapes dans le domaine des synthèses sur Montréal. Il convient de les étudier une à une.

L'époque de Joseph Bouchette

L'eau occupe une place centrale dans les descriptions de Montréal proposées par les rares études du début du XIXe siècle. La présentation de la seigneurie de Montréal par l'arpenteur général du Bas-Canada, Joseph Bouchette, dans sa *Description topographique de la province du Canada*[2] est certainement la meilleure. Elle sera d'ailleurs fréquemment reprise dans les travaux ultérieurs. L'auteur présente la « superbe île de Montréal » d'une manière telle qu'en le lisant on a l'impression de découvrir le territoire comme si on y déambulait en sa compagnie. L'île, rapporte-t-il, « est de forme triangulaire, de 32 milles de long sur 10 ½ de large, et est située au confluent de la Grande Rivière ou de l'Ottawa [comme on désigne alors l'Outaouais] et du Saint-Laurent. La Rivière des Prairies au nord-ouest la sépare de l'Île Jésus ». Dans sa partie centrale, elle est traversée par de multiples « petites rivières et ruisseaux, tels la Rivière Saint-Pierre, la Rivière Dorval, le Ruisseau de l'Orme, le Ruisseau Notre Dame des Neiges, la Coulée des Roches, le Ruisseau de la Prairie, le Ruisseau Migeon, et quelques autres moins considérables ». Tous ces petits cours d'eau, bien que non navigables, servent à de nombreux usages. À l'est, les rives de Montréal se trouvent à quinze ou vingt pieds au-dessus du niveau du Saint-Laurent, tandis qu'à l'ouest les terres sont plus basses ; la pointe qui s'avance dans le fleuve (la pointe Saint-Charles) est donc une zone marécageuse facilement inondable. Le projet du canal de Lachine, qui traverserait cette partie du territoire montréalais, est alors en discussion. Celui-ci permettrait aux bateaux d'éviter les rapides du Sault Saint-Louis, un obstacle majeur à la circulation sur le fleuve.

Bouchette explique qu'à cette époque toutes les marchandises en provenance de l'ouest et des Grands Lacs sont déchargées à « La Chine », pour être transportées ensuite par la route vers Montréal, sept milles plus loin. De même, toutes les marchandises qui arrivent d'Europe sont transbordées à Montréal, avant de poursuivre leur route vers le nord-ouest. C'est la fameuse opération de rupture de charge identifiée par des générations de géographes et d'historiens comme étant à la source du développement de la ville. Bouchette l'entrevoit quand il aborde les atouts de Montréal au point de vue du commerce :

> Situé près du confluent de plusieurs grandes rivières avec le St. Laurent, [Montréal] reçoit par leur moyen les productions des parties du district les mieux habitées et les plus éloignées, aussi-bien que des États-Unis : c'est en outre le dépôt de la principale compagnie de commerce du nord de l'Amérique, dont les affaires sont si étendues et si importantes. Avec ces ressources, on peut raisonnablement présumer que dans le cours de quelques années cette ville deviendra la plus florissante des États anglais dans le nord de l'Amérique[3].

Ainsi, le fleuve apparaît comme la voie par laquelle le progrès et la prospérité arrivent à Montréal.

Bouchette décrit l'espace montréalais au moment même où le démantèlement de ses fortifications s'achève « pour faire place à des améliorations judicieuses, pour la commodité, l'avantage et l'embellissement de la ville[4] ». Il ne tarit pas d'éloges sur Montréal, dont les « rues sont bien aérées, et les nouvelles, particulièrement, sont d'une largeur commode ». Une fois que le plan de 1801, dans lequel s'inscrivent ces travaux, « aura été mis à exécution [...], aucune des possessions extérieures de l'Angleterre, excepté celles de l'Inde, n'offrira une ville aussi belle, aussi régulière, aussi étendue, ni aussi commode que celle-ci[5] ». Le plan prévoit en outre la construction d'une terrasse le long du Saint-Laurent pour protéger les terres des inondations et des incendies, toujours susceptibles d'éclater dans les chargements de bois entassés sur la grève. On compte également canaliser la petite rivière Saint-Pierre, explique encore Bouchette, et ériger des ponts vis-à-vis les rues principales qu'elle traverse de manière à faciliter la circulation dans la ville et l'écoulement des eaux de surface.

Le port de Montréal fait aussi l'objet de louanges : « Le port de

Montréal n'est pas très-grand, mais il est sûr pour les bâtimens, tout le temps que la navigation de la rivière est ouverte[6]. » Comme ses eaux sont peu profondes, les bateaux doivent accoster à distance de la rive et transférer leur cargaison dans des canots ou des charrettes tirées par des chevaux[7]. Mais le « plus grand désagrément de ce port est le rapide de Ste. Marie [...] dont le courant est si fort que sans un grand vent de nord-est, les vaisseaux ne peuvent aller à l'encontre, et ils sont quelquefois retenus des semaines entières à environ deux milles seulement du lieu où ils doivent décharger leur frêt ». Les explications de Bouchette révèlent combien les activités portuaires sont tributaires des conditions naturelles — ce qui conduit à l'arrêt des activités pendant de longues périodes.

À cette époque où les cours d'eau représentent les principales voies de communication, Joseph Bouchette recense dix « passages d'eau établis pour sortir de l'île dans différentes directions » : « on y trouve toujours tout prêts des batteaux, des canots, des pontons pour transporter les passagers, les chevaux, les voitures, etc. d'un côté à l'autre[8] ». Il mentionne aussi l'existence d'un pont en bois qui traverse la rivière des Prairies entre Repentigny et Terrebonne en passant par l'île Bourdon. Mais celui-ci est détruit peu après sa construction par la pression des glaces au moment du dégel. L'arpenteur conclut en émettant le souhait qu'il soit possible un jour de construire un pont « dont les ouvertures seraient assez élevées pour laisser passer les masses de glaces [...]. Un tel travail serait d'une grande utilité publique, en ce qu'il unirait les grandes routes les plus fréquentées de la province ».

L'étude de Bouchette inclut le chapelet d'îles situées au confluent de la rivière des Prairies et du Saint-Laurent, tout comme celles en aval de Montréal. Il en décrit l'utilisation, certaines servant au pâturage, d'autres accueillant une ou des maisons. Il mentionne également la navigation qui a cours sur l'Outaouais, puis sur la rivière des Prairies. Même si le trafic y est ralenti par la présence des rapides du Sault au Récollet, ceux-ci ne semblent pas empêcher les « radeaux de bois de construction qui descendent l'Ottawa des townships supérieurs [de se rendre] par cette rivière dans le St. Laurent au Bout de l'Île[9] ».

Par cette description minutieuse du territoire montréalais, de ses affluents et de ses caractéristiques, l'arpenteur général du Bas-Canada donne un bon aperçu de la manière dont se présente l'archipel d'Hochelaga au début du XIXe siècle[10]. Il établit en quelque sorte les prémisses de la thèse laurentienne qu'énoncera un siècle plus tard l'historien Donald Creighton. Celui-ci attribue un rôle majeur au fleuve Saint-Laurent comme pivot du système économique qui donnera naissance au Canada[11].

Écrite à la même époque mais nettement plus succincte que l'étude de Bouchette, la *Early History of Montreal* de Newton Bosworth présente également Montréal sous un jour favorable. Lui aussi considère d'emblée l'histoire de la ville et de l'île en soulignant la généreuse présence de l'eau. Il salue l'« esprit d'amélioration locale » dans lequel baigne alors Montréal, à l'origine d'un certain nombre d'aménagements du territoire. Il se réjouit du travail effectué pour couvrir « le ruisseau, ou plutôt le fossé de la rue Craig, véritable nuisance repoussante et dangereuse, niveler la rue McGill, améliorer [...] cette partie du faubourg Sainte-Anne appelée Griffin Town en rehaussant un vaste terrain auparavant marécageux afin de le rendre propre à la construction[12] ». Bosworth fait l'éloge du système d'approvisionnement en eau, estimant que « Montréal est mieux approvisionné [...] que toutes les autres villes du continent, à l'exception de Philadelphie[13] ». Sommaires à l'époque, les installations, gérées par une entreprise privée, n'alimentent cependant qu'une petite partie de la population. Autrement, les Montréalais doivent s'approvisionner auprès des « porteurs d'eau », qui puisent l'eau dans le fleuve.

Ce qui retient le plus l'attention de Bosworth, ce sont les grands avantages que tire Montréal de ses « liens profitables avec toutes les parties du continent où il est possible de faire des affaires ». Il constate que des améliorations notables ont été apportées aux abords du port, de sorte qu'il est désormais possible « de mettre pied sur le rivage aussi facilement que de marcher dans une pièce ». Il relève la présence d'un alignement « de quais superbes et imposants qui bordent le magnifique Saint-Laurent, devant la ville[14] ». Il mentionne enfin les travaux entrepris pour aménager le canal de Lachine, qui, combinés à ceux du port, vont faire de celui-ci l'un des meilleurs ports, « sinon surpasser tous les autres ports d'Amérique du Nord ».

Tout comme chez Joseph Bouchette quelques années auparavant, le Montréal des premières décennies du XIXe siècle décrit par Bosworth apparaît comme un milieu urbain relativement bien aménagé, salubre et organisé. Cela tranche avec le regard sombre et inquiet que jettent sur la ville bien des contemporains, ingénieurs, hygiénistes, journalistes et pamphlétaires. À partir du milieu du XIXe siècle, toutefois, une forte poussée démographique et industrielle provoquera une dégradation des lieux et des conditions de vie qui appellera d'importants ajustements.

L'âge d'or de Montréal

Ce qu'il est convenu de nommer l'« âge d'or de Montréal », au tournant du XXe siècle, va engendrer une seconde série d'ouvrages inspirés par le climat d'optimisme ambiant[15]. Les descriptions élogieuses de Montréal sont à la mesure des vastes travaux entrepris afin de poursuivre la conquête de l'eau et, partant, de l'hinterland et de l'économie. La liste est longue des réalisations qui, depuis les années 1850, ont permis de développer le réseau de distribution, dans la foulée de la municipalisation de l'aqueduc en 1845 : l'élargissement du canal de Lachine, la construction du pont Victoria, l'approfondissement du chenal sur le fleuve, du lac Saint-Pierre à Montréal, puis les travaux d'aménagement dans le port. La période est fertile en progrès de toutes sortes qui permettent aux entrepreneurs montréalais d'étendre leur emprise sur le territoire et leur maîtrise des milieux naturels.

Certains auteurs vont jusqu'à voir dans ces grandes réalisations techniques un signe de la protection divine. C'est particulièrement le cas du professeur de philosophie et d'histoire William H. Atherton, dans son importante synthèse *Montreal, 1535-1914*[16]. Il cite à cet égard les propos évocateurs du principal de l'Université McGill, William Dawson, qui résument assez bien la représentation mystique du destin montréalais promue par quelques historiens de cette génération :

> Là, au confluent de deux grands cours d'eau, le Saint-Laurent et l'Outaouais [...], à l'endroit où le Saint-Laurent devient impropre à la navigation des navires océaniques et où le grand fleuve, pour la dernière fois dans sa route vers la mer, reçoit un apport d'eau gigantesque, au point de rencontre des deux races qui divisent le Canada et au centre d'une plaine fertile [...], nous reconnaissons la promesse de la grandeur future de Montréal, fondée non sur l'assise fragile de la loi humaine, mais sur les décrets immuables de l'Éternel, gravés dans le monde qu'il a créé[17].

C'est donc l'eau, et plus particulièrement le Saint-Laurent, qui alimente et rend possible l'ère de progrès dans laquelle baigne alors Montréal. William Atherton considère cette dimension comme étant centrale, si bien qu'il en traite à plusieurs endroits dans son ouvrage. Acquis aux valeurs libérales de son époque, il accorde une grande place aux activités commerciales et aux moyens de communication, qui mènent nécessairement au port, à ses installations et au fleuve. Dans son ouvrage, comme dans ceux de pratiquement tous les historiens qui lui succéderont, aucune référence n'est plus faite à la rivière des Prairies[18]. Est-ce parce que la rivière est située « à l'arrière de la ville », comme certains l'évoquent parfois — d'où d'ailleurs le nom de « Back River » utilisé par les anglophones pour la désigner —, qu'elle ne paraît plus présenter d'intérêt à leurs yeux ? Certes, le cours d'eau ne constitue en réalité qu'un des bras de l'Outaouais. Il n'empêche que l'absence de références à la rivière des Prairies révèle l'évolution survenue dans la représentation de Montréal. Ce n'est plus en fonction de l'île, mais bien davantage de sa façade fluviale que sont considérés son histoire, son avenir et son destin. C'est par le Saint-Laurent, situé « à l'avant » de Montréal, que le transport maritime se fait, que les richesses arrivent, que les marchandises transitent. Ainsi, plus la maîtrise technique des eaux est grande, plus la vision de l'archipel se morcelle et se restreint, pour se concentrer uniquement sur le fleuve et le port de Montréal.

La contribution des géographes des années 1920-1940

Au cours de l'entre-deux-guerres paraissent un lot d'ouvrages offrant un portrait beaucoup plus documenté de l'archipel de Montréal, de ses composantes et de ses cours d'eau. Stimulés en partie par les célébrations entourant le tricentenaire de Montréal en 1942, les travaux les plus significatifs sont produits par des géographes, dont le célèbre Raoul Blanchard. Ces auteurs délaissent la prose triomphaliste de la période précédente, qui faisait l'apologie du fleuve et, plus encore, du port et des grands commerçants montréalais. Cette attitude s'inscrit-elle dans une volonté d'appropriation symbolique de Montréal et du Saint-Laurent[19] ? C'est ce que suggère le géographe Raymond Tanghe quand il attribue au fleuve la qualité de « fleuron de notre patrimoine national ». Son ouvrage compte, avec ceux de Raoul Blanchard, de Camille Bertrand et de Stephen Leacock, parmi les quatre travaux majeurs de l'époque[20], qui présentent avec force explications les éléments géographiques — notamment l'hydrographie — et historiques les plus importants dans l'histoire de Montréal.

« L'eau est l'élément qui fixe le mieux l'homme à la terre », affirme Raymond Tanghe dans sa *Géographie humaine de Montréal.* Elle occupe d'ailleurs une place centrale dans son interprétation de l'histoire, notamment dans celle de la ville : « Qu'il s'agisse d'exploration, de conquête, de mise en valeur, la pénétration dans tous les pays neufs s'est faite par les rivières et les grandes routes de la civilisation se décalquent presque toutes sur les fils bleus que tracent les grands fleuves sur nos cartes. Montréal à ce titre mérite véritablement le nom de Métropole[21]. » L'auteur apporte un grand soin à la présentation des quatre composantes du « plexus routier » au centre duquel est situé Montréal : les routes de l'Océan, des Grands Lacs, de l'Outaouais et du Richelieu-Hudson. Tanghe revient ainsi à une vision ample de Montréal, situant la ville dans une vaste hydrographie composée des principaux cours d'eau alimentant le Saint-Laurent.

Mais cette situation de carrefour n'aurait pu suffire seule à fonder la fortune de Montréal, affirme Tanghe en se demandant pourquoi Montréal est devenue la métropole plutôt que Sorel, Trois-Rivières ou Québec, eux aussi situés sur le Saint-Laurent. C'est que la ville se trouve sur un site avantageux, une distinction cruciale pour l'auteur :

> Montréal doit son existence et son développement à un fait de circulation : c'est une ville de transit et ce pour une double raison : 1° Parce qu'elle est desservie par trois grandes routes naturelles : le Saint-Laurent, le Richelieu (prolongé par le lac Champlain et l'Hudson), et l'Ottawa [...]. 2° Parce qu'elle se trouve au point où des obstacles barrent deux de ces grandes routes naturelles, ce qui la fait bénéficier de l'arrêt dans la circulation. En effet, si les rapides de Lachine ou ceux de la rivière des Prairies n'existaient pas, les routes se poursuivraient sans « cassure » et la valeur de situation qui résulte de cette résistance au passage serait reportée au site de la première barrière insurmontable sur la route[22].

Contrairement aux auteurs qui attribuaient à Dieu le développement remarquable du site, Tanghe estime que le travail humain a été essentiel pour parvenir à tirer le plein potentiel de la nature : « Ayant hérité du magnifique réseau de voies navigables [...], l'homme s'est appliqué à accroître leur sécurité. Il a édifié, sur le tracé fantaisiste et parfois désordonné que la nature avait fait, des ouvrages propres à en corriger les inconvénients, il a adapté ces routes à ses besoins ; les progrès de la navigation et les nécessités économiques toujours plus impérieuses ayant rendu le réseau naturel inadéquat[23]. » C'est donc par le travail entrepris pour « humaniser » les « routes naturelles » qu'on a fait de ces dernières une partie de l'actif humain. « "Vivre, c'est vaincre", poursuit le géographe, [...] il ne faut donc pas nous contenter de jouir béatement des avantages d'une situation acquise, il faut marcher de l'avant[24]. » Au-delà de « l'immensité du Saint-Laurent [qui] semblait défier toute entreprise d'établissement de ponts », l'auteur insiste sur « la masse imposante de structures métalliques, enchevêtrement ordonné de milliers de poutres et poutrelles, [qui] révèle le gigantesque effort accompli[25] ». Ainsi, pour construire le pont entre Montréal et Caughnawaga (comme on désigne alors Kahnawake), « il a fallu endiguer ces flots tumultueux, couler des caissons de maçonnerie, lancer des tabliers au-dessus de l'abîme... des travaux de titans ».

L'obstacle majeur auquel se bute encore le génie humain à l'époque où Tanghe publie son ouvrage, c'est le long hiver qui paralyse la circulation navale durant sept mois. Certes, explique-t-il, des ponts de glace sont aménagés et entretenus par le service de la voirie. Mais les inconvénients demeurent, comme le fait que l'hiver réduit de 40 % les possibilités de « notre » port[26]. Source de fierté depuis les débuts de l'histoire de Montréal, le port occupe aussi une place de choix dans l'œuvre de Tanghe. Ce dernier décrit avec force détails son histoire, sa position, ses huit milles et demi de quais, « susceptibles de recevoir à la fois 125 navires ; toute une flotte, et si l'on songe aux possibilités indéfinies de développement futur, l'avenir de notre port se présente sous les plus encourageants aspects ».

Le géographe Raoul Blanchard pousse un cran plus loin la présentation de l'archipel montréalais, en l'assortissant d'explications sur sa configuration. Il considère autant les phénomènes physiques que les phénomènes humains, selon l'état des connaissances disponibles ; et lorsque celles-ci demeurent parcellaires ou incertaines, il propose des hypothèses. C'est une des raisons pour lesquelles son travail est passé à la postérité, alors que celui de Tanghe, malgré des qualités indéniables, a pratiquement sombré dans l'oubli[27].

Blanchard publie deux grandes études sur Montréal : une sur la plaine de Montréal, l'autre sur la ville comme telle[28]. C'est dans la première qu'il se penche sur le réseau hydrographique ; il en fait l'examen à partir de la fin de la mer de Champlain, apparue il y a quelque douze mille ans. « Les cours d'eau de la plaine de Montréal, constate-t-il, sont les modestes successeurs immédiats de la mer de Champlain », qui a disparu il y a environ deux mille ans[29]. Dans une prose élégante et précise, le géographe compare la plaine de Montréal à

> une sorte de Mésopotamie complexe, un assemblage de mésopotamies partielles, entre le Richelieu et le fleuve, entre celui-ci et l'Assomption, entre le Saint-Laurent et l'Ottawa. Grand avantage pour une région d'être ainsi lacérée de grandes voies d'eau convergentes, qui offriront les premiers moyens de communication. [...]
> Nous voyons les tracés se conformer à la direction des chenaux que les courants de la mer de Champlain expirante avaient maintenus libres d'alluvions entre les môles des collines. C'est ainsi que le Saint-Laurent s'incurve à la hauteur de Montréal pour venir s'adapter au chenal resté ouvert entre le Mont Royal et Saint-Bruno ; que l'Ottawa tourne par plusieurs bras l'obstacle de la colline de Montréal[30].

La direction des cours d'eau aurait donc été déterminée par les courants de la mer de Champlain au moment de sa disparition. La description que fait ensuite Blanchard des régimes des eaux éclaire notre compréhension de l'hydrologie montréalaise : « Des cours d'eau roulant à fleur de sol, présentant les plus vifs contrastes de largeur et de profondeur au long de leurs tracés, passant de l'état de lacs sans courant à celui de rapides blancs d'écume, tel est le spectacle que nous offrent les rivières, petites ou grandes, de la plaine de Montréal[31]. »

Même si, à l'échelle humaine, l'époque de la mer de Champlain peut sembler lointaine, les composantes de l'archipel montréalais sont d'une jeunesse extrême, pour reprendre les termes de Raoul Blanchard. Ainsi, les lits des rivières existantes ne suivent pas les anciens talwegs de celles des ères préglaciaires, ce qui expliquerait la présence de nombreuses îles sur le Saint-Laurent, sans doute « le plus jeune fleuve de la terre » : « Les cours d'eau de la plaine en sont juste au début de l'aménagement de cet ancien fond de mer. Ce n'est pas par une rencontre fortuite que l'aspect de la plaine de Montréal évoque les paysages marins ; les traces du séjour de l'Océan restent presque intactes et l'érosion fluviale commence à peine à l'oblitérer[32]. » Si la navigation est possible sur une grande partie de ces cours d'eau, le géographe explique, comme d'autres avant lui, que la présence de nombreux rapides « verrouillent » le passage. En homme de son époque, Blanchard est soucieux de relier ce fait naturel à ses potentialités économiques et humaines. Il ajoute ainsi que « l'industrie tirera profit des conditions qui tracassaient la navigation » ; et « c'est le long de ces secteurs difficiles que nous trouverons les plus fortes concentrations d'hommes ». La glaciation est donc à l'origine des ruptures de pente qui ont fait naître de nombreux rapides, lesquels seront transformés en énergie hydraulique, puis hydroélectrique. Au moment où Blanchard publie son livre, il estime à 685 000 chevaux-vapeur la force hydroélectrique de la plaine. À son avis, cette énergie, à laquelle s'ajoute l'énergie des centrales de la Shawinigan et de la Southern Canada, est trop grande pour les besoins de la plaine ; celle de la centrale de Beauharnois est par conséquent vendue en Ontario.

La seconde étude de Blanchard[33], consacrée à la ville de Montréal comme telle, adopte une perspective ample qui englobe les trois îles du confluent du Saint-Laurent et de l'Outaouais — l'île de Montréal, l'île Jésus et l'île Bizard : l'auteur soutient que « jusque dans les recoins les plus éloignés de ce domaine insulaire, l'influence de la ville demeure souveraine[34] ». Cette remarque témoigne bien de la conception progressiste qui caractérise le travail de Blanchard et offre des pistes de réflexion concernant l'avenir de la région. Son regard sur

Montréal se distingue encore par la large place réservée aux composantes sociales de la ville et aux caractéristiques du bâti, des dimensions moins directement liées au sujet qui nous occupe[35].

Ce qui retient davantage l'attention dans le contexte de la présente étude, c'est l'évocation des pratiques touristiques des Montréalais, que Blanchard associe à trois sites : les rives de la rivière des Mille Îles, celles de la rivière des Prairies, puis celles du Saint-Laurent. Sa description des citadins « venant chercher hors de l'agglomération l'air, la lumière, le spectacle des arbres et des eaux » donne une idée de l'état des lieux de villégiature durant l'entre-deux-guerres. Les réflexions du géographe sont très riches sur les relations entre les divers milieux et sur la tendance de « la ville qui continue à se déverser sur la campagne d'un flot puissant et qui paraît intarissable[36] ».

Deux autres synthèses historiques majeures sont publiées au cours de la prolifique période de l'entre-deux-guerres, dans le contexte du tricentenaire de Montréal : celle de l'archiviste Camille Bertrand, et celle de l'économiste et écrivain bien connu Stephen Leacock[37]. Les deux ouvrages sont organisés selon une chronologie calquée sur l'histoire politique, l'un coloré par une perspective nationaliste canadienne-française, l'autre par une perspective whig[38]. Plus sensible au milieu physique montréalais, le *Montreal Sea Port and City* de Leacock renoue avec la vision romantique de la période de l'âge d'or. La monographie met en exergue les grandes réalisations qui jalonnent l'histoire de la ville et la conquête du Saint-Laurent. Le port — « l'un des plus grands au monde » — occupe une place de choix. Son développement paraît sans limites sous la plume de Leacock : « Le port de Montréal possède l'extraordinaire avantage naturel de pouvoir s'étendre à l'infini. La nature a placé des obstacles en amont, mais non en aval. Le port peut vivre indéfiniment[39]. » À travers les longues descriptions des différentes phases de développement, l'auteur célèbre les prouesses techniques des ingénieurs. Il s'étend aussi sur l'érection des ponts — Victoria au XIXe siècle, Jacques-Cartier au XXe — et sur les travaux effectués pour maîtriser le fleuve, protéger contre les inondations, ouvrir Montréal sur l'avenir par l'aménagement de la voie maritime du Saint-Laurent, alors à l'état de projet. Sa vision demeure néanmoins imprégnée d'un grand respect vis-à-vis des forces de la nature, comme l'indiquent les développements sur les inondations, les glaces et, plus encore, la magie de la mer. Cette dernière est évoquée pour son importance dans l'économie montréalaise, mais aussi pour sa beauté et son charme : « Montréal possède un panorama d'une beauté rare et pittoresque ; la montagne et le fleuve et l'horizon lointain lui confèrent, pour l'œil, un intérêt sans égal. Ce lieu porte en lui tout le charme romantique de son riche passé[40]. » Si la vision est convenue, il est à noter que ces éléments du paysage ne seront plus vraiment soulignés dans les décennies suivantes, plutôt moroses.

La période en est une d'optimisme, tant chez les géographes que chez les historiens, comme au XIXe siècle. Montréal est toujours considéré comme une grande ville, une métropole. La ville a beau écraser de sa masse la plaine environnante, « comme l'araignée au milieu de sa toile », pour reprendre la formule de Raoul Blanchard, et être coupée du monde durant les longs mois d'hiver, elle est présentée en des termes positifs, voire laudatifs. Les avantages de sa situation et de son site l'emportent indéniablement sur les inconvénients, qui, au demeurant, ont presque tous été surmontés par l'ingéniosité humaine. Cet optimisme affiché par les auteurs, dont les travaux ont été écrits durant la crise des années 1930, vise-t-il à conjurer le sort ? On pourrait le penser. La grande dépression a frappé particulièrement l'économie montréalaise, qui prend du temps à s'en remettre. Certains signes indiquent déjà que Montréal est en voie d'être détrôné comme métropole canadienne. Le vif débat rapporté dans presque tous les ouvrages sur le projet d'aménagement d'une voie maritime sur le Saint-Laurent, qui permettrait aux océaniques d'atteindre directement les Grands Lacs, en constitue un indice probant. Même chez les auteurs qui entrevoient cette réalisation d'un œil positif, on sent bien poindre l'inquiétude. Que deviendra le grand terminus du Saint-Laurent quand les navires passeront outre le port montréalais ?

Dans le creux de la vague : les années 1960-1990

« Il était universellement reconnu que Montréal produisait la meilleure impression à une bonne distance et quand on l'approchait par le fleuve[41] », affirme l'historien John Irwin Cooper dans son ouvrage sur Montréal, quand il aborde la fin du XIXe siècle. Il contribue ainsi à donner le ton à la production savante de son époque. À partir des années 1950, « le Montréal qui est présenté [...] ne ressemble nullement à la grande métropole canadienne débordante d'enthousiasme et d'optimisme que décrivait jadis un Raoul Blanchard[42] », observe le géographe Frank Remiggi. Les travaux insistent désormais davantage sur les obstacles qu'il a fallu surmonter pour tirer parti de la présence de l'eau à Montréal que sur les réalisations accomplies.

Ces travaux se font peut-être l'écho du nouveau contexte créé par l'ouverture de la voie maritime du Saint-Laurent, qui fait perdre à Montréal son avantage de port océanique intérieur le plus avancé. Comme l'explique Cooper, « l'ouverture à la navigation en eau profonde en amont de Montréal semblait destinée à réduire la reine des villes fluviales à une petite ville fluviale comme les autres[43] ». C'est en 1959 que la voie maritime est inaugurée par la reine Élisabeth et le président américain Dwight Eisenhower, un siècle après l'inauguration du pont Victoria par le prince de Galles. Mais le contexte a bien changé entre-temps, et Montréal a depuis été relégué au second plan, au profit de Toronto. La nouvelle autoroute maritime entraîne la croissance des activités portuaires dans l'est de la province, lesquelles sont désormais liées surtout à la réception et au transport des marchandises par conteneurs. Dans la foulée se développe aussi un port pétrolier qui s'étend jusqu'à Sorel. Ces aménagements creusent la distance physique entre la ville et le port, un processus qui se poursuit depuis les grands travaux de la fin du XIXe siècle[44].

Le fleuve est soustrait encore davantage de la vie des Montréalais ; la construction d'un nombre important de ponts au pourtour de l'île vient atténuer fortement la réalité insulaire de la métropole. Le mouvement est amorcé au milieu des années 1920 avec le début de la construction du pont Jacques-Cartier, suivie de celle du pont Honoré-Mercier dans les années 1930. Conçus pour la circulation automobile, ces ponts représentent une grande nouveauté. Des ponts routiers sont aussi aménagés du côté de la rivière des Prairies à la même époque (Pie-IX, Pierre-Le Gardeur, Médéric-Martin, etc.)[45]. Dans les années 1960, deux autres ponts sont érigés aux mêmes fins (Champlain et Louis-Hippolyte-La Fontaine), et le pont Victoria est élargi.

Les travaux de cette période témoignent à leur façon de ces importants changements : les cours d'eau y occupent une place secondaire. Le Saint-Laurent n'est plus guère évoqué, sinon accessoirement, en lien avec la présence et le rôle du port dans l'économie montréalaise. Si l'ère ferroviaire avait entamé partiellement la suprématie de la navigation, l'ère de l'automobile relègue cette dernière au dernier rang. Ainsi, la marginalisation de l'eau succède à la vision instrumentale projetée par les auteurs du XIXe siècle et de la première moitié du XXe[46]. Bien que ce constat n'étonne pas en ce qui concerne les synthèses historiques, qui s'étaient rarement étendues sur le sujet, il déconcerte un peu dans le cas des travaux de géographes. Les trois ou quatre ouvrages de géographie publiés durant les années 1960-1990 ne traitent pratiquement pas des éléments naturels de Montréal, ou les considèrent comme des composantes du bâti, ni plus ni moins[47]. Dimension pourtant essentielle de cette discipline, l'espace est présenté comme étant composé de béton et d'asphalte. Il est surtout étudié pour les groupes sociaux, dont on analyse la distribution sur le territoire et les conditions de vie[48]. Il est vrai que, au-delà de l'effet de la conjoncture sur les écrits des géographes, le changement de perspective s'explique aussi par l'évolution de la discipline. Rompant avec l'approche descriptive et globale de la génération de Blanchard, les géographes s'intéressent désormais à des thématiques plus particulières. Ils sont plus ouverts à la théorie et cherchent à déterminer, davantage que les particularismes, les éléments systémiques pouvant expliquer des situations données[49].

La deuxième fin de siècle : de nouvelles perspectives ?

Le ton est moins morose dans les études historiques et géographiques les plus récentes, qui présentent des analyses formulées en termes d'enjeux et de défis plutôt que d'obstacles et de revers. La synthèse de Paul-André Linteau[50], qui jette un regard neuf sur l'histoire de Montréal, est un des ouvrages notables. L'auteur s'y montre nettement plus analytique que ses prédécesseurs, mais il ne se penche pas sur la présence de l'eau ou de ses multiples incidences dans la vie des Montréalais. Ainsi, son *Histoire de Montréal depuis la Confédération* consacre de nombreuses pages aux transformations successives du port — un sujet de prédilection de l'auteur —, mais en traitant celui-ci surtout comme une composante du secteur des transports. C'est aussi selon cette perspective que Linteau examine l'avènement de la voie maritime à la fin des années 1950, tandis qu'il insère le mouvement de construction des ponts à la même époque dans une analyse de l'expansion suburbaine et du problème de l'étalement.

Trois ouvrages se démarquent par une interprétation de l'histoire de Montréal où le cadre physique et l'environnement bâti servent d'axes structurants. Le premier, de l'architecte et urbaniste Jean-Claude Marsan[51], est paru pour la première fois au cours des années 1970 ; il a été revu et mis à jour en 1994. L'auteur signale dès l'introduction son intention d'aborder cette histoire à partir d'une perspective environnementale se rapportant essentiellement au bâti. Il n'est pas étonnant que l'historien de l'architecture privilégie ce cadre, compte tenu de son domaine de spécialisation ; mais il étudie son sujet en cherchant parfois à établir des liens avec l'environnement naturel. Il se penche ainsi sur la présence de l'eau dans la ville, jusqu'aux grands travaux d'aménagement du XIXe qui ont conduit à sa canalisation en divers endroits. Dans la version mise à jour de l'ouvrage, il évoque les problèmes provoqués par la pollution de l'eau et la transformation du Saint-Laurent. Cette préoccupation s'exprime dans un long développement sur les divers scénarios de récupération des rives pour y aménager des parcs. L'auteur mentionne d'abord l'esquisse d'un plan directeur élaborée par le Service d'urbanisme de la Ville de Montréal en 1944. Puis il évoque tour à tour la création du parc des Îles à la fin des années 1980 et le travail d'aménagement du Vieux-Port en espace récréotouristique, inspiré par le mouvement continental de revitalisation des installations portuaires.

La fin du XXe siècle est ainsi marquée par une préoccupation croissante à l'égard des environnements naturels, et plus précisément des problèmes provoqués par leur dégradation. Les travaux publiés portent un regard neuf sur la présence de la nature et de l'eau à Montréal, les relations entre espaces urbains et agricoles, l'aménagement du territoire, le processus d'appropriation des espaces urbains par la population. L'ouvrage collectif *Montréal 2001*[52], publié sous la direction de Claude Manzagol et de Christopher R. Bryant à l'occasion du cinquantième anniversaire du Département de géographie de l'Université de Montréal, en est un bon exemple. Le recueil établit des ponts avec les riches travaux des années 1930 et 1940, et replace Montréal dans une dynamique spatio-temporelle plus large, notamment à l'échelle de la région[53].

C'est Jean-Claude Robert qui, dans l'*Atlas historique de Montréal,* présente le travail le plus complet d'interprétation du cadre physique et naturel de l'histoire de la ville depuis ses origines. Publié dans le contexte du 350e anniversaire de Montréal, l'ouvrage s'inscrit dans la foulée des atlas historiques du Québec parus depuis une vingtaine d'années[54]. À travers l'examen de cartes et de plans produits depuis le XVIIe siècle, Robert reconstitue les grandes étapes de cette histoire et du développement urbain. Dans l'esprit des travaux de Raoul Blanchard, il présente d'emblée la ville comme étant « née du Saint-Laurent, et plus particulièrement des rapides de Lachine, qui interrompaient toute navigation continue entre la mer et les Grands Lacs. Dans l'évolution du site, ces deux éléments ont toujours joué un rôle déterminant : le premier en offrant un véritable réseau de voies de communication vers l'intérieur avec ses différents affluents, et le second en obligeant les voyageurs à mettre pied à terre[55] ». Pour chaque période, l'auteur se penche sur la place de l'eau dans le paysage urbain, les usages qui sont faits de cette ressource et les progrès de la navigation. Comme les autres auteurs, cependant, il s'en tient à une vision essentiellement instrumentale de l'eau : une fois qu'il a expliqué comment ont été surmontés les obstacles liés à son exploitation, dans les premières décennies du XXe siècle, il n'en fait pratiquement plus mention par la suite. Ainsi, la dernière partie de l'atlas aborde l'histoire de Montréal en se concentrant sur la dimension socioéconomique de la période.

Cette longue historiographie sur Montréal, produite depuis plus de deux siècles, offre des pistes très riches. Elle comporte des repères temporels et spatiaux essentiels qui replacent en contexte certains des aménagements dont l'archipel d'Hochelaga a fait l'objet depuis le début du XIXe siècle. Elle permet en outre de saisir à quel point la transformation de Montréal s'est fondée sur les voies d'eau qui l'entourent, lesquelles en ont été radicalement modifiées. Dans les prochains chapitres, j'examinerai certains travaux de manière plus approfondie, avec le souci de rendre compte des interactions entre eau et urbanisation, et de leurs répercussions sur l'organisation spatiale de Montréal.

CHAPITRE 2

Les sources d'une nouvelle définition de la ville

La vieille ville, dont on reconnaît les limites grâce aux vestiges des anciennes portes [...] *et des fortifications qui assuraient sa protection, formait un rectangle, mais comme les anciens faubourgs font maintenant partie de la ville, le contour de son territoire actuel est très irrégulier.*

THOMAS DOIGE (1819)[1]

L'abolition des anciennes murailles de Montréal [...] *a entièrement fait disparaître ces anciennes* [...] *limites de la ville et des faubourgs* [...]. *C'est un mal qui demande un pressant remède, facile à apporter. On pourrait appeler* ville [...] *tout le terrain compris dans les limites suivantes* [suit l'énumération de ces limites]. *Les poursuites en exécution des actes des chemins, des règlemens de police, &c., demandent aussi que ces lignes de division entre la ville et la campagne soient bien connues.*

JACQUES VIGER (1825)[2]

La démolition de l'enceinte de Montréal au début du XIXe siècle marque un tournant majeur dans l'histoire de la ville. Avec elle tombent la certitude du paysage et la représentation de la ville comme un espace précis et fermé. Dépouillé de ses limites familières, Montréal est présenté comme une masse aux contours flous et irréguliers par Thomas Doige, dont le texte exprime un inconfort manifeste. L'inspecteur des chemins Jacques Viger, de son côté, appelle à la constitution de nouveaux repères qu'il s'agira d'inscrire dans le paysage, la gestion de l'espace et la conscience des citadins, en remplacement des anciens gravés dans la pierre, le mortier et la mémoire.

Le démantèlement des fortifications ceinturant Montréal constitue le signe visible de la redéfinition de la ville, de ses frontières, de ses composantes et de son organisation. Il survient à la suite de l'élargissement substantiel de ses limites en 1792 ; le périmètre englobe dès lors un espace beaucoup plus vaste que le seul territoire bâti, les nouvelles frontières étant établies en anticipation de la croissance future. L'agrandissement et le décloisonnement du territoire montréalais témoignent d'une conception désormais dynamique de l'espace. Ils signalent aussi l'avènement de l'idée de circulation, comme mode à la fois de gouvernement et de fonctionnement[3]. Désenclavée, la ville devient partie intégrante de l'espace plus vaste du Bas-Canada, où la circulation des biens, des capitaux et des personnes acquiert une importance croissante.

Montréal se transforme en « un moyen, un lieu d'exercice de *fonctions* », d'où la nécessité de l'« ouvrir plus largement [...] aux flux qui l'animent[4] », comme l'explique le géographe Marcel Roncayolo dans son analyse des mutations des représentations de la ville à la fin du XVIIIe siècle. L'eau ne fait pas d'emblée l'objet de discussions ni de politiques particulières. Dans les documents de l'époque, elle est d'abord vue comme un obstacle à franchir, à contourner, à détourner ou à traverser de manière à faciliter les déplacements. L'eau apparaît en filigrane dans les discours sur l'aménagement des voies de circulation hors et dans la ville : chemins, ponts, rues, etc. Mais au cours du travail effectué pour favoriser le développement des chemins et des rues, la réflexion se construit. L'eau devient ainsi un objet à administrer, un élément de plus en plus considéré dans les schémas d'aménagement, pour lequel des règlements particuliers sont adoptés[5].

Dans ce contexte, la question de l'eau et, particulièrement, de sa circulation gagne en importance. L'eau, surtout stagnante, dérange : elle bloque la circulation, accumule les déchets, exhale des miasmes[6]. Synonyme d'insalubrité, réelle ou imaginée, celle des ruisseaux, des fossés et de la grève contrarie les efforts déployés pour aménager la ville en un lieu d'exercice de fonctions et un espace de circulation. Ces eaux de surface sont perçues comme étant le signe tangible de l'inadaptation du milieu montréalais aux transformations en cours. Leur odeur, leur texture, leur seule présence alimentent les critiques à l'égard des moyens limités dont disposent les autorités pour gérer la ville. L'eau vive, en particulier le Saint-Laurent, fait aussi l'objet de discussions et de projets d'aménagement, qui conduisent à la redéfinition des berges.

Les rapports entre la ville et ses eaux participent ainsi d'une double dynamique : perçue de manière négative, l'eau, et plus particulièrement l'eau de surface, est considérée comme une menace ; sous son versant positif, l'eau, notamment celle du Saint-Laurent, devient une ressource[7]. Dans un cas comme dans l'autre, dans la ville comme sur la grève, les débats sur les eaux préparent et accompagnent les aménagements dont elles font l'objet.

Après avoir passé en revue les diverses lois votées afin d'organiser le territoire montréalais, ce chapitre se penche sur le travail déployé pour réglementer la présence de l'eau dans la ville et sur la grève. Il aborde aussi les récits de voyage de l'époque, par lesquels il est possible de cerner les rapports entre la ville en cours d'urbanisation et le Saint-Laurent, principale voie de communication avec le continent et le monde. L'eau et ses aménagements sont au cœur du processus de redéfinition de Montréal dans les premières décennies du XIXe siècle et participent à la volonté de réformer l'espace urbain.

La ville se définit par ses voies de circulation

Le travail de redéfinition de Montréal s'amorce dès avant la fin du XVIIIe siècle. Les autorités coloniales procèdent d'abord à la délimitation du périmètre de la ville, désormais conçue comme un espace urbain spécifique, puis elles entreprennent la démolition des fortifications.

Un nouveau cadre de développement urbain

Au début du XIXe siècle, le territoire montréalais est représenté suivant deux cadres de référence. Le premier, plus ancien et étroit, a été établi en fonction d'impératifs militaires et s'incarne dans les fortifications qui, d'abord en bois, puis en pierres, entourent la ville depuis plus d'un siècle. Le second, bien plus étendu et plus récent, découle d'une autre logique, administrative cette fois. Ses limites sont précisées dans une disposition législative proclamée en 1792, par laquelle la superficie de Montréal a été substantiellement agrandie. À l'époque, les autorités coloniales déploient une grande activité afin d'améliorer le processus de délimitation des composantes du territoire au Bas-Canada ; un processus destiné à mieux le connaître, le coloniser et en exploiter les ressources[8]. Lors de l'adoption de l'Acte constitutionnel de 1791 sont d'abord créés des comtés électoraux[9], une mesure qui participe de cet effort d'organisation de l'espace. C'est dans cette foulée que les frontières de Montréal sont redéfinies. Elles s'étendent largement au-delà du territoire bâti, ville et faubourgs compris, à une distance de cent chaînes (ou deux kilomètres) des fortifications vers l'ouest, le nord et l'est de la ville, la limite sud étant le fleuve[10]. Le changement de perspective est majeur. On fixe les frontières de la ville en anticipation de son développement futur plutôt que suivant son état présent, prévoyant ainsi l'extension prochaine du territoire urbanisé bien au-delà des fortifications. De même, le nouveau découpage de la ville en trapèze donne une forme prédéfinie à l'espace montréalais, qui ne suit ni l'orientation ni les limites des concessions territoriales existantes.

À travers ces opérations de découpage du territoire apparaît la volonté de régulariser la façon de définir ses composantes afin de favoriser « une communication libre et facile » et de contribuer « à l'avancement du commerce et à hausser la valeur des terres[11] ». À la même époque, des lois sont aussi votées concernant l'entretien et l'ouverture des chemins dans le Bas-Canada, avec des dispositions particulières pour les districts de Québec et de Montréal[12]. Cela conduit à une réflexion plus pointue sur l'organisation du territoire urbain et de ses éléments. Ainsi, la première loi adoptée sur les chemins et les ponts en 1796 précise que les districts de Québec et de Montréal seront désormais confiés au soin de « personne[s] propre[s] et convenable[s] pour être Inspecteur[s] des grands chemins, rues, ruelles et ponts[13] ». La loi établit des subdivisions à l'intérieur de ces villes, qui seront sous la supervision de sous-inspecteurs. Les uns et les autres seront chargés « d'établir et de régler les grands chemins, rues et ponts ». Il leur faudra s'assurer que « lorsque les fossés, canaux et cours d'eau [...] ne seront pas suffisants pour la décharge de l'eau qui sera sur les grands chemins ou dans les rues [...] il sera et pourra être légal [...] d'ouvrir de nouveaux fossés, canaux ou cours d'eau [...] pour tenir tels canaux, fossés et cours d'eau nets et libres ». Ils ont aussi le pouvoir d'ériger des ponts ou de couvrir les cours d'eau « lorsqu'il sera nécessaire pour pouvoir jouir convenablement des terres ou terreins sur lesquels ils seront faits[14] ». Les juges de paix, sous l'autorité desquels se trouvent inspecteurs et sous-inspecteurs, peuvent procéder à la mise à niveau des rues pour résoudre « les problèmes d'écoulement des eaux de pluie et d'inondation lors de la fonte des neiges[15] ». Des dispositions sont également prévues pour l'aménagement de chemins d'hiver, notamment sur les rivières et sur le Saint-Laurent[16]. En somme, c'est par le travail effectué pour contourner les ruisseaux, fossés et canaux et pour favoriser la circulation des eaux de surface que sont formulées les premières préoccupations à l'égard de la présence de l'eau dans la ville.

Par la loi de 1796, l'État colonial cherche à établir une meilleure circulation sur le territoire en désenclavant les villes et en les considérant désormais comme des composantes de l'espace en formation[17]. Mais à cette époque, les procédés demeurent liés aux façons de faire d'Ancien Régime. Les autorités politiques disposent de pouvoirs limités et doivent composer avec les particularités locales et les arrangements existants. Ainsi, les aménagements qui affectent des terrains privés doivent obtenir l'assentiment préalable des propriétaires concernés[18]. En outre, bien que les travaux soient menés sous la direction d'arpenteurs professionnels, ceux-ci demeurent tributaires de la volonté des populations locales, dont les connaissances empiriques du territoire, avec toutes les variations que cela suppose, interviennent dans la planification des travaux d'infrastructures. Ainsi, « lorsqu'on désire ouvrir une nouvelle route, on adresse une requête au grand voyer qui l'étudie et tient une audience publique sur la pertinence et le tracé de la nouvelle route[19] ». Si elles tendent vers une nouvelle manière de concevoir la gestion du territoire, les initiatives adoptées à l'époque font l'objet d'arbitrages préalables entre représentants de l'État colonial et populations locales. Par conséquent, les travaux sur les chemins et les routes s'effectuent au gré des circonstances et des milieux concernés, ce qui limite la possibilité de gérer l'espace en anticipant les développements futurs.

En 1799, on vote un amendement à la loi de 1796[20], destiné aux territoires urbains des districts de Québec et de Montréal. Celui-ci distingue désormais districts des villes et districts « des campagnes », ce qui n'était pas le cas en 1796 : la notion de districts englobait alors espace urbain et paroisses environnantes. Il reconnaît d'emblée que « les dites villes et cités de Québec et Montréal, formeront respectivement un District particulier », en précisant que leurs limites restent telles qu'établies en 1792[21]. Plusieurs signes témoignent de la volonté d'organiser de façon plus ciblée les composantes de l'espace urbain. D'abord, il y a la nécessité de produire des plans avant de procéder aux travaux d'aménagement des voies publiques ; ensuite, des dispositions prévoient la production d'un plan de la ville où sera projetée « l'ouverture des rues suffisantes et nécessaires, et réserves de places publiques

Figure 1. Le périmètre de la Ville de Montréal à partir de 1792, tel qu'illustré sur cette carte de l'inspecteur Louis Charland.

pour le besoin à venir[22] » ; enfin, on donne aux inspecteurs le pouvoir d'interdire que les constructions empiètent sur l'espace public, une fois le plan dûment homologué[23] : « au premier jour de Janvier [...] Mil huit cent, tous pas de porte qui s'avanceront sur les trottoirs, tous escaliers, perronts ou autres ouvrages de dehors [...] et toute et chaque matiere ou chose qui empiétera plus de vingt pouces [...] dans aucune Rue, Place publique ou Ruelles [...] seront enlevés[24] ». L'amendement de 1799 demande donc qu'un cadre de développement des villes soit établi, de manière à orienter le sens de la croissance urbaine. L'entreprise paraît suffisamment importante pour qu'on décide de placer les inspecteurs directement sous les ordres de l'État, même s'ils continuent d'exercer leurs fonctions dans le cadre du régime des juges de paix[25].

Le « Plan de la ville et cité de Montréal avec les projets d'accroissement, dans l'étendue qui lui a été fixée », dessiné en 1801 par l'inspecteur des chemins montréalais Louis Charland, prend acte de ces nouveaux procédés, et plus particulièrement de l'effort de projection de la nouvelle ville en cours d'élaboration. Bien connu des historiens, ce plan a surtout été analysé selon son degré d'exactitude par rapport à l'état des lieux de l'époque. Or l'intérêt de cette carte réside tout autant, sinon davantage, dans sa manière d'anticiper le développement de la ville. Ses projections traduisent la représentation que se font les autorités du territoire montréalais, ici considéré comme terrain d'appui et levier pour les projets de développement économique et de structuration politique alors en gestation. En ce sens, les informations manquantes, tout comme celles projetées ou imaginées, sont instructives[26]. Ainsi, les fortifications, pourtant toujours en place, n'apparaissent pas sur la carte. Contrairement aux plans de Montréal dessinés jusqu'alors, celui de Charland ne signale pratiquement pas les bâtiments. La ville est plutôt représentée « dans un espace de circulation[27] », ce dont témoignent les rues, plus nombreuses que celles qui existent à l'époque. La présence d'un faubourg Saint-Pierre, qui n'existe pas non plus, relève d'une entreprise de spéculation qui trahit l'effort d'anticipation du développement de la ville[28].

Le procédé employé par l'inspecteur Charland pour représenter l'eau est également révélateur. Les petites rivières et les ruisseaux qui traversent le territoire, en particulier ceux encerclant Montréal, sont indiqués par un trait beaucoup plus prononcé que sur les autres plans. Trois d'entre eux, la rivière Saint-Pierre, le ruisseau Saint-Martin et la Petite Rivière, occupent une place centrale dans la ville à cette époque. La première prend sa source dans la partie sud-ouest de l'île et s'écoule vers le fleuve vis-à-vis de l'île des Sœurs. Le second, en provenance de l'est, circule en sens inverse du Saint-Laurent et tourne abruptement vers le sud-est pour terminer sa course à la pointe à Callière. Enfin, la Petite Rivière, une branche secondaire de la rivière Saint-Pierre, se jette aussi dans le fleuve à la pointe à Callière. À l'ouest coule le ruisseau Prud'homme, qui descend du mont Royal pour rejoindre le ruisseau Saint-Martin. Le plan de Charland signale encore, par un trait plus pâle, l'existence d'un autre ruisseau, vraisemblablement celui de la Côte-à-Baron, qui dévale le mont Royal puis passe au centre du faubourg Saint-Laurent[29].

L'importance accordée aux cours d'eau s'explique par leur présence forte dans le paysage montréalais, mais aussi par les contraintes croissantes qu'ils imposent dans l'organisation de la vie quotidienne[30]. Le trait foncé choisi par Charland pour les identifier sur le plan semble indiquer qu'ils constituent des barrières étouffant la ville et empêchant son développement, sans compter que leur tracé sinueux tranche avec celui, rectiligne, des rues et des limites des lotissements. Frontières physiques qui présentaient vraisemblablement des avantages lorsque la ville se développait à l'intérieur des fortifications, ces cours d'eau sont devenus des obstacles à partir du moment où la croissance du territoire a été pensée selon les limites établies en 1792[31].

Tourné vers le centre de l'île, le plan de Louis Charland n'intègre pas la « rivière » Saint-Laurent, qui semble simplement juxtaposée au territoire représenté. Il faut dire que les fortifications limitent alors le contact avec le fleuve, puisque seulement trois portes s'ouvrent de ce côté : celle située au pied de la pointe à Callière, proche du Vieux Marché ; celle au centre de la ville vis-à-vis du marché de poissons et au-delà du Nouveau Marché ; et celle plus à l'est, qui permet d'accéder aux terrains militaires[32].

La démolition des fortifications

Le désenclavement de Montréal se concrétise véritablement avec l'adoption de la loi de 1801, qui vise à « abattre les anciens Murs et Fortifications qui entourrent la Cité de *Montréal* et [à] pourvoir autrement à la Salubrité, Commodité et Embellissement de la dite Cité[33] ». La transformation du paysage montréalais est alors confiée à trois commissaires, qui ont le mandat d'élaborer un plan d'*améliorations.* Ce mot signale la volonté de plus en plus affirmée de réformer les composantes du territoire urbain. En plus de prévoir les modalités entourant la démolition de l'enceinte, qui sera complétée en 1817, le plan des commissaires comporte un train de mesures destinées à désenclaver Montréal, dont plusieurs liées à l'eau du côté du fleuve et de la ville. La première consiste à « élever une terrasse le long de la rivière depuis les faubourgs du sud-ouest de la ville, jusqu'à celui de Québec, laquelle, outre son utilité comme route, sera assez haute pour arrêter efficacement les glaçons flottans au moment du dégel ; elle empêchera aussi le feu de se communiquer à la ville, s'il venait à prendre dans l'immense quantité de bois de construction et de toute espèce qui est toujours entassé sur le rivage[34] ». L'aménagement de la rue des Commissaires, surélevée pour protéger la ville des crues printanières du fleuve, s'accompagne de la mise en place de descentes vers la berge, vingt-cinq mètres plus bas[35]. Les ouvertures ainsi conçues répondent au besoin d'une « commodité » accrue. Employé comme synonyme du terme *aisance,* dans la loi de 1801, l'usage du mot *commodité* indique clairement le besoin de fluidité ressenti.

À l'époque, comme le mentionne l'arpenteur général du Bas-Canada Joseph Bouchette, le « port de Montréal n'est pas très grand » ni très profond. Il est bordé de quelques quais en bois. Reconstruits

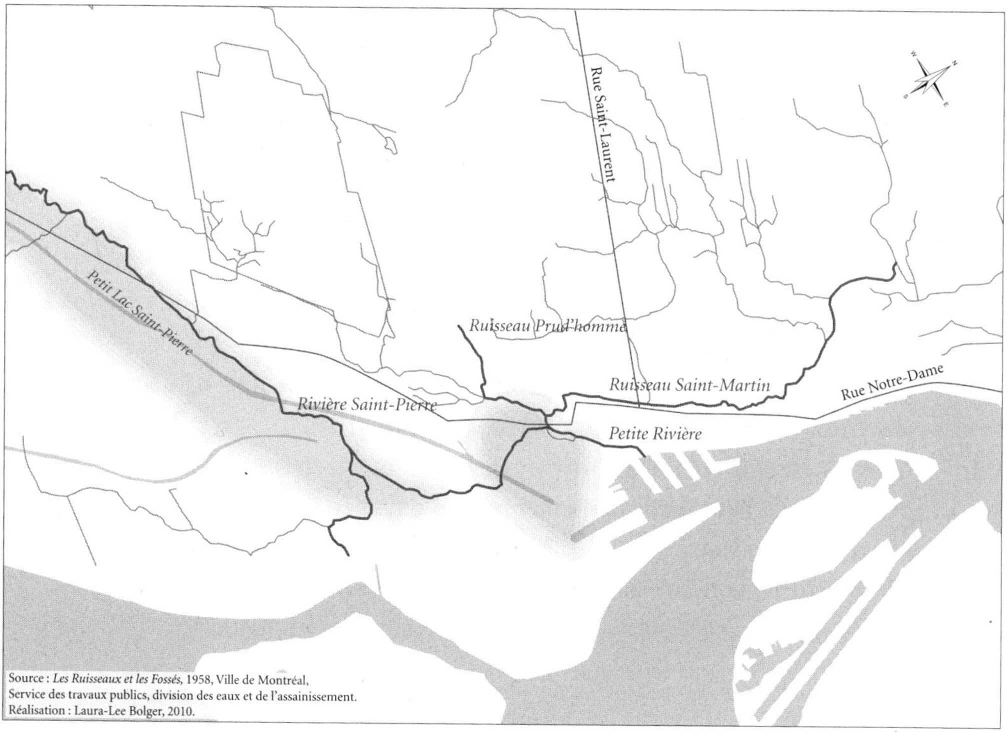

Figure 2. Cours d'eau anciens de Montréal.

chaque printemps par des marchands, ces quais sont situés entre l'embouchure de la Petite Rivière et l'îlot Normand[36]. On ne trouve aucun projet de développement de ce côté dans le plan des commissaires. Les discours sur le Saint-Laurent s'élaborent dans un autre cadre, comme nous le verrons plus loin.

La deuxième mesure adoptée par les commissaires consiste à canaliser sur une partie de leur cours la Petite Rivière et le ruisseau Saint-Martin : « On doit faire une chaussée des deux côtés de la petite rivière St. Pierre [...] formant un canal de 20 pieds de largeur, qui doit être continué le long du sud-ouest et du nord-ouest jusqu'au faubourg de Québec, avec des ponts qui le traverseront à l'ouverture des principales rues et à d'autres endroits convenables[37]. » Les cours d'eau canalisés continueront de séparer la ville des faubourgs, mais, ainsi circonscrits, ils se fondront désormais dans le tissu urbain. Comme le suggère la carte du militaire John Adams, ceux du centre de la ville sont devenus des canaux, tandis qu'aux marges, là où le développement urbain n'est pas avancé, ils continuent de couler de manière sinueuse. Enfin, le plan des commissaires prévoit d'autres travaux — ouvrir des rues, en raccorder plusieurs entre ville et faubourgs, aménager des places publiques, des squares et d'autres espaces —, dont une grande partie sera réalisée durant la quinzaine d'années de leur mandat[38]. Produite peu après, la carte d'Adams en offre une image saisissante. Elle traduit bien les rêves progressistes de l'époque, où agents de la Couronne britannique, voyageurs, commerçants et autres membres de l'élite esquissent plans et projets pour la métropole en devenir. Montréal est campé dans un espace dont les marges floues suggèrent une possibilité d'extension sans limites ni obstacles.

Montréal : une ville d'eaux

Tous les travaux accomplis pour désenclaver la ville, paver, niveler, élargir et ouvrir ruelles et rues, ou encore les raccorder à celles des faubourgs transforment résolument le paysage. La carte d'Adams, avec ses rues rectilignes à angle droit, ses cours d'eau canalisés, ses bâtiments publics bien en évidence, le tout nouveau canal de Lachine et le Saint-Laurent, traduit bien le dynamisme ambiant. Cependant, cette vision contraste avec celle qui prend forme sous la plume des juges de paix et de l'inspecteur des chemins : Montréal prend plutôt l'apparence d'une ville d'eaux contrainte par une multitude de ruisseaux, petites rivières et fossés, dont la gestion mobilise énergies et ressources financières.

Le problème des eaux de surface

À l'époque, Montréal compte une soixantaine de ponts. « Certes, les ponts [...] n'étaient sans doute pas tous imposants, écrit Dany Fou-

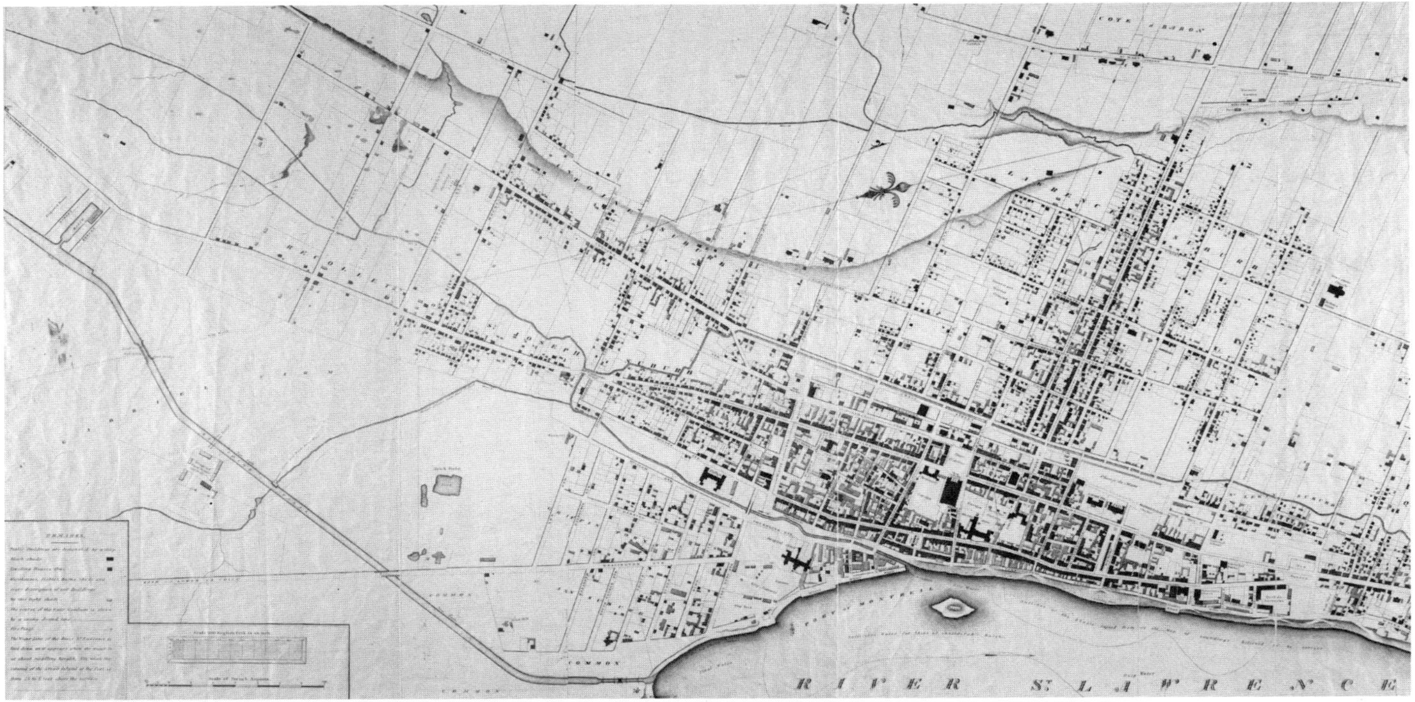

Figure 3. Montréal en 1825, d'après le militaire John Adams.

gères. Leur nombre impressionnant indique deux choses : dans la première moitié du XIXe siècle, Montréal était une ville d'eaux et on tenta d'abord de passer par-dessus ces eaux, plutôt que de s'en soustraire en les faisant disparaître[39]. » Montréal se présente donc comme une ville encombrée, aux prises avec des travaux de voirie, de réparation et d'entretien des ponts, de canalisation. Il faut encore compter avec l'augmentation de la quantité de déchets, engendrée par l'accroissement de la population[40] et des biens produits. Freinant « la commodité et l'aisance », leur présence complique toujours davantage la circulation et l'écoulement des cours d'eau. Habitude séculaire, le déversement des déchets dans l'eau devient critique, en particulier du côté du ruisseau Saint-Martin et de la Petite Rivière, qui font l'objet de commentaires virulents. Dans sa portion longeant la ville, le premier coule au fond d'une petite vallée boueuse qui coupe le territoire du reste de l'île, surtout dans sa partie non aménagée[41]. Les plaintes affluent au sujet de la seconde, réceptacle en pleine ville d'animaux morts, de déchets de toutes sortes et d'eaux de latrines, dont les fosses y sont raccordées. L'un et l'autre seront graduellement canalisés puis recouverts au cours du XIXe siècle[42].

D'autres eaux de surface s'accumulent et posent problème. Déjà signalée dans la loi de 1796, la situation s'aggrave avec le temps à cause des travaux de voirie qui transforment la qualité des sols et favorisent la stagnation d'eau sur les chaussées, accentuant ainsi les risques d'inondations lors de fortes pluies ou de la fonte des neiges. S'y ajoutent les eaux usées, dont la quantité augmente plus par suite de la croissance de la population que de celle de la consommation en eau, puisque celle-ci demeure relativement stable à cette époque[43]. Dans la ville désenclavée et en plein développement, l'eau dérange là où elle bloque la circulation, là où elle stagne, là où elle retient déchets et miasmes. Sous quelque forme que ce soit, elle fait obstacle à l'urbanisation. Règlements de police, critiques et travaux sur la chaussée donnent vie et forme à ce problème, en même temps qu'ils tentent de le résoudre.

Les initiatives se multiplient dans les premières décennies du XIXe siècle tantôt pour assurer la circulation des eaux de surface, tantôt pour en faciliter l'évacuation ou, à défaut de pouvoir agir sur leur cours, les nettoyer et ainsi les soustraire le plus possible à l'odorat des citadins. Les règlements votés dans ce contexte trahissent le peu de moyens dont disposent les juges de paix et leurs rares employés : ils reposent partie sur des dispositions coercitives, partie sur le bon vouloir des habitants, dont la collaboration est sollicitée. Le problème des rejets dans les cours d'eau fait l'objet d'une attention particulière. D'un règlement à l'autre, la liste des matières prohibées s'allonge pour inclure « fumier, décombre » et « bête morte quelconque telle que chiens, chats et autres ». Ces règlements tentent aussi d'empêcher « d'égouter [...] fosses d'aisance ou privé » dans les lieux où leur déversement est interdit : d'abord « dans la petite rivière ou sur ses bords », puis dans « celles près des Sœurs Grises, ou dans aucun des ruisseaux qui s'y déchargent[44] », de même qu'« entre la petite rivière et la ville, ni sur aucune partie de la rue ou chemin des Commissaires, ni entre la dite rue et la grande rivière[45] ».

Mais comme en 1810 « il n'y a point d'égouts ou de cloaques publics pour conduire l'eau sous terre », selon les règlements de police, il s'avère difficile d'imposer des amendes pour limiter les rejets[46]. Il est toutefois permis de se débarrasser de déchets « dans le marais derrière la Citadelle », et « en Hiver on pourra jeter les fumiers, ordures, et décombres sur la Grande Rivière, pourvu que ce soit à la distance d'au moins cinquante verges au delà de la ligne du quai qui borne la rue des Commissaires ; pourvu aussi, qu'en aucun cas, aucune des entrées de la ville ne soit obstruée[47] ». Cette solution atteint bientôt ses limites. À partir de 1832, les juges de paix décident donc d'aménager une plateforme sur la berge, devant le faubourg de Québec, pour « aider à acculer et vider dans le fleuve les voitures chargées des boues, poussières, etc., des rues et cours de la cité[48] ». Enfin, les règlements exigent d'enterrer corps et bêtes « en dehors de la ville à au moins trois pieds sous terre[49] ».

Ces dispositions attestent de la peur de la contamination par le sol qui nourrit les préoccupations de l'époque pour la salubrité urbaine[50]. De fait, eau et sol se confondent comme facteurs de miasmes, réputés être source de maladies. Cette conception de la maladie qui domine pratiquement tout le long du XIXe siècle explique la crainte obsessive des mauvaises odeurs qui se dégagent des eaux stagnantes et des matières en décomposition, ainsi que la ferveur déployée dans les opérations destinées à nettoyer les cours d'eau, à les recouvrir ou, mieux, à les faire disparaître du paysage. Les préoccupations liées à la circulation des biens et des personnes, évoquées plus tôt dans ce chapitre, se retrouvent donc également du côté de l'eau et de l'air. Les unes et les autres se croisent et se renforcent mutuellement.

De requêtes en règlements de police, de plaintes en tentatives d'arbitrage, des égouts pluviaux sont aménagés à l'initiative des juges de paix, mais aussi des propriétaires fonciers, qui peuvent obtenir la permission d'y raccorder leur « privé[51] ». En parallèle, les chaussées sont redessinées de manière à ce que les eaux soient rejetées de chaque côté, puis qu'elles s'écoulent dans des fossés qui conduisent aux égouts pluviaux. Le travail de nivellement provoque cependant des conflits avec les propriétaires dont les demeures ont été construites selon la topographie naturelle : une fois le travail de nivellement complété, la hauteur des rues est généralement rehaussée, de sorte que les fondations des maisons se retrouvent sous le niveau de celles-ci.

Réglementer les utilisations de la grève

La grève constitue un autre lieu où se déploient des efforts pour augmenter la salubrité, et plus encore pour définir les usages permis. Endroit commode pour y décharger des matières indésirables, c'est également là qu'arrivent par bateau marchandises, animaux, denrées et passagers. Jusqu'au début du XIXe siècle, bien des Montréalais y puisent leur eau[52] et s'y baignent. Un ensemble de règlements est donc édicté pour assainir la grève, que des voyageurs décrivent comme

Figure 4. Une représentation bucolique de la grève au début du XIXe siècle.

étant « glaiseuse et généralement malpropre[53] », et pour gérer des activités de moins en moins compatibles. À partir de 1817, la berge fait même l'objet d'une section à part dans les règlements de police de Montréal. C'est surtout le déchargement de vivres et de matériaux qui retient l'attention.

On divise ainsi la grève en sections afin de faciliter les opérations entourant notamment le commerce du bois :

> La partie de la grève qui se trouve entre la borne nord-est du port de Montréal et la ligne de la rue St. Victor, près de l'église Bonsecours, sera désormais, et ici dûment déclarée le port du bois de charpente et de construction, du bois de chauffage et des chalans [...] et l'espace de la grève qui se trouve entre la dite borne nord-est, et la pointe sur laquelle est construite la boulangerie de Mr. Grant, sera destiné pour placer les bateaux et chaloupes de sa Majesté [...] et pour l'usages des traverses[54].

Un second espace de cent pieds est prévu pour le déchargement des bateaux devant la porte du Nouveau Marché, « lequel sera marqué par deux poteaux fixes » et « déclaré port pour les bateaux, chaloupes, berges et canots, qui seront arrivés avec des provisions pour le marché, et pour l'usage des traversiers qui y seront établis[55] ». Le règlement de la grève interdit aussi de bloquer les « chemins pour communiquer au bord de l'eau », ou de pêcher le bois tombé de chargements et qui flotte « devant aucune partie de la Cité[56] ». À partir de 1817, un « connétable de la grève » est chargé de la supervision. Il est tenu de s'y trouver « chaque jour durant la saison » et de tenir « un registre exact et fidèle » de toutes les embarcations transportant du bois et de leurs opérations, en plus de surveiller les autres activités.

Parmi celles-ci, la baignade dérange de plus en plus les efforts visant à établir l'ordre. C'est officiellement « pour empêcher les indécences » que des règlements sont adoptés à ce sujet à partir des années 1810. On tente ainsi de déplacer les baigneurs vers les sections de la grève situées aux confins de la ville. Il est donc interdit de se baigner « vis-à-vis la ville [...] dans aucune partie de la Rivière depuis le moulin le plus près de la ville jusqu'à la boulangerie ci-devant appartenant au feu Capitaine Grant, sous peine d'une amende [...] pour chaque contravention[57] ». Quelques années plus tard, la zone interdite à la baignade est élargie de la maison des Sœurs Grises à la pointe Saint-Charles, puis à la brasserie Molson, enfin au faubourg Sainte-Marie[58]. Au-delà de la recherche de la décence, ces dispositions semblent également justifiées par la volonté de dégager la portion centrale de la berge et de faciliter le trafic maritime dans le port ou dans ce qui en tient lieu.

Ainsi, l'eau sous ses diverses formes, celle chargée de déchets comme celle du Saint-Laurent, acquiert une visibilité nouvelle à travers les commentaires et les interventions destinées à la faire disparaître ou à gérer son utilisation. Rien de tout cela ne permet cependant de régler les problèmes. L'inspecteur des chemins Jacques Viger le sait bien, lui qui tente, avec les maigres outils dont il dispose, d'apporter des améliorations aux voies publiques encombrées, sales et inadéquates. Ses visées sont limpides : « Point d'entraves, moins de délais que possible, peu de formalités, voilà les bases d'une bonne police[59]. » Mais les moyens matériels et, surtout, politiques pour y parvenir ne sont pas encore réunis. La pétition d'une vingtaine de notables locaux demandant aux autorités coloniales l'incorporation de Montréal à la fin des années 1820 en témoigne de façon éloquente. La salubrité urbaine est au cœur de leur plaidoyer :

> Résolu 2° — Que parmi les maux qui sont la suite nécessaire du trop peu de pouvoir accordé à la magistrature, l'on peut compter l'inefficacité de nos Réglemens de police et le manque d'une comptabilité suffisante dans l'appropriation des revenus de la ville. L'état déplorable dans lequel sont restés depuis nombre d'années, au grand inconvénient du public, la grève et les terrains adjoignant la petite Rivière qui par leur insalubrité sont devenus dangereux pour la santé et le bien-être d'une grande partie de la population des faubourgs, le manque de moyen et d'autorités pour entreprendre et mettre à exécution un plan suivi et général d'améliorations étant permis à chaque individu de mettre à l'agrandissement convenable de la ville les obstacles que peuvent suggérer des vues rétrécies ou d'intérêts, ce qui ne peut manquer d'en retarder l'accroissement, et d'occasionner des dépenses auxquelles on pourrait obvier par un meilleur système. [...]
> Résolu 4° — [...] Qu'une loi soit passée pour l'incorporation de la ville de Montréal avec les pouvoirs de faire des réglemens pour l'organisation de la police [...] propres à remédier aux inconvéniens qui existent maintenant [...][60].

Désenclaver Montréal

Montréal, c'est aussi le fleuve, dont la connaissance, à l'époque, est d'abord construite par le voyage et les récits des visiteurs. Nombreux sont les témoignages de Britanniques qui accostent au terme de 560 milles de navigation depuis l'océan. Atteindre Montréal dans ces conditions fait d'autant plus apprécier sa découverte :

> La première impression que nous offre la ville est très agréable. Dans ses tourelles et ses clochers dont les zincs brillent, dans ses rues densément bâties qui s'allongent sur un à deux milles, parallèlement au fleuve et légèrement au-dessus de son niveau, [...] dans le noble élargissement du Saint-Laurent parsemé d'îles, dans ses rapides bruyants et écumants, [...] nous reconnaissons toutes les caractéristiques d'un paysage riche et magnifique et nous remarquons parmi ces indications des preuves décisives d'un marché intérieur florissant[61].

Entrer et sortir de l'île

Fouler le sol montréalais constitue une aventure en soi. Les voyageurs qui arrivent en amont doivent accoster à Lachine, à quelques kilomètres à l'ouest de Montréal, et poursuivre par la route puisque les puissants rapides du Sault Saint-Louis empêchent la navigation jusque dans les premières décennies du XIXe siècle. En aval, les embarcations sont aussi bloquées dans leur course, cette fois par les rapides de Sainte-Marie, « dont le courant est si fort, explique Joseph Bouchette, que sans un grand vent de nord-est, les vaisseaux ne peuvent aller contre, et ils sont quelquefois retenus des semaines entières à environ deux milles seulement du lieu où ils doivent décharger leur fret[62] ». C'est sans compter qu'à cause de la faible profondeur des eaux devant Montréal et de l'absence de quais « les navires qui arrivaient dans le port étaient obligés de jeter l'ancre à une certaine distance du rivage, pour éviter de s'enliser ; un câble lancé du vaisseau était amarré à terre puis tous les matelots viraient au cabestan, jusqu'à ce que le navire fût assez près du bord. Les charrettes dont on se servait pour opérer le déchargement devaient alors entrer dans l'eau jusqu'aux essieux pour s'approcher le plus possible du bâtiment[63] ». Les voyageurs d'outre-mer changeaient donc d'embarcation pour atteindre la grève. Le scientifique et chimiste américain Benjamin Silliman décrit l'opération avec force détails :

> Deux matelots canadiens nous ont fait traverser à bord d'un canot creusé dans un seul tronc d'arbre. Après avoir disposé nos bagages correctement, on nous a fait asseoir face à face sur de la paille propre étendue sur des planches posées en travers du fond de l'embarcation : nous étions assis assez bas pour que notre poids ne déséquilibre pas le canot et on nous a demandé de rester parfaitement immobiles. Notre traversée devait être de près de trois milles en ligne oblique et à contre-courant, dont une partie contre des rapides très puissants. [...] Il a fallu à ces pauvres bougres une heure de travail pénible pour nous amener jusqu'au rivage [...][64].

Seuls les bateaux de faible tirant d'eau peuvent accoster dans ce qui tient lieu de port, dans l'axe de la pointe à Callière. Dans sa description topographique du Bas-Canada de 1815, Joseph Bouchette souligne néanmoins les qualités du site qui, grâce à la présence de l'île de la Porte du Marché (connue aussi sous le nom d'îlot Normand ou de Market Gate Island), protège les bateaux des courants violents et « offre un lieu fort commode pour réparer les batteaux, les tonneaux, et pour faire d'autres ouvrages indispensables[65] ».

Les nombreuses communications entre Montréal et les autres îles de l'archipel ou le continent se font, pour leur part, par bateaux passeurs — canots, chaloupes, bateaux plats — jusqu'au début des années 1820[66]. Bien que Bouchette signale la présence d'à peine dix « passages d'eau » reliant l'île au continent en divers endroits, il y en aurait eu à l'époque au moins le double[67]. Les plus fréquentés se trouvent du côté sud de l'île — dont celui qui relie Montréal à La Prairie, ou encore le Passage du Roi, qui conduit à Longueuil —, mais jusqu'à six passages permettent de rejoindre l'île Jésus du côté nord. L'importance accordée par les voyageurs au fleuve et à la façade fluviale de

Figure 5. Vue de Montréal depuis l'île Sainte-Hélène.

Montréal est telle qu'ils omettent de décrire l'arrivée par la rive nord de l'île. Pourtant, selon Bouchette, la circulation y est alors soutenue : « La communication entre l'île Jésus et les îles de Montréal et Bizarre, et la terre ferme, se fait par plusieurs passages d'eau situés convenablement pour entretenir une correspondance sûre et continuelle[68]. » Bien que les rapides du Sault au Récollet y rendent la navigation difficile, des « radeaux de bois de construction qui descendent l'Ottawa des townships supérieurs se rendent par cette rivière dans le St. Laurent au Bout de l'Île », ajoute l'arpenteur général[69].

Les traversées se font aussi par *horse boats,* des bateaux à fond plat munis de roues à aubes, activées par des chevaux qui tournent autour d'un poteau vertical servant de cabestan[70]. Ces embarcations permettent le transport de chargements plus considérables — animaux, légumes, charrettes, voitures, passagers et bagages. À partir des années 1820, la traversée commence à se faire par bateaux à vapeur, lesquels gagnent rapidement en importance, surtout entre Montréal et Longueuil[71].

Le gel des eaux du Saint-Laurent durant l'hiver force les voyageurs à utiliser un autre mode de transport. Qu'à cela ne tienne, observe Silliman : « La carriole [...] triomphe de la glace. En ce qui concerne le canot, quand le Canadien ne peut plus le faire avancer ou avironner sur les eaux du Saint-Laurent, il le transporte allègrement sur la surface gelée et, bien emmitouflé dans la laine et la fourrure, il repousse les rigueurs de l'hiver[72]. » De fait, les ponts de glace aménagés sur le Saint-Laurent permettent de poursuivre le commerce avec la rive sud encore plus facilement qu'en toute autre saison, car, aux dires de certains, « la ville est encombrée de traîneaux, qui viennent de tous les coins du pays[73] ».

Chaque année, le dégel du fleuve est attendu avec une impatience mêlée de crainte par tous les observateurs attentifs au mouvement des saisons. Ainsi, à partir de 1829, le pasteur Newton Bosworth tient des annales sur le sujet : il note la date à laquelle la glace face à la ville commence à fendre, celle de l'arrivée du premier bateau à vapeur dans le port, dont le premier vaisseau transatlantique[74]. De même, l'apothicaire Romuald Trudeau inscrit dans ses *Tablettes* les jours où « la glace à commencer à s'ébranler », où « la rivière est libre devant Montréal[75] ». Il mentionne aussi les inondations, qui épargnent rarement les terres les plus basses, près de la pointe à Callière. En 1832, il est d'autant plus anxieux de signaler le retour du printemps que

> cet hiver a été un des plus durs et des plus longs que nous avons eus depuis cinquante ans. Le froid a commencé à la fin de Novembre & a duré presque sans interruption jusqu'à la Mi Avril. Aussi la navigation & les affaires se sont trouvées reculées de près d'un mois, comparée aux années précédentes. L'eau s'est tenue tout l'hiver à une grande hauteur ; ce qui faisait appréhender beaucoup de dégât pour la débâcle du printemps. Heureusement, le chenail s'est fait par degré au milieu de la rivière et les glaces se sont en allé petit à petit sans faire aucun dommage. La navigation n'a été ouverte pleinement que dans les premiers jours du mois de mai[76].

Figure 6. Le dégel du fleuve est un événement majeur au XIXe siècle.

Voyageurs comme annalistes consignent également leurs observations sur l'activité dans le port et sur la grève. Ils s'intéressent au spectacle des radeaux amarrés, chargés de bois de chauffage en provenance notamment de Beauharnois et de Châteauguay, et à celui des « goëlettes et des bâteaux remorqués par des bœufs de Hochelaga jusqu'au port[77] ». Ils sont aussi attentifs au mouvement des radeaux remplis de tonneaux d'eau, dont le contenu sera vendu par des porteurs qui sillonnent toujours plus nombreux les rues de la ville[78]. Le fleuve est encore fréquenté par les pêcheurs, susceptibles d'y trouver des poissons en abondance : « Les gens de la campagne pêchent les *shads*[79] au filet dans le fleuve et apportent leurs prises dans des charrettes recouvertes de branches de verdure. Il y a aussi de la morue à profusion[80]. » Les prises sont vendues au marché de poisson durant l'été, précise Thomas Doige, tandis que l'hiver la morue congelée dans la neige arrive de Boston[81].

Le rêve d'une grande ville commerciale

Toutes ces descriptions tracent les linéaments de la grande ville commerciale d'Amérique du Nord britannique au moment où Montréal commence à supplanter Québec[82]. Bien que décrit par les observateurs et les voyageurs comme un fleuve majestueux, le Saint-Laurent est aussi présenté comme étant susceptible d'être transformé et aménagé pour répondre aux besoins de la navigation et du commerce maritime. Si certaines critiques atténuent l'admiration dont il est l'objet, elles permettent également de faire valoir la puissance qu'il recèle[83]. Plus que les caractères physiques de l'eau vive, ce sont alors ses attributs et son potentiel économique qui sont évoqués. À travers ceux-ci se forge une représentation du fleuve, qui devient une véritable « machine organique[84] », c'est-à-dire un cours d'eau qu'on peut adapter afin d'en accroître la performance. Éloges et critiques du Saint-Laurent suggèrent qu'il est susceptible d'être amélioré et que les opérations pour le transformer sont à portée de main.

Ces discours contribuent à construire une représentation nouvelle du fleuve comme objet à aménager afin de soutenir le développement économique. Les uns après les autres, les rapides de Lachine et ceux de Sainte-Marie sont ainsi neutralisés. Le projet d'un canal pour contourner les premiers, d'abord porté par les Sulpiciens au début du XVIIIe siècle, puis par un marchand montréalais en 1796, s'amorce véritablement au cours des années 1810[85]. Le canal de Lachine est alors aménagé à l'initiative du gouvernement du Bas-Canada, à l'issue de travaux accomplis entre 1821 et 1825. On envisage aussi de creuser un canal en aval de Montréal pour remonter le courant Sainte-Marie, mais, faute de fonds suffisants, le projet ne verra pas le jour[86]. Cependant, l'amélioration constante des bateaux à vapeur aura raison de cet obstacle et du problème que représentait l'attente d'un vent favorable pour accoster dans le port.

En 1830, l'État colonial confie les projets d'aménagement de la grève à la nouvelle Commission du Havre, formée de grands commerçants montréalais[87]. Libéré de la tutelle qu'exerçait jusque-là Québec, le port de Montréal est reconnu comme port d'entrée en 1832. Sous la férule des *river barons*[88], les berges boueuses sont graduellement transformées[89]. Au cours de la décennie, deux séries de travaux conduisent à la construction d'entrepôts, et à l'installation de quais en bois et de murs de soutènement de pierre le long de la rue des Commissaires[90]. Le rattachement de l'îlot Normand à la rive et l'avancée du port dans le fleuve font disparaître l'embouchure de la Petite Rivière, et amorcent la transformation de la façade fluviale de Montréal.

Les années 1830 sont ainsi marquées par une vague d'aménagements sur les berges, mais aussi dans la ville. D'un côté, les travaux orchestrés par la Commission du Havre visent à faire de Montréal la porte d'entrée du continent. De l'autre côté, le nouveau conseil municipal et le maire Jacques Viger poursuivent l'entreprise d'assainissement du territoire urbain par des travaux de voirie, de canalisation et de nettoyage des cours d'eau et des fossés. Ce partage des tâches résulte d'un compromis entre des élites concurrentes : si les notables locaux ont finalement obtenu l'incorporation de Montréal et la création d'institutions municipales, c'est parce qu'ils ont cédé aux grands marchands et aux hommes d'affaires la direction des travaux d'amélioration du port[91]. Cette répartition introduit une séparation entre les eaux qui coulent dans la ville et l'eau vive du fleuve, désormais gérées par deux entités distinctes. C'est ainsi qu'éléments naturels et desseins politiques s'entremêlent pour contribuer à la première phase de transformation de la ville et des relations entre la ville et l'eau.

Conclusion : le besoin de réformes sur le plan politique

Le 8 juin 1832, les premières victimes montréalaises du choléra, qui sévit déjà ailleurs dans le monde, sont dépistées. Pour le médecin William Robinson, il ne fait pas de doute que la maladie a été apportée par les immigrants ; ensuite, elle s'est installée parmi les classes inférieures. « Pour diverses raisons, les pauvres vivent les uns sur les autres, à l'étroit dans de petites maisons mal ventilées et, en général, remarquablement sales. [...] On peut de ce fait dire que ces maisons sont des foyers de contagion[92]. » Les liens ainsi établis entre immigrants, classes populaires, saleté, encombrement et épidémie confortent la théorie environnementale de la propagation des maladies. L'explication qui associe comportement des groupes sociaux et carences du milieu urbain l'emporte facilement[93]. Représentative de l'époque, elle participe de l'idée de circulation comme condition nécessaire à l'amélioration de la salubrité. La solution proposée par le docteur Robinson, et reprise par les juges de paix, ne trompe pas. Elle consiste à adopter « des mesures énergiques afin d'assainir et de nettoyer les rues, ruelles, passages, cours et maisons de la ville, plus particulièrement dans les quartiers occupés par les classes indigentes de notre population[94] ».

Santé de la ville et santé de la population se confondent désormais, et l'eau y jouera bientôt un rôle clé. Or, dans les années 1830, si l'idée d'assainissement se précise, son application ne peut se réaliser sans un accroissement des moyens dont disposent les autorités locales. Les juges de paix en sont bien conscients, qui constatent que « l'autorité dont les magistrats sont investis et les Règlements de police existants ne suffisent pas à faire respecter cette attention à l'égard de la propreté et du bon ordre qu'exige la préservation de la santé dans la ville[95] ». Toutefois, leur résolution, adoptée en pleine épidémie, n'évoque qu'une augmentation des pouvoirs déjà existants. Cela ne corrigera pas la situation : la deuxième épidémie de choléra, en 1834, à l'époque où le premier conseil municipal est en place, apparaît comme une simple répétition de la première, autant du côté des solutions envisagées que des moyens adoptés pour en venir à bout.

En somme, tant dans la ville que sur les berges, les aménagements montrent leurs limites avant même la fin des années 1830[96]. C'est seulement à l'issue d'un remaniement en profondeur du mode de gouvernement au Bas-Canada que des solutions plus globales surgiront. Au début des années 1840, avec l'instauration d'institutions municipales permanentes, Montréal obtient les pouvoirs nécessaires pour gérer son territoire ; en corollaire, l'eau, et plus particulièrement l'eau courante, devient la solution centrale permettant de transformer la ville en un espace de circulation. Les nouvelles modalités relatives à sa gestion débouchent sur une imbrication plus étroite des milieux naturels et bâtis.

CHAPITRE 3

Le Saint-Laurent : « un superbe instrument à aménager et à assouplir[1] »

Dans sa position, à la confluence de deux grands cours d'eau, le Saint-Laurent et l'Outaouais, vis-à-vis de cette grande voie naturelle que constituent l'Hudson et la vallée du lac Champlain, à l'endroit où le Saint-Laurent cesse d'être navigable pour les navires océaniques et où, pour la dernière fois dans sa route vers la mer, le grand fleuve fournit une énergie hydraulique gigantesque, au point de rencontre des deux races qui se partagent le Canada et au centre d'une plaine fertile presque aussi large que toute l'Angleterre, dans cette position nous reconnaissons une garantie de la grandeur future de Montréal, fondée non sur les assises fragiles de la loi humaine, mais sur les décrets immuables de l'Éternel, gravés dans le monde qu'il a créé.

JOHN WILLIAM DAWSON (1859)[2]

Formulés à la manière d'un oracle, ces propos du scientifique et principal de l'Université McGill, John William Dawson, indiquent à quel point l'eau vive est au cœur des représentations et des projets dont Montréal fait l'objet dans la seconde moitié du XIXe siècle. La vue aérienne de la figure 7, réalisée en 1892, le montre clairement. La citation de Dawson et la photographie constituent de rares témoignages

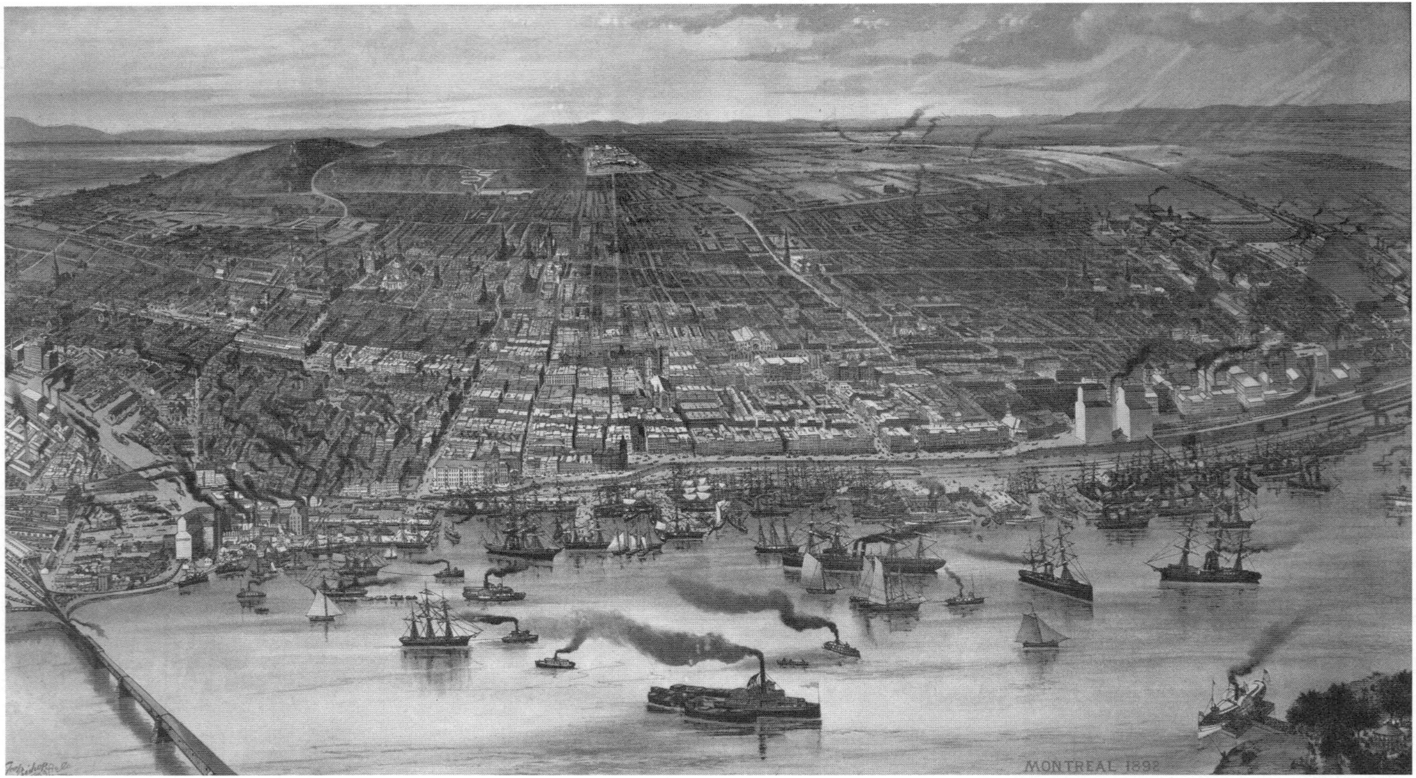

Figure 7. Montréal à vol d'oiseau, 1892.

où les deux cours d'eau ceinturant Montréal sont considérés ensemble. Si, chez Dawson, l'exaltation l'emporte, le panoramique met plutôt l'accent sur l'ingéniosité humaine et la maîtrise de l'environnement naturel. Le port animé en avant-plan, le cœur de la ville occupant un espace démesurément vaste et les avenues rectilignes s'étendant à perte de vue projettent l'image d'un territoire urbain en pleine croissance[3]. Tant Dawson que le photographe donnent à voir Montréal comme un organisme vivant, irrigué par ses affluents.

Le fleuve est central pendant cette période où Montréal devient une grande ville industrielle. Mais ce « superbe instrument » n'est pas utilisable d'emblée. Il faut d'abord l'« aménager » et l'« assouplir », selon le géographe Raoul Blanchard, afin d'endiguer ses flots tumultueux, d'aplanir ses hauts-fonds, d'en maîtriser le cours. En amont comme en aval de Montréal, on convoite cette masse d'eau et d'énergie pour alimenter les usines et construire un grand carrefour de circulation des marchandises, des capitaux et des hommes. Toutes ces opérations ont pour effet de coloniser le Saint-Laurent. Les savants calculs et les plans des ingénieurs indiquent la voie à suivre pour transformer le fleuve et l'adapter aux activités économiques de la période. Ainsi, les entrepreneurs peuvent se lancer à l'assaut de ses rives et de son cours, ce qui se traduit par l'élargissement et l'approfondissement du canal de Lachine, l'aménagement de plusieurs kilomètres de quais dans le port, la construction du pont Victoria, le dragage d'un chenal dans le fleuve.

On convoite aussi l'eau vive du Saint-Laurent pour assainir la ville et favoriser son développement. Inspiré par l'idéal sanitaire, Montréal, à l'instar des grandes villes occidentales, se transforme en un milieu nettoyé par l'action de l'eau. Mais de quelle eau s'agit-il, et sous quelle forme se présente-t-elle ? C'est sur l'« eau courante » que se fonde l'idée de la ville salubre. L'eau vive, en l'occurrence celle du fleuve, est transformée en eau courante qui circule à travers l'espace urbain au moyen de tuyaux et de conduits. Ainsi modifiée et distribuée, l'eau devient le moyen par excellence pour assainir la ville, soulager les problèmes urbains et améliorer la qualité de la vie quotidienne. Guidés là aussi par les ingénieurs, grands maîtres d'œuvre de la « ville sanitaire[4] », les élus municipaux se lancent dans l'aménagement de vastes réseaux d'eau potable et d'égouts.

Dans ce chapitre, je reviendrai sur le contexte qui, à partir du milieu du XIXe siècle, conduit à l'adoption de l'idéal sanitaire et à sa réalisation dans le milieu montréalais. Comment expliquer que l'eau, considérée comme un obstacle quelques années plus tôt, devienne aussi cruciale ? Quels sont les mécanismes qui rendent possibles tous ces changements ? La nouvelle conception de l'eau qui s'élabore à l'époque résulte en fait d'une double transformation : transformation sur le plan politique, d'abord, par la municipalisation du territoire montréalais ; transformation sur le plan environnemental et technique, ensuite, par l'adduction de l'eau vive et sa modification en bien ou en marchandise[5].

Comme nous le verrons, ces deux changements se déroulent simultanément et s'alimentent l'un l'autre. De fait, la création du territoire municipal montréalais se produit et s'incarne, concrètement, par la mise en place de réseaux d'eaux, potable et usées, et par le travail effectué pour réglementer l'utilisation de la ressource. En retour, les nouvelles utilisations de l'eau résultant de sa distribution générale contribuent à la consolidation de l'espace politique local alors en élaboration. Par son intégration dans des circuits d'échange, l'eau participe au processus d'urbanisation du territoire tout comme à la structuration des rapports politiques. La maîtrise de l'eau se retrouve ainsi au cœur du nouveau mode de gouvernement de la ville, au même titre que les stratégies pour développer son économie.

Un nouveau mode de gouvernement

En décembre 1842, les lecteurs du quotidien *La Minerve* apprennent que Montréal compte désormais près de 41 000 personnes, 1 202 chevaux, 1 179 bêtes à cornes, 35 moutons et 725 cochons[6]. C'est près de cinq fois plus d'humains qu'en 1800, et presque dix fois plus de chevaux[7]. Les problèmes d'insalubrité causent une inquiétude grandissante. Ainsi le médecin Pierre Beaubien, nouvellement élu au conseil municipal, lance ce vibrant appel à ses collègues :

> La salubrité de la ville et la santé de ses habitants, sa population et son accroissement, sa situation, son embellissement, son commerce, la conservation de nos propriétés, la destinée de la ville [...] demandent des améliorations immédiates en son sein. Elle vous demande l'ouverture large de nouvelles rues [...], la formation de places publiques, des plantations d'arbres [...] ; elle demande la couverture de certains égouts, et le dessèchement de marais, de places, bourbeuses, qui environnent presque toute notre ville[8].

Fort des pouvoirs conférés par la nouvelle charte municipale en vigueur depuis 1840, le docteur Beaubien se révèle anxieux « d'entreprendre les améliorations de notre cité avec des vues grandes et éclairées ». Pour lui, salubrité urbaine et prospérité économique vont de pair. Son plaidoyer témoigne d'ailleurs de l'importance, voire de l'urgence, de mettre en place les conditions nécessaires pour faire de Montréal une ville florissante. La préoccupation n'est pas totalement nouvelle. Elle fait écho aux propos de Joseph Bouchette, de Jacques Viger et d'autres observateurs du début du siècle. Le contexte, en revanche, a bien changé.

La naissance de l'administration municipale

Depuis le début des années 1840, en effet, les villes sont dotées de pouvoirs particuliers pour gérer leur organisation matérielle en vertu des dispositions contenues dans le nouveau régime municipal[9]. La charte municipale fournit le cadre général pour préparer l'« avenir [...] à nos descendants, en jetant les fondements des grandeurs de notre ville », poursuit le conseiller Beaubien. De fait, c'est bien ce dont il s'agit. Il importe d'organiser le territoire montréalais et, partant, de structurer les conditions d'existence à travers l'aménagement de l'espace et l'introduction d'un arsenal de mesures destinées à assurer l'ordre et la salubrité. Véritable instrument d'urbanisation des populations comme des territoires, la mise en place des conditions de la vie collective va jouer un rôle essentiel dans la structuration des rapports sociaux et politiques. Mais un tel bouleversement ne se produira pas d'emblée. Si le cadre général est défini par la charte de Montréal adoptée en 1840, les modalités de son application restent à préciser. De nombreux ajustements accompagnent l'opération d'aménagement de la ville moderne. Au cours de ce processus, les autorités montréalaises vont travailler à la formation du territoire municipal et à l'établissement de leur pouvoir. Distribution de l'eau et évacuation des déchets sont des éléments essentiels pour concevoir et donner forme à l'organisation physique, sociale et politique de la ville moderne[10].

Dans ce contexte, l'objectif s'intensifie de faire de Montréal un espace vivant où la circulation constitue à la fois une condition d'existence et un facteur de développement. Dans la ville qui s'industrialise et où se développent les moyens d'accroître les échanges économiques, la circulation est vitale : celle du capital, des matières et des hommes. La quête de la salubrité urbaine dénote la détermination à faire de Montréal un espace libéré de tous les obstacles. Dès les premiers mois de son existence, le conseil municipal s'emploie d'ailleurs à adapter et à reconduire les règlements destinés à repousser hors de la ville les cimetières, les abattoirs, les déchets, en somme toutes les nuisances qui encombrent l'espace urbain[11]. S'y ajoute une tentative de nettoyer les rues de la ville en les arrosant durant l'été[12], mais l'opération ne connaît pas le succès attendu. C'est que l'administration municipale dépend alors d'une entreprise privée, la Compagnie des eaux, pour s'approvisionner. Dotée de moyens techniques fort limités, celle-ci ne dessert qu'une petite partie du territoire montréalais — au début des années 1850, on compte 1 064 locataires d'eau sur une population totale de plus de 57 000 habitants[13]. Qui plus est, il n'existe pas d'équipement spécial pour répandre l'eau ; l'arrosage des rues est donc rudimentaire.

La croisade contre l'eau stagnante et les miasmes se poursuit elle aussi avec des moyens limités, à coups de canalisations et de sections d'égouts pluviaux. Mais ceux-ci, faits en briques et en pierres, sont mal raccordés et bien souvent obstrués[14]. C'est sans compter les difficultés à neutraliser les miasmes en provenance des canaux et des cours d'eau débordant de matières en décomposition, auxquels on attribue une grande partie des maux urbains et des problèmes de santé.

L'idéal sanitaire

À cette époque secouée par de nombreuses épidémies, les références à la santé se multiplient. Il ne faut cependant pas se méprendre sur le sens du mot : la maladie et les problèmes qui lui sont liés se réfèrent non pas aux individus, mais au milieu urbain. Si la santé de la ville et celle de ses habitants se confondent souvent dans les propos, les solutions avancées ne trompent pas : elles concernent bel et bien la ville et son organisation, son nettoyage et son assainissement, pas les soins aux personnes. L'ingénieur plutôt que le médecin est appelé en renfort[15] pour résoudre des problèmes construits en termes de gestion du milieu et d'ingénierie.

Cette représentation et cette compréhension des choses tiennent notamment à l'état des savoirs et de la pratique médicale. Les médecins travaillent alors essentiellement au maintien de la santé, qui résulterait de l'équilibre entre différents facteurs ; ils ne s'emploient pas encore à guérir les maladies en tant que telles. Ils scrutent donc avec attention une foule d'éléments, par exemple l'eau, dont la mauvaise qualité est tenue responsable de l'affaiblissement de la constitution des personnes et de leur prédisposition à certaines affections. Certes, quand les médecins et les autres intervenants imputent les maladies à des problèmes environnementaux, ils ne sont pas totalement dans l'erreur, ces problèmes pouvant affecter la santé. Mais, comme se le demande Christopher Hamlin : « Quels éléments de l'environnement étaient responsables de maladies ? De quelles maladies et dans quelle mesure ? Dans bien des cas, l'attribution de maladies (ou d'atteintes à la "constitution") à des facteurs environnementaux était tellement générale qu'elle en devenait inattaquable[16]. » Ainsi, l'opinion sur les facteurs à l'origine des problèmes de santé se forme plus par la répétition des discours que par la démonstration de liens de cause à effet.

C'est pourquoi on vise le milieu physique, plus que la pauvreté ou les soins aux personnes, pour tenter de résoudre les problèmes de santé ; pourquoi la saleté est tenue responsable de la maladie, plutôt que l'extrême fatigue des ouvriers ou encore leur alimentation inadéquate ; pourquoi, en somme, des problèmes sociaux sont considérés et abordés comme des problèmes environnementaux. Par conséquent, les solutions avancées pour régler ces problèmes concernent l'assainissement du milieu urbain, non le développement de soins médicaux. Plutôt que d'agir directement sur la santé des populations, la municipalité entreprendra des travaux pour aménager la ville, faciliter le déploiement des activités économiques, sécuriser le bâti. C'est pour cette raison que, lorsque les services locaux de santé publique sont mis en place, les médecins recrutés vont d'abord suivre les ingénieurs. À leur tour, ils vont contribuer au développement des travaux publics plutôt que d'adopter des mesures pour améliorer la santé[17].

Encore aujourd'hui, l'historiographie prend au pied de la lettre les arguments des acteurs de l'époque et explique l'origine des réseaux d'eau en se basant sur leurs raisonnements. Elle reprend souvent leur justification à l'effet que le développement des réseaux constituait la solution logique pour prévenir les maladies. Il n'est pas difficile, dans les circonstances, d'imaginer le succès remporté en Angleterre par le haut fonctionnaire Edwin Chadwick lorsqu'il lance l'idée de la ville sanitaire pour résoudre les problèmes de salubrité urbaine au début des années 1840. En quoi consisterait-elle ? Selon son hypothèse, la solution passe par la circulation continue de l'eau : c'est le meilleur moyen pour enrayer la stagnation et assécher les sols, nettoyer la ville, évacuer les déchets, donc améliorer les conditions de vie et la santé. En cela, il s'appuie sur l'idée toute simple et largement partagée que l'eau stagnante est nocive, tandis que l'eau qui circule est source de vie et de bienfaits. En outre, la solution de Chadwick remporte les suffrages, car elle s'appuie sur des moyens techniques — essentiellement des tuyaux, des conduits et des drains — plutôt que sur des mesures d'encadrement ou de coercition[18].

Ce qui séduit dans la proposition de Chadwick, c'est surtout le pari sur lequel elle repose : elle mise sur l'assainissement de la ville et l'amélioration des conditions de vie au moyen de l'eau courante pour parvenir à assurer la paix sociale, une préoccupation centrale dans les villes anglaises, alors aux prises avec divers mouvements de révolte. Ce pari séduit tout autant les autorités montréalaises, dans un contexte où la ville est ébranlée par diverses crises : les secousses politiques au cours des années 1830, les fréquents épisodes de violence au moment des élections, les nombreux mouvements de grève, l'incendie du parlement du Canada-Uni en 1849 ou encore l'émeute Gavazzi[19], sans compter les périodes d'épidémie (de choléra, de typhus ou de fièvre typhoïde), fertiles, elles aussi, en tensions et en peurs.

L'eau courante : une « technologie de pouvoir[20] »

La solution préconisée par Chadwick est extrêmement coûteuse, sa mise en place nécessitant des moyens techniques importants. Pour la réaliser, il faut procéder à la transformation de l'eau vive en eau courante de manière à pouvoir la mesurer, la canaliser, la transporter, l'utiliser, la taxer. Cette transformation, qui s'accomplit par le travail technique des ingénieurs, deviendra un des principaux rouages de la vie urbaine, un des piliers constitutifs du territoire municipal, alors en élaboration.

La distribution de l'eau en réseau

Au début des années 1840, au moment où les réflexions sur la distribution de l'eau s'amorcent chez les élus montréalais, rares sont les villes dotées de réseaux d'eau courante[21]. À Montréal, l'idée d'améliorer les installations existantes et de les étendre à l'ensemble du territoire est d'abord envisagée pour des motifs plus ou moins vagues, liés autant à l'activité économique qu'à la salubrité publique. La manière dont le principal promoteur du projet, l'échevin Benjamin Holmes, le présente au conseil municipal trahit le caractère approximatif de l'entreprise :

> Cet établissement étant placé entre les mains de la corporation, chacun y gagnera, et la santé et l'aisance des citoyens. Les compagnies de l'acqueduc et du gaz exposent la corporation à de grandes dépenses, en conséquence du privilège dont elles jouissent d'ouvrir les rues quand bon leur semble pour placer leurs tuyaux, on sait quelle confusion cela crée dans nos rues. Maintenant si l'acqueduc appartenait à la cité tous les travaux pourraient être faits ensemble et à moins de frais[22].

Holmes parvient néanmoins à convaincre ses collègues, de sorte qu'en 1843 ceux-ci se tournent vers le gouvernement du Canada-Uni pour demander la permission de racheter les installations de la Compagnie des eaux de Montréal. La disposition précise cependant que seuls les contribuables désirant obtenir ce service pourront s'en prévaloir[23]. Manifestement, il paraît inconcevable d'imposer l'eau unilatéralement à tous les résidants, d'autant plus que celle-ci n'est alors accessible qu'à divers points de ravitaillement, essentiellement des fontaines dispersées dans la ville.

En 1845, Montréal devient donc propriétaire du réseau d'eau[24]. Au fil des ans, on essaie tant bien que mal de résoudre les problèmes techniques afin de multiplier les branchements au service. On mène diverses études en parallèle pour tenter d'améliorer la distribution de l'eau, qui vont conduire au projet d'aménager de nouvelles installations et de construire un aqueduc. On suggère aussi de changer le lieu de captage, alors situé dans les eaux du port vis-à-vis du centre de la ville. Afin de s'assurer que l'eau soit potable, on préconise d'établir la nouvelle prise à la hauteur des rapides de Lachine, situés plus en amont sur le fleuve, au-delà du territoire urbanisé. À cette époque, l'évaluation de la qualité de l'eau relève principalement du sens commun : on juge sa couleur, son odeur et son goût. Les rares analyses effectuées sont le fait de chimistes qui cherchent des sels minéraux et d'autres éléments dissous, et ne s'intéressent pas aux matières en suspension ni aux matières organiques[25]. Les comités spéciaux qui se succèdent font valoir les avantages que représenterait un meilleur approvisionnement en eau, tantôt pour améliorer la salubrité de la ville, tantôt pour protéger contre les incendies. On avance même l'idée qu'un tel service permettrait d'attirer des populations nouvelles et donc d'accroître les revenus municipaux tirés de l'impôt foncier[26]. À l'époque, des demandes en faveur d'un meilleur approvisionnement en eau sont aussi formulées par l'industrie et par le nouveau service municipal contre les incendies, le Département du feu.

Au printemps 1852, le président de la commission de l'aqueduc, Edwin Atwater, convainc le conseil municipal de se tourner vers un spécialiste pour résoudre le problème fort complexe de l'approvisionnement en eau de la ville[27]. Il recommande de confier le mandat à l'ingénieur Thomas Coltrin Keefer, un des maîtres d'œuvre de l'industrialisation du fleuve. Keefer va travailler au développement d'un système d'adduction de l'eau pour la ville, en même temps qu'il agit à titre d'ingénieur-conseil pour la Commission du Havre, responsable du port de Montréal[28].

L'ingénieur est invité à examiner « la possibilité d'amener l'eau [...] dans la vue non seulement de fournir un ample approvisionnement d'eau pour la consommation, mais aussi une puissance suffisante pour porter cet approvisionnement dans tous les quartiers de la ville et dans des réservoirs convenables[29] ». « Ample approvisionnement », « consommation », « puissance suffisante » : ce lexique trace les contours de la nouvelle conception de l'eau. Plutôt que d'aller la chercher dans le fleuve, on l'acheminera désormais vers la ville. Le modèle de développement de l'ingénieur Keefer est aussi fondé sur la notion d'eau courante. Il est construit en fonction d'un approvisionnement continu de la ville ainsi que d'une consommation constante :

> Les usages de l'eau ne se bornent pas à l'économie domestique : si elle est abondante et à bon marché, elle donne lieu à l'établissement d'usines ou de manufactures, et devient ainsi une source de profit immédiat pour la société. En second lieu, au moyen d'une surabondance d'eau, et d'une pression principale suffisante sur chaque rue, l'extinction des incendies devient certain et prompt, et cette circonstance, en diminuant le taux de l'assurance et donnant un surcroît de sécurité, attire des habitants et des capitaux. En troisième lieu, vu la chaleur intense de nos étés, et la quantité extraordinaire de poussière qui se forme dans nos rues, l'eau devrait être employée sans épargne, non seulement pour le bien-être des citoyens, mais encore pour la préservation des propriétés. [...] Quatrièmement, pour remplir des fontaines, dans des parcs, des jardins publics, et des lieux de promenade, l'abondance d'eau doit être considérée, non pas simplement comme un luxe, ou comme purifiant l'air, mais comme possédant une valeur commerciale[30].

Sous la plume de Keefer, l'eau devient incontournable, essentielle pour assurer la vitalité de la ville. Elle constitue un atout nécessaire, notamment au développement économique. Certes, si l'ingénieur insiste autant sur cette dimension, c'est aussi pour convaincre les autorités municipales de s'engager dans ce chantier énorme[31].

Keefer reprend à son compte l'idée de capter l'eau dans les rapides de Lachine, situés en amont de la ville, à plusieurs dizaines de mètres au-dessus du niveau du fleuve dans le port[32]. L'eau sera d'abord conduite dans un canal jusqu'à un pavillon doté de roues hydrauliques, qui actionneront des pompes permettant de la transporter à l'autre extrémité du pavillon. Elle sera ensuite acheminée vers un réservoir situé sur les flancs du mont Royal[33]. Au cours de son passage à travers le canal et les tuyaux étanches qui serviront à la distribuer, l'eau vive du fleuve sera transformée en eau courante. À l'issue de ce processus, elle ne sera plus considérée comme un produit de la nature, mais comme un bien, une marchandise rendue disponible par la technologie. De marginale et accessoire, l'eau courante devient indispensable et conquiert la vie quotidienne[34].

Toutefois, la distribution continue de l'eau ne se réalise pas d'emblée. La métropole connaît plusieurs épisodes de pénurie qui obligent à « avoir recours aux barriques pour charroyer l'eau du fleuve aux maisons[35] », une situation jugée inadmissible pour une grande ville en pleine expansion, comme le laisse entendre l'ouvrage promotionnel *Montréal fin-de-siècle*. Ainsi, l'abondance de l'eau du Saint-Laurent ne suffit pas : il faut aussi rendre la ressource disponible. Les ingénieurs municipaux doivent donc composer avec les variations du niveau du fleuve au fil des saisons. Des jetées sont bientôt construites à l'entrée du canal pour y empêcher l'accumulation de frasil durant l'hiver, puis des écluses pour éviter les débordements provoqués par la glace. Avec le temps, la force motrice de l'eau s'avère insuffisante pour actionner les pompes au moyen desquelles l'eau est acheminée vers la ville. De nouvelles pompes doivent être installées, qui fonctionnent à la vapeur, et dont le nombre ira croissant[36]. Suivront l'approfondissement du canal de l'aqueduc et la construction de réservoirs de rétention, principalement sur le mont Royal. En somme, comme le révèle un rapport du surintendant de l'aqueduc moins de deux décennies après la mise en opération du réseau, la nécessité de fournir de l'eau en abondance rend impérative l'adaptation du réseau à la croissance de la demande :

> L'Aqueduc qui, dans le principe, était regardé par ses promoteurs comme devant suffire amplement aux besoins de la génération

> actuelle, est aujourd'hui impuissant à fournir l'eau à la ville, en tout temps de l'année, cet objet de première nécessité pour tous : un approvisionnement d'eau abondant. De là la nécessité de ne plus reculer devant la gravité de la situation, et d'adopter un plan vaste et solide qui mette les citoyens à l'abri de toute crainte sérieuse pour l'avenir en plaçant notre Aqueduc sur pied tel qu'il puisse fournir un approvisionnement d'eau abondant et inépuisable[37].

Cet extrait du rapport montre bien une des caractéristiques de ces réseaux techniques complexes : leur existence dépend d'un travail d'entretien et d'ajustements constants[38]. Précédé par d'autres, ce rapport sera suivi par un nombre encore plus grand de comptes rendus similaires. La parution des uns et des autres à intervalles réguliers témoigne en elle-même du travail continu d'adaptation et d'agrandissement que connaît l'aqueduc de Montréal depuis sa mise en fonction[39]. La ville moderne apparaît ainsi en perpétuelle transformation et progression. Elle n'est jamais totalement complète et doit être entretenue, inspectée, améliorée. Les opérations d'entretien qu'exigent tous les équipements urbains rendent ainsi tangible le pouvoir de la municipalité.

De l'eau pour nettoyer, laver, évacuer[40]

À partir du moment où l'eau circule de manière continue et sous pression, il devient possible d'envisager un système d'égouts qui permettrait de nettoyer la ville en permanence. Le conseil municipal semble l'avoir compris puisque, dès la mise en opération de l'aqueduc en septembre 1856, il demande au nouvel inspecteur des chemins, l'ingénieur John P. Doyle, « de faire une exploration avec plans, sections &c de l'égout principal projeté dans la rue Craig à partir des limites de la Cité au sud jusqu'au ruisseau Migeon ou à peu près, dans la vue de l'adopter comme la source principale d'assainissement de la Cité et comme la base d'un système général et uniforme d'assainissement dans cette cité[41] ».

Le rapport que l'ingénieur présente au conseil municipal en mai 1857 intègre la vision sanitaire de Chadwick[42]. Il rend d'abord compte de l'enquête menée en vue d'élaborer un système apte à « drainer complètement et efficacement la ville ». L'ingénieur a examiné systématiquement la ville pour évaluer les possibilités de drainage, à l'intérieur de ses limites et au-delà. Il compte utiliser tous les cours d'eau et les intégrer au futur réseau d'égouts. Il a également procédé à l'examen du fleuve, de la pointe Saint-Charles jusqu'au ruisseau Migeon, afin d'identifier le meilleur endroit pour l'évacuation. Dans une visée didactique, l'ingénieur explique aussi en quoi consiste un système de drainage et d'égouts conforme à l'idéal sanitaire :

> Premièrement, que les égouts de la ville et des immeubles soient fabriqués avec des matériaux imperméables et qu'ils soient placés à une profondeur telle qu'ils puissent drainer les sous-sols et recevoir les eaux usées des étables, cuisines, cours et toilettes, de même que l'eau de pluie [...] qui, si elles ne s'écoulaient pas, pourraient contaminer l'air et se révéler destructrices pour la santé, et que toutes ces matières liquides et partiellement solides soient évacuées au-delà des limites de la ville. Deuxièmement, que les égouts soient construits et disposés de manière à recevoir tous les ruisseaux souterrains [...] parfaitement étanches [...]. Troisièmement, qu'on se débarrasse de la totalité des eaux usées et des détritus de manière à ce que ce ne soit désagréable ni pour la vue ni pour l'odorat. [...] Les raccords entre les égouts [...] doivent être tubulaires, afin d'assurer un courant continu dans les canalisations principales ; et le tout doit être bien ventilé et bien retenu, afin qu'aucun gaz nauséabond ne puisse s'échapper dans la ville ni dans les maisons[43].

Le système proposé va au-delà de la requête du conseil municipal. Il comporte sept grands égouts collecteurs, dont le parcours tient compte de la topographie de la ville, des embâcles en hiver et des variations annuelles du niveau du fleuve. Doyle recommande que les égouts ne se déchargent pas dans les zones densément peuplées, comme c'est alors le cas du côté du bassin Elgin, en plein cœur du port. Un bon système d'évacuation, explique-t-il, doit rejeter le contenu des égouts « très loin de la ville[44] ». C'est pourquoi il propose d'établir sa sortie en aval du ruisseau Migeon, au niveau du courant Sainte-Marie. Soucieux de l'écoulement constant des égouts, Doyle prévoit que les conduites seront placées suivant des pentes suffisamment inclinées, ce qui implique de redessiner une partie de la ville afin de niveler certaines rues et d'en rehausser d'autres.

À la suite de Chadwick, l'ingénieur montréalais redéfinit le terme même d'égout. Un système moderne et efficace doit être formé de « conduits » et non de « réservoirs », car ces derniers accumulent l'eau ; c'est le cas des égouts construits jusque-là[45]. L'idée de la circulation constante des matières est centrale, non seulement pour faire disparaître les eaux stagnantes et les déchets, mais aussi pour les évacuer[46]. Doyle établit à deux milles à l'heure la vitesse à laquelle l'eau doit circuler dans les conduits d'égouts. En comparaison, les bateaux sur le canal de Lachine se déplacent à une vitesse moyenne de 1,6 kilomètre à l'heure, soit la moitié moins vite[47]. Enfin, l'ingénieur insiste pour construire les installations très profondément dans le sol de manière à intercepter toutes les eaux usées, pour raccorder systématiquement toutes les maisons, et pour utiliser des matériaux qui assurent l'étanchéité des conduits et une meilleure circulation des matières.

Des décennies séparent l'élaboration de ces plans de leur réalisation, au cours desquelles plusieurs changements sont apportés aux schémas des ingénieurs, notamment pour des considérations financières. Comme dans le cas de l'aqueduc, les bouleversements que provoquent ces projets dans l'organisation matérielle de la ville, la vie quotidienne et la dynamique des rapports politiques sont à la mesure des travaux requis. Par le raccordement toujours plus étendu du bâti et la construction concomitante des réseaux, l'emprise de la municipalité sur le territoire et sur ses habitants se consolide.

Le raccordement aux réseaux

Si le raccordement aux réseaux d'eau et son financement ne se réalisent pas d'un seul coup, c'est en raison de considérations techniques, mais aussi de facteurs politiques. Dès les années 1840, les dirigeants montréalais réalisent que l'extension de la distribution de l'eau, fort coûteuse, ne peut se faire que par le raccordement de toutes les maisons. En 1851, ils obtiennent donc du gouvernement le pouvoir « d'obligation d'usage », qui leur permet de contraindre tous les contribuables à se raccorder au réseau et de les taxer à cette fin. Comme la loi le précise, « il sera et pourra être loisible à la dite corporation [...] de déclarer par un règlement que les propriétaires ou habitants des maisons, magasins et autres bâtiments [sont] sujets à une taxe ou cotisation annuelle, [...] tant ceux qui consentiront que ceux qui refuseront d'admettre dans leurs maisons, magasins ou autres bâtiments, le tuyau qui doit conduire la dite eau[48] ». L'eau devient ainsi le seul service municipal à faire l'objet d'une tarification spéciale, fixée en fonction de la valeur des immeubles plutôt que de la consommation[49]. À l'époque, comme la préoccupation première concerne le financement de la pose des conduites d'eau, on ne se soucie pas encore d'établir le coût de l'eau consommée. Le financement est d'emblée lié au foncier, comme pour les autres travaux de voirie, à cette différence près que l'eau est taxée de manière particulière. En vigueur dès la mise en fonction du nouvel aqueduc en 1857, le taux d'imposition est modulé afin de taxer davantage les gros consommateurs (industrie et commerce), dotés de compteurs d'eau à partir de 1874[50].

D'après Dany Fougères, la généralisation de l'eau courante devient techniquement possible dès le début des années 1860. La municipalité pourra taxer tous les contribuables montréalais, propriétaires comme locataires, dès lors que leurs demeures seront raccordées au réseau. Seuls les premiers jouissent au départ du droit de suffrage : la propriété foncière, sur laquelle est fondé le système municipal, sert à établir tant la fiscalité que la qualification électorale. Or, à partir du moment où les locataires se transforment eux aussi en contribuables par le truchement de la taxe d'eau, il devient difficile de ne pas leur accorder le droit de suffrage. C'est sans doute pourquoi ils vont l'obtenir en 1860. Mais une bonne partie des contribuables d'origine ouvrière ayant du mal à s'acquitter de la taxe, ils ne pourront exercer leur nouveau droit[51].

Il faudra des années avant qu'on parvienne à raccorder systématiquement chaque unité de logement au réseau d'eau. Selon la loi, la taxe d'eau est établie en fonction de la valeur foncière de chaque maison d'« habitation », avec l'ajout d'une somme fixe pour chacun des logements qu'elle regroupe. Les propriétaires ont la responsabilité de fournir des tuyaux de distribution séparés pour chacun d'eux. Or tous ne s'acquittent pas de cette obligation, de sorte que le nombre exact de logements raccordés au service de l'eau échappe pendant un certain temps à la municipalité. C'est une situation inadmissible, comme l'explique le surintendant de l'aqueduc :

> Cet état de choses prive [la municipalité] d'une partie du revenu qu'elle devrait recevoir par la taxe d'eau. En effet, dans la plupart des cas où existe cette disposition d'un tuyau commun à plusieurs logements, les locataires s'entendent et se cotisent ensemble afin de faire payer seulement la taxe imposée à un seul d'entre eux [...]. Pour faire cesser cet abus et recouvrer au trésor une importante portion de son revenu, il serait nécessaire d'établir [...] des services et des robinets d'arrêt distincts pour chaque logement[52].

Tous les logements vont donc être raccordés au réseau municipal. En plus d'assurer un contrôle plus étroit de la consommation, ce raccord généralisé permet de relier la sphère publique à la sphère privée. Ainsi, la municipalité introduit l'idée de la responsabilité collective de l'eau. Puisque tous les habitants bénéficient désormais de ce service, tous doivent en assumer les coûts. Ce raccordement permet également à la Ville d'accroître son pouvoir sur les individus : comme elle

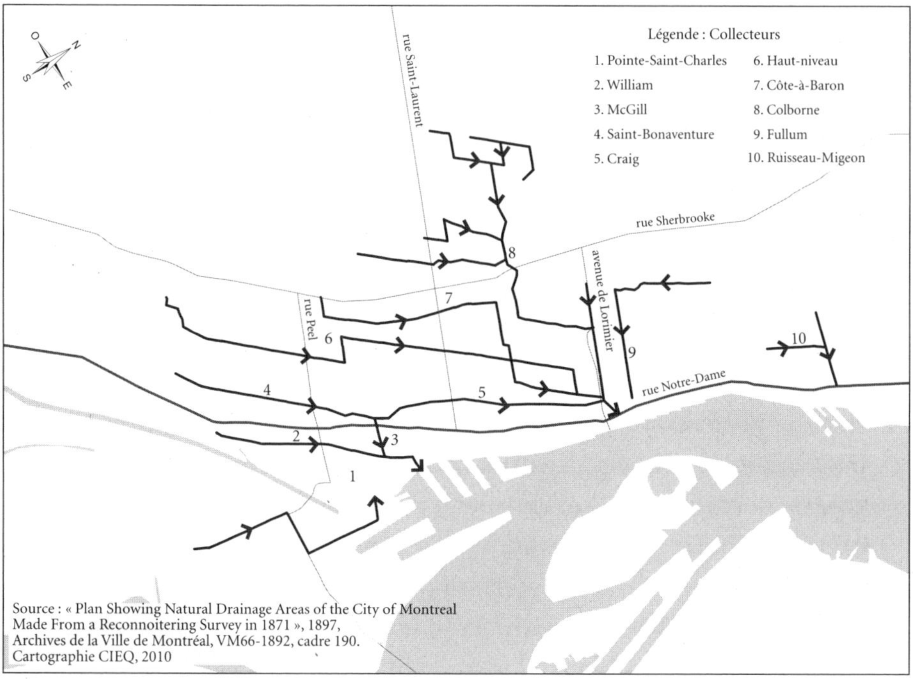

Figure 8. Le réseau montréalais des grands égouts collecteurs en 1897.

fournit un service public qui pénètre dans chacun des foyers, et qu'elle tient à l'assurer de la meilleure manière et au coût le plus bas possible, elle s'arroge le droit de réglementer les travaux de plomberie, à l'extérieur comme à l'intérieur des logements.

En somme, si le réseau public de distribution de l'eau a des conséquences immenses sur le plan pratique, puisqu'il rend possible le développement des usages de l'eau et contribue à l'amélioration des conditions de vie, il a également des retombées politiques majeures. Il consolide l'idée d'un espace politique spécifique au niveau local, qui repose sur le réseau physique de l'eau courante reliant tous les individus entre eux. Qui plus est, ce mode de raccordement contribue à la diffusion des normes hygiéniques encore plus efficacement que ne l'ont fait les injonctions du service de santé municipal depuis 1865. C'est ainsi que l'eau courante devient une technologie de pouvoir[53].

La ville, un espace nettoyé en permanence

Le raccordement au service de l'aqueduc se double à la même époque du raccordement au réseau d'égouts. Pour mener à bien le chantier, la municipalité obtient de nouveaux pouvoirs qui lui confèrent une plus grande marge de manœuvre[54]. Elle établit des règles systématiques pour le partage des coûts de construction avec les propriétaires fonciers et n'a plus besoin de leur accord avant de procéder. Pour leur part, les propriétaires sont désormais responsables du drain raccordant leur maison à l'égout commun. Le recours aux règlements municipaux permet donc de compléter plus rapidement le réseau des égouts. En outre, en normalisant le processus, ces règles de fonctionnement préviennent les contestations des propriétaires et les débats sur le bien-fondé du réseau. Avec le temps, on en arrive ainsi à construire des égouts dans les rues avant même que celles-ci ne soient aménagées[55].

En parallèle, les ingénieurs du service de la voirie aménagent des égouts collecteurs, comme le recommande le plan Doyle. Au début des années 1870, ces conduits drainent déjà une bonne partie du territoire de la ville. Acheminant eaux usées et eaux de ruissellement, ils se dirigent tous vers le fleuve. Montréal adopte ainsi un système d'égouts unitaire, moins coûteux que le système séparé préconisé par l'ingénieur Doyle, qui consistait à établir des réseaux distincts pour les eaux usées et pour les eaux de ruissellement. En outre, plutôt que d'envoyer les rejets en aval du centre-ville, comme Doyle le suggérait, les nouveaux collecteurs suivent les voies d'évacuation existantes, situées à l'intérieur de la ville ; c'est une solution moins onéreuse. Les eaux et les boues sont donc conduites vers le port : dans le bassin Elgin vis-à-vis de la pointe à Callière, au pied de la place Jacques-Cartier, à l'est du marché Bonsecours et au pied de la rue Dalhousie, comme illustré sur la carte des grands collecteurs. Même si les aménagements entrepris par la suite favorisent une certaine déconcentration des lieux de déversement des boues, ces dernières continuent d'être rejetées principalement vis-à-vis du centre de la ville. La situation provoquera d'importants problèmes, qui seront abordés dans le prochain chapitre.

À partir de 1865, alors qu'est créé un Bureau municipal de santé permanent, la perspective sanitaire domine pratiquement sans partage. Dès lors, les médecins gagnent en importance ; ils occupent une place croissante au sein de l'administration montréalaise, ce qui se traduit par la mise en place d'un ensemble de divisions spécialisées placées sous leur autorité[56]. Véritables apôtres du plan Doyle, les médecins ne manquent pas une occasion de faire valoir les mérites du drainage continu de la ville. La consommation croissante de l'eau dans les divers secteurs de Montréal accentue par ailleurs le problème de l'évacuation des eaux usées[57].

Dans ce contexte, les médecins obtiennent des pouvoirs plus importants. Ainsi, ils peuvent collecter des informations sur la composition de la population et sur ses conditions de vie, destinées à produire des statistiques vitales, et adopter des règlements sur l'installation de la tuyauterie dans les maisons, le type de matériaux à utiliser, les normes régissant l'exercice de la plomberie[58]. Toutes ces mesures ouvrent la voie à des inspections de plus en plus poussées, ce dont se réjouit le surintendant du Bureau de la santé :

> La ville doit être tenue dans un état parfait de propreté. On atteindra ce but par un bon système de vidanges. [...] Outre le nettoyage des cours, des ruelles, des rues et des privés, nous devons voir à la salubrité intérieure des logements. Ce service se fait à l'heure qu'il est par la police sanitaire. L'inspection de la ville se fait de maison en maison ; on s'enquiert de l'état des caves, des canaux des cours, s'il y a un syphon ou non, des water-closets, des privés, des cours, etc., etc.
> On a assigné un district à chaque homme de la police sanitaire qui entre dans un livret ses observations[59].

Mais avant de crier victoire, il faut faire disparaître les fosses d'aisance dans les cours arrière des logements, considérées par un médecin comme des « bouches béantes dont les émanations souillent l'atmosphère[60] ». On leur reproche de ne pas être reliées correctement aux égouts, ce qui donne lieu à l'infiltration dans le sol des matières qu'elles contiennent, qui « pénètrent les fondations des maisons, empestent les caves, et montent même, par porosité, jusqu'au sommet des murs ». Quelle est la solution préconisée ? « Remplacer les fosses fixes par des water-closets (privés pourvus d'eau et en communication directe avec l'égout) dans chaque logement. » L'installation de toilettes à l'intérieur des maisons est donc présentée comme la seule solution ; il aurait pourtant été possible de parvenir aux mêmes fins en revoyant seulement la manière dont les fosses étaient reliées aux canaux d'évacuation. En somme, par le biais d'installations sanitaires dans les maisons, le travail d'inculcation de nouvelles normes se poursuit. La croisade pour la salubrité urbaine s'est transposée à l'hygiène. Elle devient le credo du bon gouvernement des hommes et des choses, gage de la stabilité sociale, comme l'explique le *Bulletin sanitaire*, l'organe des hygiénistes : « La civilisation moderne a rendu tous et chacun solidaires les uns des autres, l'état normal de la société devenant intimement lié au bon état individuel de la santé[61]. »

Le Saint-Laurent : un chantier perpétuel

En plus d'être mis à contribution dans le développement des réseaux d'eau, le Saint-Laurent fait l'objet de réaménagements orchestrés par les élites commerciales et industrielles. Leurs projets en font un chantier perpétuel. À partir du début des années 1840, on multiplie les travaux en amont et en aval de Montréal, en vue de favoriser une circulation toujours plus rapide des capitaux pour en tirer les meilleurs rendements possibles, d'exploiter la puissance des rapides de Lachine, d'établir le grand port de l'Amérique du Nord sur l'Atlantique. Les projets destinés à transformer le fleuve font écho en partie aux visées exprimées depuis le début du XIXe siècle. Les discours emphatiques d'hier ont cependant cédé la place à une vision fonctionnelle de l'eau, construite à partir des calculs des ingénieurs et des *river barons* de cette période[62].

La transformation du fleuve s'appuie désormais sur un corpus de données empiriques qui servent à la fois à mieux concevoir le cours d'eau et à justifier ses réaménagements. Débit et niveau de l'eau, déclivité, courants, mouvements des glaces, profondeur et largeur sont minutieusement colligés dans les volumineux rapports annuels de la Commission du Havre, responsable des aménagements dans le port. En favorisant une connaissance objective du Saint-Laurent, ces données, toujours plus nombreuses, servent d'arguments pour convaincre de la nécessité de travaux ambitieux. Les grands projets qui s'amorcent alors sont bien connus : leurs promoteurs en ont laissé plusieurs traces, et bien des études sur le sujet ont été produites depuis lors. L'objectif de cette troisième partie est de considérer ensemble les travaux et les aménagements qui vont conduire à l'industrialisation du Saint-Laurent.

Les mérites et les défauts du fleuve

C'est en ces termes que le géographe Raoul Blanchard aborde l'étude du Saint-Laurent dans sa synthèse sur la plaine de Montréal, produite à la fin des années 1930. Mais, s'empresse-t-il d'ajouter, « rassurons-nous : le Saint-Laurent a plus de qualités que de défauts ; il est permis de le tenir pour un fleuve remarquable[63] ». Depuis une centaine d'années, bien des hommes d'affaires, des grands commerçants et des ingénieurs le pensent aussi. S'ils ne partagent pas les mêmes objectifs — loin s'en faut —, tous sont convaincus de la possibilité et de la nécessité de corriger les défauts du fleuve pour profiter de ses mérites. Plus que les obstacles naturels, ce sont les limites techniques de l'homme qu'il s'agirait de dépasser, comme le laisse entendre le président de la Commission du Havre, John Young : « La nature s'est montrée prodigue avec le Canada, et tout ce qu'il faut maintenant, c'est que l'art vienne en aide à ce que la nature a apporté, en aménageant nos rivières, nos ports et nos canaux afin de créer toutes les installations possibles et de perfectionner la navigation par tous les moyens envisageables[64]. »

En amont de Montréal, les impétueux rapides de Lachine constituent le principal obstacle. Le premier canal destiné à les discipliner, en 1825, est à peine inauguré qu'il fait l'objet de critiques, n'étant déjà plus assez profond pour les navires à fort tirant d'eau. Il faut cependant attendre le début des années 1840 et le retour de la stabilité politique après les rébellions pour que le chantier reprenne. Le gouvernement du Canada-Uni procède alors à un second élargissement du canal, qui double le gabarit des écluses. Celles-ci atteignent soixante et un mètres de longueur et quatorze de largeur. La profondeur des eaux est portée à 2,75 mètres[65]. Les ingénieurs parviennent en outre à réduire le nombre d'écluses de sept à cinq, ce qui permet d'accélérer le passage des navires. Trente ans plus tard, on procède à une troisième série d'aménagements, à l'issue desquels le canal atteint 4,6 mètres de profondeur[66]. En provenance tantôt de l'amont, tantôt de l'aval, leurs cales chargées de bois et de céréales, ou de produits manufacturés, les bateaux qui naviguent dans les eaux du canal s'insèrent dans des réseaux commerciaux toujours plus complexes.

Le débit résultant de la dénivellation des eaux entre les écluses est par la suite converti en énergie hydraulique, destinée à alimenter les entreprises de la révolution industrielle naissante. Plus qu'un simple canal de navigation, le canal de Lachine devient un « aqueduc industriel[67] ». Toute la pointe Saint-Charles est transformée avec l'installation d'usines de fabrication alimentaire, de métallurgie et de matériel de transport, qui favorisent l'urbanisation d'un territoire jusque-là utilisé pour l'agriculture[68]. Mais tout le secteur est vulnérable aux inondations provoquées par les débordements du fleuve, du canal et de la rivière Saint-Pierre, qui traverse le territoire avant de se jeter dans le Saint-Laurent[69]. J'y reviendrai dans le chapitre suivant.

En aval de Montréal, des obstacles se dressent aussi. Le parcours

Figure 9. L'entrée inférieure du canal de Lachine, vers 1875.

sinueux du Saint-Laurent et, plus encore, les hauts-fonds du lac Saint-Pierre, à la hauteur de Trois-Rivières, gênent la montée et la descente des navires. À coups d'opérations de dragage, un chenal est aménagé dont on augmentera la profondeur, la longueur et la largeur à intervalles réguliers. Il passe ainsi d'une profondeur de 4,4 mètres en 1853 à 6 mètres en 1865, puis à 8,2 mètres en 1885[70]. Chaque épisode de creusage s'accompagne d'opérations complexes d'élargissement du chenal. Fort coûteux, ces chantiers ont pour objectif de permettre à des navires toujours plus gros d'emprunter le chenal, afin de concurrencer le port de New York. Prémonitoires, ces propos de l'historien W. H. Atherton au début du XXe siècle rendent bien compte de la volonté constante d'accroître les capacités de la voie fluviale : « Cet approfondissement du chenal a entraîné et suscité une vaste expansion du trafic maritime de la ville, que l'établissement de la navigation à vapeur a rendu plus important. À l'avenir, le commerce de Montréal sera toujours directement proportionnel à la profondeur du chenal[71]. » Le Saint-Laurent devient un chantier permanent où l'entretien et le nettoyage du chenal et des canaux ne laissent pas de répit. Marées, fonte des glaces, courants chargés de matières et de sédiments nécessitent le dragage des fonds, la construction de barrages pour régulariser le débit des affluents secondaires, prévenir les crues, briser les embâcles[72].

Un port en voie de modernisation

Situé à la jonction de la voie navigable du Saint-Laurent et du canal de Lachine, le port de Montréal confirme son rôle de lieu de transbordement des marchandises établi à la fin du XVIIIe siècle. À partir des années 1840, le port se transforme au rythme des ambitions des grands commerçants, toujours désireux de s'enrichir davantage. Avant même que soit terminée la première opération de dragage du fleuve en 1853, les membres de la Commission du Havre procèdent à l'érection de nouveaux quais. Ici, le progrès se mesure en mètres puis en kilomètres de quais. Leur longueur passe de 1,5 à 3 kilomètres en 1850, puis à 5 en 1867 et à 9 en 1896. Comme le port est aménagé surtout dans sa partie centrale, les possibilités d'expansion sont restreintes. C'est pourquoi les commissaires optent très tôt pour la construction de quais perpendiculaires à la rive. La longueur des quatre quais ainsi construits de 1839 à 1846 varie de soixante-cinq à cent mètres, tandis que la profondeur des bassins augmente à six mètres[73]. Réalisés à l'époque où la rue des Commissaires est macadamisée et élargie, ces travaux vont contribuer à éloigner le fleuve de la ville. À la fin des années 1850, le port se déconcentre vers l'est avec l'aménagement du quai Hochelaga, en aval du courant Sainte-Marie. Il forme bientôt « une ligne ininterrompue de quais longue de trois milles et demi entre Pointe Saint-Charles et Hochelaga[74] ».

Les progrès du port se comptent aussi par le nombre de navires qui y accostent, dont le total passe de 3 478 en 1855 à 4 817 en 1860, et à 5 129 en 1865. La valeur des exportations et des importations qui transitent par le port connaît également une bonne croissance[75]. Pour le transbordement des marchandises, le port sera doté de hangars puis, à partir des années 1880, de silos pour entreposer le grain. Le chemin de fer du Grand Tronc, adjacent aux quais, permet d'accélérer le transfert des marchandises d'un mode de transport à l'autre. En 1889, ces voies ferrées deviennent accessibles à toutes les compagnies ferroviaires[76].

Bien des obstacles résultent de la compétition que se livrent les élites économiques. Un premier différend oppose celles dont les intérêts sont d'abord liés au développement des chemins de fer à celles qui misent en priorité sur le développement du port[77]. Ainsi, les représentants de la compagnie ferroviaire du Grand Tronc, qui construit le pont Victoria durant les années 1850, caressent le rêve de faire de Québec et Portland les grands ports d'exportation et d'importation, en remplacement de celui de Montréal. Des tensions surgissent également au sein même des élites intéressées au développement du port de Montréal. Elles opposent tantôt les promoteurs de l'aménagement de la partie ouest et ceux de l'aménagement de la partie est, tantôt les entreprises qui rivalisent afin d'obtenir les meilleurs emplacements. La quête de subsides auprès du gouvernement fédéral suscite aussi son lot de tensions, tout comme les demandes de soutien aux autorités municipales[78]. La gestion même des installations portuaires ne va pas sans mal. Recherchant les profits à court terme, les grands commerçants ne favorisent pas les gros travaux d'aménagement du port, contrairement aux industriels, dont les besoins exigent des installations lourdes et coûteuses. Ce conflit est à l'origine de la lenteur avec laquelle on procédera à l'aménagement du port. De fait, il s'écoule plusieurs dizaines d'années entre les travaux des années 1840 et 1850 et ceux de la fin du siècle, entrepris dans la foulée d'une forte croissance économique[79]. La photo de la figure 10 rend bien compte de l'encombrement qui règne dans le port.

Malgré son importance dans l'économie montréalaise et le poids des intérêts en jeu, le port reste vulnérable aux conditions climatiques et aux sursauts du fleuve. Pour parer aux inondations saisonnières, la Commission du Havre procède chaque année au laborieux travail d'hivernisation des installations. Les uns après les autres, les entrepôts, les silos et les autres équipements temporaires sont démantelés. L'illustration du port montre ces installations bringuebalantes, où seuls le mur de soutènement et les voies qui descendent vers le port sont construits en pierre. Cette situation est soulignée avec un certain dépit par les commissaires du port lors d'une enquête sur les inondations de 1886 : « Montréal est la seule ville dont les quais soient submergés continuellement pendant cinq mois de l'année[80]. » Le temps perdu à refaire le port chaque année entraîne d'autant plus de frustration que la saison de navigation dure seulement sept mois.

Figure 10. Le port de Montréal, vers 1872.

À l'époque, les pressions se font de plus en plus nombreuses pour que soit enfin entrepris le vaste plan de réaménagement du port, qui dort dans les cartons des ingénieurs engagés par la Commission du Havre en 1875. On l'appelle le plan Kennedy, du nom de l'ingénieur en chef de la commission. De crise économique en tensions politiques, et de report en réévaluation, le plan sera finalement mis en branle à la fin des années 1890. Il lance un nouveau cycle de transformation des rives du fleuve, d'une ampleur inégalée. Tous ces travaux vont permettre de neutraliser en bonne partie les soubresauts et les dégâts causés par les inondations. Or, à peine les travaux sont-ils terminés qu'on se rend compte que les nouvelles installations, à la fine pointe de la technologie, ne peuvent donner leur plein rendement. C'est que les bassins du port sont de plus en plus chargés des boues déversées par les égouts.

Figure 11. Chaque année, il faut libérer des glaces les installations portuaires, ce qui requiert temps et énergie.

Conclusion : un fleuve en voie d'industrialisation

Malgré toutes les opérations mathématiques et techniques destinées à faire du fleuve le réceptacle des déchets de la ville et l'instrument de sa prospérité, la maîtrise du Saint-Laurent n'est jamais acquise : la vase et les hauts-fonds se reforment inlassablement dans le chenal par suite du courant et du passage des bateaux, et les glaces paralysent la navigation durant les longs mois d'hiver. Les travaux entrepris pour l'« aménager » et l'« assouplir » ont certes transformé le Saint-

Figure 12. Des ouvriers travaillent à la construction du pont LaSalle lors de travaux au canal de l'aqueduc, entre 1915 et 1917.

Laurent, mais il requiert toujours un entretien constant pour remplir les fonctions qui lui ont été attribuées. De même, si l'eau puisée dans le fleuve contribue à faire de Montréal une ville moderne et nettoyée en permanence, la réussite du nouveau mode de gestion et de distribution de l'eau n'est pas assurée : le frasil qui s'accumule à l'entrée du canal de l'aqueduc, principale voie d'approvisionnement en eau de la ville, ou la croissance continue de la consommation exigent, eux aussi, des ajustements incessants.

À la jonction des transformations politiques et des transformations environnementales et techniques, le fleuve ainsi aménagé, ses installations et les réseaux d'eau alimentent le nouvel ordre qui régit l'organisation de l'espace urbain. Mais comme tout ordre social, celui-ci n'est jamais achevé. Soumises aux rapports de pouvoir et aux transformations de l'environnement, les relations entre milieux urbains et milieux naturels font l'objet d'ajustements techniques et politiques continus. Avant la fin du XIXe siècle, les inondations saisonnières, de plus en plus dévastatrices, et les boues qui s'accumulent dans les bassins du port témoignent de la nécessité de ces ajustements. Elles peuvent être vues comme autant de signes du caractère irréductible du fleuve, qui se rebelle contre l'industrialisation dont il fait l'objet.

CHAPITRE 4

De la ville à l'île : extension des réseaux d'eau et structuration du territoire

Montréal est à même l'eau abondante. Il n'a pour ainsi dire, qu'à tendre la bouche pour se désaltérer et qu'à dérouler ses lances d'arrosage, qu'à donner libre jeu à ses bornes-fontaines pour se laver, pour combattre les ferments de maladie qui tombent de ses innombrables cheminées ou émanent de ses fumiers délayés par le parcimonieux arrosoir municipal. Il n'a qu'à vouloir pour nettoyer à eau courante, à ruisseaux dégorgeants, ses rues, ses squares et ses jardins. Des déluges d'eau d'arrosage! c'est la seconde condition de vie, de santé publique, de beauté, de fraîcheur, d'attraction [...].

GUILLAUME-ALPHONSE NANTEL (1910)[1]

Des déluges d'eau : voilà une des grandes richesses de Montréal, claironne le journaliste Guillaume-Alphonse Nantel[2] dans son traité d'urbanisme. La métaphore, qui évoque les millions de pieds cubes d'eau en circulation durant cette période de forte urbanisation, est à peine exagérée. Nécessaires pour actionner les puissantes machines des manufactures montréalaises, ces « déluges » servent aussi à alimenter une population qui se compte par dizaines de milliers et bientôt par centaines de milliers d'habitants, et à déverser les eaux usées sur les rives de l'île. Le volume d'eau en circulation devient d'ailleurs critique à cette époque où le territoire urbanisé explose. Avant même la fin du XIXe siècle, l'espace compris à l'intérieur des limites officielles de Montréal est entièrement aménagé. Au pourtour, de petites localités, tantôt des villages, tantôt des villes, ont vu le jour. Le développement des tramways donne une forte impulsion au mouvement d'urbanisation, en favorisant les déplacements sur des distances toujours plus grandes. Le centre-ville se déplace vers la rue Sainte-Catherine, tandis que le quartier du port se spécialise dans les affaires et le négoce.

Loin de réduire la quantité de nuisances produites, l'idéal sanitaire, qui inspire l'urbanisation en cours, conduit au contraire à leur accroissement et à la pollution des cours d'eau. C'est que le développement des infrastructures hydriques favorise la consommation d'eau et, par conséquent, augmente la production d'eaux usées. Comme chaque nouvelle localité aménage ses propres réseaux, le volume d'eau en circulation s'accroît. Il faut aussi compter avec le développement des services d'hygiène, municipal et provincial, et la multiplication des inspections sur le terrain. Munis de leur carnet de notes, de leur science et de leur zèle, les inspecteurs sanitaires mènent enquête sur enquête concernant la situation des cours d'eau. Ce faisant, ils élaborent un vocabulaire pour décrire l'indescriptible et trouvent les mots qui contribuent à faire surgir les réalités. En même temps qu'ils tentent d'apporter des solutions aux problèmes de pollution, leurs enquêtes et leurs rapports donnent à ceux-ci une visibilité accrue. Ils contribuent à créer un climat d'urgence qui conduit à l'adoption de nouveaux moyens techniques pour gérer l'eau dans la ville et en périphérie, et à la transformation de l'hydrologie du fleuve et de la rivière des Prairies.

Les problèmes qui se posent sont pensés d'abord dans une perspective de santé publique. Tandis qu'au XIXe siècle les ingénieurs ont joué un rôle crucial dans la transformation du rapport avec l'eau et dans l'émergence de la ville sanitaire, au début du XXe siècle les médecins se retrouvent au premier plan. L'objectif d'assurer une eau saine du point de vue bactériologique conduit au traitement systématique de l'eau destinée à la consommation humaine. Dès lors, les rares mesures vouées à protéger les cours d'eau des déversements d'eaux usées sont abandonnées. Cette nouvelle perspective favorise une intervention accrue des pouvoirs publics et l'extension de leurs prérogatives[3]. Les dirigeants montréalais étendent leur autorité sur une partie croissante de l'île, par l'annexion de certaines banlieues limitrophes et la fourniture du service d'eau potable. Les solutions adoptées pour régler les problèmes liés à la gestion de l'eau améliorent sur certains plans les conditions de vie, mais elles produisent par ailleurs des inégalités environnementales[4]. Montréal se nettoie en repoussant ses déchets hors de ses frontières, dans les cours d'eau et sur les territoires des villes environnantes, particulièrement celles en aval et sur le versant nord.

Les mesures adoptées à cette époque relèvent à la fois de la conception miasmatique et de la conception microbienne de la propagation des maladies[5]. Pour résoudre les problèmes d'assainissement, l'une comme l'autre préconisent de séparer les milieux, d'établir des frontières entre déchets et population, entre eau sale et eau potable. Ce chapitre illustre cet effort de séparation à partir de trois crises. La première survient dans la foulée des travaux de réaménagement de la berge du Saint-Laurent et du port, qui visent à protéger des inondations. La seconde est provoquée par la dégradation des eaux de la rivière Saint-Pierre et conduit à sa transformation en infrastructure sanitaire. La troisième éclate par suite des déversements toujours croissants des eaux usées de Montréal sur le versant nord de l'île, dans la rivière des Prairies. Un des problèmes communs de ces conflits est l'utilisation des cours d'eau à la fois comme source d'alimentation et comme lieu de rejet des égouts. La volonté de séparer les milieux pour résoudre ces crises ne débouche pas tant sur la disparition de l'eau que sur son imbrication plus poussée dans la vie urbaine, par la transformation des cours d'eau et des rives en infrastructures. Le rapport avec l'eau se modifie alors à la fois sur le plan matériel et sur le plan conceptuel.

« Combattre les débordements du Saint-Laurent[6] »

En avril 1886, les eaux du Saint-Laurent inondent une grande partie de la zone riveraine de Montréal. Ce n'est pas la première fois qu'une telle catastrophe survient. Mais cette année-là, la situation est particulièrement critique. Les eaux du fleuve s'élèvent à 27 pieds (8,25 mètres) au-dessus du niveau moyen estival[7]. Plus d'une quinzaine de kilomètres de rues sont submergés par un mélange d'eau glaciale du fleuve et d'eaux provenant des égouts[8]. Dans la foulée, le gouvernement fédéral crée une commission d'enquête « chargée de s'enquérir des causes des inondations qui *dévastent* la ville de Montréal annuellement [...] et suggérer les *remèdes* nécessaires pour en prévenir le retour[9] ». Les termes employés confèrent un caractère quasi pathologique aux inondations, telle une maladie qui terrasserait la vie montréalaise.

Un géant paisible[10] ?

Depuis les débuts du peuplement européen, pourtant, Montréal est régulièrement inondé. En témoigne la croix de bois qu'érige Maisonneuve sur le mont Royal en 1643 pour remercier Dieu d'avoir épargné la ville cette année-là[11]. Or, jusqu'au lotissement des terrains marécageux de la pointe Saint-Charles dans les premières décennies du XIXe siècle, le débordement des eaux n'est pas considéré comme une catastrophe, même si on le consigne et qu'il inquiète la population. En fait, la gravité des dommages causés par les inondations s'accroît au fur et à mesure qu'avance l'urbanisation des rives du Saint-Laurent. Si on ne se soucie pas trop des demeures des populations ouvrières de la *city below the hill,* selon l'expression du réformiste de la fin du XIXe siècle Herbert Brown Ames, on se préoccupe davantage de la détérioration éventuelle des installations industrielles et portuaires le long du fleuve. Bon an, mal an, la situation oblige la Commission du Havre à financer la reconstruction de certaines d'entre elles[12].

Récurrente, la question des inondations est discutée par les autorités depuis le tournant des années 1830. À la suite des crues de 1838, 1840 et 1841, un premier mur de soutènement en pierres est érigé devant la ville, dépassant d'une trentaine de centimètres le plus haut niveau atteint par le fleuve à l'époque[13]. Des descentes sont aussi aménagées depuis la rue des Commissaires, face aux principales rues transversales, pour rejoindre les quais situés en contrebas[14]. Toutefois, si la mesure semble suffire un temps, elle s'avère impuissante à protéger de la crue de 1848. Par la suite, la ville est inondée à plusieurs reprises au cours des années 1860-1870, et coup sur coup en 1885, en 1886 et en 1887.

En 1885, les autorités montréalaises instaurent un comité des inondations afin de « s'enquérir des causes des inondations dont nous avons eu à souffrir périodiquement [...] et à prendre des mesures temporaires pour empêcher, si c'est possible le[ur] retour[15] ». Pendant deux ans, le comité entend les témoignages de navigateurs, d'ingénieurs et d'hommes d'affaires qui avancent des explications et proposent diverses pistes de solutions basées sur leur expérience. Certains suggèrent de faire usage de la dynamite pour empêcher la formation des blocs de glace qui stoppent la circulation de l'eau sur le Saint-Laurent ; d'autres recommandent de creuser un chenal dans le fleuve face au port ; d'autres encore préconisent de détruire les îles Moffat et Ronde. L'impossibilité de parvenir à des conclusions unanimes et l'importance des coûts liés aux solutions envisagées paralysent les travaux de la commission.

Il est vrai que la question est complexe. Pour déterminer les causes des inondations, il faut prendre en compte un ensemble de facteurs physiques et géographiques : des variations hydrologiques, des conditions climatiques, des modifications apportées au territoire[16]. L'ampleur des dégâts dépend aussi du pourcentage d'occupation des surfaces vulnérables. En fait, c'est ce facteur qui confère aux inondations leur caractère de catastrophe, évalué au regard des pertes humaines et matérielles.

CARS FROZEN IN BY THE OVERFLOW ON THE MONTREAL WHARVES.—From a Sketch by our Special Artist.

Figure 13. Des Montréalais observent, impuissants, les dégâts causés par les embâcles survenus durant l'hiver 1882.

On peut penser que les travaux entrepris depuis le début du XIXe siècle pour transformer le Saint-Laurent en chenal ont changé le débit du fleuve et se sont répercutés sur le niveau des eaux et les mouvements des glaces. Depuis la fin des années 1850, la présence du pont Victoria, avec ses imposants piliers, a aussi contribué à transformer l'hydrologie. En somme, les inondations apparaissent comme des conséquences indésirables des travaux effectués pour maîtriser les éléments naturels et en tirer parti[17]. À Montréal, elles surviennent généralement à deux moments de l'année : au milieu de l'hiver, en janvier, et lors de la fonte des glaces, en avril. Comme l'explique le géographe Raoul Blanchard :

> L'on a affaire, dans ce cas [en janvier], à un curieux phénomène : l'eau qui coule sous la croûte superficielle de glace prend brusquement

> jusqu'au fond, opposant ainsi un véritable mur à l'écoulement : les eaux d'amont mises sous pression font éclater la carapace de glace qui les emprisonne et font violemment irruption sur les rives entraînant de véritables icebergs. Ces poussées sont dangereuses par leur soudaineté et par la charge de blocs de glace qu'elles projettent ; elles sont d'ailleurs moins amples que celles du printemps, qui charrient elles aussi des accumulations de glace brisée et auxquelles la rupture des embâcles en amont communique une redoutable violence[18].

D'une amplitude inégalée, les crues de janvier et d'avril 1886 marquent un tournant dans l'attitude des autorités municipales et portuaires à l'égard des inondations[19]. Survenant quelques mois à peine après l'épidémie de variole de l'automne 1885, cette nouvelle catastrophe ajoute à l'émoi provoqué par l'état d'hygiène de la ville[20]. L'appel alors lancé par le maire Honoré Beaugrand, qui demande « de coopérer à ce travail [d'assainissement] si patriotique et si nécessaire à la prospérité de la ville[21] », est entendu. Avant la fin de l'hiver, le comité des inondations convient d'un ensemble de mesures pour « endiguer cette crue des eaux qui a dévasté déjà des parties considérables de notre cité[22] ». On s'attaque en priorité au problème du débordement des égouts dans les rues, perçu comme une véritable insulte à l'effort d'assainissement en cours. Afin d'empêcher le refoulement de l'eau, deux stations de pompage sont construites vis-à-vis du port : dans l'ouest, la station Mill, à la décharge du collecteur Pointe-Saint-Charles ; dans l'est, la station Craig, à la jonction des égouts Colborne et Craig[23]. Ces deux stations vont être utilisées lors des crues printanières subséquentes, au moins jusqu'aux années 1950[24].

Le comité des inondations s'entend aussi sur une série d'aménagements pour protéger les parties basses de la ville. Il est prévu de construire une « levée de protection, permanente pour la partie qui est à l'ouest, et provisoire seulement pour la partie située à l'est du canal ». Pourquoi favoriser l'ouest de la ville ? C'est que l'idée d'une digue est d'abord avancée par la compagnie du Grand Tronc, dont les installations situées à la pointe Saint-Charles ont particulièrement souffert de l'inondation de 1886[25]. L'entreprise prend donc l'initiative de lancer le projet, financé en principe par des capitaux privés. Mais celui-ci piétine et est finalement repris par la municipalité, après que le territoire sur lequel il doit être aménagé, le village Saint-Gabriel, a été annexé à Montréal. La digue établie le long de la pointe Saint-Charles s'étend du pont Victoria à la frontière ouest de Montréal, du côté de Verdun. Elle est complétée au printemps 1888[26]. Destinée à protéger les installations du Grand Tronc, elle bénéficie aussi à une bonne partie de la population établie sur la pointe. Dans la section du port qui est plus à l'est, vis-à-vis de la ville, un parapet en bois est installé au sommet du mur de soutènement en guise de défense temporaire[27]. Les travaux de protection dans cette section s'inscrivent dans le projet plus large et plus complexe de modernisation du port.

Un nouveau port

Si les glaces et l'eau qui se répandent dans la ville relèvent des autorités municipales, les cours d'eau navigables, tel le fleuve, sont sous juridiction fédérale. Cette répartition des pouvoirs, établie en vertu de la Constitution de 1867, explique en partie pourquoi le gouvernement fédéral demeure à l'écart des projets reliés aux inondations. Or, en 1886, la montée des eaux et les dommages qu'elles causent atteignent des sommets tels qu'ils le conduisent à intervenir. On peut penser que les pressions exercées par les promoteurs du port, parmi lesquels John Kennedy[28], ingénieur en chef à la Commission du Havre et auteur d'un vaste plan de modernisation du port, y contribuent également. De plus, le gouvernement fédéral est propriétaire des installations portuaires ; il lui devient difficile de demeurer à l'écart d'une démarche visant à protéger ses propres biens. Soucieuses de mettre à l'abri les installations portuaires, les élites locales, qui comprennent des membres de la Commission du Havre et du conseil municipal, parviennent alors à se faire entendre.

Dans la foulée des travaux de la Commission fédérale sur les inondations en 1886 et 1887, elles réussissent à faire approuver leur ambitieux programme d'amélioration et de développement du port[29], qui reprend de grandes parties du plan de l'ingénieur Kennedy[30]. On amorce ainsi la transformation radicale du port de Montréal. Tout ne sera pas accompli d'un seul coup, à cause d'un manque de capitaux et de la difficulté de départager les responsabilités entre le gouvernement fédéral, la Commission du Havre et la Ville de Montréal. L'élan est tout de même donné. Le programme prévoit la construction d'un nouveau mur de soutènement pour protéger des inondations. Construit entre 1899 et 1901, le mur compte quelque 1 500 mètres (ou 5 123 pieds) de longueur et de 3 à 6 pieds d'épaisseur. Il prend naissance à la hauteur du pont Black — qui enjambe le canal de Lachine et permet de joindre les rues des Commissaires et McGill — et s'étend jusqu'à la rue Berri, dans l'est. Il est surmonté d'un parapet qui dépasse de vingt-deux pouces le niveau de l'eau atteint en 1886[31].

Le mur est également pensé pour permettre l'installation de quais à haut niveau, adaptés aux gros navires à vapeur. Ainsi, à partir de la fin du XIXe siècle, apparaissent dans la partie centrale du port les quais Cartier (1898-1899), Alexandria (1899-1901) et King Edward (1901-1902). Le boom économique de l'époque incite aussi à développer la section est du port : on y construit d'abord le quai Sutherland (1889-1891), suivi des quais Laurier (1894-1896) et Tarte (1900-1908). Enfin, la rue des Commissaires est élargie, et les limites du port sont repoussées jusqu'au secteur du Bout-de-l'Île en 1909.

Le vaste chantier comporte également la construction de hangars permanents en acier et béton, destinés à l'entreposage du grain, de la viande et des autres denrées, et l'érection de silos à grains, sorte de cathédrales capables de contenir un million de boisseaux de blé. Remplaçant les élévateurs flottants en bois, le premier silo est érigé devant la pointe à Callière. Le second est construit en face du marché Bonsecours en 1912 ; il peut stocker jusqu'à 2 600 000 boisseaux de blé[32]. On réaménage ensuite les voies ferrées. La capacité du port est encore accrue durant les décennies suivantes, celui-ci semblant ne jamais pouvoir répondre aux besoins croissants du marché. Tous ces travaux permettent à Montréal de se hisser au rang de premier port céréalier du monde.

« La conquête finale du Saint-Laurent », pour reprendre les termes de l'écrivain Stephen Leacock[33], comprend enfin la construction d'immenses digues de protection. Appelée à l'époque « l'île aux Millions » ou « *Guard Pier* », la première est longue de 5 300 pieds. Parallèle à la rive, le môle s'étend du pont Victoria au début du port[34]. En plus de protéger le port du courant, cette digue vise aussi à repousser les glaces vers le large. Son érection nécessitera de formidables travaux de remblayage.

En un siècle, la surface du port a donc été considérablement agrandie. Il s'avance toujours davantage dans le fleuve. De la pointe Saint-Charles, à l'ouest du pont Victoria, à Pointe-aux-Trembles, à la frontière est de Montréal, les berges sont occupées par les installations du port. Dès lors, la section du Saint-Laurent qui fait face à la ville est intégrée dans une immense infrastructure de transport.

Le bassin Elgin : contre la loi de la nature et de l'hygiène[35]

Cependant, à peine sont-elles terminées que les nouvelles installations portuaires posent de sérieux ennuis. En protégeant le port du fleuve, elles entraînent le refoulement des égouts dans le bassin Elgin (situé entre les quais King Edward et Alexandria). Si le problème n'est pas totalement nouveau[36], il est désormais plus critique, d'une part parce que la nouvelle jetée entrave la circulation de l'eau dans les bassins du port, et d'autre part parce que la quantité de boues déversées s'accroît avec l'intensification de l'urbanisation. La situation devient littéralement explosive, comme l'explique l'inspecteur sanitaire du Conseil d'hygiène de la province de Québec, Joseph A. Beaudry, dépêché sur place :

Figure 14. C'est à proximité de ce secteur du port qu'une partie des égouts de la ville sont déversés avant la construction de la station de pompage d'Youville en 1916.

> Les eaux usées déversées dans ce bassin [...] stagnent autour de la sortie de l'égout : elles saturent l'eau à laquelle elles se mélangent et leurs éléments solides se déposent au fond du bassin et s'y accumulent en grandes quantités. [...] Cette eau est sursaturée de vidanges, à tel point que de grosses bulles éclatent constamment à la surface, ainsi que de petites explosions, à cause des gaz que produit la fermentation des matières déposées au fond. [...] Il résulte de cet état de choses que [...] des employés de la compagnie Allan Steamship [...] ont dû quitter leur travail en raison de maladies [...] causées, selon toute probabilité, par un empoisonnement aux gaz d'égouts[37].

Cette situation va à l'encontre de la loi de la nature et de l'hygiène, soutient l'inspecteur. Il est intéressant de noter les diverses manières de se référer à la nature au cours du débat. Ici, on la met en relation étroite avec l'hygiène. Or, bien que l'inspecteur sanitaire l'évoque pour dénoncer l'accumulation des boues dans le port, il fait abstraction des imposants travaux effectués pour transformer l'hydrologie du fleuve à cet endroit. Qui plus est, il pose le problème en référence à la santé publique, alors que c'est surtout le bris d'équipements et les obstacles à la circulation des navires dans le port qui rendent la situation critique, comme l'explique l'ingénieur en chef de la Commission du Havre, John Kennedy : « L'eau de ce bassin […] est de toute évidence infecte […]. En outre, nous avons beaucoup de difficulté à faire fonctionner les chaudières de notre usine de production de vapeur, et l'eau endommage sans doute les chaudières[38]. »

Les autorités municipales invoquent elles aussi la nature dans leur réponse à la mise en demeure que leur adressent les membres de la Commission du Havre quelques années plus tard[39]. Elles font valoir que le réseau d'égouts montréalais a été développé en fonction des cours d'eau naturels et du sens du courant, et que ce sont les nouvelles installations du port qui dérangent. En réalité, au moment même de la conception du réseau, dans les années 1860, l'ingénieur Doyle avait entrevu les problèmes qui résulteraient du déversement des égouts dans le port, mais son avis n'avait pas été considéré. Feignant l'ignorance, la municipalité accuse plutôt les autorités portuaires de s'être approprié

> illégalement et sans droit […] la berge du dit fleuve en même temps [qu'une] partie importante de la grève, obstruant par ce fait la décharge libre et facile des égouts de la cité de Montréal et les empêchant de prendre leur cours dans le cours naturel du fleuve St Laurent ; […] [les défendeurs] ont sans autorité et sans droit changé la nature des lieux sur la rive du fleuve St Laurent […] en élevant des constructions et en obstruant le cours des canaux d'égout de la dite Cité de manière à nuire à l'écoulement des eaux[40].

Le conflit piétine durant la première décennie du XXe siècle, au cours de laquelle la Ville se limite à draguer annuellement les bassins du port. En 1911, on convient de mettre sur pied une commission d'enquête composée d'ingénieurs des deux parties. Pour remédier à la situation, la commission propose soit le traitement des eaux usées avant leur déversement dans le port, soit leur déviation vers un lieu de déchargement d'où elles pourront ensuite être entraînées par le courant[41]. Les deux parties rejettent rapidement la première solution, estimant qu'il n'y a pas suffisamment de place dans les environs du port pour établir des terrains d'épandage des boues et ainsi procéder au traitement préalable des eaux usées. Elles concluent plutôt que la « dérivation des eaux usées du bassin Elgin est la seule méthode réali-

Figure 15. Installation d'un tuyau destiné à l'égouttement des eaux usées dans le Saint-Laurent, en aval du port, 1919.

sable pour résoudre cette question[42] ». Leur solution consiste à installer une station de pompage à la place Royale, afin de diriger les eaux d'égouts du secteur vers un nouveau collecteur passant sous la rue Craig[43]. De là, ces eaux usées se déverseront dans le fleuve, au niveau du courant Sainte-Marie, d'où elles seront emportées vers le large[44]. Cette option est préférée au déversement des égouts au milieu du fleuve, au niveau du pont Victoria, un secteur aussi traversé par un fort courant. Cette seconde option coûterait plus cher puisque le lieu de déversement serait situé plus loin du rivage. Pour justifier leur choix, les autorités précisent que c'est au bout de l'île qu'une usine d'épuration des égouts est le plus susceptible d'être construite dans l'avenir. En somme, aux yeux des autorités, il paraît logique d'utiliser le courant pour délester la ville de ses déchets.

À l'issue des calculs de la force du courant et des coûts engendrés par les divers scénarios de détournement des eaux usées, et après la cueillette de données sur la circulation maritime, les autorités municipales et portuaires estiment donc avoir réglé la question de la congestion dans le bassin Elgin. Elles n'ont cependant pas considéré les problèmes que pourrait poser leur choix de rejeter le contenu des égouts dans un secteur populaire de l'île, notamment pour l'approvisionnement en eau. En conséquence, les localités dont l'eau est déjà polluée parce qu'elles sont situées en aval du centre-ville voient leurs conditions se détériorer encore davantage. C'est le cas de Longue-Pointe, dont le maire déplore avant la fin du XIXe siècle « le fait que la ville de Montréal souille et contamine par ses égouts l'eau du fleuve Saint-Laurent et ce, à tel point que les contribuables de cette municipalité se trouvent privés de leur approvisionnement naturel d'eau[45] ». Localisation géographique et nouveau rapport avec l'eau s'additionnent pour accentuer les disparités entre les villes. En somme, l'idéal sanitaire à Montréal se réalise au détriment des petites municipalités de banlieue, victimes d'injustice environnementale.

« Prévenir l'*encrassement progressif* de nos cours d'eau[46] »

À l'évidence, l'évacuation des eaux usées préconisée pour assainir Montréal ne règle pas tout. Tôt ou tard, celles-ci se retrouvent dans des cours d'eau qui, bien souvent, servent aussi à l'approvisionnement en eau potable. Au début du XXe siècle, l'idée de recueillir les eaux usées des maisons et de les rejeter dans les cours d'eau n'apparaît déjà plus comme une panacée : « La question du drainage pour une municipalité n'est pas seulement une question de niveaux et de résistance des tuyaux ! Elle comprend également la destination finale salubre des eaux d'égouts (le *sanitary sewage disposal* des auteurs anglais)[47] », soutient désormais le docte *Bulletin sanitaire.*

La rivière Saint-Pierre : le collecteur de l'ouest de Montréal

Depuis le milieu du XIXe siècle, plusieurs cours d'eau à Montréal et sur l'île ont été transformés en égouts collecteurs, puis recouverts. Ceux qui coulent encore à ciel ouvert font l'objet d'une utilisation de plus en plus intense. C'est le cas de la rivière Saint-Pierre. Longue d'une quinzaine de kilomètres, elle baigne une grande partie du sud-ouest de l'île. Alimentée par des ruisseaux dévalant le mont Royal et les territoires de Côte-Saint-Luc et de Lachine, elle se déverse dans le fleuve à deux endroits, près des fortifications de Ville-Marie et en face de l'île des Sœurs[48]. En 1832, le premier embranchement de la rivière, compris entre la rue McGill et le fleuve, est converti en égout collecteur fermé[49]. La rivière continue néanmoins de couler sur un territoire qui s'urbanise de plus en plus. À partir de la fin du XIXe siècle, elle devient l'objet d'une attention croissante de la part des autorités publiques. De nombreux débats sont ouverts sur son utilisation et les aménagements successifs qui lui sont destinés. Section après section, la rivière sera recouverte, et son cours sera redessiné à divers endroits[50]. Aujourd'hui, seule une infime portion à sa source, située dans la ville de Montréal-Ouest, échappe encore à sa transformation en collecteur[51].

Comme bien des rivières urbaines, la rivière Saint-Pierre a été utilisée pendant longtemps pour le déversement des boues, des eaux pluviales et des eaux souillées émanant de la production artisanale et industrielle, et des activités agricoles et domestiques. Il serait possible de reconstituer une partie de son histoire à partir des listes des déchets et matières déversés, dont la composition a évolué au fur et à mesure de l'urbanisation des territoires à l'ouest de Montréal. En 1897, deux inspecteurs du Bureau de santé de Montréal entreprennent d'ailleurs de suivre le cours de la rivière afin d'en faire le relevé, depuis Lachine jusqu'à la décharge dans le fleuve :

> La dite Rivière reçoit les eaux de surface, des champs, des écuries, des maisons d'habitation qui se trouvent sur tout son parcours. Dans la Côte St-Paul, il y a sur la berge de la rivière une porcherie où les cochons sont engraissés avec des viandes de rebut et gâtées [...]. Cette porcherie est très sale et mal entretenue [...]. De plus, trois manufactures de colle [...], deux usines pour la lumière électrique [...], les abattoirs de St-Henri ainsi que ses cours, étables s'y égouttent. À cet endroit l'eau est sanguinolente. [...] Dans les limites de la Ville, des canaux d'égout sur lesquels il y a des water closets [des latrines] s'égouttent aussi dans la rivière[52].

La rivière fait aussi l'objet d'inspections soutenues de la part du Conseil d'hygiène de la province de Québec, qui dispose du pouvoir de contrôler le déversement d'égouts dans les cours d'eau, bien qu'il n'ait pas toujours les moyens de l'exercer. Les directives à cet effet deviennent de plus en plus restrictives avec le temps. Selon les Règlements du Conseil provincial pour la direction des conseils locaux ou bureaux d'hygiène de la province de Québec, votés en 1888, le rejet des égouts ne peut se faire « dans aucune rivière ou aucun cours d'eau servant à l'alimentation ou à la récolte de glace, à moins que le volume

[...] d'eau ne soit assez considérable[53] ». Puis, à partir de la loi sur l'hygiène publique de 1901, « tous les plans de drainage [doivent être] soumis à l'approbation du Conseil[54] ». Enfin, à partir de 1914, le Conseil d'hygiène n'accepte le « déversement de sewage » dans la rivière que s'il a été traité au préalable[55].

Le Conseil d'hygiène travaille également à départager les responsabilités dans les querelles entre les municipalités traversées par ces cours d'eau : dans le cas de la petite rivière Saint-Pierre, Montréal s'oppose à ses voisines situées en amont. L'entreprise est complexe, car il est difficile d'identifier d'où proviennent les matières qui circulent et s'accumulent dans le fond de la rivière en se moquant bien des frontières administratives. De leur côté, les municipalités manquent d'outils pour empêcher les entreprises sur leur territoire de déverser leurs déchets dans le cours d'eau. Le problème se complique par le fait que le canal de Lachine, qui croise la rivière en deux endroits, déborde dans celle-ci, ce qui contribue aussi à sa pollution.

En 1908, les autorités de certaines municipalités riveraines conviennent de former une première commission d'enquête composée d'ingénieurs, où sont représentés Montréal, les banlieues concernées et le ministre fédéral des Chemins de fer et Canaux. L'objectif est d'évaluer l'état de la rivière, puis de proposer un « plan d'assainissement et [d']en établir le coût probable ainsi qu'une répartition équitable[56] ». Le rapport de la commission dresse la liste des municipalités dont les égouts polluent désormais la rivière. Pratiquement toutes les villes du bassin versant (dont certaines sont en voie d'être annexées à Montréal) sont en cause : Côte-Saint-Paul, Notre-Dame-de-Grâce, Ville-Émard, Montréal-Ouest, Saint-Pierre-aux-Liens et Lachine. Comme la liste des municipalités riveraines concernées, l'énumération des sources de pollution et des matières polluantes a changé. À la fin du XIXe siècle, les inspecteurs relevaient surtout la présence de matières organiques en provenance des abattoirs et des industries de transformation de carcasses d'animaux. Désormais, leurs rapports insistent sur la contamination par les rejets domestiques. L'occupation du territoire s'est sans doute modifiée, et les activités industrielles les plus polluantes se sont déplacées vers des secteurs moins urbanisés. Vraisemblablement, l'attention croissante portée aux rejets domestiques découle aussi des nouvelles théories bactériennes sur la maladie. Ainsi, les tests sur la qualité de l'eau cherchent de plus en plus à détecter les sources biologiques de la contamination et se désintéressent de celles d'origine chimique[57]. Quoi qu'il en soit, le verdict demeure le même : la rivière Saint-Pierre est devenue un égout à ciel ouvert coulant dans une zone de plus en plus urbanisée.

Comme dans le cas du bassin Elgin, les ingénieurs et les autorités publiques proposent deux solutions pour remédier à cette nuisance : soit limiter la quantité de rejets polluants dans la rivière, soit recouvrir le cours d'eau et l'intégrer au système d'évacuation. Avec le temps, la seconde solution l'emporte, ce qui mène à la transformation de la rivière en égout collecteur. En 1915, une seconde commission d'enquête affirme sans ambages : « La rivière n'est donc pas autre chose qu'un égout découvert, excepté sur une distance d'environ 700 pieds de longueur que la Cité de Montréal a déjà fait couvrir[58]. » Mise sur pied par le Conseil d'hygiène de la province de Québec, de plus en plus déterminé à éliminer cet « égout découvert », cette commission parvient à réunir toutes les villes du bassin versant de la Petite Rivière autour d'une même table. Quelques mois d'enquête lui suffisent alors pour élaborer quatre solutions.

Un des scénarios propose de procéder à la « purification organique » des égouts avant leur rejet dans la rivière. Mais le rapport de la commission ne s'y attarde pas. Comme toutes les municipalités du territoire à drainer sont équipées d'un système d'égouts unitaire, qui recueille à la fois les eaux usées et les eaux de surface, la commission estime que la quantité de rejets à traiter serait trop considérable. De plus, à cette époque, on ne conçoit pas qu'on puisse procéder autrement que par l'installation d'usines d'épuration dans chacune des municipalités riveraines, ce qui occasionnerait des frais élevés. Les trois autres scénarios préconisent tous la conversion de la rivière en égout collecteur, sur une portion plus ou moins longue de son cours. Elle serait utilisée comme conduit pour transporter les eaux d'égout et les rejeter dans le fleuve. La commission choisit le scénario qui consiste à redresser une partie du cours de la rivière, le long du canal de Lachine, et à la recouvrir depuis Rockfield, dans Montréal-Ouest, jusqu'à Turcot, à la hauteur de l'échangeur qui porte aujourd'hui le nom de l'ancien village. Elle recommande enfin l'adoption de mesures pour prévenir les débordements de la rivière au printemps, mais celles-ci ne font pas l'objet de discussions particulières et semblent demeurer lettre morte[59].

La Première Guerre mondiale retarde la réalisation des travaux, mais ils seront complétés après le conflit[60]. L'histoire de la rivière est ainsi marquée par une succession d'aménagements destinés à la convertir en égout collecteur, qui se seront étendus sur plus de cent ans, de la première opération de recouvrement en 1832 à la dernière étape des travaux, au début des années 1960, dans la ville de Côte-Saint-Luc.

Une autre option : le champ d'épuration Saint-Denis

La pollution des cours d'eau et les guerres de tranchées qu'elle occasionne entre les municipalités ne se limitent pas à la rivière Saint-Pierre. Au début du XXe siècle, le débat concernant la rivière des Prairies est très animé. Même si ses rives sont encore peu urbanisées, la situation se dégrade rapidement, selon l'inspecteur Joseph A. Beaudry : « À mesure que les bords de cette rivière se couvrent d'habitations, soit en groupe, soit isolées, la quantité de sewage déversé à la rivière augmente en proportion et, aussi, le nombre de ceux qui tirent de cette même rivière leur approvisionnement nécessaire en eau de boisson[61]. » Le Conseil d'hygiène a la situation à l'œil depuis la fin des années 1880. L'inspecteur Beaudry fait des visites répétées sur les lieux tantôt pour inspecter les prises d'eau, tantôt pour évaluer la qualité de la glace prélevée à divers endroits, tantôt pour repérer les déversements d'eaux usées dans les ruisseaux et la rivière. Sur le versant nord, c'est la crainte d'une épidémie de typhoïde qui suscite les débats les plus nourris[62].

Le choix des lieux de captage d'eau préoccupe grandement. En dépit des tentatives pour contrôler ces installations, le Conseil d'hygiène dispose de moyens limités pour punir les fautifs qui polluent ces sites, de sorte qu'il assiste, souvent impuissant, à la multiplication des problèmes. C'est le cas dans le ruisseau Raimbault, qui prend sa source au pied du versant nord-ouest de « la montagne de Montréal », dans la ville de Notre-Dame-des-Neiges :

> Ce ruisseau reçoit les égouts de la plus grande partie des riverains [...]. [Ils] consistent en eaux ménagères ou usées provenant du service domestique, en matières et liquides provenant des water-closets et en matières et liquides résiduaires provenant d'une tannerie importante. Aux différents endroits où j'ai pu voir le ruisseau à découvert, j'ai constaté que l'eau qui y passait avait la couleur et l'odeur particulières de l'eau d'égout et qu'il y avait çà et là, retenues sur les bords, des matières suspectes. [...] Dans ces conditions, je n'hésite pas à déclarer que ce ruisseau est réellement devenu une nuisance et un danger pour la salubrité publique. [...] Cet état de choses est en contravention avec la loi civile, car personne n'a le droit de conduire ou déverser des eaux d'égout dans un ruisseau public. [...] La loi ne les oblige qu'à recevoir les eaux naturelles des terres[63].

La situation, déjà critique au début du XXe siècle, n'empêche pourtant pas la ville de Saint-Laurent de vouloir établir une prise d'eau dans la rivière des Prairies, à quelques « centaines de pieds en aval de l'embouchure du ruisseau Raimbault ». En dépit de l'avis négatif émis par le Conseil d'hygiène, elle va de l'avant. Elle confie à la Montreal Public Service Corporation la tâche d'y installer son « usine élévatoire[64] », destinée à alimenter en eau ses habitants, de même que ceux de Cartierville et de Bordeaux. En plus de servir au drainage des territoires qu'il traverse, le ruisseau Raimbault reçoit ensuite les eaux usées de l'égout collecteur de Notre-Dame-de-Grâce, dont l'embouchure est située sur le territoire de Montréal. Les rejets d'eaux usées se multipliant, en provenance du ruisseau Raimbault comme d'ailleurs, l'eau de la rivière des Prairies devient de plus en plus impropre à la consommation humaine.

Ainsi, depuis la fin du XIXe siècle, la pollution de la rivière des Prairies provient principalement de Montréal, en particulier des quartiers situés au centre, au sommet de l'île. À la différence des autres secteurs déjà urbanisés, ces nouveaux quartiers ne peuvent disposer de leurs eaux usées aussi facilement. Elles sont donc dirigées vers l'affluent le plus proche : le Saint-Laurent sur le versant sud, la rivière des Prairies sur le versant nord. Tant que ces territoires sont demeurés agricoles, les ruisseaux qui les traversent ont suffi à l'écoulement des eaux de surface. Mais à partir du moment où ils s'urbanisent et où les habitations sont raccordées aux réseaux d'eau potable et d'égouts, le problème se pose à une nouvelle échelle. C'est le cas dans le nouveau quartier montréalais de Notre-Dame-de-Grâce, mais aussi dans l'ancienne ville de Côte-Saint-Louis, annexée à Montréal en 1893 (désignée comme le « quartier Saint-Denis » à partir de 1899), dont la population est passée de 3 000 habitants en 1891 à près de 46 000 habitants vingt ans plus tard.

Suivant une recommandation du Conseil d'hygiène, l'administration montréalaise décide d'aménager, en 1898 et 1899, une ferme d'épandage destinée à épurer les égouts du quartier Saint-Denis[65]. Le projet, piloté par l'ingénieur municipal en chef Georges Janin, s'inspire d'installations analogues en Europe[66]. L'opération consiste à épandre les boues sur des lits de culture afin de les utiliser comme engrais. Les eaux, ainsi délestées des boues, seront ensuite déversées dans un ruisseau qui traverse les municipalités d'Ahuntsic et de Sault-au-Récollet, avant de se jeter dans la rivière des Prairies[67]. Il est prévu que la ferme ne traitera que les eaux provenant des égouts et non les eaux pluviales, dont l'évacuation doit se faire par un système séparé.

Mais la Ville modifie le projet initial. Elle décide de construire un réseau unitaire, plus économique, sans adapter les plans de l'usine. Très tôt, la station d'épuration s'avère insuffisante pour traiter toutes les eaux usées recueillies. Comme expliqué dans un article du *Bulletin sanitaire*, le champ d'épuration est « noyé par un apport d'eau énormément plus considérable que celui qu'il pouvait convenablement épurer[68] ». Une grande partie des eaux usées est donc directement déversée dans le ruisseau, « ainsi devenu l'égout du quartier Saint-Denis[69] ».

Malgré les correctifs que Montréal est sommé d'apporter, le rejet des eaux usées dans le ruisseau se poursuit. En 1914, l'ingénieur sanitaire provincial Théo J. Lafrenière conseille d'adopter à la ferme Saint-Denis un nouveau système, comprenant un système d'égouts séparés, l'utilisation de bassins de sédimentation et le traitement de l'effluent par le chlore, plutôt que de poursuivre avec les vastes champs d'épandage alors en usage. À plus long terme, il préconise un plan de drainage général pour la ville et les territoires adjacents, où toutes les eaux d'égout seraient amenées par des collecteurs vers un intercepteur, puis traitées avant d'être envoyées dans la rivière. Ce système de traitement unique, estime-t-il, permettrait de mieux surveiller l'épuration des égouts, d'éviter la multiplication dans les municipalités d'installations pour leur traitement et, par conséquent, de réduire les coûts de construction[70]. Ainsi, le projet de diriger toutes les eaux usées vers l'aval de l'île prend graduellement forme.

Les unes après les autres, les opérations d'égouttement des eaux usées modifient la nature des cours d'eau qui traversent le centre de l'île. Ceux-ci sont d'abord transformés en canaux et collecteurs, puis annexés au système d'égouts montréalais, comme cela a été le cas des ruisseaux de la vieille ville dans la première moitié du XIXe siècle. Ils sont ainsi intégrés dans les opérations d'assainissement et de drainage de la ville. Ce processus survient dans un contexte de compétition entre municipalités, où les opérations de raccordement des tuyaux donnent lieu à des luttes de pouvoir et au redécoupage des frontières de Montréal. Répondant à l'impératif d'assainir la ville centre, bien des manœuvres se réalisent au détriment des municipalités et des populations riveraines. Sur le versant sud, les entreprises industrielles, les installations portuaires et les collecteurs d'égouts déchargent leurs matières résiduelles de l'amont vers l'aval ; elles finissent donc leur course vis-à-vis des quartiers populaires de l'Est. Sur le versant nord, où le développement agricole rivalise avec l'urbanisation, la multiplication des lieux de déversement d'eaux usées et de captage d'eau soulève là aussi son lot de problèmes.

Fournir de l'eau « qui offre toutes les garanties voulues[71] »

Au même moment, un débat se déroule sur la qualité de l'eau de consommation. La question n'est pas nouvelle. Déjà, lors de l'épidémie de choléra à Londres en 1854[72], les travaux du médecin anglais John Snow avaient révélé que la transmission du choléra était liée à la présence d'excréments infectés dans l'eau. Dans les années suivantes, les liens entre contamination de l'eau et maladie se sont précisés. Mais comme les préoccupations étaient alors inspirées par la vision de Chadwick et qu'on recherchait d'abord l'assainissement des milieux urbains, les pistes suggérées par Snow n'ont été reprises que par un nombre restreint de chercheurs[73].

« *L'eau potable est trouble*[74] »

Au début des années 1880, Louis Pasteur démontre que les maladies se transmettent par les bactéries, notamment celles contenues dans l'eau. Cette confirmation va provoquer un changement de perspective majeur. Jusque-là, on reconnaissait l'existence d'une pluralité d'eaux possédant des caractéristiques diverses et spécifiques. Ce sont notamment les lieux d'où provenaient les eaux qui leur conféraient leurs propriétés particulières. Or, à partir du moment où la qualité de la ressource est établie selon la quantité de bactéries qu'elle renferme , la conception de l'eau change. On en vient à considérer toutes les eaux uniquement en fonction de ce critère. Indépendamment de sa provenance, ce sont les bactéries contenues dans l'eau qui servent à établir sa potabilité et son degré d'innocuité[75]. Plutôt que de parler d'« eaux », au pluriel, on se réfère désormais à l'« eau » de manière générale ; elle devient un élément, un bien en soi.

Partant, il paraît pratiquement inconcevable de trouver de l'eau pure à l'état naturel, même dans le cas de l'eau vive. Comme l'exprime le docteur Joseph A. Beaudry, « l'eau d'un cours d'eau quelconque doit toujours être tenue pour suspecte, jusqu'à ce qu'on ait constaté la permanence de son épuration[76] ». Dans le *Journal d'hygiène populaire*, puis dans le *Bulletin sanitaire*, les deux organes officiels du Conseil d'hygiène, les articles se multiplient qui discutent de la composition de l'eau, des sources de contamination ; les demandes d'enquêtes pour en établir l'innocuité sont également nombreuses. Il ne suffit plus de mesurer la quantité d'eau consommée, le nombre de maisons approvisionnées et la longueur des tuyaux de distribution, estime un journaliste du *Journal d'hygiène populaire* : les « divers intermédiaires ou agents artificiels par lesquels l'eau nous arrive, modifient sensiblement les éléments dont elle se compose ou les corps dont elle est chargée. Dans de telles circonstances, l'analyse annuelle de l'eau peut seule déterminer sa bonne ou mauvaise qualité[77] ».

Ce constat émanant de recherches bactériologiques a des incidences énormes. On sait désormais que l'eau, même celle qui circule, même celle qui est incolore et inodore, peut être dangereuse. Au-delà des matières visibles qui la polluent, il en existe d'invisibles, les microbes, qui causent des maladies[78] (voir l'illustration, page suivante). Ce qui était jusque-là considéré comme « naturel » ne l'est plus. L'eau trouvée dans la nature n'est pas pure ni sans danger pour la santé, affirment les hygiénistes. Pire, elle devient un élément pathologique : « C'est généralement par l'eau que le germe s'introduit dans

Canadian Illustrated News

Vol. II.—No. 11.] MONTREAL, SATURDAY, SEPTEMBER 10, 1870. {SINGLE COPIES, TEN CENTS. $4 PER YEAR IN ADVANCE.

MONTREAL WATER SUPPLY.

By J. Baker Edwards, Ph. D., F. C. S.

The water supplied to the public of Montreal is not the pure and simple element some innocent people suppose it to be. It is a variable admixture of Food, Drink, Dirt, and Disease!

When we see it sparkling in the sunny fountain, and rippling with a cooling murmur over the drinking font, we bless the benevolence of our fellow men, which has afforded us a supply so copious, so convenient, and so free.

"When ignorance is bliss, 'tis folly to be wise," but

Figure 16. La conception de l'eau change à partir des découvertes bactériologiques des années 1880.

l'économie[79] », c'est-à-dire dans la vie courante, selon un article sur le rôle de l'eau dans la propagation de la typhoïde. Comme le principe de la capacité de dilution de l'eau tend aussi à être remis en question[80], seule l'eau qui aura été traitée sera réputée être sans danger.

Cette conception de l'eau va accélérer sa marchandisation : dès lors, il ne s'agit plus simplement d'assurer la circulation de l'eau et sa distribution en abondance[81], il faut pouvoir fournir un « produit » sûr, en l'occurrence une eau exempte de bactéries, la seule reconnue comme étant potable. Comme l'affirme un article du *Bulletin sanitaire* : « Si l'on considère l'eau d'un aqueduc comme une marchandise, les sociétés ont tout intérêt à vendre de la bonne marchandise[82]. » En d'autres mots, les municipalités doivent prendre les moyens requis pour approvisionner adéquatement les contribuables. Et la manière de fournir invariablement une « bonne marchandise », c'est de procéder au traitement de l'eau par filtration.

Au début du XXe siècle, l'idéal sanitaire élaboré comme solution aux maux urbains est donc fortement ébranlé. Comme on l'a vu, il est en outre à la source de nombreux problèmes, qui s'intensifient à mesure que la consommation d'eau s'accroît. Un constat s'impose de plus en plus dans les milieux médicaux : la même eau ne peut pas servir à la fois au déversement des déchets et à l'approvisionnement. Durant une courte période, on tente de limiter les rejets d'eaux usées dans le Saint-Laurent et la rivière des Prairies ; on encourage plus encore leur traitement préalable. Mais plusieurs estiment que l'épuration est mal adaptée aux contraintes des milieux urbains. Le procédé nécessite de vastes terrains et dégage de mauvaises odeurs, considérées comme de véritables nuisances publiques. Cette technique est aussi soupçonnée d'être moins efficace que la filtration. C'est l'avis notamment de l'ingénieur sanitaire Richard Smith Lea, expert consulté par plusieurs villes canadiennes à cette époque[83]. Il soutient qu'on obtient moins de protection en traitant les eaux d'égouts qu'en filtrant l'eau potable, car le traitement des eaux usées n'enlève qu'un pourcentage de tout ce qui se retrouve dans les rivières[84]. Les partisans de la filtration font également valoir que les égouts ne sont pas la seule source de pollution : les cours d'eau sont aussi contaminés par le ruissellement des terres agricoles, fortement fertilisées. Comme l'objectif ultime est de fournir de l'eau potable de qualité plus que de protéger les cours d'eau, les efforts vont porter sur le traitement de l'eau destinée à la consommation. Cette solution assure que toute l'eau distribuée par l'aqueduc est saine, sans compter que le procédé est estimé moins coûteux que l'épuration des eaux usées[85].

À la même époque, l'augmentation du nombre de décès dus à la typhoïde, l'inquiétude de la population à ce sujet et les rapports d'experts, qui s'appuient sur des tests bactériologiques de plus en plus raffinés pour évaluer la qualité de l'eau, font progressivement évoluer l'opinion publique en faveur de la filtration[86]. L'épidémie de typhoïde de 1909-1910 a finalement raison des dernières objections ; les élus montréalais décident donc de procéder à la chloration de l'eau et adoptent le projet de construction de la station de filtration Atwater, qui entrera en fonction en 1918[87]. Dès lors, la filtration devient la solution généralement adoptée pour garantir la potabilité de l'eau. Une série d'amendements à la Loi d'hygiène publique du Québec oblige d'ailleurs les municipalités à assurer un approvisionnement en eau potable. On compte aussi assouplir les règles d'emprunt afin de permettre aux villes et villages d'apporter les correctifs nécessaires à leurs installations[88]. À court terme, le recours à la filtration rend l'épuration des eaux usées moins importante aux yeux des intervenants. D'ailleurs, une fois neutralisées les substances d'origine organique et les bactéries, ils tendent à se désintéresser des autres sources de contamination, notamment industrielles, dont on ne se préoccupera qu'à partir du milieu du XXe siècle.

L'emprise croissante de Montréal sur la gestion de l'eau

Au début du XXe siècle, l'approvisionnement en eau potable est assuré par plusieurs entreprises dans les diverses municipalités de l'île de

Montréal. Mais à partir du moment où Montréal annexe plusieurs de ces municipalités, elle accroît graduellement son emprise sur les réseaux[89]. Dans un premier temps, nombre des anciennes villes fusionnées continuent d'être approvisionnées par leur entreprise habituelle, principalement la Montreal Water and Power Company[90]. Or cette compagnie prélève une taxe d'eau plus élevée que celle du service d'aqueduc montréalais[91]. Les populations exercent de fortes pressions pour que Montréal uniformise le montant des taxes imposées. La Ville tente donc d'acheter l'entreprise, qui, profitant de la situation, demande le prix fort pour ses installations. La transaction n'est conclue qu'à la fin des années 1920. Dans l'intervalle, Montréal est devenu propriétaire d'autres entreprises fournissant de l'eau aux municipalités de banlieue demeurées indépendantes, ou il approvisionne celles-ci directement. Dans ce dernier cas, des banlieues parmi les plus cossues, telles que Westmount, Mont-Royal ou Outremont, incapables d'assumer les coûts d'entretien d'un aqueduc répondant aux normes fixées par le gouvernement provincial, assurent elles-mêmes la distribution de l'eau qu'elles achètent à Montréal.

L'administration montréalaise parvient aussi à étendre son réseau en aval, ce qui règle momentanément la question de la contamination du fleuve par ses égouts. Approvisionnées par Montréal, des villes comme Montréal-Est ou Pointe-aux-Trembles n'ont plus besoin de puiser leur eau dans le Saint-Laurent, de sorte que les égouts cessent de représenter un danger pour la santé. De même, la filtration de l'eau et l'expansion de l'aqueduc montréalais rendent moins urgente l'épuration des eaux usées avant leur rejet dans la rivière des Prairies. Ainsi, à partir du moment où la Ville commence à approvisionner Cartierville, notamment, le problème de la contamination de l'eau par le déversement du ruisseau Raimbault devient moins important.

L'emprise de Montréal sur l'île n'est toutefois pas totale. De nombreuses banlieues en amont vont préserver leur propre réseau d'aqueduc, manifestant par là leur désir d'indépendance sur le plan politique. Pointe-Claire, en voie de devenir une ville anglo-protestante et

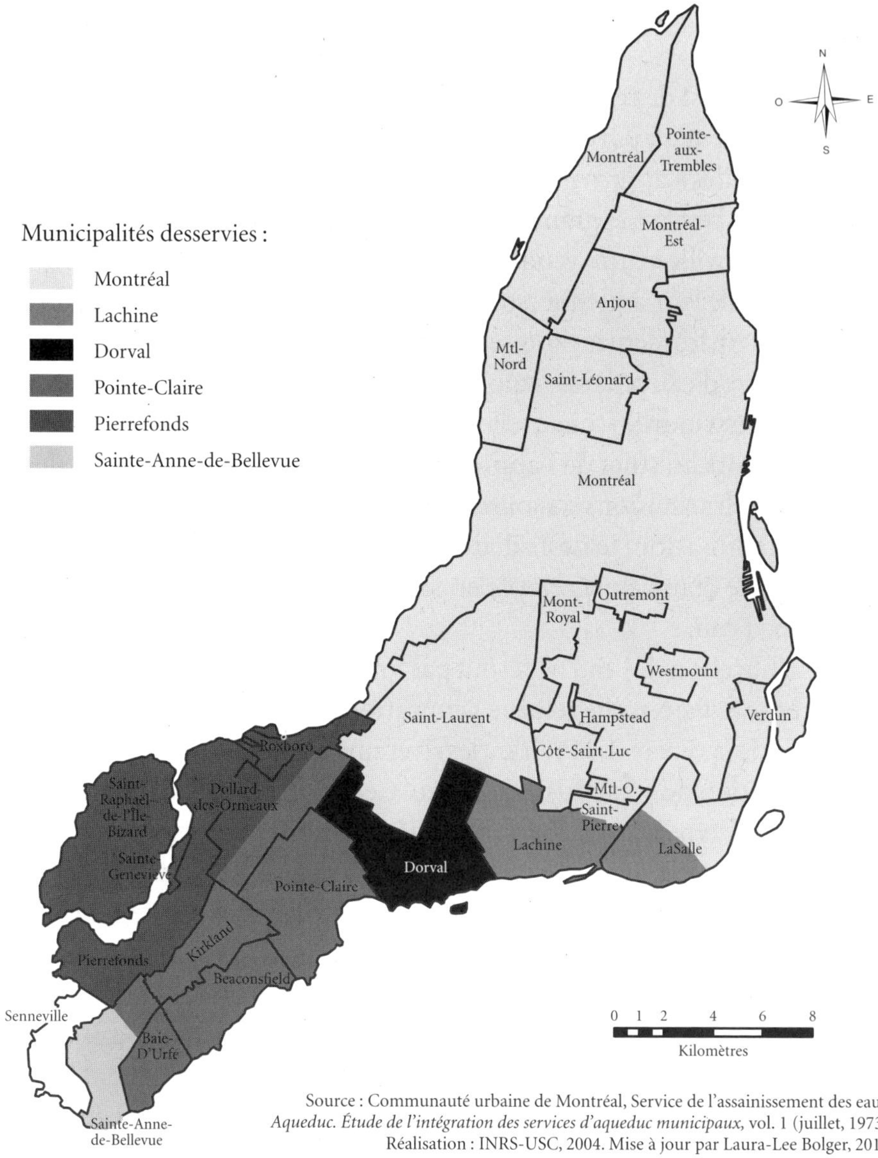

Source : Communauté urbaine de Montréal, Service de l'assainissement des eaux, *Aqueduc. Étude de l'intégration des services d'aqueduc municipaux*, vol. 1 (juillet, 1973). Réalisation : INRS-USC, 2004. Mise à jour par Laura-Lee Bolger, 2010.

Figure 17. Réseaux d'aqueduc dans l'île de Montréal en 1971.

bourgeoise, est de celles-là. Avec le temps, la carte de l'île de Montréal se divise en deux parties[92]. À l'ouest, à partir de Dorval, toutes les municipalités s'approvisionnent au moyen de leur propre aqueduc, tandis qu'à l'est la très grande majorité des villes est raccordée à Montréal : soit la ville centre vend l'eau aux municipalités demeurées propriétaires de leur aqueduc, soit elle détient leurs installations et, par conséquent, les facture pour ses services. Ces diverses configurations des réseaux d'eau potable témoignent du fait que les contraintes techniques, aussi lourdes soient-elles, ne sont pas les seuls facteurs à peser sur les choix au sujet de l'approvisionnement en eau. Dans l'île de Montréal, les divisions sociolinguistiques[93] influencent grandement cette organisation, le désir d'autonomie politique et l'affirmation identitaire étant ainsi relayés et consolidés par la matérialité des réseaux d'eau.

La filtration de l'eau ne résout pas tous les problèmes. Si, en ce qui concerne le fleuve, elle relègue l'épuration des eaux au second plan, du côté de la rivière des Prairies, les riverains continuent d'espérer une amélioration de l'état du cours d'eau. Certes, depuis 1915, une fosse septique de type Imhoff [94] permet la décantation et la désinfection des égouts avant leur rejet dans la rivière des Prairies. Mais en principe, cette solution n'est que temporaire. Installée avant que ne soit construite l'usine d'épuration exigée par le Conseil d'hygiène, la fosse septique est d'une efficacité toute relative, puisqu'elle déborde lorsqu'il pleut[95]. Comme nous le verrons dans le prochain chapitre, les pétitions se multiplient donc pour que cesse le déversement des égouts dans la rivière, et ce, même après que l'approvisionnement en eau a été sécurisé par la filtration.

Conclusion : la redéfinition du rapport collectif avec l'eau

Les nombreux travaux effectués dans les premières décennies du XXe siècle transforment de manière significative l'hydrographie de l'île de Montréal. Le Saint-Laurent et la rivière des Prairies, de même que les cours d'eau secondaires telle la rivière Saint-Pierre, sont partiellement réaménagés et intégrés dans les réseaux d'eau potable et d'eaux usées. Ils constituent de plus en plus des infrastructures urbaines et sont désormais perçus comme tels, du moins par les autorités publiques. La construction des réseaux participe à l'élaboration de nouvelles relations avec l'environnement et de nouveaux rapports sociopolitiques à l'échelle de l'île tout entière.

Le rôle joué par les ingénieurs et les médecins dans ce processus est déterminant. C'est en fonction de leurs connaissances techniques et scientifiques que se sont dessinés, en grande partie, les réagencements entre milieux naturels et milieux urbains. Or, les façons d'appréhender les problèmes liés à l'eau ne reposent pas uniquement sur des connaissances objectives et immuables. Elles dépendent aussi des savoirs nouveaux, des choix techniques, des attentes et des objectifs poursuivis à l'époque. Les manières de concevoir les problèmes et leurs solutions s'élaborent dans un contexte fortement concurrentiel, traversé par des rapports de pouvoir et par l'action des autorités municipales sur le territoire[96].

Si la filtration à la source est considérée comme la solution la plus appropriée pour l'approvisionnement en eau potable, elle n'est pas la seule possible. Certains intervenants préconisent plutôt le traitement des égouts avant leur déversement dans les cours d'eau de l'île, ce qui aurait pour effet de limiter la charge organique et donc la dégradation de ces milieux. Ainsi, l'adoption de la perspective bactériologique a des conséquences importantes sur le plan environnemental, mais aussi sur le plan social. Elle entraîne une redéfinition fondamentale du rapport collectif avec l'eau et de la manière d'utiliser la ressource. Le recours beaucoup plus systématique à des tests pour établir la potabilité de l'eau conduit à disqualifier l'analyse par le sens commun. Dès lors, la responsabilité de la qualité de l'eau et de l'approvisionnement est transférée de la population aux autorités publiques[97]. Les procédés récurrents d'analyse de l'eau et l'entretien des infrastructures deviennent des canaux par lesquels s'accroît le pouvoir des autorités publiques sur la vie quotidienne. Tout cela a pour effet de générer une activité gouvernementale croissante, qui prend la forme de rapports, de règlements et de lois, de procédures d'inspection et de commissions d'étude[98].

Enfin, la mise en réseaux des eaux usées et potable entraîne un nouvel ordonnancement des relations à l'échelle régionale. Elle permet à l'administration montréalaise d'accroître son emprise sur plusieurs villes de l'île. À même de se doter d'une usine de filtration de l'eau, Montréal peut approvisionner les municipalités plus petites. Dès lors, celles-ci ne peuvent plus se plaindre du fait que la ville centre pollue leurs eaux et les rend impropres à la consommation humaine. Cette situation permet à Montréal de continuer, pendant un certain temps encore, à rejeter ses eaux usées sur les rives sud et nord de l'île sans en assumer les conséquences. Comment les populations riveraines réagissent-elles à cette dégradation de leur milieu de vie ? Si leurs plaintes semblent plutôt rares dans les premières décennies du XXe siècle, elles gagnent en nombre et en force par la suite. Au cours des années 1920 et 1930, les critiques se multiplient, particulièrement du côté de la rivière des Prairies, bouleversée encore davantage par les aménagements hydroélectriques dont elle fait l'objet.

CHAPITRE 5

À la recherche de la rivière perdue, ou l'industrialisation de la rivière des Prairies

Un horizon nouveau s'ouvre vers l'est et vers l'ouest, de chaque côté de l'obstacle du Mont-Royal [...] *que l'on ne tarde pas à contourner par deux côtés à la fois : d'un côté les Français, suivis par les Israélites, dans la poche d'Outremont; de l'autre, les Anglais dans celle de Westmount. Comme deux têtes d'armée en marche, ces deux poussées se rapprochent de plus en plus au nord du paisible et verdoyant Mont-Royal et achèvent leur manœuvre d'encerclement.* [...] *L'évolution n'est pas terminée; au contraire, elle est en plein progrès.* [...] *Il lui restera encore de l'espace, beaucoup d'espace* [...] *entre la montagne et la rivière des Prairies notamment, puis ensuite dans les petites municipalités voisines. Ainsi, Montréal peut encore largement s'étendre sans sortir de son île.*

PIERRE DAGENAIS (1943)[1]

La métaphore militaire contenue dans cet exergue traduit bien le désir de conquête du territoire et de la nature propre à la première moitié du XXe siècle. L'avancée de l'urbanisation paraît inexorable, tout comme le progrès dont elle serait porteuse. À l'instar des commentateurs de son époque, le géographe Pierre Dagenais observe le milieu à partir de ce qu'il considère comme l'avant de la ville, du côté du Saint-Laurent. De ce point de vue, le versant nord apparaît comme une simple arrière-cour, un appendice de l'industrieuse métropole. La rivière des Prairies et ses berges semblent en attente de leur urbanisation prochaine. Pourtant, au moment où le géographe écrit ces lignes, l'« arrière » de la ville et son cours d'eau, parfois désigné sous le nom de « Back River », sont en pleine transformation. Le versant nord est beaucoup plus connecté qu'il n'y paraît au reste du territoire montréalais, grâce à un ensemble d'infrastructures liées notamment à l'eau.

Depuis la fin du XIXe siècle, plusieurs groupes manifestent leur intérêt pour la rivière des Prairies. Certains veulent en faire un canal de navigation, d'autres la source d'approvisionnement en eau potable de municipalités de banlieue. Dans sa portion centrale, de Cartierville à Montréal-Nord, la rivière est en voie de devenir l'exutoire « naturel » du versant nord de l'île. Dès le début des années 1920, elle reçoit les eaux usées de sept égouts collecteurs du côté montréalais et d'au moins trois du côté de l'île Jésus. Contrairement à la représentation bucolique de la rivière qui domine à cette époque[2], le cours d'eau est déjà intégré à l'espace urbain et est de plus en plus sollicité.

La construction d'un barrage hydroélectrique à la hauteur de Sault-au-Récollet à la fin des années 1920 constitue l'élément déclencheur qui accélère la transformation de la rivière. Comme dans les autres secteurs où des barrages sont aménagés, le projet de couper la rivière provoque les craintes et les objections les plus vives. Qui plus est, dans ce cas, les nouvelles installations seront établies en plein centre d'un milieu en voie d'urbanisation. Ici, les deux pôles qui s'affrontent sont non pas une vision préindustrielle et des visées industrielles, mais bien deux systèmes sociotechniques[3] en cours d'élaboration. Le premier repose sur l'altération du débit de la rivière et l'utilisation de celui-ci pour produire une nouvelle source d'énergie, en l'occurrence de l'électricité. Le second mise au contraire sur les rapides, dont le pouvoir de dilution constitue un élément essentiel du plan de drainage du versant nord de l'île, et éventuellement de l'île

Figure 18. Villégiateurs sur les berges de la rivière des Prairies à Cartierville, vers 1910.

tout entière. Leur mise en place viendra redéfinir à la fois la configuration de la rivière et les rapports des riverains avec celle-ci.

Ces deux systèmes posent des problèmes non seulement sur le plan technique, mais aussi sur le plan social, dans la mesure où leur installation va transformer les modalités entourant l'accès à l'eau vive et ses usages. En intensifiant l'exploitation de l'eau, ils remettent en question les arrangements qui permettaient jusque-là différentes utilisations de la rivière des Prairies. Une partie du site, à la hauteur de l'île de la Visitation, est occupée depuis le début du XVIIIe siècle[4]. Dans les années 1720, les Sulpiciens (la congrégation religieuse alors propriétaire de la seigneurie de Montréal) construisent sur le bras sud de la rivière une digue pour alimenter des moulins à scie et à farine. Au fil des décennies, le site attire les industriels. Au début du XXe siècle, la Back River Company achète les installations et les moulins érigés à cet endroit, et y développe la production de papier gris servant à la construction.

Jusqu'à cette époque, la rivière était considérée comme un cours d'eau navigable, et c'est ce qui lui conférait son caractère public. Or le projet d'en exploiter le débit pour produire de l'électricité change la donne. Comme ailleurs au Canada, dans la foulée des découvertes sur l'utilisation de l'électricité, l'énergie hydraulique acquiert le statut de ressource naturelle. Son exploitation est dès lors encouragée, car elle contribue au développement économique. Cette considération prime sur toutes les autres. Ainsi, à partir du moment où l'on compte exploiter le potentiel hydraulique de la rivière des Prairies, ce projet devient le critère premier pour évaluer le droit d'exploiter le cours d'eau et son statut de bien public.

En ce qui concerne le fait de rejeter les eaux usées dans la rivière, la légitimité et l'utilité du processus sont déjà établies au moment où se profile le projet de barrage. En revanche, les modalités pratiques de ce système inspiré de l'idéal sanitaire restent à préciser, tout comme le partage des responsabilités et des coûts de fonctionnement. Ce qui est alors en jeu, ce n'est plus la protection des attributs naturels de la rivière. Il s'agit plutôt d'adapter l'infrastructure qu'elle est devenue au nouveau contexte créé par la présence du barrage, afin de limiter son niveau de contamination. La situation provoque la colère des riverains, qui voient se dégrader leur environnement. Ce sont ces paramètres qui conduisent à l'industrialisation de la rivière et à son articulation nouvelle avec le territoire montréalais.

Tout cela survient à une époque où la fréquentation de la rivière à des fins récréatives s'accroît. Le fleuve ayant été transformé en grande partie en infrastructure portuaire, vis-à-vis de Montréal, la rivière des Prairies apparaît comme une oasis d'autant plus prisée que ses berges sont facilement accessibles par les transports urbains. Le barrage ne semble pas poser problème aux visiteurs. Au contraire, des indices donnent à penser que le changement de débit qu'il provoque est propice aux loisirs aquatiques. C'est plutôt la dégradation de la qualité de l'eau qui met en péril l'utilisation de la rivière par certaines catégories de citadins.

Ce chapitre examinera d'abord la situation de la rivière et des riverains à travers quelques projets de développement, à partir de la fin du XIXe siècle. La deuxième partie se penchera sur la mise en place du barrage hydroélectrique, plus particulièrement sur la façon dont la Montreal Island Power s'empare de la rivière, comme certains le perçoivent à l'époque, et sur les caractéristiques techniques des installations. La mise en fonction du barrage débouche sur la formation d'un nouveau cours d'eau et d'un nouveau milieu de vie, qui seront examinés dans la troisième partie du chapitre. Si le processus d'industrialisation de la rivière des Prairies conduit au morcellement du cours d'eau, il contribue aussi à redéfinir sa place comme élément du bassin hydrographique auquel elle se rattache.

Une rivière convoitée

Bras secondaire de la rivière des Outaouais, la rivière des Prairies prend naissance à l'embouchure du lac des Deux Montagnes et coule sur une cinquantaine de kilomètres avant de se jeter dans le Saint-

Laurent, à l'extrémité nord-est de l'île. Sa profondeur varie de deux à six mètres. La rivière compte de nombreux rapides. Entre l'île de la Visitation et le lac des Deux Montagnes, on en dénombre quatre : ceux de l'île de la Visitation et du Sault au Récollet vis-à-vis de Montréal, ceux du Cheval Blanc au pied de l'île Bizard, et ceux autour de l'île Bizard, à la jonction du lac des Deux Montagnes et de la rivière des Prairies[5]. Ces rapides n'ont jamais empêché les voyageurs d'emprunter le cours d'eau à l'époque de la traite des fourrures. Il sera aussi utilisé pour la drave durant une grande partie du XIXe siècle : il apparaît alors plus économique de transporter les billots par eau que par train. Mais à partir de la fin du XIXe siècle, les entrepreneurs optent pour le chemin de fer, ce qui met fin à cette pratique[6].

Une rivière navigable ?

Au même moment, alors que le Saint-Laurent et le port sont en plein travaux d'aménagement, certains élus et hommes d'affaires caressent de grandes ambitions pour la rivière située à l'arrière de Montréal. En cette période de forte croissance, les projets d'aménagement de voies de communication sont nombreux : on veut transporter les denrées agricoles d'ouest en est et les marchandises en sens inverse. L'enjeu économique qui consiste à faire circuler le plus rapidement possible les unes et les autres se double d'une préoccupation nationaliste. De fait, la seule voie transcanadienne du Canadien Pacifique ne suffit plus à la tâche, et la menace est grande que les réseaux américains s'y substituent. La fièvre de construction ferroviaire de l'époque s'accompagne d'une volonté d'aménagement et d'amélioration des voies maritimes dont bénéficie déjà le port de Montréal.

Au début du XXe siècle, le gouvernement fédéral forme une commission d'enquête sur les voies d'eau intérieures, au sein de laquelle un comité doit étudier la possibilité de construire un canal reliant Montréal au lac Huron[7]. Il répond en cela aux demandes de la Compagnie du canal de Montréal à Ottawa et la baie Georgienne, fondée expressément à cette fin en 1894[8]. La compagnie fait valoir que l'aménagement d'une nouvelle voie maritime sur l'Outaouais s'impose, en complément à la série de canaux reliant les Grands Lacs à Montréal le long du Saint-Laurent supérieur. À partir du lac des Deux Montagnes, la nouvelle voie maritime pourrait passer par le nord de l'île en empruntant la rivière des Prairies et, de là, rejoindre le Saint-Laurent. Mais plusieurs estiment alors qu'il est plus logique de miser sur le réseau de canaux existant et d'élargir le canal Welland, situé entre les lacs Ontario et Érié, afin d'améliorer la navigation dans la région.

Les promoteurs respectifs des deux projets vont se livrer une chaude lutte jusqu'à la Première Guerre mondiale. Les partisans des canaux du Saint-Laurent font valoir que l'élargissement du canal Welland serait plus simple à réaliser. Une fois agrandi, celui-ci passerait toujours par Toronto, favorisant ainsi les ports des Grands Lacs. Pour leur part, les défenseurs du canal de la baie Georgienne soutiennent que l'agrandissement du canal Welland aurait plutôt pour effet d'aider la navigation américaine, dont la pénétration en territoire canadien serait facilitée. Ils jugent préférable de doubler le réseau de canaux, soutenant que cette solution permettrait de circuler uniquement en territoire canadien. Le développement des régions situées plus au nord serait favorisé, tout comme celui du port de Montréal.

La Chambre de commerce du district de Montréal va donc orchestrer une campagne de soutien et de publicité en faveur du canal de la baie Georgienne, campagne dont les points culminants sont un grand rassemblement au Monument-National en 1914 et la publication d'un numéro « de luxe-souvenir » de sa revue[9]. La croissance du port stimulerait aussi le développement de la rive nord de l'île, puisque le nouveau canal passerait par la rivière des Prairies : « Supposons le canal construit depuis le Bout de l'Ile en remontant par le Sault au Récollet, Ahuntsic, Parc Laval et Bordeaux. Il est bien évident que cette partie de l'île de Montréal et de l'île Jésus se transformera nécessairement. L'île de Montréal aura tout un arrière port [...]. Nous pouvons, sans crainte d'être taxé d'exagération, affirmer qu'en dix ans, avec le canal Georgien, Montréal aura une population d'un million[10]. »

L'enthousiasme des membres de la chambre de commerce ne suffira cependant pas à concrétiser le projet. Aux élections fédérales de 1911, la victoire des conservateurs de Robert Borden en sonne le glas : le premier ministre se montre favorable à la construction d'un nouveau canal Welland. Ce projet jouit d'un avantage supplémentaire, car il s'inscrit à la fois dans les discussions en cours sur les eaux transfrontalières entre le Canada et les États-Unis, et dans le projet de relier les Grands Lacs à l'Atlantique. En 1909 est ainsi mise sur pied la Commission mixte internationale vouée à la gestion des projets d'intervention dans les eaux frontalières, dans un contexte où s'amorcent également divers chantiers hydroélectriques[11]. Par ailleurs, si le canal sur l'Outaouais s'était réalisé, il aurait mieux valu faire passer la voie maritime par le sud de l'île à partir du lac des Deux Montagnes, en empruntant le Saint-Laurent déjà canalisé, plutôt que par le nord et la rivière des Prairies. Cependant, ces considérations et les circonstances défavorables n'empêchent pas la Compagnie du canal de Montréal à Ottawa et la baie Georgienne de continuer à mousser son projet, même si entre-temps d'autres promoteurs se sont mis à convoiter la rivière.

Les forces hydrauliques de la Back River

En 1911, la Sault-au-Récollet Water and Power Company présente une première demande au ministère des Terres et Forêts du Québec afin d'obtenir le pouvoir « d'exploiter les forces hydrauliques » de la Back River. Elle souhaite construire un barrage et une centrale hydroélectrique à la hauteur des rapides situés au pied de l'île de la Visitation. L'ingénieur hydraulique du ministère qui est appelé à se prononcer, Arthur Amos, se montre peu favorable à l'idée. À son avis, la rivière demeure « en partie navigable ; à partir du Saint-Laurent à venir aux environs de cette île de la Visitation, des bateaux de commerce ont fait autrefois un service régulier, et en différentes parties de son cours, elle est navigable pour les bateaux de plaisance. [...] Ces faits [...] rendent la Couronne propriétaire du lit[12] ». Cela est partiellement exact. Historiquement, les berges et le fond — le lit — des rivières étaient la propriété des riverains, tandis que les rivières navigables ont toujours été du domaine public. Mais à partir de la fin du XIXe siècle, la force hydraulique des cours d'eau est reconnue comme une richesse naturelle, peu importe leur statut navigable. Dès lors, cette force relève de l'autorité provinciale[13]. Quoi qu'il en soit, le projet de canal de la baie Georgienne étant toujours en discussion, la demande de l'entreprise est rejetée d'emblée.

Juste avant la fin de la Première Guerre mondiale, en 1918, la compagnie revient à la charge. Elle prend prétexte de la pénurie de combustible pour faire valoir l'intérêt de fournir la région montréalaise en électricité. Plus encore, elle explique que le fait de ne pas tirer parti de la puissance de la rivière revient à gaspiller la ressource[14]. Elle évoque ainsi l'importance de développer « tout le potentiel de la rivière [...] conformément au principe fondamental de la conservation des ressources naturelles[15] ». En accord avec le mouvement conservationniste de l'époque, elle préconise leur exploitation, mais de manière rationnelle afin d'en assurer la pérennité pour les générations futures[16]. L'entreprise tente du même souffle de convaincre que le cours d'eau n'est qu'une « série de rapides, un courant turbulent, non navigable jusqu'en aval de l'île de la Visitation ». Or cette vision de la rivière est loin de remporter les suffrages, même si le projet de canalisation semble reléguer le cours d'eau au second plan. De fait, tant le ministère des Terres et Forêts que le gouvernement fédéral, aussi appelé à se prononcer sur le projet, estiment que la rivière est plus qu'un simple cours d'eau capricieux. Le fédéral donne tout de même son aval à l'aménagement du barrage, à la condition qu'il soit possible d'y ajouter une écluse, advenant le cas où le projet de canal se réalise[17].

Un intercepteur d'égouts

Mises au fait des discussions sur le barrage, les municipalités riveraines montent au front pour manifester leur inquiétude. À leur avis, l'élévation artificielle du niveau de l'eau par suite de l'aménagement d'une digue effacerait les rapides du Sault au Récollet, grâce auxquels le contenu des égouts municipaux déversés à cet endroit est emporté vers le large. La municipalité de Montréal-Nord entrevoit même que « toute la partie de la rivière longeant le territoire de l'ancienne ville du Sault-au-Récollet [...] et le territoire de Montréal-Nord, sera mise à sec ou à peu près ». Ces territoires riverains « auront énormément à souffrir de la disparition de la rivière qui, non seulement lui était utile, mais ajoutait à la beauté du site ». La municipalité se préoccupe particulièrement du fait que ses égouts « tomberont en plein champ au lieu d'être comme actuellement bien établis ». Elle réclame des installations pour « recevoir nos égouts à leur embouchure et maintenir un niveau d'eau quelconque dans cette partie de la rivière, dont on doit détourner le cours[18] ».

Les réserves exprimées par la Ville de Montréal sont encore plus vives, puisqu'elle fait grande utilisation de la rivière. Dans son mémoire au ministre, elle précise qu'une bonne dizaine de collecteurs se déversent en aval du barrage proposé, tandis que deux autres se trouvent en amont. Il en est ainsi parce que son système d'évacuation est établi en conformité avec les « conditions existantes et naturelles » et bien adapté à la topographie : « La cité de Montréal est forcée, vu la configuration du sol, d'égoutter tout son territoire qui forme partie du bassin de la Rivière des Prairies, dans cette rivière. [...] La construction de ce barrage aurait pour effet immédiat de détruire les égouts de la Cité[19]. » Le déversement des égouts montréalais dans la rivière s'est intensifié depuis le début des années 1910. En s'inquiétant de l'avenir de son réseau si bien adapté aux conditions locales, la municipalité fait fi des problèmes que pose son utilisation de la rivière. Enfin, elle redoute qu'une fois le barrage construit « le développement du territoire de la cité de Montréal situé entre la partie supérieure du barrage et le déversoir [soit] sérieusement et gravement affecté, sinon complètement arrêté ». Ce en quoi elle se trompe, comme nous le verrons dans la troisième partie du chapitre.

La crainte que changent le débit de la rivière et, avec lui, les modalités de leur système de drainage est partagée par des municipalités de l'île de Montréal. Sur la rive nord de la rivière des Prairies, la seule municipalité à faire valoir son point de vue, Saint-Vincent-de-Paul, cherche plutôt à tirer profit de la situation. Le maire établit une liste de ses demandes et laisse entendre qu'il consentira au projet si les intérêts de ses concitoyens sont protégés. Outre l'indemnisation des propriétaires riverains dont les terres seront inondées, il réclame le droit de faire usage de l'eau retenue dans le réservoir en aval de la future centrale. Il souhaite obtenir l'assurance que les propriétaires pourront y puiser leur eau, y pêcher, y naviguer l'été et y circuler l'hiver. Le maire veut aussi s'assurer que l'entreprise propriétaire des installations hydroélectriques fournira la municipalité en énergie et paiera les taxes municipales et scolaires[20]. Il demande enfin de pouvoir éventuellement aménager un aqueduc et puiser l'eau du réservoir pour alimenter sa population[21].

Quoi qu'il en soit, les gouvernements fédéral et provincial sont prêts à donner le feu vert au projet en août 1919. Mais le Service provincial d'hygiène doit au préalable émettre un avis favorable. Or, il exprime de fortes réticences, craignant que les eaux de la rivière, déjà souillées par les égouts, ne se contaminent davantage. C'est une des principales raisons pour lesquelles le premier projet de barrage fait long feu.

La manière de considérer la rivière des Prairies est frappante tant du côté des partisans du barrage que des opposants. Pour les uns comme pour les autres, le cours d'eau et la protection de ses attributs naturels ne sont plus en cause. L'enjeu n'est pas la rivière elle-même, mais bien sa fonction d'égout collecteur et les systèmes d'évacuation des municipalités riveraines. La carte de la rivière des Prairies[22] pro-

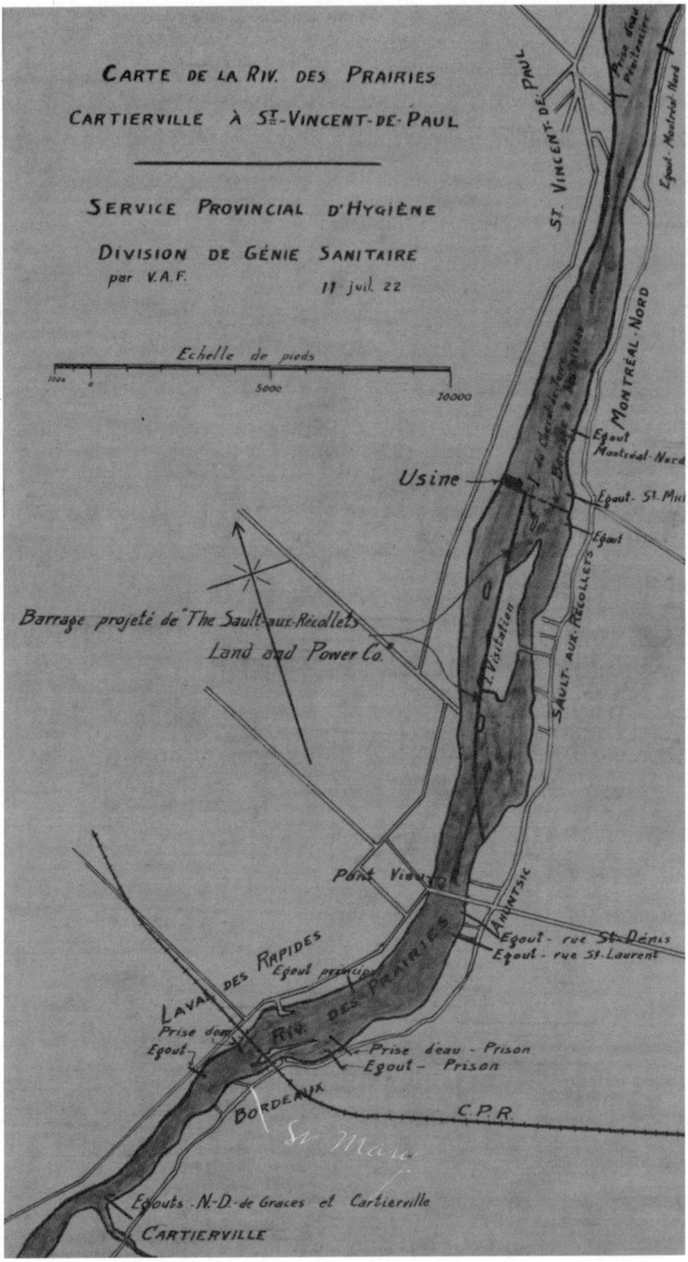

Figure 19. Cette carte montre combien cette section de la rivière des Prairies est conçue comme une infrastructure (1922).

duite en 1922 représente bien l'infrastructure qu'elle est devenue dans sa portion centrale. C'est en se fondant sur cette « seconde nature » de la rivière que les pourparlers sur le barrage se poursuivent, au cours desquels domineront les problèmes de drainage, loin devant les complications provoquées par l'inondation des berges.

Le barrage hydroélectrique

C'est un second projet de barrage, celui de la Montreal Island Power Company, qui obtient l'aval du gouvernement québécois au début des années 1920[23]. La première proposition a finalement achoppé sur l'incapacité de l'entreprise à s'entendre au préalable avec toutes les parties concernées. Cette fois, le directeur du Service hydraulique, Arthur Amos, propose « d'ignorer les objections des adversaires du projet ». Le contrat stipulera tout de même qu'une fois celui-ci signé, la Montreal Island Power Company devra « pourvoir à toutes les objections soulevées ». Cette façon de faire permet d'éviter « d'ébruiter le projet, et par suite de soulever plus d'objections, sans compter qu'elle tend à faire monter les prix des terrains riverains ». Elle place l'entreprise, poursuit le haut fonctionnaire, « immédiatement en possession d'un droit réel qui [constitue] une arme nécessaire pour l'expropriation[24] ».

Un des facteurs décisifs dans le succès du projet, c'est la maîtrise affichée des répercussions que pourrait avoir le barrage sur le régime des eaux dans la région. À la fin des années 1910, des inquiétudes avaient été exprimées quant à la perspective de devoir agir sur le débit de l'Outaouais si le régime des eaux en amont du barrage venait à baisser, et quant au risque d'influencer le niveau du lac Saint-Louis et du chenal vers le port de Montréal. Cette fois, l'entreprise assortit sa demande de rapports techniques fondés sur des calculs et des projections beaucoup plus poussés[25]. Elle a notamment recours aux données longitudinales sur le débit de la rivière colligées par le gouvernement fédéral depuis 1871[26]. La Montreal Island Power Company est ainsi à même de présenter un portrait plus précis non seulement de la « performance de la rivière », mais aussi de sa capacité à l'exploiter.

La concession du lit de la rivière et des forces hydrauliques

La « concession des forces hydrauliques » à laquelle l'entreprise aspire ne signifie pas que ces forces existent comme telles, prêtes à l'emploi. Il faut encore les produire. Comme la dénivellation de la rivière des Prairies est faible, on doit en accélérer le débit afin de générer ensuite les forces hydrauliques recherchées. Cela suppose de bloquer les rapides du Sault au Récollet au moyen d'un barrage pour augmenter l'énergie mécanique de l'eau, avant de procéder à sa transformation en énergie électrique. En refoulant les eaux, le barrage permet la formation d'un réservoir en amont de la future centrale hydroélectrique. Le niveau de la rivière des Prairies est ainsi élevé à la hauteur maximale convenue de cinquante-cinq pieds au-dessus du niveau de la mer. La création d'inondations artificielles en amont du barrage fera disparaître les rapides, les îles au Hibou et au Sergent, et le tiers de l'île de la Visitation. Tandis que le premier projet prévoyait que la zone inondée s'étendrait sur environ dix milles, c'est-à-dire jusqu'aux rapides du Cheval Blanc à la hauteur de l'île Bizard, le second la ramène à une longueur de quatre milles, soit vis-à-vis du pont de Bordeaux[27].

Cette inondation n'aura rien de dramatique, assurent les ingénieurs mandatés pour présenter le projet au ministère des Terres et Forêts. Sur la rive sud, du côté de Montréal, dans la section comprise entre Bordeaux et la rue Saint-Charles, « pratiquement aucun terrain ayant de la valeur ne sera inondé ». Si les territoires inondés se trouvent surtout sur la rive nord, ne seront affectées que « plusieurs petites maisons ». Il faudra aussi prévoir « le rehaussement de la route appelée Boulevard Taschereau d'environ 5 pieds, sur une distance de 800 pieds », de même que celle d'un autre segment vis-à-vis de l'île aux Ormes. Ces inconvénients seront largement compensés, soutienton, par le fait que l'inondation des rapides transformera la rivière à cet endroit en un vaste bassin. Ainsi, du barrage au pont de Bordeaux, la rivière deviendra une « surface tranquille », « un plan d'eau sécuritaire et accueillant pour la navigation de plaisance et les activités récréatives au cours des mois d'été ». Il s'agit là d'un atout à utiliser lorsque viendra le temps de négocier l'expropriation des riverains, « dont les propriétés vont acquérir une valeur considérable pour cette seule raison ».

Si ces projections satisfont les hauts fonctionnaires, elles ne résolvent pas la question sanitaire. De fait, le rehaussement du niveau de l'eau et la perte de vélocité consécutive à l'érection du barrage vont nécessairement entraver le processus d'évacuation et de circulation des égouts. En fait, tout porte à croire qu'ils le compliqueront. Les discussions autour du projet de barrage montrent combien il est devenu « naturel » de penser les cours d'eau en ces termes. C'est d'ailleurs de la capacité de dilution des eaux souillées de la rivière que se préoccupe désormais le Conseil d'hygiène : « La politique du Conseil a été d'autoriser l'élimination des eaux usées par dilution là où il est possible de le faire sans entraîner de nuisance. [...] La quantité de pollution [...] est déterminée par l'efficacité qu'il est possible d'obtenir du travail de dilution de l'eau[28]. » Les principes de base de la dilution et de l'oxygénation ne sont pas faux, mais ils supposent qu'un ratio soit respecté entre la masse des eaux usées et le débit du cours d'eau[29]. À l'époque, les ingénieurs vont développer le concept de « capacité d'assimilation » des rivières pour mesurer leur pouvoir de dilution et élaborer des méthodes de calcul destinées à gérer la question de la pollution de l'eau[30].

Le niveau de pollution de la rivière des Prairies n'est pas encore « excessif, quoique sérieux » ; il importe donc de ne pas aggraver la situation. Or, celle-ci n'est pas simple. Ainsi, la Ville de Montréal tarde à mettre en place la solution dont on discute depuis déjà quelques années, à savoir l'installation d'un intercepteur qui permettrait de concentrer en un seul lieu le déversement des égouts, en aval des secteurs habités le long de la rivière à la hauteur du Bout-de-l'Île. Dans ce contexte, le Conseil d'hygiène trouve difficile de forcer les municipalités voisines à traiter le contenu de leurs propres égouts[31]. Pour l'heure, comme il s'agit de trouver une solution rapide aux nouvelles conditions découlant de la présence prochaine du barrage, les autorités se mettent d'accord sur un plan de drainage adapté. On établit les modalités entourant les déversements, selon qu'il s'agit d'eaux de pluie ou d'égouts, et selon qu'ils sont rejetés en amont ou en aval du barrage[32].

« *La compagnie s'empare de la rivière*[33] »

Estimant que le projet « est d'intérêt public et qu'il amènera un développement industriel considérable sur le versant nord du Mont-Royal », le gouvernement signe finalement un bail avec l'entreprise à la fin février 1923. Celui-ci établit les conditions de location des « emplacements nécessaires de la rivière des Prairies pour la construction des usines, barrages, jetées » et accorde « le droit de submerger les grèves, îles ou battures nécessaires à cet aménagement[34] ». Les installations comprendront la centrale hydroélectrique construite sur l'île Jésus : il s'agit d'une centrale dite au fil de l'eau, puisqu'elle ne contient pas de réservoir. Deux barrages s'y ajoutent. Le premier, long de 500 pieds, relie la tête de l'île de la Visitation à Montréal et est destiné à faire dévier l'eau vers le barrage[35]. Le second, plus important, est construit à même la centrale et s'étend sur une longueur de 700 pieds, de la rive nord vers le milieu de la rivière. Il comporte un évacuateur muni de treize vannes, qui permet l'écoulement du surplus d'eau en période de crue. On compte assurer le libre passage des poissons de part et d'autre du barrage, et aménager une barrière pour permettre la circulation éventuelle du bois et « la protection des droits publics en général[36] ».

Par ces dispositions, les autorités gouvernementales affirment respecter le principe de l'intérêt collectif, même si, dans les faits, elles

Figure 20. Vue aérienne du barrage hydroélectrique de la centrale de la Montreal Island Power Company.

concèdent à l'entreprise un droit d'utilisation de la rivière qui limite considérablement les autres usages. Dans ce contexte de croissance rapide du secteur hydroélectrique, on valorise les pratiques qui encouragent une utilisation maximale du courant de la rivière, car on juge qu'elles sont les plus propices au développement économique[37]. Le débit devient ainsi une marchandise dont les autorités politiques escomptent des revenus, destinés à enrichir le trésor public. Finalement, l'entreprise ne s'empare peut-être pas de la rivière, malgré ce qu'affirme un riverain en colère, mais elle n'en accapare pas moins une de ses composantes majeures, et elle obtient le droit exclusif d'exploiter le débit à son profit. Conformément aux pratiques en vigueur à l'époque, le contrat prend la forme d'un bail emphytéotique qui définit les conditions de location du secteur. D'une durée de soixante ans, le bail établit à 6 000 dollars le loyer annuel, en plus de fixer le montant des redevances à verser au gouvernement en fonction du nombre de chevaux-vapeur produits.

L'existence du contrat n'est communiquée aux journaux qu'une fois celui-ci signé, en juillet 1923[38]. Si la nouvelle ne soulève pas de tollé, la manière de procéder provoque un malaise certain. Les lettres envoyées au ministère des Terres et Forêts dans les années suivantes témoignent de l'ignorance dans laquelle se trouvent les populations, notamment celles des municipalités de l'île Jésus. Ainsi, cette lettre d'un résidant de Pont-Viau décrit bien son sentiment de déroute : « Je m'adresse à vous pour avoir des informations [...] sur le barrage [...]. Il y a quelques années que nous entendons parler de ce projet mais sans savoir la vérité[39] ». Cependant, le report de la mise en chantier pendant quelques années[40] semble calmer le mécontentement, du moins de façon provisoire.

Les craintes resurgissent avec le début des travaux en 1928. Dans l'intervalle, la Montreal Island Power Company, forcée de réviser ses calculs, a obtenu la permission d'inonder un territoire plus grand que prévu sur l'île Jésus. Comme pour le côté sud de la rivière, l'entreprise est autorisée à « submerger les grèves du côté Nord entre les mêmes limites que par le premier bail[41] ». Un agriculteur de Pont-Viau se demande alors : « Allez-vous accorder à la compagnie le droit de noyer nos terres avant que la dite compagnie [en] ait fait l'acquisition[42] ? » L'ingénieur Amos lui répond que les entreprises hydroélectriques peuvent exproprier des terres avant même de les avoir acquises : « Nous comprenons que la compagnie est en instances auprès des propriétaires pour acheter de gré à gré les parties des lots riveraines qui pourront être affectées. Dans le cas où une entente serait impossible la compagnie devra avoir recours à l'expropriation. » Le niveau d'inondation des terres autorisé par le gouvernement ne souffre pas davantage de discussion. Il correspond, poursuit l'ingénieur, « aux hautes eaux ordinaires du printemps tel qu'on le constate près du chemin du Canadien Pacifique[43] ».

La construction de la centrale de la rivière des Prairies se termine en janvier 1930. Celle-ci vient s'ajouter aux autres installations hydroélectriques de la région montréalaise construites depuis la fin du XIXe siècle. Trois cours d'eau sont alors considérés comme des sites propices aux aménagements hydroélectriques en raison de l'ampleur du courant : le Saint-Laurent et son réseau de canaux au sud-ouest de Montréal, la rivière Richelieu à l'est de l'île, et la rivière des Prairies sur la rive nord. Sur la carte suivante, le géographe Raymond Tanghe propose une représentation intéressante de la position des diverses centrales au milieu des années 1930. Montréal est placé au centre d'une vaste toile constituée des sept centrales qui l'alimentent. Si celles-ci sont correctement localisées sur le territoire, elles sont présentées

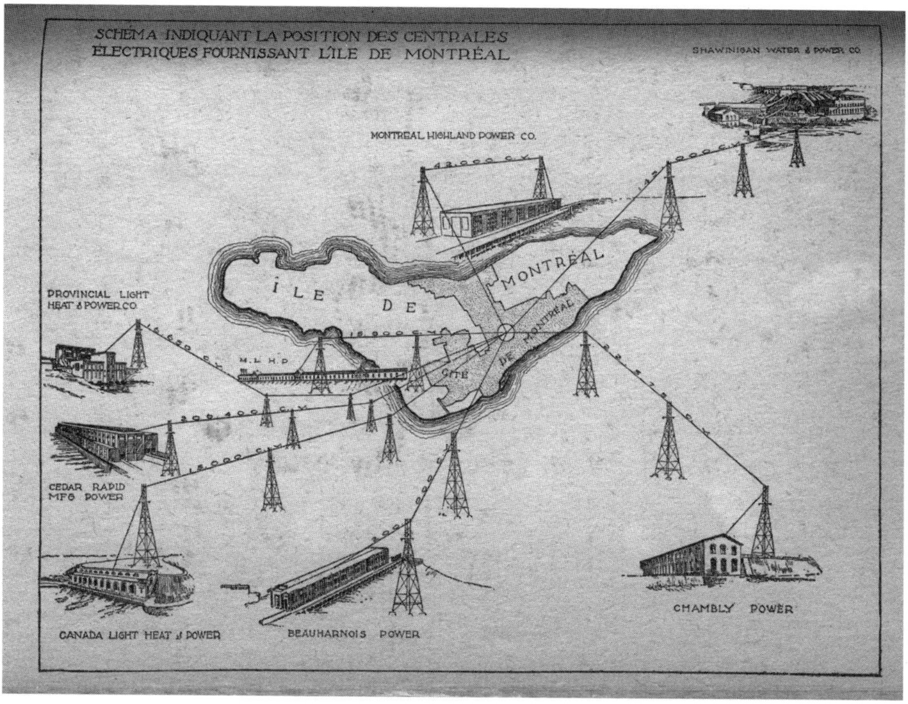

Figure 21. Les sept centrales hydroélectriques autour de la métropole vers 1936.

d'une étonnante façon, qui consiste à faire abstraction des cours d'eau ayant permis leur développement. La carte illustre uniquement les centrales toujours en activité au milieu des années 1930, dont celle de Cedar Rapids, située sur le fleuve à quarante-cinq kilomètres au sud-ouest de Montréal ; celle de la Montreal Island Power Company, la plus modeste du lot, située à dix kilomètres du centre-ville ; celle de Chambly Power sur le Richelieu ; et celle de Beauharnois Power, sur le canal du même nom, érigée en 1932, de loin la plus imposante. Dans les années 1930, ces sept centrales sont reliées par des lignes de transmission exploitées par la Montreal Light, Heat and Power[44]. Elles fournissent plus de 80 % de l'électricité consommée à Montréal, essentiellement par des entreprises et des industries[45].

Une nouvelle rivière, un nouveau milieu de vie

À l'époque où la centrale et le barrage sont construits, la densité du territoire du versant nord, de Cartierville à la pointe est de l'île, demeure relativement faible. La carte de la figure 22 montre que c'est particulièrement le cas des quartiers et des banlieues longeant la rivière des Prairies. Ainsi, les anciennes municipalités de Cartierville, Bordeaux, Ahuntsic et Sault-au-Récollet ont été annexées par Montréal durant l'important mouvement d'extension de son territoire au cours des années 1910. Elles forment à partir de 1921 le quartier d'Ahuntsic, qui compte quelques dizaines de milliers d'habitants. Les municipalités de banlieue de Saint-Michel, Saint-Léonard-de-Port-Maurice et Montréal-Nord demeurent agricoles en grande partie[46]. Sur la rive nord, l'île Jésus constitue un territoire largement agricole lui aussi, avec quelques noyaux villageois situés le long de ses rives.

Depuis la fin du XIXe siècle, les berges de la rivière des Prairies sont prisées pour l'établissement de résidences secondaires et la pratique d'activités de loisir. À partir du moment où les grandes avenues reliant la rivière au Saint-Laurent sont desservies par des tramways puis des

Figure 22. Cette carte de la région de Montréal atteste du développement de la ville et de la banlieue (1940).

autobus, dans les années 1890, il devient possible de traverser l'île chaque jour pour se rendre de son domicile vers son lieu de travail. Dans la foulée, des noyaux urbains se développent, particulièrement à la tête des ponts reliant l'île de Montréal à l'île Jésus. Pendant la crise économique viennent s'ajouter quelques centaines de citadins qui, incapables de payer leurs taxes municipales, déménagent le long de la rivière dans de petits chalets de fortune[47]. De même, quelques congrégations religieuses et hospitalières ont choisi de s'y installer depuis la fin du XIXe siècle. Pour sa part, la prison de Montréal y déménage en 1912 (plus précisément à Bordeaux).

Vivre avec les inondations

Comment la centrale et le barrage transforment-ils la rivière et la vie des populations riveraines ? Ce sont principalement les procès des riverains contre la Montreal Island Power Company qui permettent de prendre la mesure de ces changements. De fait, une fois le barrage érigé et la centrale mise en activité, des inondations se produisent qui entraînent des poursuites judiciaires. Tout un ensemble de circonstances provoquent ces problèmes souvent difficiles à démêler. Il faut dire que les enquêtes menées dans ce contexte visent à régler les litiges bien plus qu'à établir un portrait de la situation. Chose certaine, la centrale hydroélectrique va causer plus de problèmes que ce qui a été escompté par les ingénieurs de la Montreal Island Power Company. Les eaux du réservoir créé en amont du barrage ne réagiront pas comme prévu, sans compter que la zone inondée débordera des limites convenues dans le contrat de concession des forces hydrauliques de la rivière. Les divers conflits qui éclatent alors témoignent de la difficulté à gérer le débit de la rivière.

Dès la mise en marche de la centrale, en 1930, les plaintes affluent. Des résidants déplorent le fait que leur propriété, située dans la partie ouest de Laval-des Rapides, à un mille de la limite occidentale de la zone inondable, a subi des dommages durant l'hiver. En mars, cette municipalité voit son usine de filtration endommagée par une inondation[48]. La Montreal Island Power Company rétorque que toutes les plaintes concernent des « propriétés au-dessus du pont de Bordeaux, c'est-à-dire en amont de l'endroit où disparaît l'effet du barrage[49] ». L'entreprise refuse donc de reconnaître que le barrage puisse causer des dommages au-delà de la zone pour laquelle elle a obtenu le droit d'inonder. Quelques mois plus tard, elle revient cependant sur sa position, après que le gouvernement provincial s'est défendu clairement d'être responsable de la situation, lui qui « n'a loué aucune portion de grève en amont du pont et n'a pas permis non plus que la Compagnie y refoule les eaux[50] ».

À la fin de l'automne 1932, de nouvelles plaintes parviennent au gouvernement. Cette fois, elles concernent des propriétés situées encore plus en amont, au niveau de L'Abord-à-Plouffe. La colère des résidants est palpable :

> Mon terrain est fréquemment inondé et il est indéniable que cela est dû au barrage de la Montreal Island Power [...]. Je comprends que le niveau des rivières est élevé actuellement par suite des pluies abondantes, mais, j'ai constaté que même pendant l'été, qui est habituellement la saison des eaux basses, le niveau de la rivière était de beaucoup plus élevé que les années précédentes, c'est-à-dire avant l'érection du barrage. Je me demande de quel droit cette Compagnie vient nous empêcher de jouir pleinement des propriétés que nous avons acquises avec nos deniers. [...] j'hésite avant de prendre des procédures contre une Compagnie aussi puissante. Dans mon humble opinion, je suis sous l'impression que le Gouvernement n'a jamais autorisé pareil abus[51].

Le chef du Service hydraulique reconnaît implicitement le bien-fondé de la plainte. D'ailleurs, dans sa réponse, il laisse entendre au propriétaire lésé qu'il n'est pas le seul dans cette situation : « Des pourparlers ont été commencés entre la compagnie et certains avocats qui ont été appelés à défendre quelques personnes qui, comme vous, se plaignent de subir des inondations[52]. »

Le problème atteint un nouveau sommet à partir du mois de décembre 1932, alors que surviennent des embâcles particulièrement importants. Les journaux rapportent que dans la journée du 12 décembre le niveau de la rivière est monté de dix pieds en l'espace de cinq heures. Les inondations auraient été provoquées par le morcellement d'un « pont de glace sur le lac des Deux-Montagnes. Une fois désagrégée, c'est par des blocs énormes que la glace a descendu le courant pour entrer dans la rivière des Prairies et finalement s'empiler. [...] Le barrage par suite du froid intense devint bientôt solide et l'eau retenue en aval de la station hydraulique de la Montreal Island Power Company ne tarda pas à se répandre sur les deux rives[53] ». Les dégâts les plus considérables se produisent du côté de Laval-des-Rapides, où des bâtiments municipaux sont endommagés. L'enquête menée par la Commission des eaux courantes à la hauteur du lac des Deux Montagnes[54] révèle que les embâcles sur la rivière des Prairies ont été provoqués notamment par les pluies exceptionnelles de l'automne. Le Service hydraulique prend tout de même la mesure des dégâts survenus le long de la rivière des Prairies, en prévision des « actions [qui] doivent venir devant les tribunaux vers le commencement de février[55] ». Il relève que les embâcles ont atteint des sommets inégalés et que « l'épaisseur de la glace [...] aux endroits où il y a eu tassements [est] extraordinaire, soit de 20 à 25 pieds, ce qui semble atteindre presque le fond[56] ».

Le rapport du Service hydraulique mentionne que les embâcles ne sont pas un phénomène nouveau sur la rivière des Prairies, mais qu'ils se forment désormais dans le secteur situé en amont du barrage, alors qu'auparavant ils se produisaient plus en aval. Quelle que soit la cause de ce problème, il faut trouver le moyen d'empêcher la formation des embâcles. Or la solution est tout sauf simple, comme le rapporte l'ingénieur en chef de la Montreal Light, Heat and Power Company : « Il serait peu sage [...] d'abaisser le niveau d'eau à l'usine [...] parce qu'il y aurait menace, en agissant ainsi, de faire tasser l'embâcle et de provoquer une plus grande inondation. [...] Quant aux explosions de dynamite [...], les résultats sont tout à fait insignifiants par rapport aux dangers qu'elles comportent[57]. »

La population semble plutôt penser que la Montreal Island Power Company doit abaisser le niveau de l'eau en ouvrant davantage les vannes de l'évacuateur de crues lorsque les circonstances climatiques le requièrent. Toutefois, cela risque de compromettre la production d'électricité. L'enjeu est donc de produire un maximum d'énergie en inondant le moins possible. Quelques années plus tard, les riverains, qui poursuivent de nouveau l'entreprise, imputent à l'élévation du niveau d'eau et à la submersion des rapides l'inondation de leur propriété et l'érosion des berges : ces interventions ayant « détruit le courant qui existait dans la rivière » empêchent « le libre écoulement des eaux et de la glace », affirment-ils. Partant, « un nouveau débit régulier artificiel » a été créé « qui provoque l'accumulation des glaces au printemps amenant un débordement inattendu des eaux de la rivière causant ainsi l'inondation des terrains riverains ». À plus long terme, cela conduit à « la désagrégation du sol en maintenant une infiltration continuelle dans le terrain le rendant impropre à toutes fins que ce soit[58] ».

Méfiants envers l'entreprise, convaincus de son incompétence, les riverains sont confortés dans leur idée par le fait qu'à l'époque, à l'échelle de la province, les relations sont très tendues entre les « trusts de l'électricité » et les populations locales. On critique les prix de vente de l'électricité, qu'on estime abusifs. La grogne devient particulièrement vive durant la crise économique, ce qui incite le gouvernement provincial à créer une commission d'enquête chargée d'examiner les pratiques commerciales des établissements du secteur[59].

Une question de justice environnementale

En somme, chaque partie conçoit différemment les problèmes qui surgissent le long de la rivière des Prairies[60]. Du côté de la population locale, les inondations se traduisent d'abord par la dégradation et la perte de valeur des propriétés. Elles sont vécues de manière immédiate et concrète, à travers les inquiétudes, les désagréments et les dommages subis. Le sentiment de perte renvoie aussi à des dimensions intangibles : la familiarité avec les lieux, l'attachement à un certain cadre de vie et aux activités organisées dans ce contexte. Du côté du gouvernement, des ingénieurs et des dirigeants de l'entreprise, la question se pose autrement. N'étant pas affectés dans leur vie quotidienne par les problèmes liés à la rivière, ils perçoivent les transformations du milieu à partir de l'extérieur. Ils ont aussi une vision plus globale de la rivière, comme en surplomb, élaborée sur la base des rapports techniques avec lesquels ils travaillent et des documents produits pour les poursuites judiciaires.

Par conséquent, les manières de concevoir les conflits et leur résolution divergent aussi. Si les riverains, lorsqu'ils en ont les moyens financiers, peuvent demander une compensation pour les pertes subies sur le plan individuel, ils voient avant tout cette question comme relevant de la justice sociale, et ils réclament que la solution passe par la voie politique. Ainsi, les propriétaires affectés persistent à se plaindre au ministère des Terres et Forêts, comme en témoigne cette lettre du secrétaire-trésorier de L'Abord-à-Plouffe : « La Compagnie se rit de nos réclamations, et pour se faire justice [...] il nous faudrait se pourvoir devant les tribunaux, ce que beaucoup ne peuvent faire, faute d'argent. [...] Notre population est lésée dans ses légitimes droits. [...] que le Gouvernement se saisisse de la chose [...] et qu'il fasse valoir sa maxime du Libéralisme [...] et nous apporte le réconfort de sa forte et précieuse assistance[61]. » De leur côté, les représentants de l'État considèrent le problème des inondations essentiellement en fonction de la jouissance de la propriété. Dans leurs lettres adressées aux propriétaires, ils laissent entendre que les litiges à ce sujet relèvent du droit privé. À leurs yeux, les inondations constituent des conséquences non voulues d'un système d'exploitation de la rivière établi pour le bien collectif. Elles ne menacent donc pas l'intérêt public. Cela n'empêche pas le gouvernement ou plutôt ses fonctionnaires d'agir à titre d'intermédiaires bienveillants. Comme les tensions sont vives entre les entreprises hydroélectriques et les populations locales, ils acceptent d'être la courroie de transmission des demandes des riverains aux entrepreneurs.

Pour sa part, l'entreprise louvoie tout au long des années 1930. Dans certaines circonstances, elle reconnaît (ou est forcée de reconnaître) que le fonctionnement de la centrale produit des effets inattendus et que des correctifs s'imposent. À d'autres moments, elle se montre d'abord soucieuse de préserver sa réputation, et de prouver ses capacités techniques et sa maîtrise de la situation. Comme le rapporte Arthur Amos en parlant de l'ingénieur en chef à l'emploi de la Montreal Island Power Company : « Il n'aime pas ces situations embrouillées et il préfèrerait qu'on décidât tout de suite que s'il y a des dommages, il faille les payer ; toutes ces plaintes ne sont pas de nature à créer une impression favorable dans le public vis-à-vis la compagnie[62]. » Durant ces années, l'entreprise règle d'ailleurs « une centaine de réclamations de la part de propriétaires riverains sur la rive nord de la rivière des Prairies[63] ». En contrepartie, elle obtient le feu vert pour élever les eaux entre la mi-novembre et la mi-mai à la cote 64 au-dessus du niveau de la mer, alors que selon le contrat initial les eaux ne devaient pas dépasser les cinquante-cinq pieds[64].

La situation est aussi complexe sur les plans juridique et politique que sur le plan environnemental, puisque le paysage se transforme et que les situations évoluent. Chaque nouveau litige exige de reprendre l'exercice pour établir le bien-fondé des plaintes, déterminer les causes précises des inondations, chercher des solutions. Il faudrait parvenir à mesurer le plus précisément possible les effets du barrage sur le débit et le niveau d'une rivière en changement, afin de limiter les compensations financières réclamées par les plaignants pour les dommages subis. Or, la rivière se transforme non seulement à cause de la présence du barrage, mais aussi à cause des aménagements en amont, sur la rivière des Prairies, le lac des Deux Montagnes ou encore l'Outaouais[65]. Ainsi, en dépit du travail effectué pour gérer et maîtriser le courant de manière rationnelle, en l'intégrant dans un système de production d'électricité, les rythmes de la rivière engendrent de l'instabilité. Ils bousculent les plans et obligent à divers ajustements, du moins durant les premières décennies suivant la mise en opération du barrage.

« Baignade interdite » : un milieu de loisirs sur les berges d'une rivière polluée

À partir du moment où la centrale hydroélectrique entre en fonction, le problème de la contamination de la rivière devient plus critique. Dans les années 1920, les déversements d'égouts dans le cours d'eau augmentent. Aux eaux usées domestiques de la population montréalaise s'ajoutent celles des établissements hospitaliers et carcéraux, tels l'hôpital du Sacré-Cœur et la prison de Bordeaux, installés non loin des berges. C'est sans compter les autres municipalités riveraines ou situées sur le versant nord, qui utilisent elles aussi la rivière comme collecteur pour leurs égouts. Dans ce contexte, il devient plus crucial encore « d'empêcher le dépôt des matières solides du "sewage" dans les eaux tranquilles en amont du barrage[66] ». Si la question continue de se poser en termes sanitaires, de nouvelles préoccupations, liées aux usages récréatifs de l'eau, interviennent également. Ce débat permet de prendre la mesure des changements survenus dans la rivière, mais aussi de faire ressortir les manières de se référer au cours d'eau et l'utilisation qui en est faite alors.

Depuis les années 1910, les pétitions s'accumulent à propos de la dégradation constante de l'eau de la rivière des Prairies. Les signataires reprennent à leur compte des éléments du discours hygiéniste pour alerter les autorités : « des odeurs nauséabondes, pestilentielles » se dégagent de la rivière et constituent un « danger imminent qui menace la santé des résidants du voisinage ». Parmi les 200 signataires d'une des principales pétitions se trouvent des propriétaires, des résidants temporaires et des locataires : « Les uns viennent passer l'été et les autres chercher un peu d'air pur, mais qu'ils trouvent empoisonné[67]. » La situation inquiète aussi les promoteurs d'un futur parc d'attractions, le parc Belmont, qui hésitent à acquérir le terrain convoité en bordure de la rivière : « L'égout de la ville rend l'eau de [la] baie huileuse, stagnante, infecte, impropre au canotage ou à tout autre usage[68]. » Dans ces textes et dans bien d'autres, on voit poindre une préoccupation pour un environnement agréable, propice aux pratiques de villégiature et de loisirs, qui sont en plein développement.

En 1928, le directeur du Service provincial d'hygiène avertit les municipalités qui rejettent leurs égouts dans la rivière des Prairies — dont Côte-Saint-Luc, Hampstead, Montréal, Mont-Royal, Outremont et Saint-Laurent — que des correctifs devront être apportés. Il fait alors référence à une pétition de 300 noms envoyée récemment au gouvernement, qui demande que la Commission des services publics du Québec oblige les autorités concernées, notamment la Ville de Montréal, à régler une situation jugée de plus en plus critique[69]. Dès la mise en fonction de la centrale hydroélectrique, une ordonnance de la commission enjoint Montréal de construire un intercepteur « qui recevra les eaux des différents collecteurs pour les conduire en aval du barrage [et] devra pourvoir au drainage d'un grand territoire et pour un bon nombre d'années à venir[70] ». L'idée n'est pas totalement nouvelle : c'est en fonction de celle-ci qu'avant la Première Guerre mondiale les experts ont convenu de repousser vers l'aval les déchets de la ville. Cette fois, la Commission des services publics exige en outre qu'on construise une usine d'épuration à l'embouchure de l'intercepteur. Les égouts domestiques y seraient traités avant leur déversement dans la rivière, tandis que les eaux de surface seraient conduites à la rivière par des émissaires.

L'ordonnance est émise en pleine crise économique. Les difficultés que vivent les municipalités relèguent au dernier plan le projet de drainage du versant nord de l'île. La Commission des services publics revient tout de même à la charge en 1933, en réitérant l'urgence de procéder à l'épuration des égouts avant leur rejet dans la rivière[71]. La Ville de Montréal entreprend alors de construire un collecteur vis-à-vis de la rue Lavigne, dans Cartierville, dans le secteur du ruisseau Raimbault[72]. En 1936, elle met sur pied une commission d'étude composée de trois ingénieurs, « dont un nommé par la Cité, un autre désigné par le Board of Trade, et le troisième par la Chambre de commerce », chargée d'examiner « le projet d'installation d'une usine d'épuration pour les eaux d'égouts qui se déversent dans la rivière des Prairies[73] ». Si les conclusions des ingénieurs rejoignent la plupart des demandes de la Commission des services publics et du Service d'hygiène, elles comportent néanmoins une divergence significative : il ne serait pas nécessaire de procéder en tout temps au traitement des égouts avant leur déversement dans la rivière. Les ingénieurs estiment acceptable de les rejeter directement « en un point de la rivière où la dilution de l'effluent peut être abondante et rapide[74] ». Ils recommandent donc que les eaux usées soient évacuées plus en aval, là où le courant du fleuve les emportera au large. En revanche, ils en préconisent le traitement durant la « saison balnéaire » afin d'assurer, « dans les limites raisonnables, la protection des baigneurs[75] ».

Comme d'autres sources gouvernementales de l'époque, ce rapport témoigne de l'importance prise par la baignade dans la rivière des Prairies. Cette activité se pratique particulièrement en aval du barrage[76], bien que ce soit un secteur où « les eaux [...] sont fortement souillées ». « Cette partie de la rivière », s'inquiète l'ingénieur sanitaire Théo Lafrenière, « est utilisée de plus en plus, chaque année, pour des fins récréatives et au cours de la saison, un grand nombre de citoyens de la cité de Montréal s'y sont baignés[77]. » Les baigneurs profitent des hauts-fonds qui affleurent à cet endroit à la suite de l'aménagement du barrage. Parfois, on mentionne aussi la partie en amont : à la hauteur de l'île de la Visitation, la rivière se divise en deux bras, dont le méridional prend la forme d'un petit canal à l'abri du courant, sans doute propice à la baignade. Par ailleurs, il est question de pêche dans le secteur du boulevard Pie-IX[78].

La popularité de la baignade dans la rivière des Prairies, mais aussi le long des rives du Saint-Laurent est telle que le Bureau d'hygiène municipal juge nécessaire d'adopter un règlement pour l'encadrer. Celui-ci interdit la baignade dans la rivière des Prairies ou le fleuve, « sauf dans les endroits où le service d'hygiène municipal et le service de police auront accordé un permis[79] ». Le règlement tente ainsi de prévenir les noyades, qui surviennent en grand nombre, à divers endroits, durant la saison estivale. Dans les journaux, les articles à ce sujet, à peu près tous construits sur le même modèle, relatent les circonstances entourant les noyades : ils évoquent les courants dangereux, le fait que les personnes s'aventurent souvent seules au large ou se baignent trop tôt après les repas, etc. Les courants sont impliqués dans cette tragédie bien typique : « Hier, alors qu'il profitait d'une sortie avec famille et amis, Maurice Cartier [...] est allé nager dans la rivière des Prairies, près de Saint-Vincent-de Paul, mais le courant puissant l'a emporté loin du rivage. Les gens l'ont vu se débattre, mais avant qu'on puisse le rejoindre, il a coulé dans l'eau profonde et s'est noyé[80]. »

En 1937, le service municipal adopte des dispositions encore plus restrictives, interdisant toute baignade dans « les eaux du Saint-Laurent et surtout les eaux de la rivière des Prairies qui baignent le territoire de la ville [et] n'offrent pas les garanties de propreté qui permettent de s'y baigner sans inconvénients ». Il conseille de ne pas se baigner « près de l'ouverture des bouches d'égouts » ni dans les endroits où le courant est rapide, « comme dans la rivière des Prairies[81] ». Il recommande enfin de ne pas laisser entrer d'eau par sa bouche ou son nez à cause des dangers de fièvre typhoïde, de sinusite ou d'otite.

La rivière des Prairies, riche « d'agrément avec ses étroits et ses dilatations, ses sinuosités et ses rapides », attire aussi les villégiateurs : les plus fortunés sont établis dans le secteur en amont, vers le village de Sainte-Geneviève, « dans un décor aimable et plus intime » ; les autres se massent plutôt du côté de l'aval, « le secteur le moins favorisé ». Dans la paroisse de Rivière-des-Prairies, écrit le géographe Raoul Blanchard, « 3 000 têtes, dont 95 % de Français, s'abattent à la belle saison. [...] Comme on est loin d'avoir assez d'appartements disponibles, on a bâti récemment 75 maisons et de 6 à 700 petits camps[82] ». Tous ces chalets, qui sont rarement munis d'installations sanitaires et dont plusieurs sont construits avec des moyens de fortune, contribuent à la contamination de l'eau[83]. Ils sont dans la mire des autorités sanitaires provinciales, qui procèdent à de nombreuses enquêtes à leur sujet dans les années 1930 et 1940[84]. Il faut aussi leur ajouter les ginguettes, restaurants et petits hôtels qui, à leur tour, colonisent les berges et utilisent l'eau de la rivière.

En 1937, la situation est suffisamment critique pour inciter 2 000 « citoyens et électeurs du quartier Ahuntsic de la cité de Montréal et des municipalités de Montréal-Nord et de la Rivière-des-

Figure 23. Le public assiste attentif aux régates sur la rivière des Prairies par un bel après-midi de l'été 1937.

Prairies » à signer une pétition destinée aux autorités municipales, provinciales et fédérales. Ils réclament « qu'un remède radical et définitif soit apporté à l'odieuse et permanente nuisance publique causée par la pollution des eaux de la Rivière ». Les signataires s'en prennent essentiellement à la Ville de Montréal, qui, par négligence, n'a pas construit la station d'épuration demandée par le gouvernement provincial. Par conséquent, « le district tout entier est empoisonné par les odeurs infectes et malsaines qui se dégagent des immondices émanant des égouts aboutissant, à ciel ouvert, à la dite Rivière des Prairies[85] ». Une seconde requête, signée cette fois par un groupe de médecins au nom des habitants du secteur, relève l'injustice dont est victime la population locale. On ne comprend pas pourquoi celle-ci demeure la proie d'une « situation intolérable » alors qu'à la même époque les programmes de travaux publics ont permis « l'embellissement de l'Île Sainte-Hélène et la construction d'un lac artificiel sur le Mont-

Royal[86] ». Inaugurée à l'été 1937, la plage de l'île Sainte-Hélène devient très tôt un lieu de prédilection des baigneurs montréalais[87].

Mais contrairement à ce que laissent entendre les signataires des pétitions, la situation est critique à plusieurs endroits le long des rives de l'île de Montréal, pas seulement dans la rivière des Prairies. Témoin, les dizaines de rapports d'enquête du Service provincial d'hygiène déposés dans les archives gouvernementales. Ils relèvent des situations analogues sur le Saint-Laurent et en particulier dans le lac Saint-Louis, un autre site de villégiature fort prisé. Dans tous les cas, c'est la pollution d'origine organique qui retient l'attention ; c'est pour y remédier que les ingénieurs sanitaires demandent instamment des correctifs. Ils ne considèrent pas encore la pollution d'origine industrielle, pourtant manifeste à l'époque[88]. Il est frappant de constater à quel point la hantise des nuisances qui s'exprime depuis le XIXe siècle continue de colorer les propos des hygiénistes et des pétitionnaires qui s'adressent aux autorités politiques. Les mises en garde et les critiques des uns et des autres ne semblent cependant pas atteindre les citadins qui, l'été venu, se pressent dans les divers cours d'eau ceinturant Montréal ou sur les plages aménagées.

Conclusion : une rivière désormais urbaine

Quasi absente de l'histoire de Montréal, et par conséquent mal connue, la rivière des Prairies est néanmoins porteuse d'une certaine mythologie dont les échos résonnent encore. La question de sa navigabilité, particulièrement, habite certains Montréalais nostalgiques d'un temps où elle aurait coulé au milieu d'un paysage bucolique, loin des bruits de la ville[89]. Les quelques écrits sur la rivière des Prairies ou sur l'histoire des localités riveraines manquent rarement d'évoquer cette dimension[90]. Le grand barrage installé à la fin des années 1920 constitue un point tournant de son histoire, dont la présence continue de défigurer l'environnement. Telle une cicatrice, il a rompu l'harmo-

Figure 24. Dès son ouverture à la fin des années 1930, la plage de l'île Sainte-Hélène est très populaire.

nie du paysage[91]. Il a détruit les rapides à l'origine du nom de localités comme Laval-des-Rapides ou Sault-au-Récollet. Il a aussi mis fin à la navigation sur la rivière, dorénavant coupée en deux segments[92]. Depuis, la production d'électricité détermine les utilisations du cours d'eau. À la fois cause et conséquence des changements survenus, la présence du barrage contribue donc à alimenter la nostalgie d'une époque dorée où les Montréalais auraient plongé allègrement dans les eaux pures de la Back River.

Il est frappant de constater à quel point le problème de la pollution de l'eau est absent des écrits sur la rivière. La contamination du cours d'eau constitue pourtant une dimension de plus en plus discutée au cours du XXe siècle. En dépit des discours des autorités sanitaires et des mises en garde publiées dans les journaux et placardées sur les rives, la population continue de s'y baigner, ce qui n'empêche pas les riverains de ressentir comme une injustice la dégradation de leur rivière. Leurs protestations expriment peut-être aussi une crainte et une rancœur quant à l'envahissement en provenance de la ville, qui se traduit d'abord par le déversement de ses égouts, ensuite par la présence des touristes urbains. Ces derniers profitent de la rivière sans subir directement les désagréments liés à sa pollution : une fois la période estivale terminée, ils retournent dans leurs quartiers.

Ainsi, l'industrialisation de la rivière avant la Seconde Guerre mondiale a conduit à la formation d'un nouvel environnement où systèmes techniques, composantes naturelles et rapports sociaux s'enchevêtrent. Ce chapitre a montré combien l'histoire des rapports entre le barrage, les collecteurs d'égouts et les utilisations du milieu est complexe, à la source de plusieurs tensions. Avec son slogan « La nature en harmonie avec la technologie », une publicité récente d'Hydro-Québec sur la centrale de la rivière des Prairies[93] laisse pourtant croire que ces deux dimensions évoluent dans un rapport harmonieux. Elle ne tient pas compte des conflits provoqués par l'érection du barrage et des tensions qui ont résulté de sa présence. La rencontre entre milieux naturels et systèmes techniques ne provoque pas nécessairement des batailles incessantes, c'est vrai, mais les rapports entre ces deux éléments comportent toujours un aspect de pouvoir et trahissent des relations inégalitaires aux ressources. Tout comme l'eau, cependant, ces relations ne sont pas figées une fois pour toutes. En saisir les diverses configurations et les modifications dans le temps permet de comprendre combien l'eau demeure au cœur de la vie montréalaise, même lorsqu'elle est urbanisée ou emprisonnée dans des infrastructures. Cela permet aussi de voir qu'en dépit du travail pour diviser la rivière en segments cette dernière continue de s'inscrire dans des dynamiques naturelles et sociales plus vastes.

CHAPITRE 6

Tout le poids de l'île : le rattachement au continent

Cette maudite circonstance d'avoir de l'eau de tous les côtés [...]. *Si je ne pensais pas que l'eau m'environne comme un cancer, il me serait possible de dormir à poings fermés.*

VIRGILIO PIÑERA (1943)[1]

Montréal a d'abord été une île carrefour. Cette situation géographique, à l'origine même de la ville, perd une grande partie de sa signification après la Seconde Guerre mondiale. D'importants chantiers sont entrepris pour redessiner le cours du fleuve, décloisonner l'île, la rattacher au continent. Ces travaux reposent sur un recours accru à des moyens techniques, ce qui contribue à intensifier l'urbanisation et la transformation des milieux naturels de la région montréalaise. Coincée dans l'île, la ville déborde et s'émiette sur le continent[2]. Activités économiques et population traversent les cours d'eau et envahissent la plaine de Montréal.

La construction résidentielle connaît une poussée sans précédent. Elle conduit à la densification du territoire montréalais, comme à l'occupation plus intense des rives de l'île et de la région. En cette période de boom économique et de croissance démographique rapide, le problème de la circulation atteint de nouveaux sommets, tant dans la ville que de l'île vers le continent. Dès avant la guerre, cette question se double d'une préoccupation concernant l'organisation de l'espace, sa densité et ses articulations à l'échelle régionale. L'avènement de l'ère de l'automobile conduit à la construction de nombreux ponts, tunnels et autoroutes qui atténuent fortement l'insularité de Montréal. La ville est de plus en plus pensée comme un territoire métropolitain.

Dans la frénésie du développement de l'après-guerre, l'aménagement de la voie maritime donne naissance à un « autre fleuve[3] ». Cette seconde phase de domestication du Saint-Laurent, presque cent ans après la première, le transforme résolument en un chenal pour la navigation. Celui-ci nécessite des interventions permanentes afin de stabiliser le niveau de ses eaux, et sa performance détermine désormais les autres utilisations du fleuve. La nouvelle voie maritime participe aussi à la redéfinition de la vocation du port de Montréal : il perd une partie de ses activités de transbordement et, du même coup, son rôle de carrefour des deux mondes. Dans la foulée, le rôle séculaire du fleuve dans le développement de la ville est en partie redéfini[4]. Dans un contexte où Montréal explose, le Saint-Laurent devient pratiquement un obstacle à l'expansion urbaine et à la circulation.

Si les aménagements de l'après-guerre ont pour effet de neutraliser la réalité insulaire de la ville, les critiques quant à la pollution des cours d'eau ceinturant Montréal rappellent ce caractère particulier. Devenus des chantiers perpétuels, ils sont de plus en plus occupés par des travaux, en plus d'être saturés de déchets de toutes sortes. Leur qualité s'appauvrit avec l'intensification du développement économique et urbain. Préoccupés par la dégradation des milieux où ils s'adonnent à leurs loisirs, les pêcheurs et les chasseurs sonnent la charge. Ils demandent aux autorités politiques d'intervenir pour protéger les ressources, non plus seulement à des fins de santé publique, mais bien dans le but de préserver la faune et la flore, essentielles à la pratique de leurs activités. Par leurs revues et leurs campagnes de sensibilisation auprès du public, ils jouent un rôle de premier plan dans la redéfinition des rapports avec l'eau dans la région montréalaise.

C'est donc par le relevé des « cancers des rives[5] », des matières déversées dans les cours d'eau et des signes de la dégradation écologique que l'on constate les retombées du développement de l'après-guerre. Dragage, empiétement, remplissage, déversement : un nouveau vocabulaire émerge pour définir les assauts dont le Saint-Laurent fait l'objet. Maux et mots le redessinent à nouveau. Ils contribuent à la formation de la perspective écologique. Celle-ci s'élabore à travers les revendications des divers mouvements de pression, qui réclament tout à la fois la protection des ressources hydriques et un meilleur accès à l'eau. Les enquêtes scientifiques menées autour de ces questions y contribuent également. Les unes et les autres participent à la construction d'une vision plus globale des diverses fonctions de l'eau et de l'hydrographie à l'échelle de la région montréalaise.

Un « autre fleuve », une autre île

L'après-guerre est une nouvelle période de grands travaux sur le Saint-Laurent, qui vont donner naissance à un « autre » fleuve, notamment à la hauteur de la région montréalaise.

La deuxième domestication du Saint-Laurent

En discussion depuis la fin du XIXe siècle, les projets d'exploitation s'accumulent : certains pour exploiter le potentiel énergétique des rapides du Saint-Laurent supérieur, d'autres pour accroître les capacités de navigation. Comme une bonne partie du fleuve est traversée par la frontière canado-américaine, tout aménagement sur son cours doit faire l'objet de négociations entre les deux pays, d'où la création en 1909 de la Commission mixte internationale, chargée de superviser la gestion des eaux limitrophes[6].

De 1954 à 1958, des barrages et des digues sont construits dans la section internationale des rapides du fleuve, qui draine les eaux du bassin des Grands Lacs[7]. Le chantier conduit à la formation d'un vaste réservoir de 259 kilomètres cubes, le lac Saint-Laurent, résultat de l'inondation d'un territoire de plusieurs milliers d'hectares. Au centre du projet, situé à la hauteur de Cornwall en Ontario, est érigée la centrale électrique Moses-Saunders, longue d'un kilomètre et s'étendant de part et d'autre de l'île Barnhart[8]. Depuis, le barrage joue un rôle fondamental dans le processus de régularisation des eaux du lac Ontario et de la voie maritime du Saint-Laurent. Je reviendrai sur ce sujet dans le prochain chapitre.

Cet important chantier entrepris par les gouvernements canadien et américain est destiné aussi à faciliter le passage des navires aux tonnages croissants entre les Grands Lacs et l'Atlantique, et à répondre aux demandes des milieux économiques de la région qui, de part et d'autre de la frontière, souhaitent libérer cette dernière de la tutelle des ports de Montréal et de New York[9]. La nouvelle voie maritime sera formée principalement par une succession de chenaux, dont la profondeur minimale est fixée à 8,2 mètres et la largeur, à environ 25 mètres. Là où celle-ci est insuffisante, dans les sections naturelles (à la hauteur des Mille Îles et des lacs Saint-François et Saint-Louis) et artificielles (le lac Saint-Laurent et le canal de Beauharnois) du fleuve, l'essentiel des travaux consiste à contourner les barrages ou à éviter les rapides. Des écluses sont aussi aménagées pour permettre de franchir les importantes dénivellations du Saint-Laurent.

La situation se complique au niveau du bassin de La Prairie, qui englobe les rapides de Lachine et de Sainte-Marie. De nouveau, leur contournement pose problème. Si au début du XIXe siècle la solution avait consisté à construire un canal sur la rive nord, cette fois le côté sud est privilégié. Estimée plus simple, la construction d'un canal de navigation à cet endroit s'avère également moins coûteuse. D'une longueur de vingt-neuf kilomètres, le nouveau canal de la Rive Sud s'étend de Caughnawaga (aujourd'hui Kahnawake), sur la rive méri-

Figure 25. L'aménagement de la voie maritime du Saint-Laurent redessine complètement la rive sud du fleuve (1964).

dionale du lac Saint-Louis, à Longueuil, vis-à-vis du port de Montréal[10]. De dimensions nettement supérieures à celles du canal de Lachine, il est borné par la rive droite du Saint-Laurent et, du côté nord, par un long remblai. Son aménagement exige de creuser le lit du fleuve d'environ 5 pieds (1,5 mètre) pour atteindre la profondeur requise, ce qui fait baisser le niveau de l'eau dans le port. De plus, les structures des ponts Honoré-Mercier, Victoria et Jacques-Cartier sont modifiées pour assurer une hauteur de mât de 36,6 mètres[11]. Le canal de la Rive Sud compte enfin deux écluses (celles de Sainte-Catherine et de Saint-Lambert) qui permettent de franchir la section comprise entre le lac Saint-Louis et Longueuil, elle-même marquée par une dénivellation de quinze mètres[12].

L'aménagement du canal de la Rive Sud a des retombées majeures sur les plans social et environnemental, qui affectent d'abord les populations de la rive méridionale du bassin de La Prairie. La reconfiguration des berges bouleverse plus particulièrement la population mohawk de la réserve de Kahnawake, établie sur la rive sud du lac Saint-Louis. Le tracé de la voie maritime coupe à travers le territoire de la réserve, ce qui entraîne l'expropriation de centaines d'acres de terre et prive la population de son accès au fleuve[13]. Une partie de l'économie de la communauté, liée aux activités de la pêche, s'en trouve ainsi affectée.

Du côté de Montréal, la nouvelle infrastructure fluviale bouleverse aussi les choses, en remettant en question la fonction du port de Montréal comme lieu de transbordement des marchandises. Comme le nouveau canal se trouve en face de Montréal, les bateaux dorénavant passent outre le port. Discuté depuis la fin du XIXe siècle, le projet a toujours suscité de la méfiance chez les élites économiques montréalaises. Avec l'ouverture de la nouvelle voie, leurs craintes se trouvent en partie confirmées : le port perd de son importance. La situation est aussi imputable au développement du commerce avec l'Asie, qui favorise Vancouver. Alors qu'en 1961 le port de Montréal représentait 40 % des activités portuaires canadiennes, cette proportion n'est plus que de 15 % en 1973[14]. Les autorités décident alors de convertir leurs installations et de les adapter à la manutention de conteneurs, un mode de transport des marchandises en pleine croissance à l'époque. Cette réorientation donne un nouveau souffle au port de Montréal et marque le début de sa migration vers l'est de la ville. Sa partie centrale, face à la vieille ville, est pratiquement délaissée, sauf pour quelques activités. Désormais, le port s'étend sur près d'une vingtaine de kilomètres, du pont Victoria jusqu'au pont-tunnel Louis-Hippolyte-La Fontaine.

La transformation des rives du Saint-Laurent en aval de Montréal s'intensifie alors, s'étirant bientôt jusqu'au bout de l'île et au-delà. Certes, l'urbanisation des berges à cet endroit n'est pas récente : elle a été amorcée dans les dernières décennies du XIXe siècle, dans la foulée du développement industriel de Montréal et des banlieues situées

Figure 26. Le port est devenu une imposante infrastructure maritime qui s'étend sur plusieurs kilomètres le long du Saint-Laurent (vers 1945).

dans l'est de l'île. Il n'empêche que la migration des activités du port coupe les derniers accès au fleuve dont jouissaient les populations des quartiers riverains. Le sentiment de perte est exacerbé à partir de 1968, au moment où les autorités portuaires ferment leurs installations au public en érigeant une clôture le long de celles-ci[15]. Avec le temps, cette situation fait l'objet de critiques de plus en plus fréquentes dans les journaux : « La Commission des ports nationaux [...] a clôturé les rives de l'ensemble du territoire montréalais, c'est-à-dire du pont Victoria jusqu'à la municipalité de Montréal-Est, soit une distance de plus de 10 milles. [...] Cette clôture [...] contribue à créer, dans la ville, une sorte de mentalité de camp de concentration ou camp de travail précisément à l'endroit où la moitié des Québécois vivent[16]. » Cet épisode va alimenter les revendications en faveur d'un élargissement de l'accès au fleuve à partir de la fin des années 1970.

D'une ampleur inégalée, les travaux entourant l'aménagement de la voie maritime transforment également l'hydrologie du Saint-Laurent. Cette nouvelle phase de domestication du fleuve requiert des interventions constantes, elles aussi sans précédent. Le lit du cours d'eau est désormais dragué en permanence. L'opération se répercute sur ses courants, dont le débit est modifié en divers endroits[17]. Il s'ensuit la formation de digues sous-marines ou de chenaux de part et d'autre de la voie. À cela s'ajoutent les rejets de l'entretien du canal et de la centrale hydroélectrique de Beauharnois, situés en amont, à l'embouchure du lac Saint-Louis[18]. Le maintien du lit du canal suppose lui-même un dragage continu. La glaise ainsi déplacée s'écoule vers le lac et en recouvre le fond, de même que celui du fleuve. Ce processus contribue à la destruction de la faune aquatique, source de nourriture des poissons[19]. En somme, plus les moyens techniques adoptés pour transformer le fleuve sont importants, plus les bouleversements qui s'ensuivent sont grands et plus la maîtrise de la situation devient complexe.

L'adaptation du fleuve aux nouveaux impératifs économiques de l'après-guerre se réalise aussi en aval de Montréal. Dans le couloir fluvial, comme on désigne de plus en plus souvent la section du Saint-Laurent comprise entre le bassin de La Prairie et le lac Saint-Pierre, les opérations d'agrandissement et d'approfondissement du chenal se poursuivent. Celui-ci atteint une profondeur de 10,6 mètres et est élargi à 168 mètres en 1952, puis à 244 mètres en 1970[20]. À partir de 1962, le chenal demeure ouvert à la navigation durant l'hiver jusqu'à Montréal, grâce à l'usage systématique de brise-glaces. Comme le long de la voie maritime, la présence du chenal influe sur la distribution de la vitesse du courant. Le débit y étant plus élevé qu'à proximité du littoral, la capacité de dilution des effluents et des tributaires qui se déversent dans le fleuve est réduite[21], ce qui contribue à l'augmentation de la pollution des berges.

La ville à la conquête de son site[22]

Alors que l'automobile devient le premier mode de déplacement après 1945, la ville « part à la conquête de son site ». Dès l'entre-deux-guerres, divers plans proposent d'aménager de grandes voies destinées à faciliter les déplacements en ville, et entre la ville et la région environnante. Les routes panoramiques qui offrent des perspectives attrayantes sur les rivières ceinturant Montréal sont prisées. Ainsi, en 1938, l'architecte et urbaniste français Eugène Beaudouin encourage « l'aménagement de voies à grande circulation » qui, à la manière de « ceintures de promenade », permettraient de rejoindre le nord et le sud, mais aussi de circuler le long des rives du fleuve[23]. Au pourtour de l'île, il préconise l'aménagement de rocades : sur la rive septentrionale, le long des rivières des Prairies et des Mille Îles ; sur la rive méridionale, le long du Saint-Laurent, entre les ponts Jacques-Cartier et Honoré-Mercier. Ces routes de ceinture deviennent réalité au cours des années 1930 et 1940. Elles préparent le mouvement d'intense urbanisation des rives de l'île de Montréal et de l'île Jésus dans l'après-guerre[24]. À la même époque, la Commission métropolitaine de Montréal songe à aménager une autoroute traversant l'île d'est en ouest (ce qui deviendra le boulevard Métropolitain dans les années 1950)[25].

La fébrilité d'après-guerre et la reprise des activités économiques donnent sa véritable impulsion au mouvement. Déjà en 1941, la Ville de Montréal crée un service d'urbanisme chargé d'élaborer un plan directeur du développement urbain. Ses grandes préoccupations : la pénurie de logements et le vieillissement du stock immobilier, et l'aménagement de grandes voies de circulation. Le plan directeur cherche à établir « un système rationnel d'artères principales, qui canaliseront le trafic et dégageront les parties vitales de l'organisme urbain. Ce système d'artères doit donc décongestionner le centre des affaires, relier les voies urbaines aux voies de pénétration, soulager les rues encombrées [...], assurer les liaisons faciles entre le port et la ville, rattacher au centre les villes limitrophes[26] ».

Ce système d'artères s'arrimerait aux réseaux routiers provinciaux, eux-mêmes en pleine expansion. Pour cela, les autorités municipales prévoient construire une « autostrade » pour relier l'ouest et l'est de l'île, et y favoriser une circulation rapide. Vis-à-vis du centre-ville, la nouvelle voie longerait le fleuve en suivant le tracé de la rue de la Commune (longtemps nommée « rue des Commissaires »). Cette rue, alors à la limite du tissu urbain, séparerait ainsi la zone industrielle, port y compris, du reste de la ville. Comme le conçoit le plan de développement de Montréal, *Horizon 2000*, produit au milieu des années 1960 : « Le Montréal de l'an 2000, avec son centre très développé, aurait quelque chose du type concentré. Deux axes évoqueraient la forme d'une étoile : l'axe de développement économique, le long du fleuve, et l'axe de la croissance démographique, perpendiculaire au premier, car la population aurait tendance à se diriger vers le nord[27]. » Dans l'après-guerre comme dans les projections ultérieures, le fleuve vis-à-vis de la ville est donc considéré avant tout comme une composante des zones industrielles de Montréal[28]. Si cette vision du cours d'eau n'exclut pas totalement son utilisation à des fins de loisirs, ceux-ci sont surtout pensés du côté de la rivière des Prairies[29].

Dans ce contexte, le projet des autorités montréalaises de construire l'autostrade le long du Saint-Laurent paraît conséquent. Il aurait en outre l'avantage de passer dans un secteur peu habité à l'époque, et donc de limiter les expropriations nécessaires pour l'aménager. Durant une bonne dizaine d'années, les autorités municipales précisent leur scénario sans causer d'émoi particulier. Au début des années 1960, toutefois, des voix s'élèvent pour dénoncer le projet, qui aurait pour effet de détruire une partie du patrimoine bâti montréalais[30]. Ces voix sont entendues, de telle sorte qu'en 1964 le Vieux-Montréal est classé comme bien patrimonial, et donc protégé. Les autorités conviennent de déplacer le tracé de l'autoroute un peu plus au nord, le long du ruisseau Saint-Martin[31]. À l'époque, alors que la redéfinition de la vocation du port entraîne sa migration vers l'est, peu

Figure 27. Le pont du Bout-de-l'Île permet de relier Montréal à l'île Jésus (1948).

de gens réalisent qu'une autoroute aménagée sur la rue de la Commune aurait également bloqué l'accès au fleuve[32].

Les projets de désenclavement s'intensifient aussi dans la région périphérique de Montréal. Aménagés peu à peu depuis le début du XXe siècle, les routes et les ponts sont déjà nombreux à la fin des années 1930. Onze ponts routiers sont à la disposition des automobilistes pour quitter l'île de Montréal vers le continent ou l'île Jésus. Deux nouveaux s'ajoutent à la fin des années 1940 qui relient l'île Jésus au continent[33]. À partir de la fin des années 1950, le nombre de ponts explose. Le rythme est donné avec le début de la construction de l'autoroute des Laurentides en 1958, suivi de la construction du boulevard Métropolitain en 1960[34]. En moins de dix ans, onze ponts sont érigés au pourtour des deux îles, en plus de six grands axes routiers et de nombreux raccordements.

La multiplication des voies de communication dans l'île et dans la région métropolitaine est à la mesure du développement immobilier, très intense. À cause du boom démographique et de la pénurie de logements, diverses politiques fédérales sont adoptées pour faciliter l'accès à la propriété. Jumelées à la croissance de la population et de l'usage de l'automobile, elles contribuent à la poussée sans précédent des banlieues pavillonnaires. Alors que, de 1932 à 1944, le territoire urbanisé autour de Montréal a augmenté de 13 kilomètres carrés, il croît de 62 kilomètres carrés de 1944 à 1952, et de 337 kilomètres carrés de 1961 à 1971[35]. La migration vers les banlieues est aussi le lot de nombreuses industries et entreprises.

La formation de ces banlieues survient d'abord sur les rives de l'île : à l'ouest en premier lieu, puis au nord et au sud, tandis que l'est se développe plus lentement. Ce « désir du rivage[36] » ne date pas de l'après-guerre. Depuis la fin du XIXe siècle, les élites fuient la ville en quête de nature, grâce au développement des lignes ferroviaires de banlieue[37]. Elles ont construit des résidences secondaires sur les berges du lac Saint-Louis, sur la rive sud, notamment du côté de Boucherville, et le long des rivières des Prairies et des Mille Îles. Une fois propriétaires d'un véhicule, nombre d'entre elles choisissent de transformer leur maison de campagne en domicile permanent. De même, durant la crise, les moins nantis s'installent dans leurs petits chalets construits le long de la rivière des Prairies, comme je l'ai mentionné dans le chapitre précédent. Si l'attrait des rives n'est pas propre à la région montréalaise, il y est particulièrement intense et s'accentue encore dans l'après-guerre[38]. Ces nouveaux pavillons de banlieue ajoutent à la colonisation des berges : on déboise ces dernières, on y aménage murs de soutènement et quais, on transforme de manière importante les milieux riverains.

À partir des années 1960, l'attrait des rives est tel qu'il conduit au phénomène d'empiétement, c'est-à-dire au remblayage des zones littorales du fleuve et de ses tributaires. Au tournant du XXe siècle, le port de Montréal a été agrandi de la sorte. Mais cette pratique non plus n'est pas propre à Montréal[39]. De fait, elle se déploie à grande échelle dans un contexte où la pression du développement et la spéculation foncière sont particulièrement vives. Les gouvernements s'y emploient afin d'aménager des routes et des autoroutes, ou de canaliser des tronçons du fleuve. À leur tour, des promoteurs immobiliers et des propriétaires riverains empiètent sur les cours d'eau, trouvant là un moyen d'élargir leur propriété privée à peu de frais. Les enquêtes publiques des années 1970, qui mettent au jour ces pratiques, déplorent que dans la région montréalaise — dans les secteurs de la rivière des Prairies, du lac Saint-Louis et du couloir fluvial au sud de Montréal — il ne soit plus possible de distinguer les rives naturelles[40]. Des millions de mètres cubes de terre de remplissage sont également déversés dans le fleuve pour créer ou élargir des îles, comme celle de l'Exposition universelle de 1967 ou l'île des Sœurs, en amont du pont Champlain. Et c'est sans compter les opérations de remblayage de chenaux séparant des groupes d'îles, comme celles de Boucherville, où se trouvent les îles Charron, Sainte-Marguerite et de la Commune. Acquises par des promoteurs immobiliers, elles seront agrandies de cette façon[41].

De nouvelles préoccupations à l'égard de l'eau

Les transformations parfois radicales du paysage montréalais vont provoquer une onde de choc, qui fera naître le mouvement pour la sauvegarde du patrimoine bâti au cours des années 1960 et 1970[42]. D'autres voix s'élèvent au même moment, beaucoup moins connues celles-là, qui se préoccupent aussi des retombées des projets de développement urbain, mais en se concentrant plutôt sur les milieux naturels de l'île et de la région montréalaise. C'est surtout la pollution des cours d'eau, en particulier du Saint-Laurent, qui alimente leurs inquiétudes. Ces dernières ne sont pas nouvelles, mais la manière de poser le problème s'est sensiblement élargie. Lancée au tournant du

XXe siècle par des inspecteurs des gouvernements locaux et provinciaux, la première vague de critiques à l'égard de la qualité de l'eau était mue essentiellement par des impératifs de santé publique. Il s'agissait de garantir l'approvisionnement en eau potable et d'évacuer les eaux usées hors des milieux habités. Or, dans la foulée du développement des loisirs nautiques, à partir des années 1930, des préoccupations nouvelles surgissent. À coups de rapports et de recommandations diverses, les inspecteurs sanitaires s'attaquent à la pêche et surtout à la baignade, de plus en plus pratiquées dans les eaux polluées ceinturant l'île de Montréal. Ils contribuent ainsi à donner de la visibilité au problème de la dégradation de la rivière des Prairies et du Saint-Laurent, surtout en aval de Montréal.

Les pêcheurs et les chasseurs : « les vrais amis de la nature[43] »

Ces fonctionnaires sont bientôt rejoints dans leur campagne par les associations de pêcheurs et de chasseurs. Mais les inquiétudes de celles-ci ne sont pas tout à fait du même ordre. Elles ne sont pas nouvelles non plus. Figures de proue du mouvement conservationniste, pêcheurs et chasseurs militent depuis le XIXe siècle en faveur d'une gestion rationnelle des ressources naturelles. S'ils ont d'abord été préoccupés par la protection de la nature dite sauvage, à partir de l'entre-deux-guerres ils se soucient également de la nature dans les milieux urbanisés. C'est ce qu'indique leur nouvelle revue, *La Vie au grand air,* qui s'intéresse à « la chasse, la pêche et tous les sports extérieurs », et dont la parution commence en 1937[44]. Tout comme la bataille menée auparavant par les fonctionnaires sanitaires, la lutte contre la pollution de l'eau et la dégradation des milieux naturels entreprise par la revue contribue à définir un milieu et ses dynamiques. Cette fois, cependant, la campagne de sensibilisation vise d'abord à protéger la pratique des loisirs extérieurs.

À peine lancée, la revue élargit la portée de sa mission de sensibilisation et d'éducation, comme en témoigne son nouveau sous-titre :

Étude de la nature et des sports extérieurs. Elle se veut « un organe de diffusion de la vie au grand air dans la plus large acception du mot », soucieux de protéger le monde naturel : celui de « la grande nature maternelle avec ses horizons bleus [...], ses lacs et ses rivières, ses montagnes, ses forêts et ses prairies, sa verdure et ses fleurs, les poissons des eaux, les bêtes des bois et les oiseaux de l'air, les insectes qui volent[45] ». La revue indique ainsi que sa vision de la nature englobe désormais toutes ses composantes. *La Vie au grand air* s'attache également à critiquer les retombées du « progrès moderne », comme la pollution de l'eau et le déboisement[46].

En 1939, la revue publie une pétition qui enjoint au ministère de la Chasse et de la Pêche de resserrer les contrôles afin de protéger les ressources contre les braconniers, les chasseurs et les pêcheurs non scrupuleux. Le texte exige la nomination de gardes-chasse et de gardes-pêche « en des endroits stratégiques tels que Montréal ». Il demande aussi d'interdire « toute prise de poisson avec filet dans les eaux contiguës à Montréal[47] ». Exprimées dès les premiers numéros de la revue, de telles requêtes deviennent de plus en plus fréquentes.

En 1940, *La Vie au grand air* publie un reportage sur les « trésors ichtyologiques » des eaux ceinturant Montréal, qui permet de prendre la mesure des ressources de la région et souligne l'importance de les rendre accessibles à la population locale. Du même souffle, la revue insiste sur la nécessité « d'assurer tout d'abord une protection intelligente et efficace à notre vie fluviatique » et de faire connaître les « plaisirs sains et vivifiants [que] la population de Montréal pourrait retirer de l'exploitation judicieuse des ressources illimitées offertes par les larges nappes d'eau qui entourent notre île ». La revue somme les autorités publiques d'adopter « une sage politique de protection suffisante à en faire un nouveau paradis du pêcheur[48] ». Au-delà de la conservation des ressources et de leur mise en valeur, poursuit *La Vie au grand air*, il importe de fournir « à la masse du peuple qui ne peut s'offrir de coûteux déplacements des plaisirs sains et revigorants qui soient à la portée de sa bourse ».

Après la guerre, les articles se font à la fois plus politiques et didactiques. Ils déplorent l'appauvrissement des milieux naturels engendré par « le braconnage, la pollution des rivières, les irrigations irrationnelles, les déboisements injustifiables, la ruine de la forêt par les incendies causés par la négligence des chasseurs et des pêcheurs[49] ». L'eau apparaît comme la ressource centrale à protéger dans l'entreprise de restauration qu'exige la revue. Cette dernière propose diverses manières de « remédier aux maux de l'industrialisation » : interdire les rejets toxiques dans les cours d'eau, notamment[50]. Désormais proche de la Société canadienne d'histoire naturelle et des Cercles des jeunes naturalistes, *La Vie au grand air* affirme se consacrer « à la vulgarisation de l'étude des sciences naturelles et à la pratique des sports extérieurs[51] ».

Les premières enquêtes sur l'état des cours d'eau de Montréal

En 1946, le mouvement pour la protection des milieux naturels autour de Montréal entre dans une autre étape, avec la fondation de la Fédération des clubs de chasse et de pêche du Québec, qui regroupe quelque 125 clubs répartis à travers le Québec. Ce nombre témoigne de la vitalité des milieux de pêcheurs à l'époque, y compris dans la région montréalaise. De fait, une des associations les plus dynamiques est la Société des pêcheurs sportifs du Lac St-Louis inc. Dans les années 1950, elle publie un bulletin mensuel, *Anglers News,* et ouvre les portes de ses locaux trois fois par semaine afin de diffuser des informations à ses membres[52]. Il faut dire que la pêche sportive est alors un des loisirs les populaires à l'échelle du continent tout entier[53]. À partir de 1947, l'organe de la Fédération, *Nouvelles de la Fédération — News,* rend compte des activités des diverses associations locales, qui se montrent toutes préoccupées par la pollution croissante des cours d'eau. En plus de sensibiliser les pêcheurs à la protection des espèces, le regroupement exerce des pressions soutenues sur les pouvoirs publics afin qu'ils procèdent à l'embauche de biologistes, et qu'ils mènent des enquêtes sur l'état des cours d'eau et leurs sources de contamination[54].

La lutte de la Fédération gagne en vigueur avec la mise sur pied de sa Ligue anti-pollution en 1954. Partiellement soutenue par des fonds du gouvernement du Québec, celle-ci lance « une campagne pour obtenir la purification des eaux alentour de Montréal [...] particulièrement de celles du St-Laurent, de la Rivière des Prairies et de l'Outaouais[55] ». Il est plus que temps, affirme la Fédération, que la préoccupation pour la qualité des cours d'eau aille au-delà des questions de santé publique :

> [Q]ue l'on tienne compte de l'aspect des plantes et de la vie des poissons des eaux polluées. Nous nous rendons compte que la santé doit être le but principal de la lutte contre la pollution, mais nous sommes aussi persuadés que les loisirs et la subsistance de nos poissons de la province de Québec sont aussi d'une extrême importance et nous ne voudrions pas boire de l'eau ou nous baigner dans de l'eau où le poisson ne peut vivre[56].

Les cours d'eau ou la forêt ne sont plus considérés seulement comme des ressources à protéger, mais bien comme des milieux naturels dont la qualité est cruciale pour le maintien des loisirs et de la vie animale et aquatique. Qui plus est, on ne peut plus concevoir le bien-être de la population en vase clos, en faisant abstraction de l'état des milieux naturels. La santé de l'une est étroitement liée à celle des autres : « Ce qui tue aujourd'hui le poisson, peut fort bien nous tuer demain[57] », affirme un biologiste de l'Université Laval quelques années plus tard. C'est ainsi que les pêcheurs évoluent d'une position conservationniste vers un point de vue plus environnementaliste[58].

Pour ces protagonistes du mouvement environnementaliste naissant, il importe de combattre la pollution des eaux là où elle sévit le plus gravement. Deux opérations doivent être menées à cette fin : « Premièrement, dans notre milieu, nous devons rechercher les faits [...]. Deuxièmement, il nous appartient de voir à ce que les autorités [...] aient à leur disposition une législation appropriée, ainsi que les fonds nécessaires pour entreprendre l'étude des cours d'eau, organiser des services techniques aussi bien dans les administrations municipales que dans l'industrie[59]. » Dans cet esprit, la Ligue anti-pollution pilote d'importantes enquêtes sur l'état des cours d'eau, sous la conduite de scientifiques rattachés à l'Institut de chimie de l'Université de Montréal. Leurs résultats vont concrétiser les problèmes de pollution, en particulier de l'Outaouais et du lac Saint-Louis. Dans un cas comme dans l'autre, la connaissance du phénomène se construit en fonction des préoccupations de l'heure, lesquelles contribuent à déterminer le cadre des travaux, les questions posées, les méthodes d'investigation[60]. Tandis qu'au début du XXe siècle on mesurait la pollution des cours d'eau d'abord en fonction de la consommation humaine, selon la préoccupation des autorités sanitaires, cinquante ans plus tard les circonstances sont différentes. Cette réalité s'élabore désormais par la saisie de données plus nombreuses et variées, portant notamment sur la température de l'eau, sa concentration en matières organiques, sa couleur, sa turbidité, sa concentration en fer et la demande biochimique d'oxygène. En cela, les scientifiques montréalais reprennent les méthodes de l'American Public Health Association.

Les sources de pollution identifiées en témoignent : la manière d'appréhender le problème s'est élargie. Par exemple, la première enquête de l'époque, celle du docteur Lucien Piché[61], porte à la fois sur les rejets d'origine industrielle (tels les résidus des usines de pâtes et papiers, et les déchets chimiques) et sur les eaux usées domestiques déversées dans l'Outaouais, depuis les agglomérations d'Ottawa-Hull jusqu'à Montréal. Le scientifique explique pourquoi il n'est plus possible de compter sur le pouvoir de dilution de l'eau pour disposer des matières d'égouts, une technique à son avis « dépassée ». Ce qui est désormais « moderne », soutient-il, c'est « de soumettre à une certaine épuration les eaux usées qui doivent être déversées dans une rivière »,

Figure 28. Scène de pêche sur la berge d'une rivière des Prairies de plus en plus polluée (1964).

selon « les codes standardisés du génie sanitaire[62] ». Ainsi, c'est encore par le recours à la science, et en particulier à l'ingénierie, qu'on compte régler le problème de la pollution de l'eau. Les municipalités doivent donner l'exemple en la matière, estime le docteur Piché, pour qu'ensuite les industriels emboîtent le pas.

La seconde grande enquête, qui se penche notamment sur le lac Saint-Louis, abonde dans le même sens[63]. Elle aussi se déroule dans un cadre de référence élargi, à l'échelle des eaux entourant l'île, désignées comme le « bassin de Montréal ». Situé au sud-ouest de l'île de

Montréal, le lac Saint-Louis se trouve au confluent des Grands Lacs et de l'Outaouais. Il représente une forme d'élargissement du Saint-Laurent, qui se jette dans les rapides de Lachine. Lieu de villégiature prisé par les élites montréalaises depuis le début du XXe siècle, sa rive nord est déjà fortement urbanisée au moment de l'enquête, menée par le docteur Claude Allard. Celle-ci révèle que les eaux usées de huit égouts municipaux s'y déversent entre Sainte-Anne-de-Bellevue et Lachine, dont certains à quelques centaines de pieds à peine de la rive. Tout comme l'Outaouais, le lac Saint-Louis reçoit les eaux usées des municipalités en amont, en plus des boues glaiseuses soulevées par le creusage du canal de Beauharnois. Le docteur Allard préconise à son tour l'épuration des égouts avant leur rejet dans le lac. Ici aussi, la situation est jugée « urgente », d'autant que la pollution du lac Saint-Louis constitue « une menace à l'expansion des banlieues de la ville de Montréal[64] ».

Si ces deux enquêtes se limitent à l'examen de cours d'eau précis, leurs conclusions touchent également les bassins hydrographiques auxquels ils sont reliés. En ce sens, les enquêtes contribuent à construire des « territoires de la pollution[65] » de plus en plus larges, qui appellent des solutions globales. Le ton des rapports est grave, et le pronostic, sombre : « Aucune des sources de pollution existantes n'est appelée à diminuer [...] bien au contraire, elles ne peuvent qu'augmenter et se multiplier. [...] Aussi doit-on inévitablement se préparer à assister à une aggravation de la situation actuelle[66]. » On conclut à l'urgence d'adopter les « mesures correctives qui s'imposent [...] pour guérir notre propre *mal*[67] ». Sans sous-estimer la gravité de la situation, il faut constater combien le ton employé est alarmiste ; et les références au sens moral sont fréquentes chez les nouveaux apôtres de la protection de l'eau.

Les rapports d'enquête préconisent essentiellement l'installation d'usines de traitement des eaux usées par les municipalités[68]. Ils n'entrevoient pas encore la possibilité de limiter les déversements industriels ou domestiques dans les cours d'eau. Ils demandent toutefois l'adoption de mesures législatives qui permettraient d'établir des normes encadrant le traitement des eaux. Ils souhaitent aussi une plus grande concertation des pouvoirs publics. C'est la seule manière de répondre aux problèmes soulevés par la pollution, car ceux-ci concernent non seulement la santé humaine, mais aussi les ressources halieutiques et les milieux naturels. Le rapport du docteur Piché recommande nommément la création d'une Commission provinciale de l'eau, responsable de coordonner le contrôle de la pollution des eaux.

Le gouvernement provincial continue lui aussi à se préoccuper de ces questions. Bien qu'il soit d'abord soucieux des eaux destinées à la consommation humaine, sa vision du problème s'élargit, comme en témoigne l'appui financier accordé aux enquêtes de la Ligue antipollution[69]. En 1961, une Régie d'épuration des eaux est fondée, dont le mandat est redéfini en 1964 pour inclure la question de l'approvisionnement en eau potable. Dotée alors de pouvoirs accrus, la Régie peut forcer les municipalités à traiter leurs eaux usées. Mais après une phase de construction de centrales d'épuration dans nombre de localités, le programme est abandonné, partie pour des raisons techniques, partie pour des raisons politiques. D'un côté, on constate que les usines sont mal adaptées aux besoins, par suite d'une connaissance insuffisante « des débits et des charges des eaux usées interceptées[70] ». De l'autre, les rejets d'égouts des localités situées en amont posent problème, car ils nécessitent la mise en place d'ententes entre municipalités. Or, celles-ci ne parviennent pas à départager leurs responsabilités, loin s'en faut. C'est particulièrement le cas pour Montréal. Envisagée depuis les années 1930, cette solution ne s'est jamais concrétisée, comme nous l'avons vu dans le chapitre précédent. De fait, il va falloir que le gouvernement provincial force la collaboration intermunicipale pour que la situation débloque. La création de la Communauté urbaine de Montréal en 1969 représente une étape en ce sens, mais elle ne se traduit pas immédiatement par des changements concrets[71]. Entre-temps, la pollution s'intensifie. Elle menace désormais l'approvisionnement en eau potable même lorsque celle-ci est traitée, affirme la Régie des eaux dans un rapport[72]. Les pistes de solutions avancées témoignent de l'appréhension que soulève le problème de la pollution de l'eau. Entre tous, le Saint-Laurent suscite les plus vives inquiétudes.

« Un fleuve malade que les Montréalais doivent guérir[73] »

Le fleuve « malade » fait la manchette dans les années 1970. Les unes après les autres, de grandes enquêtes contribuent à forger la représentation d'un fleuve rongé par le mal et par les multiples interventions dont il est l'objet. Les données colligées tracent les contours de sa dégradation écologique ; les experts dressent de sombres bilans de sa santé et proposent des solutions pour le dépolluer et y rétablir flore et faune. Si certaines solutions se dessinent, force est de constater que le problème est complexe et que les intérêts en jeu sont nombreux, tout comme les conflits de compétence entre les divers paliers de gouvernement. Des groupes de pression se constituent et demandent des interventions urgentes. Un climat de crise s'installe, alimenté par diverses sources qui rivalisent en qualificatifs catastrophistes pour rendre compte de l'état des cours d'eau — en particulier dans la région montréalaise, de loin la plus polluée mais aussi la plus peuplée. Bien que jugée alarmante, la situation ne décourage pas la baignade en certains endroits[74], mais tout porte à croire que la pratique est de plus en plus marginale. C'est d'ailleurs cette question de l'accès à l'eau qui, formulée timidement dans les campagnes des années 1940 et 1950, devient la revendication première du mouvement contre la pollution dans la région montréalaise.

Figure 29. Panneaux avertissant les baigneurs des risques qu'ils courent en se baignant dans les eaux polluées du lac Saint-Louis, en amont de Montréal (1963).

Le projet « Un fleuve, un parc »

Le principal moteur de cette lutte, c'est le projet « Un fleuve, un parc », lancé en 1971 par le président de la Fédération québécoise de la faune, Tony Le Sauteur, un biologiste à l'emploi du gouvernement provincial. Celui qui se présente comme un combattant[75] décide d'orchestrer « une vaste campagne d'information publique dans le but d'amener les autorités gouvernementales compétentes, non seulement à mettre un frein à la destruction écologique du Saint-Laurent, mais à aménager sur les bordures du fleuve, de Montréal à Sorel, un parc public de récréation de plein air[76] ». Concrètement, on espère « récupérer » les 110 îles et les rives le long des 70 kilomètres qui séparent les deux villes, et transformer tout le secteur en un grand parc dédié aux activités de plein air — canotage, camping, chasse, pêche, voire baignade — et à la protection de la nature[77].

À cette fin, Tony Le Sauteur obtient des subventions de diverses sources publiques, qui lui permettent d'embaucher des étudiants durant les étés 1971 et 1972. Dirigés par des professeurs de biologie de l'Université du Québec et un employé de l'Aquarium de Montréal, ils doivent « dresser l'inventaire des oiseaux, des poissons et des plantes de cette région, de même qu'étudier la nature de ses sols et la qualité de ses eaux ». Ils mènent aussi des travaux afin d'établir un portrait de l'occupation des rives et de la propriété immobilière des berges, et de sonder l'intérêt des populations locales pour le projet de parc. Sans surprise, l'enquête montre que le « tronçon fluvial », comme on désigne désormais le secteur, se trouve dans un état de dégradation écologique avancée. Elle met aussi en lumière le fait que seulement dix-sept îles et quelques kilomètres de berges sur la rive sud du fleuve sont de propriété publique.

La campagne de sensibilisation se distingue des précédentes par son intense recours aux médias. Tony Le Sauteur utilise les données de ses enquêtes en guise d'informations-chocs, dans un flot continu de communiqués de presse et d'entrevues aux déclarations parfois catastrophistes. Il espère sensibiliser l'opinion publique et, par elle, les pouvoirs publics afin qu'ils apportent de sérieux correctifs à la situation. Ses enquêtes foisonnent d'exemples de destruction des milieux naturels, d'artificialisation des rives et d'accaparement des berges « pour le bénéfice de quelques privilégiés ». L'objectif de protéger le fleuve se double du projet d'en redonner l'accès aux groupes sociaux les plus démunis. « Ce qu'il nous faut, affirme Tony Le Sauteur, c'est une politique rationnelle et claire touchant l'aménagement de nos îles et de nos cours d'eau, politique qui, de toute évidence, doit satisfaire *d'abord* les besoins du peuple[78]. » La campagne fait aussi appel aux sentiments nationalistes, enjoignant à « tous les citoyens du Québec [de] convaincre leur gouvernement de garder le Saint-Laurent au peuple québécois[79] ». En mars 1973, la Fédération québécoise de la faune soumet au gouvernement un vaste plan d'aménagement du secteur. Le montant total pour l'expropriation des îles et des rives visées par le projet s'élève à quelque 17,5 millions de dollars[80]. Ce dernier inclut des aires urbaines ou agricoles, de conservation et de récréation.

Quelles sont les retombées de cette campagne ? La principale est certainement l'achat par le gouvernement du Québec des îles de Boucherville, sur le fleuve, tout juste en aval de Montréal[81]. Appartenant jusque-là à des sociétés immobilières et à des agriculteurs, une partie d'entre elles est acquise de 1973 à 1976. Certaines vont conserver une vocation agricole, tandis que d'autres seront aménagées en parc voué à la protection des milieux naturels et à la récréation[82]. Les retombées d'« Un fleuve, un parc » se mesurent aussi par la formidable couverture journalistique dont la campagne jouit durant plusieurs années. Des centaines d'articles de journaux et de revues sont publiés entre 1971 et 1977, qui relaient l'idée d'assurer à la population un accès au Saint-Laurent. Ce faisant, ils contribuent à créer le mythe d'un fleuve qui aurait jadis été voué à la récréation[83]. Forgé notamment en réaction à l'urbanisation intensive des rives dans la région montréalaise, le mythe s'élabore aussi dans le contexte de la désindustrialisation qui frappe Montréal à la même époque. Toute la façade fluviale de la ville en est affectée, ce dont témoignent la fermeture du canal de Lachine, l'abandon de plusieurs usines situées sur les rives du fleuve, le recul des activités dans la partie centrale du port. La période est propice à une redéfinition du rôle du Saint-Laurent dans l'histoire montréalaise[84].

La plus importante source de pollution du fleuve[85]

Le constat de la pollution croissante de l'eau s'impose aussi dans les milieux scientifiques. Comment corriger la situation ? Au début des années 1970, des chercheurs à l'emploi du gouvernement fédéral conviennent de la complexité du problème, mais aussi de l'insuffisance des connaissances « pour tirer des conclusions générales ou des prévisions certaines[86] ». Il importe de calmer le jeu, estime notamment le Conseil des sciences du Canada, afin de rassurer le public, en proie « à l'inquiétude et même à l'alarme à cause des déclarations de personnes qui se basent sur des connaissances insuffisantes ». La pollution des eaux douces est alors reconnue comme le problème environnemental le plus urgent, particulièrement dans le « réseau hydrographique des Grands Lacs, du Saint-Laurent, de son estuaire et de son golfe[87] ». Ainsi se développe la notion de bassin hydrographique du Saint-Laurent comme échelle d'étude du problème.

En 1973, les gouvernements canadien et québécois décident de concert de mettre sur pied le Comité d'étude sur le fleuve Saint-Laurent, chargé de « réaliser l'inventaire biophysique du fleuve et de préparer un plan d'action pour remédier à ses détériorations[88] ». L'enquête du comité est menée en collaboration avec des universités, des entreprises privées et divers ministères. Les travaux se concentrent sur deux secteurs du bassin hydrographique : les tronçons de Cornwall à Montmagny, et de Montmagny à Sainte-Anne-des-Monts. On ajoute au premier le lac des Deux Montagnes, la rivière des Prairies et la rivière des Mille Îles. L'approche adoptée par le comité d'étude se distingue par la prise en compte de facteurs sociopolitiques, pas seulement naturels ou environnementaux. Comme le rapport l'explique, le plan d'action du comité pour « protéger, améliorer et restaurer la qualité de l'eau du fleuve » ne peut se faire sans considérer « les conflits entre les utilisations[89] » du cours d'eau. Partant, le comité établit un ordre de priorités, en tête desquelles se trouve la protection de la santé publique, suivie par la conservation des ressources biologiques uniques et la restauration de la qualité du fleuve afin de satisfaire « les besoins de contact avec la nature ». Cet ordre détermine à son tour le poids des facteurs à considérer dans l'étude de la détérioration du fleuve, dont « la dissémination des substances toxiques, la contamination bactériologique, l'empiétement sur le territoire des ressources biologiques, la destruction de la valeur esthétique, l'abondance des sédiments en suspension et l'enrichissement excessif de matières nutritives[90] ». Enfin, le comité estime nécessaire d'établir des catégories de qualité souhaitable de l'eau en fonction de ses divers usages, selon qu'il s'agit d'alimentation humaine, de conservation des ressources biologiques ou de loisirs.

Comme il n'est pas possible de tout régler en même temps, une annexe au rapport recommande d'intervenir en priorité là où les rejets sont les plus importants et menacent le plus la santé publique[91]. On vise ainsi les projets d'assainissement des eaux usées domestiques dans la grande région montréalaise, à Trois-Rivières et à Québec. L'épuration des eaux usées industrielles, quant à elle, ne peut se faire de manière aussi systématique puisque les substances toxiques qui polluent le fleuve varient selon le type d'usines et les endroits où elles sont établies. Il est plutôt recommandé d'intervenir à la source, en empêchant le plus possible le déversement des substances les plus dangereuses, tels le mercure et les BPC, ou du moins en en disposant selon des normes établies par des programmes gouvernementaux[92]. L'adoption de ces recommandations est amorcée en 1978, avec le lancement du Programme d'assainissement des eaux du Québec[93].

À plus long terme, l'enquête du Comité d'étude sur le fleuve Saint-Laurent mène à la mise en place d'un nouveau chantier permanent, dont l'objectif général est « d'assainir le Saint-Laurent », rien de moins. Le programme, renommé « Saint-Laurent Vision 2000[94] » et reconduit pendant une quinzaine d'années, mise sur un ensemble d'initiatives dont certaines font appel à la participation des populations riveraines. Ainsi, le Plan d'action Saint-Laurent[95], lancé en 1988, est destiné explicitement à la restauration, à la protection et à la mise en valeur du fleuve par les collectivités et les groupes liés de près ou de loin au bassin hydrographique du Saint-Laurent. Le Plan est devenu par lui-même une sorte de passe-temps collectif, dont la réussite se mesure notamment par le nombre d'initiatives adoptées pour améliorer la santé du fleuve. Au surplus, son site Internet, régulièrement mis à jour, comporte une multitude d'informations, de pages de données et d'hyperliens qui contribuent à soutenir cette vision plus communautaire du chantier qu'est devenue la restauration du Saint-Laurent.

En parallèle, des actions sont menées à l'échelle régionale pour tenter de limiter la pollution des cours d'eau autour de l'île. Il s'écoule cependant une vingtaine d'années entre le moment où la Régie des eaux enjoint à la nouvelle Communauté urbaine de Montréal de procéder au traitement de ses égouts et la finalisation de la station d'épuration destinée à l'ensemble de son territoire. En 1970, une première ordonnance oblige la CUM à construire une centrale à Rivière-des-Prairies pour traiter les eaux usées des versants nord, nord-est et sud-est, ce qui correspond en gros à la moitié est de l'île. L'année suivante, une seconde ordonnance exige l'érection d'une autre centrale près du pont Victoria, afin de traiter cette fois les effluents du secteur ouest et du versant sud-ouest de l'île de Montréal et de l'île Bizard. Mais peu de temps après, le gouvernement, par l'intermédiaire de ses nouveaux services de protection de l'environnement, décide plutôt de construire une seule centrale d'épuration pour toute l'île[96].

Mise en fonction en 1985, la centrale reçoit les eaux usées acheminées par des émissaires vers trois intercepteurs principaux : un est situé le long de la rive nord ; le second, au sud-ouest de l'île, est raccordé à celui du nord dans l'ouest de l'île ; le troisième longe la rive sud vers l'est. Les eaux usées, qui voyagent par gravitation, sont ensuite pompées vers la station d'épuration[97]. Elles subissent alors un traitement physico-chimique qui consiste essentiellement à séparer les boues des eaux, avant leur déversement dans le fleuve. Si le procédé permet de réduire leur degré de contamination, il n'enlève pas toutes les matières polluantes, loin s'en faut. Pour éliminer les contaminants, il a été prévu de désinfecter les résidus en les chlorant avant de les envoyer vers le fleuve. Or, comme le chlore est déclaré nocif pour la faune et la flore aquatiques, et qu'il génère des substances dangereuses pour la santé publique, le gouvernement adopte un moratoire qui en interdit l'usage, de sorte que ce procédé de désinfection ne sera jamais mis en application. Au début des années 2000, on estime que la station d'épuration de Rivière-des-Prairies ne parvient à extraire que 50 % des coliformes contenus dans les eaux usées qui seront rejetées dans le chenal fluvial. La situation est telle que cette station constitue la plus importante source de pollution du fleuve Saint-Laurent, comme l'explique le maire de Montréal au début de l'été 2009 : « Il suffit de voir en hélicoptère la marée brune qui sort de l'usine [d'épuration], et ce, malgré tous les efforts qui ont été faits au cours des dernières années, pour constater à quel point [cela] cause des préjudices très sérieux, notamment à Sorel-Tracy et à Trois-Rivières[98]. » Montréal obtient alors une aide financière des gouvernements canadien et québécois pour construire une centrale de désinfection des eaux usées par l'ozone. Elle espère ainsi parvenir à enrayer la présence de bactéries et de résidus de médicaments dans ses effluents[99].

Conclusion : le recours croissant à des moyens techniques coûteux

À partir des années 1940, le problème de la pollution acquiert une importance grandissante, jusqu'à devenir le prisme à travers lequel est abordée la question de l'eau à Montréal. Il sert notamment de véhicule à la critique des modèles de développement de l'après-guerre. L'explosion du territoire urbain, le désenclavement de la ville, l'aménagement d'autoroutes et de ponts ont révélé combien le caractère insulaire de Montréal a constitué un obstacle lorsque la ville a commencé à s'étendre sur le continent. Depuis, les enquêtes se succèdent

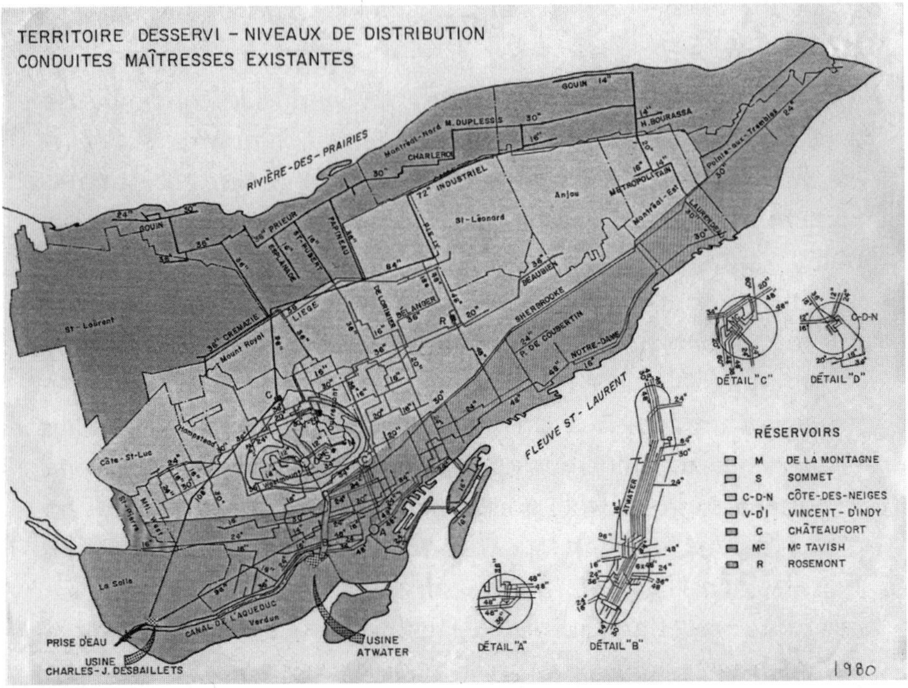

Figure 30. Cette carte permet de localiser l'emplacement des deux usines de traitement de l'eau qui approvisionnent Montréal.

qui mesurent les retombées de l'occupation et de la privatisation des rives de l'île, et de la région montréalaise tout entière. L'inventaire des dommages causés à l'environnement naturel fait naître le désir de favoriser le rapprochement entre la population et les cours d'eau.

Dans les années 1970, cela conduit à l'adoption d'ambitieux programmes destinés à atténuer, sinon à enrayer, les sources de contamination des cours d'eau, principalement du Saint-Laurent. La qualité de ces derniers s'améliore de manière sensible dans le bassin hydrographique montréalais. Cependant, ces avancées exigent le recours à des moyens techniques de plus en plus sophistiqués et coûteux, dont l'efficacité demeure provisoire. De nouvelles sources de pollution surgissant régulièrement, il est à prévoir que les procédés destinés à dépolluer et à traiter l'eau devront être revus dans l'avenir. Si ces procédés permettent d'améliorer la situation, en revanche ils ont peu d'effets sur les utilisations de l'eau et sur sa consommation croissante. De fait, le traitement des eaux contaminées étant de plus en plus efficace, la population se fie à ces moyens pour régler les problèmes environnementaux, au détriment d'un examen des pratiques collectives.

Ainsi, à la fin des années 1960, alors que la pollution des cours d'eau engendre une véritable crise, les possibilités de consommation de l'eau potable explosent. À l'époque, une brochure du Service des travaux publics de Montréal célèbre la capacité de l'aqueduc municipal à fournir de l'eau potable « à volonté », comme en écho aux propos triomphalistes du début du XXe siècle. Bien plus, proclame-t-elle, les « responsables de l'Aqueduc de Montréal ont renversé la marche de l'histoire : au lieu de se laisser dépasser, ils se sont mis à courir en avant des besoins. Au gré de l'occupant, l'eau saine coule aujourd'hui en abondance dans tous les foyers[100] ». La publication annonce également l'érection prochaine d'une seconde usine de filtration de l'eau, en complément de l'usine Atwater, construite durant la Première Guerre mondiale. L'usine Desbaillets, située à quelques kilomètres au sud de la première, est ainsi inaugurée en 1978[101]. Son ouverture encourage encore l'augmentation de la consommation d'eau potable.

En somme, le rapport avec l'eau est médiatisé par le recours croissant à des moyens techniques ; c'est le cas depuis la mise en place d'infrastructures pour la fourniture d'eau potable et l'évacuation des eaux usées. Paradoxalement, ce sont ces moyens techniques qui rendent possible la réhabilitation des milieux naturels. Ainsi, à partir des années 1950 et 1960, la quête de nature suppose des interventions de plus en plus considérables pour l'assainir et pouvoir s'en rapprocher. Or, ces techniques et ces méthodes sont essentiellement l'apanage des scientifiques, et leur maîtrise requiert des connaissances pointues. D'un côté, donc, la volonté de démocratiser l'accès à l'eau s'exprime parmi la population ; de l'autre, les utilisations de l'eau sont de plus en plus définies au moyen de mesures et d'outils sophistiqués, supervisés par les experts avec l'aval des autorités politiques.

Dans les dernières décennies du XXe siècle, cette capacité accrue d'intervenir sur les milieux sera de plus en plus mise au service de schémas destinés à développer le potentiel récréotouristique de Montréal — la ville et la région. Dans la foulée, la perspective écologique s'étoffe, accompagnée par une volonté d'intervention qui s'exprime à une autre échelle. Le caractère insulaire qui, trente ans auparavant, semblait constituer un obstacle de poids se retrouve au cœur d'une nouvelle représentation du territoire où l'archipel devient le cadre, comme le moyen, imaginé pour la réaliser.

CHAPITRE 7

Une ville, un archipel : une utopie ?

L'archipel de Montréal, sorte de delta intérieur, comprend trois lacs, trois rivières, vingt et un rapides, trois cent vingt-cinq îles et plus de 1 000 kilomètres de rives. L'ensemble forme un système hydraulique exceptionnel avec ses règles de répartition interne déterminées par les seuils qui l'articulent, rendu plus exceptionnel encore, et sans doute unique au monde, par la présence d'une agglomération de 3 millions d'habitants.

JEAN DÉCARIE et GILLES BOILEAU (1983)[1]

L'eau a toujours été considérée comme une dimension constitutive de l'histoire de Montréal, en lien tantôt avec la circulation et le transport, tantôt avec la salubrité et la santé, tantôt avec les loisirs. La crise de la pollution des années 1960 et 1970 a souligné les interactions entre ces domaines — non pas qu'elles échappaient totalement à la compréhension des acteurs de l'époque, mais ces éléments avaient rarement été considérés ensemble. Ce sont les préoccupations des pêcheurs, des chasseurs et des premiers environnementalistes qui ont incité à concevoir l'eau de manière plus globale et, par conséquent, à se pencher sur les interrelations entre ses diverses utilisations. Cette nouvelle approche repose sur une conception dite « intégrée » de l'eau, qui prend en compte tous ses usages et ses fonctions à la fois. En parallèle, la notion de bassin hydrographique est adoptée à la même époque, alors qu'on tente de résoudre les problèmes estimés les plus criants de l'heure. Ces deux notions sont à l'origine d'une représentation inédite de Montréal comme archipel, où le bassin hydrographique sert de référence pour concevoir son développement et ses aménagements.

Au début des années 1980, l'équipe du projet Archipel inaugure un vaste chantier afin de traduire cette représentation sur le terrain. Au fil des cinq ou six ans que dure le projet, ses promoteurs tentent de convaincre les autorités politiques et la population de la pertinence de concevoir l'avenir de Montréal, la gestion de ses plans d'eau et l'aménagement de son territoire à l'échelle de l'archipel. Quelles sont les finalités de l'entreprise ? Il s'agit de résoudre les problèmes relatifs à l'eau, qui, devenus autant d'obstacles coûteux et préoccupants, appellent des changements majeurs. Aux questions de pollution et d'accès à l'eau mises en avant par les groupes de pression et les enquêtes scientifiques des années 1960 et 1970 s'ajoute maintenant l'inondation périodique des berges urbanisées de l'archipel.

Animée par un nombre important de chercheurs et de fonctionnaires venus de tous les horizons, l'équipe à la tête du projet Archipel accumule une foule de données sur les cours d'eau, leur régime et leur potentiel énergétique ; sur la faune et la flore ; sur la nature de l'occupation du territoire et le degré d'artificialisation des rives ; sur l'accès aux cours d'eau, leurs utilisations, les pratiques récréatives des Montréalais. Riches en informations, les quelque 400 rapports produits permettent à la notion d'archipel de prendre forme et visent à la faire reconnaître comme nouveau cadre d'intervention.

Comment mettre en œuvre une telle perspective, qui réfère à une grande variété de milieux de vie, de groupes sociaux, d'instances politiques ? Seul l'État est susceptible d'y parvenir, puisque lui seul détient les pouvoirs nécessaires pour gérer ensemble milieux naturels et milieux sociaux à cette échelle. C'est là la faiblesse du projet. De fait, Archipel apparaîtra aux yeux de plusieurs comme une tentative du gouvernement québécois de s'imposer à la région montréalaise. Lorsque au milieu des années 1980 les rapports de faisabilité du projet sont déposés au gouvernement, le contexte a changé. Les finances publiques sont serrées, et les perspectives économiques, sombres. Comme l'ambitieux projet requiert des sommes considérables, il est tout bonnement remisé.

Ce dernier chapitre examine d'abord la question des inondations. En partie provoqué par l'urbanisation intensive des berges de l'archipel, ce problème est au cœur de la réflexion dans les dernières décennies du XXe siècle. La grande enquête menée sur le régime des eaux dans la région montréalaise témoigne de son importance, comme des difficultés à les régulariser. C'est dans sa foulée qu'est lancé le projet Archipel, qui sera présenté plus loin. Si son schéma de gestion intégrée du bassin montréalais n'aboutit pas, le projet lègue néanmoins en héritage une vision du milieu qui sera partiellement reprise par d'autres. Cette tentative de concilier enjeux environnementaux et enjeux sociopolitiques dans la région, et de repenser les articulations entre territoire urbanisé et cours d'eau a laissé des traces durables. Pensons entre autres au Réseau bleu, une initiative municipale récente, à la fois plan d'aménagement des cours d'eau dans l'agglomération montréalaise et proposition destinée à promouvoir une « culture de l'eau ». Du problème des inondations à celui de l'accès à l'eau, les trois séries de documents présentés dans ce chapitre constituent d'importants jalons dans les débats en cours. Ils ont contribué à faire des utilisations de l'eau un enjeu majeur de l'histoire récente de Montréal.

Les inondations des années 1974 et 1976 : un autre point tournant ?

Les inondations font partie intégrante de l'histoire montréalaise et de l'occupation du territoire. Le gouvernement canadien les observe à partir des Grands Lacs et sur le Saint-Laurent depuis 1916. Deux types de fluctuations les provoquent. D'une part, les variations saisonnières, qui surviennent tous les ans et sont bien connues. Le niveau des eaux monte au printemps et au début de l'été, par suite de la fonte des neiges et de l'importance des pluies avant la saison estivale. La faible évaporation des eaux des Grands Lacs durant l'hiver, à cause du froid, contribue aussi à maintenir leur niveau élevé. À partir du milieu de l'été, on entre dans la période d'étiage, caractérisée par une baisse du niveau des eaux et une plus forte évaporation. Cette période s'étend jusqu'à l'hiver. Les variations saisonnières des eaux dans l'archipel de Montréal dépendent également de l'apport des affluents secondaires, dont le régime n'est pas pondéré par des lacs importants, de même que des glaces, dont le volume et la fonte influencent à leur tour le régime du fleuve[2].

À ces « variations cycliques annuelles » s'ajoutent, d'autre part, des fluctuations de longue durée : « des trains d'années de hautes eaux alternent avec des groupes d'années de basses eaux », pour reprendre les termes du géographe Jean-Claude Lasserre. Les données colligées depuis 1916 ont en effet permis d'identifier des périodes où les niveaux sont soit très élevés, soit très bas. Ces variations sont attribuables notamment au changement du régime de pluviosité et aux capacités variables d'écoulement des eaux par les émissaires. En plus de ces facteurs climatiques et hydrologiques, il faut tenir compte de facteurs anthropiques, tels le dragage de chenaux, la dérivation ou le prélèvement d'eaux, et les travaux de régularisation des débits, dont les barrages.

Le réseau hydraulique de la région

Dans les années 1950 et 1960, d'importants ouvrages de contrôle sont réalisés dans le bassin hydrographique du fleuve Saint-Laurent, dont le barrage Moses-Saunders évoqué dans le chapitre précédent. La régularisation subséquente du régime des eaux, jumelée à leur niveau très bas en 1964-1965, facilite le développement résidentiel le long des rives de l'archipel montréalais. Or, cette période est suivie d'une seconde, de 1972 à 1976, caractérisée, cette fois, par des niveaux exceptionnellement élevés. Il s'ensuit des épisodes d'inondations nombreux et répétés.

Comme il l'a fait pour le problème de la pollution à la même époque, le gouvernement fédéral intervient le premier, influençant la façon dont sera dès lors posée et étudiée la question des inondations. En 1970, il vote la Loi sur les ressources en eau du Canada, qui introduit une nouvelle manière de considérer l'eau et sa gestion[3]. Cette loi succède à une première disposition votée en 1953, la Loi sur l'aide à la conservation des eaux du Canada, dans la perspective des vastes travaux d'aménagement du potentiel hydroélectrique sur le Saint-Laurent supérieur. Avec la loi de 1970, il s'agit d'aborder la gestion de l'eau de façon globale pour tenir compte de toutes ses utilisations à la fois, de son importance autant sur le plan économique que sur les plans social et environnemental. Il importe donc d'intervenir à l'échelle des bassins hydrographiques ou d'autres entités géographiques plus vastes, plutôt qu'à celle de cours d'eau précis ou de secteurs restreints. La loi impose aussi que les procédés de réflexion et de mise en branle de schémas d'aménagement soient établis par des comités formés de représentants des gouvernements fédéral et provinciaux.

Dans cet esprit, le Comité sur la régularisation des eaux est mis sur pied en 1974 dans la région de Montréal. Il réunit des représentants de divers ministères des deux niveaux de gouvernement : Richesses naturelles et Environnement pour le provincial, avec également des représentants d'Hydro-Québec ; Environnement, Transports et Travaux publics pour le fédéral. Le comité est chargé de trouver « différents moyens [...] pour diminuer les possibilités des hautes et des basses eaux dans cette région, en tenant compte des utilisations actuelles et de l'environnement[4] ». La définition du problème est complexe à établir, autant que sa mesure et ses éventuelles solutions. Les inondations résultent-elles des transformations survenues dans

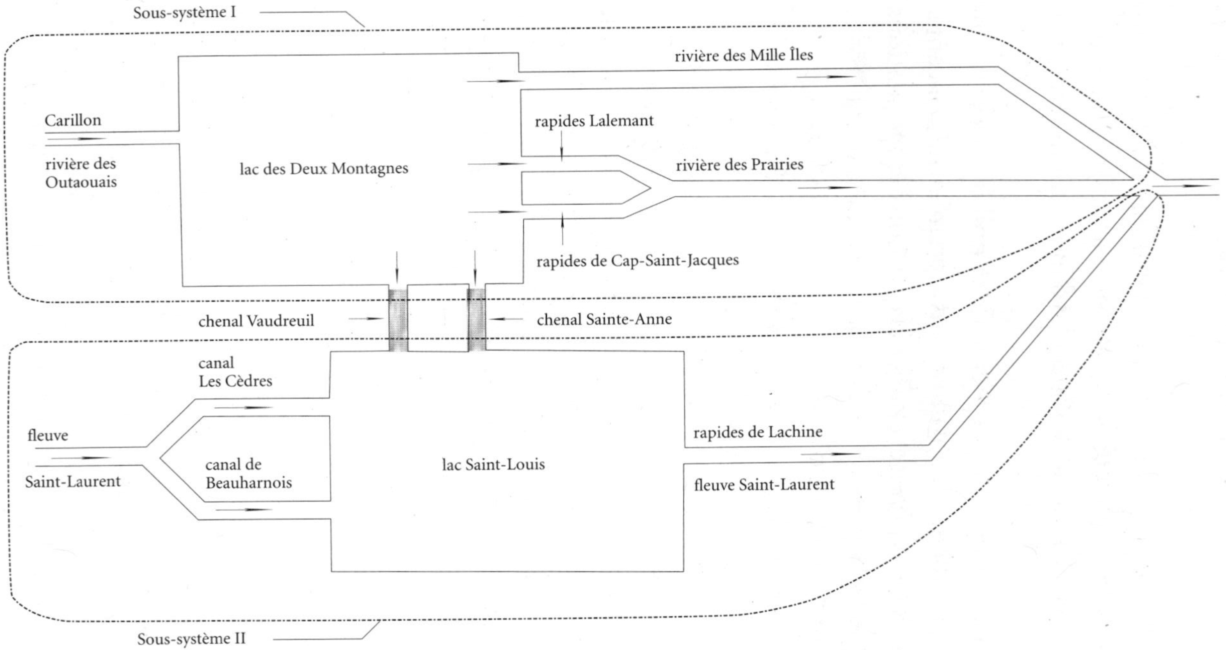

Source : *Comité sur la régularisation des eaux. Région de Montréal. Rapport final*, Québec, Ministère des Ressources naturelles du Québec et Environnement Canada, 1976.
Mise à jour par Laura-Lee Bolger, 2010.

Figure 31. Schéma du réseau hydraulique de la région de Montréal.

l'hydrographie, des changements climatiques, de l'urbanisation de la plaine inondable ? Sont-elles vraiment plus nombreuses depuis la fin des années 1960, comme certains le croient, ou est-ce que ce sont les réclamations pour dommages qui ont augmenté[5] ? Dans les années 1970, la répétition et l'ampleur des inondations incitent les gouvernements provincial et fédéral à dédommager les sinistrés : d'abord en 1974, créant ainsi un précédent, puis en 1976, à la suite d'inondations particulièrement fortes. Entre-temps, les gouvernements conviennent de la nécessité de trouver des correctifs durables afin de contenir le problème. C'est que les programmes d'indemnisation des victimes, loin de régler la situation, ont pour effet de favoriser les demandes de réclamation et, donc, la croissance des coûts liés aux dommages.

Comme dans le cas de la pollution des eaux, le problème des inondations et, plus généralement, la fluctuation des eaux dans la région montréalaise vont donner lieu à diverses enquêtes et analyses ayant pour but de trouver des solutions. Ces études contribuent à une connaissance plus fine de l'hydrographie de l'archipel, du problème des inondations et de leurs conséquences à la fois sur le plan matériel et sur l'environnement. La situation n'est pas également critique partout. De fait, le réseau hydraulique de la région montréalaise est formé de deux sous-systèmes dont les régimes diffèrent *(voir la figure 31)*. Le premier sous-système, alimenté par l'Outaouais, connaît une crue annuelle caractérisée par une pointe de dix à vingt jours. Les eaux sont évacuées vers le lac des Deux Montagnes par cinq déversoirs. Elles se distribuent entre la rivière des Mille Îles, la rivière des Prairies et le lac Saint-Louis. Le second sous-système reçoit ses eaux du Saint-Laurent. Celui-ci traverse le lac Saint-Louis et poursuit sa course, en suivant son propre lit. La crue de ce sous-système ne connaît pas de pointes et s'étend sur quelques mois.

Le niveau et le débit du fleuve sont en partie maîtrisés à partir du lac Ontario, où il prend sa source[6]. Les divers travaux entrepris sur le Saint-Laurent tout au long du XXe siècle ont permis de limiter les

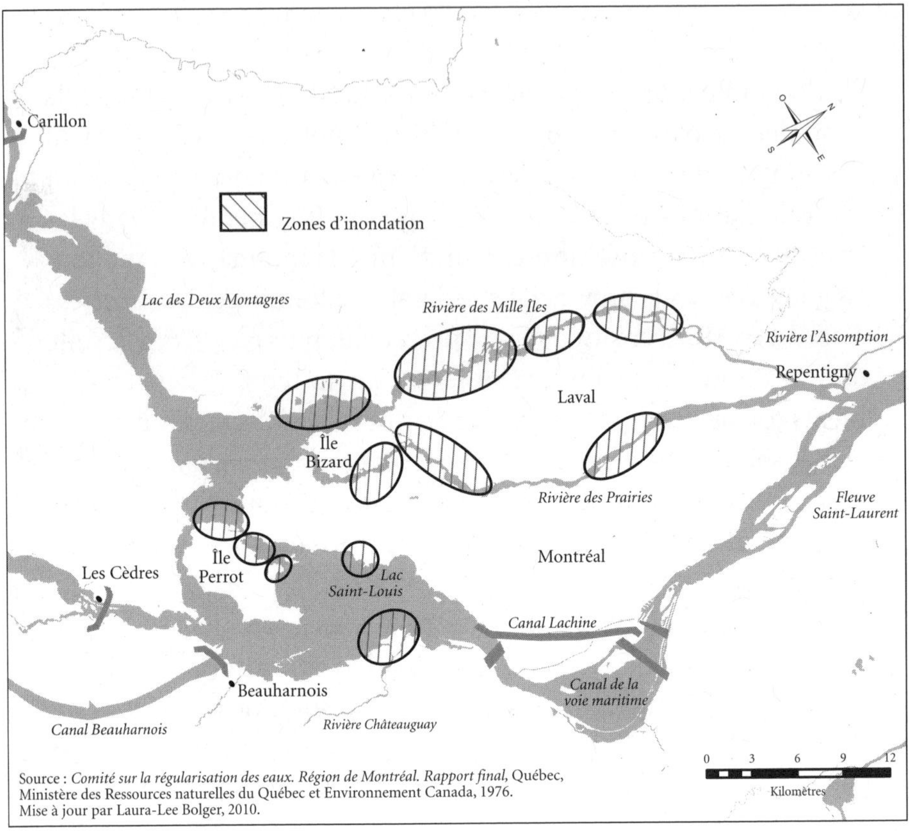

Figure 32. Principales zones d'inondation dans la région de Montréal.

dégâts liés aux crues printanières et aux embâcles. En outre, depuis l'inondation de 1928, des brise-glaces s'emploient à faciliter le passage des glaces de Trois-Rivières à Montréal, ce qui diminue le risque de formation d'embâcles[7]. À partir de 1962, l'ouverture à longueur d'année du chenal de navigation limite encore davantage le risque de refoulement des eaux vers Montréal depuis le lac Saint-Pierre, situé en aval. De plus, diverses structures de contrôle des glaces ont été aménagées dans le fleuve au cours des années 1960, dont l'estacade du pont Champlain, qui les retient et protège ainsi les installations portuaires en aval.

Figure 33. Cette photo aérienne donne une idée de l'ampleur des inondations survenues sur la rivière des Prairies à la hauteur du pont Lachapelle, en 1976.

C'est donc du côté de l'Outaouais, dont le débit n'est contrôlé que dans le haut du bassin, que provient l'essentiel des problèmes d'inondations à Montréal. Les débordements surviennent d'abord au niveau du lac des Deux Montagnes et affectent certaines des municipalités établies sur ses rives (Pointe-Calumet, Sainte-Marthe-sur-le-Lac, Deux-Montagnes). Ils se produisent aussi le long de la rivière des Mille

Îles (Saint-Eustache, Sainte-Thérèse, Rosemère, etc.) et de la rivière des Prairies (Sainte-Geneviève, Pierrefonds, Laval-sur-le-Lac), et sur les rives du lac Saint-Louis (région de Châteauguay, de L'Île-Perrot). Comment expliquer cette série de débordements ? Le problème est que les divers canaux d'écoulement à ces endroits n'ont ni une profondeur ni une largeur égales sur tout leur parcours. Il faut se rappeler que l'archipel est caractérisé par la présence de nombreux seuils, comme nous l'avons vu dans le premier chapitre. Se comparant à des barrages naturels, ces seuils se manifestent par le rétrécissement des sections d'écoulement ou par la chute des niveaux d'eau entre l'amont et l'aval. Les secteurs identifiés sont vulnérables, car ils sont formés de zones lacustres, c'est-à-dire des parties situées entre deux seuils, qui retiennent les eaux[8]. Le phénomène des inondations est encore aggravé par l'accumulation de glaces, sous forme de frasil notamment, qui nuisent à l'écoulement des eaux. Cela se produit en hiver dans les secteurs où se trouvent des rapides. Le bouillonnement de l'eau à ces endroits maintient la température de cette dernière légèrement en dessous du point de congélation, ce qui favorise la formation de cristaux de glace ou de frasil. Ceux-ci adhèrent ensuite à toutes les surfaces rencontrées sur leur passage et contribuent à la production de grandes quantités de glace, susceptibles de causer des embâcles en aval des rapides[9].

Enfin, il existe des systèmes de régularisation des cours d'eau en amont de Montréal, mais ceux-ci s'arrêtent aux portes de la ville, au barrage de Carillon sur l'Outaouais et à celui de Beauharnois sur le Saint-Laurent *(voir la figure 32)*. La région montréalaise, expliquent les experts, ne possède pas de plan destiné à maîtriser ses eaux, en période d'inondations comme en période d'étiage[10].

Les solutions proposées par le Comité sur la régularisation des eaux

C'est avec ce tableau en tête que le Comité sur la régularisation des eaux soumet un ensemble de propositions pour atténuer les problèmes liés à la fluctuation des eaux dans la région montréalaise, en considérant d'abord la question des inondations, de loin la plus critique, puis celle des étiages. Comme il faut travailler sur deux plans à la fois — on cherche à régulariser les débits et à réduire les coûts provoqués par les inondations —, il importe que le rapport entre bénéfices et investissements soit positif. En d'autres mots, les solutions doivent être rentables. C'est la raison pour laquelle le comité recommande une approche « intégrée », qui comporte des correctifs sur le plan hydraulique, sur le plan de l'aménagement du territoire et sur le plan administratif[11]. Deux solutions sont avancées en ce qui concerne les deux premiers points. La première consiste à maîtriser les apports d'eau dans la région, du côté du Saint-Laurent comme de l'Outaouais. Le schéma paraît complexe. D'une part, il mise sur la régularisation des débits sortants du lac Ontario, dont le régime devrait être établi en tenant compte de la période de crue de l'Outaouais ; cela suppose d'obtenir l'accord et la collaboration de la Commission mixte internationale et du Bureau international de contrôle du Saint-Laurent, responsables de la gestion du fleuve. D'autre part, il nécessite un plan de régularisation de l'ensemble du bassin de l'Outaouais et de ses principaux réservoirs qui prenne en considération les problèmes de crues et d'étiages dans la région montréalaise ; ce qui, à l'époque, s'avère compliqué.

La deuxième solution table plutôt sur le contrôle des eaux dans la région avoisinante. Elle suppose d'établir un nouveau partage de l'écoulement de l'Outaouais entre la rivière des Prairies, la rivière des Mille Îles et le Saint-Laurent. Cette opération repose sur l'aménagement d'une série d'ouvrages de contrôle des eaux, parmi lesquels des digues et des barrages, mais aussi sur l'endiguement et le rehaussement de certaines parties du territoire.

En troisième lieu, le comité recommande l'adoption de solutions de nature administrative. Il s'agirait de procéder à la cartographie du territoire afin d'identifier très précisément les secteurs les plus susceptibles d'être inondés, puis d'en tenir compte dans les schémas d'aménagement du territoire. On recommande aussi d'appliquer des règlements de zonage qui interdisent la construction dans les plaines inondables. Enfin, on préconise la relocalisation des installations dans certaines circonstances, de même que l'indemnisation des victimes d'inondations installées dans des secteurs rarement affectés.

Quelques initiatives sont entreprises dans la foulée du rapport sur la régularisation des eaux en 1976, dont la création du Comité des ouvrages de contrôle des crues dans la région de Montréal. À la même époque, les gouvernements fédéral et provincial signent une entente par laquelle ils s'engagent à cartographier les zones inondables ; ils inciteront également les autorités locales à adopter des règlements prohibant la construction aux endroits vulnérables. Deux municipalités situées sur la rivière des Mille Îles, Bois-des-Filion et Rosemère, érigent des digues de protection à la fin des années 1970. En 1980, dans le cadre du programme fédéral-provincial de réduction des dommages dus aux inondations, en cours depuis 1975, une digue est aussi construite à Sainte-Marthe-sur-le-Lac. Enfin, la Commission de planification de la régularisation de la rivière des Outaouais est créée en 1983, afin d'assurer la gestion intégrée des principaux réservoirs du bassin. La commission supervise l'exploitation de ces réservoirs en tentant de protéger la région de Montréal des inondations sans nuire à la production d'hydroélectricité[12].

Ces dispositions semblent modestes par rapport aux recommandations du Comité sur la régularisation des eaux, mais la réflexion sur le problème se poursuit. À partir du tournant des années 1980, elle s'insère dans le cadre d'un ambitieux programme d'aménagement des eaux de la région montréalaise : le projet Archipel.

Le projet Archipel : « la première étape de l'apprivoisement définitif du fleuve[13] »

La question des inondations s'inscrit dans les problèmes causés par la vague de suburbanisation de la région montréalaise à partir de l'après-guerre, qui a provoqué notamment la perte de terres agricoles parmi les meilleures au Québec. Les solutions avancées dans ce contexte vont contribuer à l'élaboration d'une nouvelle vision de la région.

Une vision intégrée de la région montréalaise

En 1978, le gouvernement québécois adopte un document d'orientation intitulé *L'Option préférable d'aménagement pour la région de Montréal,* qui milite en ce sens. On y affirme vouloir favoriser « la consolidation du tissu urbain à l'intérieur du périmètre urbanisé actuel et le réaménagement accéléré de l'île de Montréal en termes de qualité de vie[14] ». L'année suivante, l'Office de planification et de développement du Québec produit, pour sa part, une étude destinée à offrir des solutions pour réhabiliter les divers plans d'eau. Le document insiste sur l'importance de développer le « potentiel » du bassin montréalais, à son avis largement sous-exploité[15].

Par ces propositions, le gouvernement provincial se montre disposé à penser ensemble les problèmes d'aménagement du territoire et du bassin hydrographique montréalais. Les groupes environnementalistes, de leur côté, le pressent d'agir en ce sens afin de freiner le processus de dégradation des milieux naturels, dont les cours d'eau. Comme la gestion de l'eau touche diverses facettes de la vie courante, aux nombreuses ramifications, les seules administrations municipales ou régionales alors en présence ne disposent pas des outils pour agir à l'échelle du bassin hydrographique tout entier. C'est pourquoi « le gouvernement du Québec doit intervenir », affirme un des nombreux rapports produits par le futur projet Archipel, qui précise également que

> trop de questions reliées à la qualité du cadre de vie montréalais se posent en même temps, loisir, plein air, assainissement, régulation. Ces questions relèvent tantôt de sa compétence comme domaine propre, comme la gestion de l'eau et ses deux composantes majeures de régulation et d'assainissement. Tantôt le gouvernement se trouve

> le seul capable d'intervenir parce qu'il est la seule structure politique à l'échelle du problème : c'est le cas des parcs d'échelle régionale et de l'accès à l'eau dans l'Archipel de Montréal[16].

C'est dans ce contexte que le gouvernement lance l'opération Archipel, qui a pour but d'élaborer un plan d'aménagement des eaux de la région montréalaise, qui serait comme une première étape pour « apprivoiser le fleuve ». À cette fin, on projette d'aborder les problèmes selon une perspective intégrée, alliant les différentes problématiques de l'eau : juridiques, hydrauliques, liées à la qualité de la ressource ou à son accès[17]. Il importe effectivement de régler à la fois les questions d'inondations et d'étiages, d'accès à l'eau et de pollution. Alors, plus qu'un schéma destiné à la seule régularisation des débits, le projet doit apporter des solutions permettant la régulation de la totalité des eaux de l'archipel :

> La régulation, par opposition au concept de régularisation, qui vise à rendre régulier un écoulement, consiste à régler le régime des eaux suivant une courbe volontaire, coupant par exemple les inondations, comblant les basses eaux et, dans l'intervalle, assurant les niveaux nécessaires à la gestion faunique, aux usages récréatifs, aux besoins municipaux, à la navigation, à la production hydroélectrique, etc. Pareille régulation des eaux permet aussi celle des usages[18].

Le point de vue adopté se démarque de ceux des études précédentes sur les problèmes relatifs à l'eau. Point central du projet d'aménagement, l'eau devient l'élément organisateur du territoire et de ses dynamiques[19]. Cette représentation de Montréal invite à concevoir la ville et la région comme étant unifiées autour de l'eau, et à les définir par rapport à la notion d'archipel. Aux fins du projet, le territoire est délimité par son réseau hydrique. En amont, il prend naissance à la hauteur des barrages de Beauharnois et des Cèdres sur le Saint-Laurent, et à la hauteur du barrage de Carillon sur l'Outaouais. En aval, il se termine à la jonction des rivières des Prairies et des Mille Îles avec le fleuve, à la hauteur de Repentigny. La notion d'archipel est centrale. Plutôt que de se référer au paysage humanisé, comme les termes *région* ou *métropole,* elle évoque d'emblée les milieux hydriques. Au surplus, elle sert à promouvoir le rétablissement des liens, alors perçus comme distendus, entre la population et l'eau. Pour cela, les auteurs vont opérer un détour par l'histoire et soutenir l'idée que les développements récents ont conduit à éloigner les Montréalais de l'eau.

L'eau, selon les auteurs d'Archipel, serait à l'origine de la ville, de son existence comme de sa croissance. Les Montréalais auraient vécu en « symbiose » avec elle pendant une longue partie de leur histoire. Mais à partir des années 1950, « la relation allait graduellement se briser sous l'impulsion de facteurs résultant de la croissance économique et urbaine[20] ». Les promoteurs avancent même qu'« avant cette époque, les rives de l'archipel étaient un endroit de villégiature privilégié par la population. Les plages y étaient nombreuses. Les constructions typiques qui y étaient érigées étaient des chalets souvent construits sur pilotis ».

Les auteurs appliquent cette vision enchantée du passé au bilan qu'ils tracent de la qualité des eaux montréalaises. Leur dégradation leur paraît récente et d'autant plus regrettable que la région « baigne littéralement dans l'eau, et que ses sources d'approvisionnement apparaissent illimitées[21] ». « Jusqu'au début des années 1950, soutiennent-ils, le développement de la région montréalaise s'adaptait aux contraintes de l'eau. Depuis cette époque, la relation s'est inversée. C'est à l'ensemble de l'archipel et de ses plans d'eau qu'on a demandé de s'adapter aux exigences de la croissance[22]. » L'analyse fait fi de l'état réel des cours d'eau ceinturant Montréal. Elle est cependant bien utile pour permettre aux auteurs de conclure péremptoirement : « Au lieu de vivre avec l'eau, les Montréalais se sont mis à l'ignorer. » Dans les circonstances, il est impératif de changer la donne.

Les documents produits par Archipel offrent ainsi une représentation idyllique du rapport de la population avec les rives. Cette représentation n'est pas sans évoquer celle que soutenaient les militants du projet « Un fleuve, un parc », examiné dans le chapitre précédent. Elle rappelle aussi la mythologie entourant la rivière des Prairies, portée par les auteurs nostalgiques des temps anciens où le cours d'eau aurait été une voie navigable accessible à tous (examinée, celle-là, à la fin du chapitre 5). Chose certaine, les uns comme les autres ne considèrent pas les contraintes qui ont existé antérieurement, ni les diverses installations aménagées depuis le début du XIXe siècle pour tirer profit de l'eau. Bien entendu, leur intention n'est pas de documenter le passé, mais de construire des représentations utiles pour promouvoir de nouveaux schémas de développement du bassin hydrographique entourant Montréal.

Qu'elles proviennent du projet Archipel ou des militants environnementalistes des décennies antérieures, les préoccupations convergent quant au rétablissement de l'intégrité des milieux hydriques. Tous ces acteurs sont de plus en plus motivés par le désir de transformer la région montréalaise en un vaste terrain de loisirs. En 1981, l'équipe de chercheurs d'Archipel obtient le feu vert pour explorer cette piste : le ministère de l'Aménagement est secondé dans cette décision par ceux des Affaires municipales, de l'Énergie et des Ressources, de l'Environnement ainsi que du Loisir, de la Chasse et de la Pêche. Hydro-Québec et la Communauté urbaine de Montréal y sont également associées[23]. L'équipe de recherche est chargée de trouver un mode « cohérent » de « gestion » des eaux de l'archipel afin « d'améliorer globalement la satisfaction que retire la population de ses rapports directs et indirects avec l'eau[24] ». Le temps est venu de tirer parti du « potentiel » sous-exploité que représentent les eaux et de régler certains problèmes afin d'« améliorer la productivité du milieu[25] ».

Les termes du plan sont contenus tout entiers dans ces mots. Ces derniers suggèrent l'idée de gérer les eaux comme s'il s'agissait d'un élément malléable et adaptable, en minimisant les contraintes physiques et techniques, pourtant nombreuses. Le dessein d'« améliorer la satisfaction de la population » et « la productivité du milieu » laisse aussi sous-entendre la possibilité de régler les eaux du bassin en fonction des attentes sociales et humaines. Si on affirme prendre en compte les aspects écologiques de l'eau, c'est afin d'adapter l'archipel au plan de gestion hydrique proposé. Celui-ci s'élabore autour de trois questions principales : la régulation des eaux, la production hydroélectrique et l'aménagement des rives[26].

Un plan de régulation des niveaux et des débits des cours d'eau[27]

Le projet Archipel se penche d'abord sur les problèmes d'inondations et d'étiages découlant des fortes fluctuations des eaux[28]. Tout comme les travaux de la Commission sur la régularisation des eaux de Montréal, les études produites dans le cadre d'Archipel conviennent de la difficulté que pose tout schéma de contrôle des débits du Saint-Laurent ou de l'Outaouais — d'autant plus qu'il s'agit d'eaux situées en amont du bassin hydrographique de Montréal. Par conséquent, on propose de concentrer les efforts sur « les possibilités offertes par le système hydraulique interne de l'archipel » ; on mise donc sur une meilleure répartition des débits à l'intérieur de celui-ci[29]. La priorité consisterait à construire un ouvrage à la tête de la rivière des Mille Îles, la plus affectée par les crues, et dont les rives sont les plus peuplées. Mais la mise en fonction d'une digue devrait se faire très lentement, puisque le refoulement des eaux qui s'ensuivrait pourrait se répercuter sur le niveau du lac des Deux Montagnes, de la rivière des Prairies et du lac Saint-Louis[30]. D'où l'objectif de parvenir à gérer les débits de ces autres cours d'eau, ce qu'Archipel recommande de faire en installant des « ouvrages hydrauliques » à la sortie du lac Saint-Louis et aux quatre exutoires du lac des Deux Montagnes (à Vaudreuil, à Sainte-Anne-de-Bellevue vers le lac Saint-Louis, à Cap-Saint-Jacques et à Lalemant vers la rivière des Prairies[31]).

Il est aussi prévu d'aménager les rapides de Lachine pour augmenter la capacité d'évacuation à la sortie du lac Saint-Louis, pièce maîtresse de la régulation des eaux de la région. Pour y parvenir, Archipel élabore un ambitieux plan de production hydroélectrique à cet endroit. Comme les coûts envisagés pour réguler les eaux du bassin montréalais s'annoncent d'emblée trop élevés en regard des bénéfices, les concepteurs du projet songent à construire un barrage dans les rapides : en plus de régulariser les débits, celui-ci générerait de l'énergie hydroélectrique, dont la vente pourrait financer les aménagements de régulation des eaux. C'est ce qui explique la présence d'Hydro-Québec au début des travaux d'Archipel. Or, ce projet va soulever l'ire des populations locales et des groupes environnementalistes puisqu'il altérerait les rapides au point de les faire pratiquement disparaître[32]. L'idée de barrage doit donc être abandonnée au profit d'autres types d'opérations, elles aussi destinées à neutraliser l'effet de seuil des rapides de Lachine. On envisage de construire un canal d'évacuation dans la digue de la voie maritime, sous le parc de la Côte-Sainte-Catherine, et de creuser et d'ouvrir le bassin de Lachine sur le fleuve. De la sorte, l'écoulement des eaux en période de crue serait facilité[33]. En amont, il est prévu de renforcer les écluses de Sainte-Anne-de-Bellevue, en plus d'installer un canal d'évacuation sur l'île Claude.

Les bénéfices des travaux sont évalués en fonction d'une série de critères, dont la réduction des dommages aux terrains et aux propriétés foncières, la hausse de valeur de ces derniers et le ralentissement de l'érosion le long des rives de certains plans d'eau. En outre, on estime que ces interventions favoriseraient l'accès à l'eau et la navigation. Ainsi, l'excavation du bassin de Lachine permettrait d'accroître la pratique d'activités nautiques à cet endroit. On suggère également de profiter de ces travaux pour aménager des parcs, par exemple sur l'île Claude. Par ailleurs, les matières retirées pendant l'excavation de l'évacuateur de la voie maritime pourraient servir à stabiliser les rives en proie à l'érosion à certains endroits le long du fleuve, comme à LaSalle ou aux îles Dorval. Elles seraient aussi utiles à l'aménagement de plages à Verdun et le long de la digue de la voie maritime, de même qu'à la restauration des îles de la Paix, menacées de disparition[34]. En somme, les projets de travaux redessinent des sections entières du lac Saint-Louis et du bassin de La Prairie, et font entrevoir la possibilité d'en convertir certaines parties à des fins récréatives. Cependant, seule une portion d'entre eux seront réalisés à l'intérieur du projet Archipel[35].

La gestion des débits vise également à contrôler les périodes d'étiage. Il semble cependant malaisé de corriger les baisses de niveau d'eau, sans compter que les retombées sur ce plan sont plus difficiles à mesurer. Contrairement aux inondations, les étiages ne menacent pas les propriétés immobilières et les installations riveraines. Par contre, un niveau régularisé durant les périodes d'étiage présenterait l'avantage d'améliorer un peu la qualité de la ressource, en soutenant la capacité de dilution des cours d'eau. On estime ainsi que des niveaux d'eau plus élevés protégeraient les prises d'eau. Par ailleurs, ils pourraient aussi bonifier les conditions de pratique des activités nautiques. Selon les endroits, cela se traduirait par une augmentation des superficies navigables, l'aménagement ou l'agrandissement de plages, l'amélioration de l'aspect esthétique, particulièrement dans les zones marécageuses. Cependant, les responsables du projet Archipel reconnaissent que les retombées de ces travaux ne justifient pas l'ampleur des coûts, contrairement à ceux destinés au contrôle des crues[36].

Qu'elles émanent du Comité sur la régularisation des eaux ou du projet Archipel, toutes les discussions sur les ouvrages de contrôle des débits contribuent à redéfinir le problème des inondations : autant la manière d'en évaluer la gravité que les moyens de régler les dommages. Les termes selon lesquels on pose les enjeux et délimite les territoires d'enquête montrent à quel point les inondations relèvent à la fois de facteurs naturels et de facteurs sociaux (voir également le chapitre 4). La comparaison des manières de remédier à ces catastrophes au XIXe siècle et dans les années 1970 est éclairante.

À la différence de ce qu'on voit dans les années 1970, alors que les gouvernements acceptent de dédommager les propriétaires des résidences affectées par les inondations, au XIXe siècle il semblait inconcevable d'engager des fonds publics à cette fin. À l'époque, les politiciens locaux ou les journalistes s'émouvaient des débordements du fleuve, mais rien n'était tenté tant que les dégâts se limitaient aux habitations du quartier populaire de la pointe Saint-Charles, le principal secteur concerné[37]. Si ces demeures étaient parfois épargnées par les crues, c'était grâce au mur de soutènement érigé expressément pour protéger les ateliers du Grand Tronc, eux aussi situés dans les basses terres de la ville. Ce sont ces installations — et ultérieurement celles du port — que les élites politiques et économiques estimaient nécessaires de mettre à l'abri, car elles étaient considérées comme centrales dans la vie de la métropole.

Toutefois, tant à la fin du XXe siècle que cent ans plus tôt, les discussions sur les aménagements visant à régler le problème des inondations n'ont jamais porté sur la pertinence de s'établir dans les zones inondables. Les enquêtes menées pour retracer les causes des inondations ont plutôt eu pour effet de légitimer l'existence des installations riveraines, même si les mesures de protection adoptées ont occasionné des dépenses considérables, réglées à partir des fonds publics. Ainsi, les analyses des causes des inondations ont eu tendance à glisser rapidement vers la recherche de solutions, qu'il s'agisse de moyens de régulariser les régimes des eaux, d'ouvrages de protection ou de politiques de réduction des dommages. Au bout de la ligne, les inondations finissent toujours par apparaître comme des phénomènes incontournables.

En somme, aujourd'hui comme hier, ce dont on discute le plus et qui confère son caractère de crise à une inondation, ce sont essentiellement les dégâts sur les plans humain et matériel. Dans les années 1970, les gouvernements adoptent un train de mesures destinées à empêcher l'installation d'habitations dans les secteurs inondables, mais il semble bien que leurs effets ont été relativement négligeables[38]. De plus, les ouvrages de contrôle aménagés entre-temps, dans les années 1970 et 1980, vont permettre de réduire les dommages matériels. Avec quelle conséquence ? Celle de contribuer à l'échec des autorités, qui ne parviendront pas à décourager la construction de nouvelles habitations dans des endroits vulnérables. Le problème des inondations, notamment lors des dégels précoces ou des premiers signes du printemps, revient donc année après année.

« *Redonner aux Montréalais le droit de se baigner*[39] »

Au cœur du projet Archipel, la volonté de favoriser le rapport avec l'eau implique de « développer au maximum l'accès physique » à celle-ci[40]. Ce sont les usages directs de l'eau, affirme-t-on, « qui concrétisent la relation des Montréalais avec les eaux de leurs milieux ». C'est pourquoi il importerait de rétablir les conditions permettant de vivre ce rapport ; bref, de rétablir « le droit d'accès à l'eau[41] ». Sur quelles bases cette notion de droit se fonde-t-elle ? Rien ne l'explique dans les propos des promoteurs d'Archipel, sinon le passé ou, plus précisément, la référence à un passé idéalisé, comme je l'ai mentionné précédemment.

Bien entendu, convient-on, il n'est pas question de revenir en arrière ; il n'est même pas souhaitable de le faire. Mais il faudrait apporter des correctifs à la situation « si l'on veut redonner à la population montréalaise la jouissance qu'elle pouvait autrefois retirer des divers plans d'eau[42] ». Comment actualiser cette relation, sinon par les usages récréatifs ? Cette dimension, présentée comme allant de soi, n'est jamais questionnée dans les documents produits par le projet Archipel. C'est même le leitmotiv utilisé pour évoquer la « sous-utilisation de plusieurs des potentialités du milieu[43] ». Deux volumes se consacrent à l'offre souhaitée de loisirs riverains[44]. Pour parvenir à les développer, on espère instaurer ou rétablir des conditions propices à la pratique de la navigation, à l'épanouissement de la flore et de la faune, au développement des plages et des lieux de baignade, etc.

C'est au cours de la deuxième phase du projet, à partir d'octobre 1984, qu'est élaborée l'idée d'un parc « national » de l'Archipel à l'échelle du bassin hydrographique, comme cadre propice à la pratique de loisirs[45]. Une telle entreprise suppose d'intégrer la grande diversité de conditions géographiques du milieu, composé d'une variété de territoires et de plans d'eau[46]. Cela reviendrait à tenter de faire tenir ensemble les pièces d'un véritable « puzzle urbain », ironise un journaliste, « en rassemblant toutes les parties du domaine public — y compris les eaux du fleuve — et en leur collant l'étiquette de parc national[47] ». Six secteurs sont visés, tous définis en référence aux plans d'eau de l'archipel : la rivière des Mille Îles, le couloir fluvial, le bassin de La Prairie, la rivière des Prairies, le lac des Deux Montagnes et le lac Saint-Louis. À la tête de chacun se trouvera une table de concertation formée de représentants du ministère du Loisir, de la Chasse et de la Pêche — le maître d'œuvre du projet —, des municipalités, des milieux associatifs et du secteur privé. Le défi est de taille, car les divisions sont nombreuses dans ce territoire composé de dizaines de municipalités et d'instances administratives diverses. En fait, il est si compliqué qu'il confine à l'utopie.

Le résultat des élections de novembre 1985 sonne le glas du projet Archipel comme du parc national. Même si, au moment de son arrivée au pouvoir, le Parti libéral du Québec se dit intéressé à poursuivre les travaux, il décide quelques semaines plus tard de « geler » le dossier du parc national de l'Archipel[48]. Le contexte morose a facilement raison du projet. Dans les journaux, on compare les problèmes de l'heure et le projet de parc, considéré comme un luxe selon un journaliste bien connu de l'époque : « On ne coupe pas dans des services de santé, principalement dans les hôpitaux, principalement dans les salles d'urgence, pour investir dans un projet aussi onéreux et pas du tout indispensable, quel qu'il soit. Il faut tout de même respecter une certaine échelle des valeurs[49]. »

Pour leur part, les groupes environnementalistes, qui auraient pu soutenir l'initiative, se tiennent cois. Opposés depuis le début à l'idée d'un barrage hydroélectrique dans les rapides de Lachine, ils n'appuieront pas le projet Archipel. Ce sentiment de méfiance est partagé par les maires de certaines villes limitrophes des rapides et la communauté mohawk de Kahnawake, sur la rive sud du lac Saint-Louis. Il en va de même de la Fédération québécoise de la faune, qui sent le besoin de manifester son opposition[50]. Le principe d'une gestion globale de l'archipel montréalais, caractérisé par une grande diversité d'instances politiques ayant chacune son secteur de compétence, nuit aussi à la réalisation du projet[51].

Vers une culture de l'eau[52]

À l'époque, l'objectif de renouer avec l'eau à des fins récréatives n'est pas défendu uniquement par Archipel. Les campagnes des années 1970, examinées dans le chapitre précédent, militent aussi en faveur de la démocratisation de l'accès à l'eau, particulièrement dans le contexte de la désindustrialisation. En réponse à la fermeture d'usines et à l'augmentation du taux de chômage, les autorités publiques vont d'ailleurs récupérer une partie des rives de la ville abandonnées par les installations industrielles afin d'aménager des parcs riverains et d'ouvrir des fenêtres sur le fleuve. Le développement du Vieux-Port, la réhabilitation des berges du canal de Lachine, l'aménagement de parcs à vocation régionale au pourtour de l'île à partir des années 1980 témoignent de cette volonté[53]. En somme, ces développements permettent de transformer en partie la vocation de Montréal, qui, privé de sa base industrielle, se tourne vers le secteur récréatif pour donner un second souffle à son économie. La nouvelle représentation de Montréal comme ville tournée vers le fleuve offre dès lors l'avantage de la faire connaître auprès des touristes et de la positionner dans l'ensemble des villes nord-américaines qui, à l'instar de Seattle, de San Francisco, de Philadelphie ou de Boston, ont misé sur la revitalisation de leurs installations portuaires[54]. Ce type d'aménagements permet aussi de satisfaire certaines revendications des mouvements environnementalistes.

Figure 34. La réhabilitation des berges autour de Montréal permet la pratique d'activités aquatiques à partir des années 1980. (Île Notre-Dame)

Le projet de réconcilier les milieux naturels et bâtis se précise lors du Sommet de Montréal de 2002. Sorte de *happening* destiné à définir des voies d'avenir pour la ville, le sommet débouche sur l'identification de différents chantiers, dont celui intitulé « Protection et mise en valeur du patrimoine naturel[55] ». Un des objectifs du chantier consiste à développer une vision intégrée de l'eau, ce qui signifie de tenir compte de tous ses usages à la fois dans les politiques futures et de coordonner les actions pour mettre en valeur cette ressource. En 2005, la publication du *Premier Plan stratégique de développement durable de la collectivité montréalaise*[56] permet de saisir plus précisément ce que la Ville entend réaliser. En dépit de l'appel en faveur d'une gestion intégrée de l'environnement, les mesures à prendre par rapport à l'eau sont dispersées à travers la liste des trente-six actions du plan, qui se réfèrent aux différents milieux urbains. La volonté de « multiplier les points de contact avec l'eau par de nouvelles acquisitions en rive, par des ententes ou par l'aménagement de parcs » arrive en tête des actions liées à l'eau. L'encadré suivant dresse la liste de ces actions.

ACTIONS RELIÉES À LA QUESTION DE L'EAU

Premier plan stratégique de développement durable de la collectivité montréalaise

Phase 2007-2009

ACTION 11 • AUGMENTER LE NOMBRE DE POINTS DE CONTACT AVEC L'EAU

Retombées

Environnementales : Intérêt grandissant de la population pour la protection de l'environnement et l'interprétation de la nature. Appropriation des rives et cours d'eau par la population et renforcement de l'intérêt à les préserver.

Sociales : Récupération des usages liés à l'eau. Amélioration de la qualité de la vie urbaine. Attrait pour la pratique d'activités récréatives en rives ou nautiques.

Économiques : Hausse de l'attrait touristique de l'île de Montréal. Incidence sur le développement d'activités récréatives en rives et nautiques (vélo, pêche, interprétation de la nature, kayak, planche à voile, sports d'hiver sur plan d'eau, etc.). Rétention des dépenses de loisirs sur l'île.

ACTION 19 • ÉCONOMISER L'EAU POTABLE

Retombées

Environnementales : Préservation et amélioration de la qualité des ressources.

Sociales : Adoption de comportements responsables.

Économiques : Réduction à long terme des coûts afférents.

ACTION 20 • CONTRÔLER LES USAGES ILLICITES DE L'EAU

Retombées

Environnementales : Réduction du gaspillage de l'eau potable.

Sociales : Sensibilisation des industries, des commerces et des divers établissements au gaspillage de l'eau potable.

Économiques : Meilleure utilisation des ressources. Diminution des volumes d'eau potable produits et traités par la suite à l'usine d'épuration.

ACTION 23 • AMÉLIORER LA QUALITÉ DES EAUX DE RUISSELLEMENT PLUVIALES QUI SE DÉVERSENT DANS LES COURS D'EAU

Retombées

Environnementales : Récupération des usages aux abords des rives (navigation, baignade, etc.).

Sociales : Protection de la santé des citoyens.

Économiques : Accroissement de l'offre de sites récréatifs.

ACTION 32 • PROTÉGER ET RENATURALISER LES RIVES

Retombées

Environnementales : Accroissement de la biodiversité des rives et cours d'eau. Ralentissement du phénomène d'érosion, de la perte de terrains.

Sociales : Augmentation de l'offre d'activités ludiques, récréatives et éducatives pour les résidants de Montréal. Enrichissement de l'esthétique urbaine.

Économiques : Augmentation de la valeur immobilière des terres en rives. Accroissement des activités récréotouristiques.

Au centre des discours publics sur Montréal, l'eau devient une notion clé pour définir tantôt la ville, tantôt l'île, tantôt l'agglomération. À partir de 2007, cette orientation s'incarne dans le Réseau bleu, qui désigne à la fois un territoire, un programme d'aménagement et une série d'installations, tous fondés sur la relation de la ville et de ses habitants avec l'eau[57]. Dans les discours des autorités municipales, l'appellation « Réseau bleu » est en quelque sorte synonyme du mot *archipel*, trop associé au projet des années 1980. Toutefois, contrairement à l'archipel, le Réseau bleu ne recouvre que le territoire de l'agglomération montréalaise, en l'occurrence un ensemble de 83 îles situées sur 5 plans d'eau et comptant 315 kilomètres de rives. Il reprend les frontières administratives de l'agglomération créée au début du XXIe siècle, formée par la ville de Montréal et les quinze municipalités de banlieue situées sur l'île, y compris L'Île-Bizard. Ce cadre exclut forcément l'île de Laval et la rivière des Mille Îles puisque ces dernières ne relèvent pas de l'agglomération. Le territoire du Réseau recoupe aussi celui de la région administrative de Montréal, la région numéro 6 selon le gouvernement du Québec.

Le Réseau bleu poursuit à son tour le projet de développer et de mettre en valeur le « potentiel » de « ce patrimoine exceptionnel au profit des citoyens et des visiteurs », comme l'indique la page d'accueil du site Internet. La notion de réseau adoptée par les autorités montréalaises renvoie non seulement à l'ensemble des plans d'eau du bassin, mais aussi aux « partenaires dévoués et motivés à soutenir la qualité de vie à Montréal ». Ce « partenariat tout en bleu » regroupe des représentants des secteurs gouvernementaux (dont le secteur municipal) et du milieu associatif. L'objectif du projet consiste à orienter Montréal vers « une culture de l'eau ». Plutôt vague, ce concept n'est défini nulle part sur le site Internet du Réseau bleu, ni dans le document de trente-huit pages qui présente les objectifs du Réseau, les lieux où il se déploie et ses activités. Une des rares mentions explicites signale que les actions entreprises devraient permettre « de soutenir le développement et la mise en valeur du Réseau bleu selon une vision commune et concertée, et [...] nous guider vers la notion d'une véritable culture de l'eau, témoignage de la valeur emblématique de l'eau pour les habitants du territoire montréalais[58] ».

Cette culture de l'eau doit devenir un élément de référence fort dans la constitution d'une nouvelle identité montréalaise, comme le

Figure 35. Des marcheurs profitent d'un des parcs riverains aménagés au pourtour de l'île de Montréal.

précise le document municipal : « L'émergence d'une véritable "culture de l'eau", tant dans la population qu'au sein de l'administration municipale et des autres organismes présents, constitue la base d'un nouveau trait identitaire fondé sur la reconnaissance et sur le respect de l'environnement aquatique et de ses bienfaits[59]. » L'eau est aussi mise au service de l'« image de marque » de Montréal et doit servir à son « positionnement international ». Tantôt ressource, tantôt nuisance ; tantôt moyen de circulation, tantôt force hydraulique et hydroélectrique ; tantôt facteur de santé publique, tantôt lieu de loisirs, l'eau acquiert une nouvelle finalité comme outil de marketing et de promotion touristique de la ville.

Ni le *Premier Plan de développement durable* ni la documentation sur le Réseau bleu n'étudient en profondeur les questions d'actualité qui sont liées à l'eau, comme le vieillissement des infrastructures, le niveau des eaux du Saint-Laurent ou la question récurrente des inondations. Le fait que ces divers problèmes ne relèvent pas tous de l'administration montréalaise explique peut-être en partie le peu d'attention qui leur est accordé. Le niveau des eaux du fleuve et l'érosion des berges, par exemple, sont gérés à l'échelle interprovinciale et fédérale. C'est aussi le cas des inondations qui se produisent bon an, mal an. Pourtant, même les problèmes relevant directement de la municipalité, notamment l'entretien des infrastructures de l'eau, ne sont guère plus considérés. En somme, la préoccupation de la Ville pour l'eau ne semble pas se traduire par une vision intégrée qui tiendrait compte de l'ensemble des problèmes liés à sa gestion et à ses usages.

Si les milieux environnementalistes critiquent parfois les orientations adoptées par les autorités montréalaises, ce n'est pas tant pour remettre en question la vision de l'eau dont elles s'inspirent que pour dénoncer la lenteur dans la mise en œuvre des projets d'aménagement. De fait, on constate que la question de l'eau, dans les publications des groupes environnementalistes, est aussi posée en termes de protection des milieux naturels hydriques et d'accessibilité[60]. Lorsqu'il y a des débats entre ces groupes et les autorités municipales, ils s'inscrivent donc à l'intérieur d'une conception semblable de l'eau, le plus souvent déconnectée des dynamiques sociopolitiques qui définissent les rapports collectifs avec l'eau en contexte montréalais. En somme, loin de remettre en question ces rapports, les discussions autour de l'eau contribuent plutôt à consolider une vision consensuelle de sa gestion, fondée sur le principe vertueux de protection de la nature ou de l'environnement.

Quant aux divers regroupements qui militent pour la « réappropriation » du Saint-Laurent, ils sont plus souvent préoccupés par des questions d'accessibilité et de loisirs que par l'état réel des sites. Ainsi, le mouvement en faveur du développement de plages urbaines ne semble pas toujours considérer les difficultés à surmonter pour l'aménagement de tels sites sur l'île. La pente des accès à l'eau, le type de sol, la vitesse du courant ou encore l'étroitesse de la superficie des berges constituent autant d'obstacles à l'établissement de plages. L'aménagement nécessiterait donc de lourds investissements, dont le poids n'est pas toujours mis en relation avec ceux liés aux autres problèmes à résoudre afin d'améliorer la qualité des eaux ceinturant Montréal[61]. Bref, le désir de se réapproprier le fleuve est parfois formulé en fonction d'idéaux qui tiennent bien peu compte des caractéristiques physiques des milieux et des processus historiques, à la fois naturels et sociaux, qui ont contribué à les façonner.

Conclusion : développer le fleuve à des fins récréatives

La « culture de l'eau » s'impose désormais comme un des cadres dominants des discussions concernant les rapports avec l'eau à Montréal. C'est largement le cas dans les documents en provenance des instances politiques montréalaises, municipales et métropolitaines[62]. C'est aussi le cas dans les journaux qui présentent régulièrement la gamme d'activités aquatiques qu'il est possible de pratiquer dans la région montréalaise[63]. Et que dire des autorités publiques qui, à chaque nouvelle initiative annoncée pour améliorer la qualité de l'eau, ne manquent pas d'évoquer le rêve de pouvoir bientôt « se baigner dans le fleuve[64] » ? Le goût de l'eau, du plongeon dans le Saint-Laurent, est même devenu un mouvement citoyen, une affirmation politique en faveur d'un meilleur accès à l'eau, comme en témoigne le Comité citoyen Montréal Baignade, qui organise chaque année un Grand Splash dans les eaux du fleuve en bordure de la ville[65].

C'est un état d'esprit similaire qui anime les campagnes de « réhabilitation écologique » du Saint-Laurent, abordées dans le chapitre précédent. Elles misent sur un ensemble d'activités conduites par des cohortes de volontaires regroupés selon des zones d'intervention prioritaire (les « zip »), qui consacrent leur temps libre à des opérations de nettoyage des berges, d'aménagement d'habitats fauniques

Figure 36. Depuis le début des années 2000, Montréal Baignade organise chaque été une séance de baignade dans le port afin de revendiquer l'accès au fleuve.

et de mise en valeur de sites d'accès au fleuve[66]. Dans tous les cas, il s'agit de réparer les milieux naturels abîmés par des siècles d'urbanisation et d'industrialisation.

Toutes ces activités témoignent du processus en cours visant la réappropriation de l'eau, en particulier du Saint-Laurent. Les actions menées à cette fin ont pour but de corriger les « défauts » du fleuve pour profiter de ses « mérites ». Elles font en quelque sorte écho aux entreprises élaborées antérieurement. Certes, les démarches les plus récentes ne visent pas — ou pas seulement — à mettre en valeur le potentiel économique du Saint-Laurent, comme au XIXe siècle. On constate cependant que les projets pour rétablir l'intégrité du fleuve et se le réapproprier s'inscrivent dans des démarches destinées à développer son potentiel, tantôt à des fins de protection, tantôt à des fins récréotouristiques, voire les deux à la fois. Comme auparavant, les rapports avec le Saint-Laurent continuent donc de se construire à travers des interventions ayant pour but de l'adapter à l'humain. En somme, même les discours et les initiatives des groupes environnementalistes, qui prônent sa réappropriation par les Montréalais, contribuent à sa transformation et à son urbanisation. Contrairement à ce qui est souhaité, la démarche ne débouche pas sur le fleuve retrouvé, mais bien sur un fleuve sans cesse transformé par les interventions dont il est l'objet depuis plus de deux siècles.

CONCLUSION

Au cœur de la vie montréalaise

Dans le port de Montréal, le 2 juin 2010, une dizaine de braconniers sont arrêtés pour avoir pêché illégalement sur le quai de l'Horloge et à la pointe du Havre[1]. Les enquêteurs estiment que plus de 2 000 dorés et achigans ont été capturés par braconnage au cours de 2009 et de 2010. Les braconniers ont pu pêcher jusqu'à quarante kilogrammes de poissons par jour durant les trois ou quatre semaines de la période de fraie. Ils vendaient leurs prises dans le quartier chinois adjacent au port ou directement sur le quai[2]. Quelques semaines plus tard, c'est le « grand plongeon » dans le fleuve d'une cinquantaine de baigneurs qui fait la manchette, comme à tous les mois de juillet depuis quelques années[3].

Des pêcheurs et des baigneurs, on en trouve aussi sur la rive nord de l'île de Montréal. Chaque printemps, des centaines d'amateurs lancent leur ligne dans la rivière des Prairies, en aval du barrage hydroélectrique, confiants d'attraper de belles aloses durant les quelques semaines où elles s'y retrouvent[4]. L'été venu, la plage du Cap-Saint-Jacques et celle du parc du Bois-de-l'Île-Bizard sont fréquentées de manière assidue. Par ailleurs, de nombreux cyclistes et marcheurs empruntent les pistes ceinturant l'île et profitent des rives à leur façon. Ces exemples témoignent du développement de pratiques récréatives, illicites ou non, qui étaient inconcevables il y a une trentaine d'années. Ces dernières sont le résultat du travail entrepris pour améliorer la qualité des eaux autour de Montréal et aménager divers sites de loisirs le long des rives. « Le but ultime : reconquérir les berges[5] », affirmait récemment le maire de Montréal.

Il est frappant de constater à quel point les propos en faveur d'un meilleur accès aux berges et, plus encore, au fleuve sont désormais formulés en termes de reconquête, de récupération, de réappropriation. On évoque ainsi l'idée de propriété, comme si le fleuve avait déjà « appartenu » à la population, qu'il lui aurait été dérobé et qu'il s'agirait maintenant de le récupérer. Ce projet de reconquête, on l'a vu, plonge ses racines dans le contexte des années 1960-1970, marquées par les importantes transformations du paysage montréalais, avec la redéfinition de la vocation du port et son déménagement dans l'Est, la forte poussée d'urbanisation et la désindustrialisation. Dans le climat morose qui s'ensuit, de nombreuses voix s'élèvent contre le développement survenu depuis l'après-guerre, et critiquent la pollution des eaux de l'archipel et la détérioration concomitante des milieux riverains. Ces voix vont contribuer à construire l'idée que Montréal a tourné le dos au Saint-Laurent, que la population en est désormais coupée. Ainsi naît le mythe d'une ville qui aurait jadis été en communion étroite avec le fleuve et d'une population ayant vécu en symbiose avec l'eau. Depuis, ce mythe occupe une place centrale dans les débats entourant les demandes d'accès à l'eau.

Un des objectifs de cet ouvrage était de débusquer ce mythe afin de montrer que la ville et la population n'ont jamais été séparées de l'eau. Ce qui a changé au fil du temps, ce sont les formes qu'a prises la présence de l'eau dans le paysage montréalais, et les relations entre la ville et l'eau. J'ai ainsi cherché à reconstituer le faisceau des circonstances entourant ces changements depuis le début du XIXe siècle, à partir d'un double point de vue : en expliquant comment le processus d'urbanisation du territoire et son extension ont transformé l'hydrologie montréalaise et les environnements riverains, et, inversement, comment les cours d'eau et les aménagements dont ils ont fait l'objet ont contribué au développement urbain. Mon attention s'est focalisée

Figure 37. En saison, des centaines de personnes s'adonnent à la pêche en aval du barrage de la centrale de la rivière des Prairies.

sur les choix effectués, leurs incidences dans la manière dont ont été définis l'accès à l'eau et ses usages, et leurs répercussions sur la structuration des relations de pouvoir à diverses échelles : de la ville, de l'île, voire de l'archipel. J'ai voulu montrer que le rapport avec l'eau est fonction des manières dont on conçoit la ressource, des formes variées sous lesquelles elle se présente concrètement, autant que de la définition changeante des besoins et des problèmes. En ce sens, les caractères de l'eau se transforment d'une période à l'autre, tout comme les rapports des populations avec elle se redéfinissent au fil des circonstances et des époques.

Au-delà de l'histoire de l'eau à Montréal, ce livre s'est penché sur le processus de co-construction de l'une et de l'autre, qui a conduit à leur enchevêtrement de plus en plus poussé. Loin d'être coupée de la vie montréalaise, l'eau y participe de diverses manières. Ainsi en est-il des millions de litres d'eau consommée quotidiennement, de l'eau qui s'échappe des infrastructures souterraines et soulève la chaussée, de celle qui remonte des égouts lors de fortes pluies, de celle qui coule dans les quelques ruisseaux encore visibles en divers endroits de la ville, de celle des affluents, utilisée pour diverses activités liées à l'économie, au transport, aux loisirs… Ainsi en est-il aussi des cours d'eau enserrant Montréal, urbanisés par suite du creusage de chenaux, de la régularisation de leur débit, de la construction d'infrastructures, de la stabilisation des berges, du rejet de déchets, de la présence de nouvelles espèces de poissons et de plantes… En somme, autant la ville que ses plans d'eau ont été formés et se sont transformés au croisement de facteurs naturels et de facteurs sociaux ; ils constituent des milieux hybrides, ni complètement naturels ni complètement artificiels, d'où la nécessité de les penser ensemble, et non comme deux entités séparées.

Plusieurs transformations de la ville et de l'eau ainsi que leurs interrelations ont été examinées dans l'ouvrage. Deux périodes clés se sont dégagées. La première, du milieu du XIXe siècle au début du siècle suivant, a été marquée par l'implantation des réseaux d'eau potable et d'eaux usées, et par le développement du port de Montréal. Volonté d'assainissement de l'espace urbain, préoccupations pour la santé publique, projets de développement économique et structuration de l'espace politique local se conjuguent dans cette période qui débouche sur une interpénétration plus poussée des milieux naturels et bâtis. Des moyens techniques considérables sont mis en œuvre pour permettre la circulation permanente de l'eau dans toutes les parties du territoire montréalais et au-delà — autant l'eau destinée à la consommation humaine que celle servant au rejet des égouts sur les rives de l'île. La maîtrise de l'eau et l'aménagement des berges du Saint-Laurent favorisent l'augmentation du transit des matières et des hommes par le port de Montréal, comme le développement des activités industrielles.

Figure 38. Au nombre des amateurs se trouvent aussi des personnes qui pêchent sur la passerelle du barrage hydroélectrique.

L'autre période clé correspond à la deuxième moitié du XXe siècle. Elle est caractérisée par la poursuite de l'urbanisation des cours d'eau et des rives, et repose sur le recours accru à des moyens techniques encore plus puissants. Déclinée de diverses manières, la demande d'accès à l'eau est centrale dans les réaménagements qui surviennent. Cela débouche sur une occupation intensive des berges de l'île et de l'archipel, liée selon le cas au développement résidentiel, à la croissance d'activités portuaires, à l'extension des infrastructures de transport ou encore à la démocratisation des activités de loisir. Dans l'ensemble, ces nouveaux aménagements se surimposent à ceux réalisés depuis le XIXe siècle. Il en va de même des problèmes découlant des divers usages de l'eau. Aux inquiétudes liées aux rejets polluants s'ajoutent celles relatives à la crue des eaux printanières et aux inondations, ou encore aux étiages lorsque les hivers et les printemps sont plus secs, ainsi que les préoccupations au sujet du vieillissement des infrastructures et des ouvrages hydrauliques.

Tous ces problèmes rappellent combien les relations entre Montréal et ses eaux doivent faire l'objet d'ajustements constants et que, malgré les arrangements adoptés depuis deux siècles pour maîtriser les situations, des incidents sont constamment susceptibles de survenir. Pourtant, depuis le XIXe siècle, les infrastructures aménagées pour tirer profit de l'eau ont toujours été conçues dans l'optique d'apporter des solutions permanentes aux problèmes. Chaque nouvelle installation, chaque schéma d'aménagement, chaque projet de développement ont été élaborés comme devant régler une fois pour toutes les questions d'approvisionnement en eau potable, d'évacuation des eaux usées, d'embâcles et d'inondations. Or, si les solutions ont généralement été présentées sous l'angle technique, nous avons vu que les situations relevaient d'un faisceau de facteurs plus larges, à la fois naturels, sociaux et politiques. Il en est toujours ainsi, bien que les préoccupations soient de plus en plus formulées en termes de réappropriation de l'eau et de protection de la ressource. Aujourd'hui comme hier, les débats à propos de l'eau ne concernent jamais l'eau uniquement. C'est pourquoi il importe de les considérer en fonction des circonstances sociales et politiques dans lesquelles ils s'inscrivent. Ainsi en est-il de Montréal, où l'eau et plus particulièrement le Saint-Laurent ont de tout temps constitué un enjeu central, et demeurent au cœur du processus de construction matérielle et symbolique de la ville.

Remerciements

Plusieurs personnes m'ont accompagnée dans le travail de préparation et la rédaction du livre, auxquelles je souhaite exprimer ma reconnaissance. Une partie importante de la recherche à l'origine de l'ouvrage a été accomplie en équipe avec Claire Poitras et Jean-Pierre Collin, dans le cadre d'un projet subventionné par le Conseil de recherches en sciences humaines du Canada, de 2003 à 2006. Merci à tous les deux, et plus particulièrement à Claire, avec qui j'ai présenté des résultats de recherche sous la forme d'articles et de communications. À cette époque, notre équipe a bénéficié de la collaboration d'assistants de recherche, qui se sont acquittés de la collecte des données et des sources avec diligence et générosité. Il s'agit de Caroline Durand, Harold Bérubé, Gillian Leitch et Gaston Côté. Au cours des années suivantes, j'ai complété les recherches en archives avec l'aide de Gillian Leitch et Amanda Ricci. Je remercie les uns et les autres pour leur précieux travail.

La problématique et le plan du livre ont été enrichis par les discussions que j'ai eues avec Stéphane Castonguay, Chloé Deligne et Michel Ducharme. Merci à tous les trois pour leurs commentaires et leurs critiques constructives. Christian Laville a joué un rôle crucial durant l'écriture de l'ouvrage, dont il a lu et relu chacune des parties. Ses remarques et ses suggestions m'ont aidée à préciser ma pensée et à la formuler de manière plus concise. Je tiens à lui exprimer ma profonde reconnaissance. Un grand merci à Jean-Claude Robert, dont les commentaires pénétrants sont arrivés à point nommé, avant la révision d'ensemble du manuscrit. À cette étape, j'ai aussi bénéficié des précieux commentaires de Paul-André Linteau, de Michel Ducharme, de Giacomo Parrinello et d'évaluateurs anonymes du Programme d'aide à l'édition savante. J'adresse également mes remerciements à l'équipe du Boréal, tout particulièrement à Christophe Horguelin pour son professionnalisme et son souci du travail bien fait.

Le désir d'écrire ce livre s'est confirmé au cours d'une promenade avec François, lors de laquelle j'ai découvert le petit ruisseau situé à proximité de l'entrée du cimetière Mont-Royal. Je lui adresse un merci tout spécial pour m'avoir accompagnée dans ce projet et aidée de mille et une façons à le réaliser.

Notes

INTRODUCTION

1. *Le nez qui voque*, Paris, Gallimard, 1967, p. 262-263.
2. Matthew Gandy, « Rethinking Urban Metabolism: Water, Space and the Modern City », *City*, 8, 3 (décembre 2004), p. 364. Sur les notions d'espace hybride et de nature urbaine ou encore sur les rapports ville/nature discutés dans plusieurs travaux ces dernières années, voir aussi, du même auteur, *Concrete and Clay: Reworking Nature in New York City*, Cambridge (Mass.), MIT Press, 2002 ; et Simon Gunn et Alastair Owens, « Nature, Technology and the Modern City : An Introduction », *Cultural Geographies*, 13 (2006), 491-496.
3. Les deux principales monographies sur ce thème sont de Dany Fougères, *L'Approvisionnement en eau à Montréal. Du privé au public 1796-1865*, Québec, Septentrion, 2004, et de Robert Gagnon, *Questions d'égouts. Santé publique, infrastructures et urbanisation à Montréal au XIXe siècle*, Montréal, Boréal, 2006.
4. Joseph Bouchette, *Description topographique de la province du Canada avec des remarques sur le Haut-Canada et sur les relations des deux provinces avec les États Unis d'Amérique*, Londres, W. Faden, 1815, présentation de John A. Hare, Montréal, Éditions Élysée, 1978, p. 157 et suivantes ; Jean-Claude Robert, *Atlas historique de Montréal*, Montréal, Art Global et Libre Expression, 1994 ; Raymond Tanghe, *Géographie humaine de Montréal*, Montréal, Librairie d'Action canadienne-française, 1928 ; Raoul Blanchard, *L'Ouest du Canada français. Montréal et sa région*, Montréal, Librairie Beauchemin, 1953.
5. On pense notamment à celles de Mark Cioc, *The Rhine: An Eco-Biography*, Seattle, University of Washington Press, 2002 ; de Christopher Armstrong, Matthew Evenden et H. V. Nelles, *The River Returns: An Environmental History of the Bow*, Montréal et Kingston, McGill-Queen's University Press, 2009 ; et de Richard White, *The Organic Machine: The Remaking of the Columbia River*, New York, Hill and Wang, 1996.
6. Parmi les plus connus se trouvent les travaux de Joel Tarr, *The Search for the Ultimate Sink: Urban Pollution in Historical Perspective*, Akron (Ohio), University of Akron Press, 1996 ; et de Martin V. Melosi, *The Sanitary City: Urban Infrastructure in America from Colonial Times to the Present*, Baltimore, Johns Hopkins University Press, 2000.
7. Susannah Bunce et Gene Desfor, « Introduction to "Political Ecologies of Urban Waterfront Transformations" », *Cities*, 24, 4 (2007), p. 253. Voir aussi Erik Swyngedouw, Maria

Kaika et E. Castro, « Urban Water: A Political-Ecology Perspective », *Built Environment*, 28, 2 (2002), p. 124-137.

8. Ari Kelman, « Boundary Issues: Clarifying New Orleans's Murky Edges », *The Journal of American History*, 94 (décembre 2007), p. 696.
9. Voir à ce sujet la synthèse de James Linton, *What is Water? The History of a Modern Abstraction*, Vancouver, UBC Press, 2010, en particulier le chapitre 1.
10. Formulation empruntée à Grégory Quenet, *Les Tremblements de terre aux* XVIIe *et* XVIIIe *siècles. La naissance d'un risque*, Paris, Champ Vallon, 2005, p. 11.

CHAPITRE PREMIER • MONTRÉAL, UNE VILLE, UNE ÎLE

1. « L'archipel suspendu », *Continuité*, 85 (été 2000), p. 29.
2. Joseph Bouchette, *Description topographique de la province du Canada*, p. 134 et suivantes.
3. *Ibid.*, p. 156-157.
4. *Ibid.*, p. 145.
5. *Ibid.*, p. 157.
6. *Ibid.*, p. 160.
7. Pauline Desjardins, *Le Vieux-Port de Montréal*, Montréal, Éditions de l'Homme, 2007, p. 30.
8. Joseph Bouchette, *Description topographique de la province du Canada*, p. 165. Comme l'explique l'auteur, les « batteaux » sont des embarcations à fond plat, « de 35 à 40 pieds de longueur, se terminant en pointe à chaque bout, avec environ six pieds de largeur au centre ; le fret ordinaire est de quatre tonneaux [...] ; ils manœuvrent à l'aide de rames, d'un mât et d'une voile, d'un cable [...] de remorque, et de longues perches pour les diriger à travers les courans [...] ou les rapides ; quatre hommes les conduisent dans l'été, mais sur la fin de l'année, on y en ajoute toujours un autre, et l'un d'eux sert de guide » (p. 139). Pour plus de détails sur la batellerie dans la région montréalaise à cette époque, se référer à Jean-Claude Lasserre, *Le Saint-Laurent, grande porte d'entrée de l'Amérique*, Montréal, Hurtubise HMH, 1980, p. 215-219.
9. Joseph Bouchette, *Description topographique de la province du Canada*, p. 169.
10. En 1831, Joseph Bouchette publie un autre ouvrage qui, cette fois, inclut toutes les colonies de l'Amérique du Nord britannique : *The British Dominions in North America*, Londres, H. Colburn and R. Bentley. Une comparaison rapide avec l'ouvrage paru en 1815 révèle peu de changement dans la partie consacrée à Montréal, hormis la description de travaux survenus entre-temps dans le port.
11. Donald Creighton, *The Commercial Empire of the St. Lawrence, 1760-1850*, Toronto, Ryerson Press, 1937.
12. Newton Bosworth, *Hochelaga Depicta. The Early History and Present State of the City and Island of Montreal with Numerous Illustrative Engravings*, Montréal, William Creig, 1839, réédition de Coles Publishing, Toronto, 1974, p. 93. Voir notamment le chapitre 7.
13. *Ibid.*, p. 163.
14. *Ibid.*, p. 196.
15. Plusieurs synthèses sont publiées à l'approche de la fin du XIXe siècle. Cependant, la plupart d'entre elles présentent peu d'intérêt dans la mesure où elles consistent essentiellement en de longues chronologies. Voir par exemple : John Douglas Borthwick, *History of Montreal including the Streets of Montreal. Their Origin and History*, Montréal, s.n., 1897 ; William D. Lighthall, *Montreal After 250 Years*, Montréal, F. E. Grafton and Sons, 1892 ; Télesphore Saint-Pierre, *Histoire du commerce canadien-français de Montréal, 1535-1893. Un souvenir*, Montréal, 1895, réimpression, Élysée, 1975.

16. William Atherton, *Montreal, 1535-1914*, vol. 2 : *Under British Rule, 1760-1914*, Montréal, Clarke, 1914. L'ouvrage comporte trois volumes. Le premier porte sur l'histoire de la ville sous le Régime français, le second commence avec le début du Régime britannique, et le troisième présente des biographies des grands Montréalais depuis les origines.
17. *Ibid.*, p. 538. La vision de Montréal comme carrefour des nations se retrouve aussi dans les ouvrages publiés en français. Ainsi, Adrien Leblond de Brumath présente à son tour le port comme « un des riches entrepôts où les nations des deux mondes se donnent rendez-vous pour opérer leurs échanges » ; *Histoire populaire de Montréal depuis son origine jusqu'à nos jours*, Montréal, Granger Frères, 1890, p. 428.
18. Outre les ouvrages cités à la note 9, mentionnons *Montréal fin-de-siècle. Histoire de la métropole du Canada au dix-neuvième siècle*, Montréal, *The Gazette*, 1899 ; Adrien Leblond de Brumath, *Histoire populaire de Montréal*.
19. Sur cette question, voir la lecture qu'en propose Harold Bérubé dans son examen de l'historiographie montréalaise : *Les Différents Visages de Montréal*, Montréal, INRS-Urbanisation, 2002, p. 33-47.
20. Outre les ouvrages présentés plus bas, il faut signaler l'importante synthèse dirigée par l'économiste Esdras Minville : *Montréal économique. Étude préparée à l'occasion du troisième centenaire de la ville*, Montréal, Fides et École des hautes études commerciales, 1943. Particulièrement pertinents pour notre propos sont les chapitres de Pierre Dagenais, « Le milieu physique », p. 37 à 95, et de Pierre Brouillette, « Le port et les transports », p. 115 à 182.
21. Raymond Tanghe, *Géographie humaine de Montréal*, p. 95.
22. *Ibid.*, p. 71.
23. *Ibid.*, p. 127.
24. *Ibid.*, p. 170.
25. *Ibid.*, p. 208.
26. *Ibid.*, p. 177.
27. Raymond Tanghe poursuit son travail dans un ouvrage ultérieur où il s'attarde aux différentes facettes de l'état de la ville à ce moment-là : *Montréal*, Montréal, Albert Lévesque, 1936. Bien que s'appuyant sur une riche documentation, ce second ouvrage vise d'abord à nourrir le sentiment d'appartenance à Montréal et le sens civique, comme l'affirme l'auteur dans son avant-propos.
28. « Études canadiennes (3e série). La plaine de Montréal », *Revue de géographie alpine*, 27, 2 (1939), p. 297-432 ; et « Montréal, esquisse de géographie urbaine », *Revue de géographie alpine*, 35, 2 (1947), p. 133-138. Ces deux études ont été rééditées en 1953 dans *L'Ouest du Canada français*. Les références renvoient aux pages de cette édition.
29. Raoul Blanchard, *L'Ouest du Canada français*, p. 39. Pour une présentation détaillée de l'histoire de la mer de Champlain, voir Jean-Claude Robert, *Atlas historique de Montréal*, planche 2.
30. Raoul Blanchard, *L'Ouest du Canada français*, p. 40.
31. *Ibid.*, p. 41. Mais comme prend soin de le préciser le géographe Pierre Dagenais, ces nombreux cours d'eau, également remarqués par Bouchette, étaient pour la plupart secondaires : « Malgré les empreintes très nettes qu'ils ont laissées dans le détail du relief, ces cours d'eau qui, pour la plupart, n'ont même pas de nom, sont jeunes, instables, et leurs affouillements ne dépassent pas le manteau détritique superficiel. [...] Leur vie même est d'ailleurs assez précaire, ainsi qu'on peut en juger par ceux qui sont déjà disparus, après avoir laissé sur le relief d'indiscutables formes-témoins de leur existence passée. » Pierre Dagenais, « Le milieu physique », dans Esdras Minville (dir.), *Montréal économique*, p. 49.
32. Raoul Blanchard, *L'Ouest du Canada français*, p. 46.

33. Cette étude a été rééditée dans un livre à part à l'occasion du 350e anniversaire de la fondation de Montréal : *Montréal. Esquisse de géographie urbaine*, édition préparée et présentée par Gilles Sénécal, Montréal, VLB, 1992. L'introduction de G. Sénécal présente Raoul Blanchard et son œuvre et situe les travaux du géographe dans l'évolution de la discipline au Québec.
34. *Ibid.*, p. 172.
35. Voir l'analyse que propose Gilles Sénécal de cette dimension du travail de Blanchard dans *ibid.*, p. 38-39.
36. *L'Ouest du Canada français*, p. 381.
37. Camille Bertrand, *Histoire de Montréal*, Montréal, Beauchemin, 1935-1942, 2 vol. ; Stephen Leacock, *Montreal Sea Port and City*, New York, Doubleday, 1943.
38. L'*Histoire* de Camille Bertrand comporte deux tomes qui couvrent principalement le Régime français et le Régime britannique. Les derniers chapitres du second tome sont organisés de manière thématique (urbanisme, moyens de transport, institutions religieuses notamment) et traitent de la fin du XIXe siècle.
39. Stephen Leacock, *Montreal Sea Port and City*, p. 242.
40. *Ibid.*, p. 237.
41. John Irving Cooper, *Montreal: A Brief History*, Montréal et London, McGill-Queen's University Press, 1969, p. 73. Voir également la synthèse de Kathleen Jenkins, *Montreal: Island City of the St. Lawrence*, New York, Doubleday, 1966.
42. C'est en ces termes que l'auteur introduit le recueil des actes du colloque de l'Association professionnelle des géographes qui a eu lieu en 1989 : Frank W. Remiggi (dir.), *Montréal, tableaux d'un espace en transformation*, Montréal, Association canadienne-française pour l'avancement des sciences, 1992, p. 9.
43. John Irving Cooper, *Montreal: A Brief History*, p. 158.
44. Voir la présentation qu'en propose Brian Slack, « The Port of Montreal », dans David B. Frost (dir.), *Montreal Geographical Essays*, Montréal, Université Concordia, Occasional Papers in Geography, 1 (1981), p. 25-35.
45. Francine Lelièvre (dir.), *Montréal, par ponts et traverses*, Montréal, Pointe-à-Callière et Nota Bene, 1999, p. 44-85.
46. Harold Bérubé discute de ce phénomène en lien avec la diminution de l'importance du port dans l'économie montréalaise de l'après-guerre. *Les Différents Visages de Montréal*, p. 63-64.
47. L'ouvrage collectif publié sous la direction de Ludger Beauregard, *Montréal. Guide d'excursions* (Montréal, Presses de l'Université de Montréal, 1972) est l'exception qui confirme la règle. Élaboré dans le cadre de visites de terrain à l'occasion du 22e Congrès international de géographie, le recueil accorde une plus grande importance aux éléments physiques du territoire montréalais. Tel est le cas de l'article de Jean-Claude Lasserre : « Le Saint-Laurent à Montréal », p. 55-61.
48. Emblématiques à cet égard sont les livres suivants qui, il convient de le noter, sont des ouvrages collectifs, les monographies brillant par leur absence à cette époque : David B. Frost (dir.), *Montreal. Geographical Essays* ; Frank W. Remiggi (dir.), *Montréal, tableaux d'un espace en transformation.*
49. Comme l'explique Gilles Sénécal : « Les géographes systématistes s'intéressent à la structure du réseau urbain québécois, à la configuration des flux et des réseaux de communication, à l'architecture sociale et à la distribution spatiale des communautés ethniques et des groupes socio-économiques. » Raoul Blanchard, *Montréal. Esquisse de géographie urbaine*, p. 41.

50. *Histoire de Montréal depuis la Confédération*, Montréal, Boréal, 1992. L'ouvrage a fait l'objet d'une deuxième édition où la partie sur la période récente a été revue et augmentée (2000). Voir aussi Annick Germain et Damaris Rose, *Montréal. The Quest for a Metropolis*, New York, Wiley, 2000.
51. *Montréal en évolution. Historique du développement de l'architecture et de l'environnement urbain montréalais*, 1974, 3e édition mise à jour, Montréal, Éditions du Méridien, 1994.
52. Claude Manzagol et Christopher R. Bryant (dir.), *Montréal 2001. Visages et défis d'une métropole*, Montréal, Presses de l'Université de Montréal, 1998.
53. Voir en particulier l'article de Gilles Sénécal, « Montréal vert, Montréal bleu », dans Claude Manzagol et Christopher R. Bryant (dir.), *Montréal 2001*, p. 283-294.
54. Voir aussi Serge Courville, Jean-Claude Robert et Normand Séguin (dir.), *Le Pays laurentien au XIXe siècle. Morphologies de base*, Sainte-Foy, Presses de l'Université Laval, 1995.
55. Jean-Claude Robert, *Atlas historique de Montréal*, p. 14.

CHAPITRE 2 • LES SOURCES D'UNE NOUVELLE DÉFINITION DE LA VILLE

1. *An Alphabetical List of the Merchants, Traders, and Housekeepers, Residing in Montreal. To Which is Prefixed, A Descriptive Sketch of the Town*, Montréal, James Lane, 1819, p. 8.
2. *Observations en amélioration des lois des chemins et ruelles telles qu'en force dans le Bas-Canada en 1825*, Montréal, John Lovell, 1840, p. 6-7. Viger sera le premier maire de Montréal, de 1833 à 1836. Voir sa biographie par Jean-Claude Robert dans le *Dictionnaire biographique du Canada*.
3. À ce sujet, voir Michel Foucault, *Sécurité, territoire, population. Cours au Collège de France, 1977-1978*, Paris, Seuil et Gallimard, 2004, p. 66 et suivantes.
4. Marcel Roncayolo, « Ville — Mythe et représentation à partir du XVIIIe siècle (urbanisme et architecture) », *Encyclopédie Universalis*, supplément 2, 1980, p. 1502-1506. (C'est le géographe qui souligne.)
5. Sur le processus d'historicisation et de construction de la nature comme matière faisant l'objet de politiques spécifiques, voir Bruce Braun, « Producing Vertical Territory: Geology and Governmentality in Late Victorian Canada », *Ecumene*, 7, 1 (2000), p. 7.
6. À cette époque, on croit que les maladies se transmettent par les miasmes plutôt que par les bactéries, dont l'existence ne sera attestée qu'à la fin du XIXe siècle.
7. La notion de dynamique double est empruntée à Craig E. Colten, *An Unnatural Metropolis: Wrestling New Orleans from Nature*, Bâton Rouge, Louisiana State University Press, 2005, p. 17-18.
8. Claude Boudreau, *La Cartographie au Québec 1760-1840*, Sainte-Foy, Presses de l'Université Laval, 1994, p. 64-75.
9. Jusque-là, les seules divisions en vigueur étaient les paroisses, les seigneuries et les districts judiciaires : Paul-André Linteau et Jean-Claude Robert, « Les divisions territoriales à Montréal au 19e siècle », Montréal, Université du Québec à Montréal, Département d'histoire, Groupe de recherche sur la société montréalaise au XIXe siècle. *Rapports et Travaux*, 1972-1973, p. 3.
10. « La deuxième desdites cités qui sera appelée (comme jusqu'à présent) la cité et ville de Montréal comprendra toute l'étendue ou portion de terrain (qui forme une partie et portion du susdit comté de Montréal), bornée en avant par le fleuve Saint-Laurent et en arrière par une ligne parallèle à la direction du mur des fortifications jusqu'à une distance de cent chaînes […] » : « Proclamation divisant la province du Bas-Canada en comtés et en districts, 7 mai 1792 », dans Arthur G. Doughty et Duncan A. McArthur (dir.), *Docu-*

ments relatifs à l'histoire constitutionnelle du Canada, 1791-1818, Ottawa, Imprimeur du roi, 1915, p. 77.

11. Extrait de l'« Ordonnance pour faire, réparer et raccommoder les grands chemins [...] », dans *ibid.*, p. 94.
12. « Vu que les règlements susdits [pour l'ensemble des districts du Bas-Canada], ne sont point applicables aux villes et paroisses de Québec et Montréal, et que de plus amples règlements sont nécessaires à cet effet » : *Statuts du Bas-Canada,* 36 Geo III (1796) chapitre 9, « Acte pour faire, réparer et changer les chemins et ponts dans cette province, et pour d'autres effets », article 38.
13. *Statuts du Bas-Canada,* 36 Geo III (1796), chapitre 9, article 40.
14. *Statuts du Bas-Canada,* 36 Geo III (1796), chapitre 9, article 43.
15. Dany Fougères, *L'Approvisionnement en eau à Montréal,* p. 38.
16. *Statuts du Bas-Canada,* 36 Geo III (1796), chapitre 9, article 69.
17. « En gros ce dont il s'est agi, c'est bien ce désenclavement spatial [...] Replacer la ville dans un espace de circulation » : Michel Foucault, *Sécurité, territoire, population,* p. 14.
18. À la planche 25 de son atlas, Jean-Claude Robert traite du rôle important joué par les propriétaires fonciers de Montréal, dans le cadre d'une discussion sur les « mécanismes du développement urbain » : *Atlas historique de Montréal,* p. 102-103. Voir aussi Dany Fougères, *L'Approvisionnement en eau à Montréal,* p. 37-38.
19. Claude Boudreau, *La Cartographie au Québec,* p. 94.
20. « Acte qui amende un Acte passé dans la trente-sixième Année du Règne de Sa présente Majesté, intitulé, "Acte pour faire, réparer et changer les Chemins et Ponts dans cette Province, et autres effets" », *Statuts du Bas-Canada,* 39 Geo III (1799), chapitre 5, article 3. Voir aussi Paul-André Linteau et Jean-Claude Robert, « Les divisions territoriales à Montréal », p. 4.
21. *Statuts du Bas-Canada,* 39 Geo III (1799), chapitre 5, préambule.
22. *Statuts du Bas-Canada,* 39 Geo III (1799), chapitre 5, article 27.
23. Ce plan ne sera toutefois pas homologué à cette époque, ce dont se plaint l'inspecteur des chemins dans un rapport présenté à la Chambre d'assemblée du Bas-Canada en 1825 : Jacques Viger, *Observations en amélioration des lois des chemins et ruelles,* p. 7.
24. *Statuts du Bas-Canada,* 39 Geo III (1799), chapitre 5, article 29.
25. *Statuts du Bas-Canada,* 39 Geo III (1799), chapitre 5, article 26.
26. Sur la signification des silences des cartes tout comme des éléments de distorsion qu'elles recèlent, voir J. B. Harley, « Maps, Knowledge, and Power », dans Paul Laxton (dir.), *The Nature of Maps: Essays in the History of Cartography,* Baltimore, Johns Hopkins University Press, 2001, p. 63 et suivantes.
27. Michel Foucault, *Sécurité, territoire, population,* p. 14.
28. Voir l'analyse qu'en fait Jean-Claude Robert dans son *Atlas historique de Montréal,* p. 76-77.
29. Plusieurs autres cours d'eau circulent à l'époque sur le territoire montréalais que l'inspecteur n'a pas jugé bon d'indiquer. L'ouvrage de Michèle Benoît et Roger Gratton, *Pignons sur rue. Les quartiers de Montréal,* Montréal, Guérin, 1991, contient des cartes qui informent sur leur présence dans les diverses sections de l'île de Montréal au XVIIIe siècle.
30. Sur la question des eaux de surface à Montréal à l'époque et les problèmes de gestion qui en découlent, voir l'étude éclairante de Dany Fougères, « Des eaux indésirables : Montréal et ses eaux de surface, 1796-1840 », *Revue d'histoire de l'Amérique française,* 60, 1-2 (été-automne 2006), p. 95-124.
31. Dès après la fin de l'occupation américaine en 1776, la démolition des fortifications commence à faire l'objet de débats qui iront croissant avec le temps : Alan M. Stewart, « La ville

fortifiée, construite et reconstruite, 1685-1800 », dans Gilles Lauzon et Madeleine Forget (dir.), *L'Histoire du Vieux-Montréal à travers son patrimoine,* Québec, Publications du Québec, 2004, p. 104.

32. Dany Fougères, *L'Approvisionnement en eau à Montréal,* p. 219-220.
33. *Statuts du Bas-Canada,* 40 Geo III (1801), chapitre 16.
34. Joseph Bouchette, *Description topographique de la province du Canada,* p. 157-158.
35. Publié en 1825, le plan de Montréal de John Adams donne à penser qu'il existait une dizaine de descentes aménagées vers le fleuve. Voir le plan, supra. Voir aussi l'estimation qu'en fait Dany Fougères dans *L'Approvisionnement en eau à Montréal,* p. 220.
36. Jean-Claude Robert, *Atlas historique de Montréal,* p. 96.
37. Joseph Bouchette, *Description topographique de la province du Canada,* p. 158.
38. Jean-Claude Marsan, *Montréal en évolution,* p. 136-140.
39. Dany Fougères, « Des eaux indésirables », p. 105.
40. La population passe de 9 000 habitants en 1800 à 27 297 en 1831 : Jean-Claude Robert, « Montréal, 1821-1871. Aspects de l'urbanisation », thèse de doctorat, École des hautes études en sciences sociales, 1971, p. 167.
41. *Ibid.,* p. 143.
42. Louise Pothier, « Réseaux d'eau potable et d'eaux usées : l'hygiène publique dans la société montréalaise (1642-1910) », dans Louise Pothier (dir.), *L'Eau, l'hygiène publique et les infrastructures,* Montréal, Groupe PGV — Diffusion de l'archéologie, 1996, p. 28.
43. Sur la question de la consommation d'eau à cette époque, voir l'analyse détaillée de Dany Fougères dans *L'Approvisionnement en eau à Montréal,* chapitre 3.
44. Extraits de règlements en vigueur en 1810, 1817 et 1821, repris de D. Fougères, « Des eaux indésirables », p. 106.
45. *Règles et règlemens de police pour la Cité et les Faubourgs de Montréal. Publiés par Autorité,* Montréal, James Brown, 1821, article 21.
46. *Règles et règlements de police pour la ville et les fauxbourgs de Montréal. Approuvés et confirmés par les Juges de la Cour du Banc du Roi, dans le terme de Février, 1810,* Montréal, James Brown, 1810, article 6.
47. *Règles et règlements de police,* 1810, article 13.
48. Citation reprise de Dany Fougères, *L'Approvisionnement en eau à Montréal,* p. 224.
49. *Règles et règlements de police pour la Cité et les Faubourgs de Montréal,* Montréal, James Lane, 1817, article 1.
50. Comme l'a bien montré Sabine Barles dans son étude sur les sol et sous-sol de Paris au XIXe siècle : *La Ville délétère. Médecins et ingénieurs dans l'espace urbain XVIIIe-XIXe siècles,* Paris, Champ Vallon, 1999, en particulier p. 48 et suivantes.
51. « Les "privés" [...] sont de toute évidence ces lieux à l'anglaise où l'eau est introduite manuellement, ce qui expliquerait le désir de leurs propriétaires de se brancher aux quelques conduites d'égouts existant dans la ville. » : Dany Fougères, *L'Approvisionnement en eau à Montréal,* p. 96. Voir aussi, du même auteur, « Des eaux indésirables », p. 115 et suivantes.
52. La portion du fleuve vis-à-vis de la ville devenant plus encombrée, les Montréalais auront tendance à s'approvisionner plus à l'est, ou dans les rares puits de surface que compte alors Montréal, ou auprès des porteurs d'eau. Dany Fougères, *L'Approvisionnement en eau à Montréal,* chapitre 6.
53. *Montréal fin-de-siècle,* p. 32. Voir aussi Jean-Claude Robert, *Atlas historique de Montréal,* p. 96.

54. *Règles et règlements de police,* 1817, chapitre VI, « Règlemens concernant la grève », article 1.
55. *Ibid.,* article 2.
56. « Le Connétable de la grève est par le présent autorisé à faire pêcher et tirer de l'eau le dit bois par telles personnes qu'il jugera à propos d'employer à cet effet, et de le faire délivrer au curé de la paroisse pour l'usage des pauvres » : *ibid.,* article 10.
57. *Règles et règlements de police,* 1810, article 32.
58. Dany Fougères, *L'Approvisionnement en eau à Montréal,* p. 102-103.
59. Jacques Viger, *Observations en amélioration des lois des chemins et ruelles,* p. 14.
60. « Résolutions adoptées à l'assemblée de samedi, au sujet de l'incorporation de la Cité de Montréal », *La Minerve,* 11 décembre 1828, p. 3.
61. Benjamin Silliman, *Remarks on a Short Tour Between Hartford and Quebec in the Autumn of 1819,* 2e édition, New Haven (Conn.), S. Converse, 1824, p. 212.
62. *Description topographique de la province du Canada,* p. 161-162. Voir aussi le témoignage de Newton Bosworth, *Hochelaga Depicta,* p. 194.
63. Adrien Leblond de Brumath, *Histoire populaire de Montréal,* p. 327-328. Voir aussi Télesphore Saint-Pierre, *Histoire du commerce canadien-français de Montréal,* p. 48.
64. Benjamin Silliman, *Remarks on a Short Tour,* p. 213-214.
65. Joseph Bouchette, *Description topographique de la province du Canada,* p. 161.
66. Francine Lelièvre (dir.), *Montréal, par ponts et traverses,* p. 12.
67. John Willis, « On and Off the Island of Montreal, 1815-1867: The Transport Background of Town-Country Relations in the *plat pays* of Montreal, », dans Serge Courville et Normand Séguin (dir.), *Espace et Culture / Space and Culture,* Québec, Presses de l'Université Laval, 1995, p. 348. Voir aussi Jean-Claude Robert, *Atlas historique de Montréal,* p. 64.
68. Joseph Bouchette, *Description topographique de la province du Canada,* p. 169.
69. Sur la descente de la rivière des Prairies et le passage du Saut au Récollet, voir aussi Michèle Benoît et Roger Gratton, *Pignons sur rue,* p. 276-281.
70. Télesphore Saint-Pierre, *Histoire du commerce canadien-français de Montréal,* p. 51. Francine Lelièvre (*Montréal, par ponts et traverses,* p. 19) présente deux photographies de ce type de bateau.
71. John Willis, « On and Off the Island of Montreal », p. 347. Sur les débuts de la navigation à vapeur, voir l'article d'Alfred Dubuc, « Montréal et les débuts de la navigation à vapeur sur le Saint-Laurent », *Revue d'histoire économique et sociale,* 45, 1 (1967), p. 105-118.
72. Benjamin Silliman, *Remarks on a Short Tour,* p. 364.
73. Thomas Doige, *An Alphabetical List of the Merchants,* p. 10.
74. Newton Bosworth, *Hochelaga Depicta,* p. 200.
75. Archives nationales du Québec, Romuald Trudeau, *Mes tablettes. Mémoire de ce que je croirai assez intéressant pour en conserver le souvenir,* nº 7, 3 avril 1827, p. 6. Voir la biographie de ce prolifique chroniqueur dans le Dictionnaire biographique du Canada, en ligne : http://www.biographi.ca/009004-119.01-f.php?BioId=39997&query=Chabot (page consultée le 22 octobre 2009).
76. Archives nationales du Québec, Romuald Trudeau, *Mes tablettes,* nº 11, 5 mai 1832, p. 41.
77. « Il arrivait quelque fois que les bœufs n'avaient pas assez de force pour faire remonter le courant aux bâteaux. Ils étaient entraînés à l'eau avec leur attelage et ils s'y noyaient. » Télesphore Saint-Pierre, *Histoire du commerce canadien-français de Montréal,* p. 51.
78. Dany Fougères, *L'Approvisionnement en eau à Montréal,* p. 233 et suivantes.
79. Il s'agit d'un poisson d'eaux vives apparenté à l'alose. *The Concise Oxford Dictionnary,*

9e édition, 1995, p. 1271. Sur la pêche de cette espèce dans la rivière des Prairies, voir Michèle Benoît et Roger Gratton, *Pignons sur rue*, p. 279.

80. Andrew Oliver, *A View of Lower Canada: Interspersed with Canadian Tales and Anecdotes, and Interesting Information to Intending Emigrants*, Edimbourg, R. Menzies, 1821, p. 45.
81. Thomas Doige, *An Alphabetical List of the Merchants*, p. 23. Ce que ne mentionnent pas les observateurs, cependant, c'est que « la pêche commerciale était pratiquée tout autour de l'île, notamment par les Iroquois ». John Dickinson et Brian Young, *Brève Histoire socio-économique du Québec*, nouvelle édition mise à jour, Québec, Septentrion, 2003, p. 156.
82. Jean-Claude Robert, *Atlas historique de Montréal*, p. 86.
83. Sur le processus d'objectivation du potentiel du pouvoir de l'eau au XIXe siècle, voir Linda Nash, « The Changing Experience of Nature: Historical Encounters with a Northwest River », *The Journal of American History*, 86, 4 (mars 2000), p. 1600-1629.
84. Métaphore d'abord énoncée par Richard White pour décrire l'état des cours d'eau aménagés qui, tout en étant transformés par le recours à des moyens techniques, n'en conservent pas moins une partie de leurs attributs naturels. L'idée d'*organic machine* évoque plus spécifiquement les fleuves aménagés et utilisés comme système énergétique. *The Organic Machine*, p. ix.
85. Pauline Desjardins, *L'Organisation spatiale du corridor du canal de Lachine au XIXe siècle*, Québec, Association des archéologues du Québec, 2006, p. 59 et suivantes.
86. Voir à ce sujet Jean-Claude Robert, *Atlas historique de Montréal*, planche 23, p. 96-97.
87. Gilles Lauzon et Alan M. Stewart, « Le centre bourgeois, nouvelle façade de la ville », dans Gilles Lauzon et Madeleine Forget (dir.), *L'Histoire du Vieux-Montréal*, p. 126. Voir aussi Pierre Brouillard, « La Commission du Havre de Montréal (1850-1896) », dans *Montréal. Artisans, histoire, patrimoine*, Montréal, Fides, 1979, p. 87-88.
88. L'expression empruntée à Gerald Tulchinsky réfère aux entrepreneurs montréalais actifs dans la transformation du port et le développement des transports ferroviaires et de l'économie montréalaise à l'époque. *The River Barons: Montreal Businessmen and the Growth of Industry and Transportation 1837-53*, Toronto, University of Toronto Press, 1977.
89. Jean-Claude Robert, *Atlas historique de Montréal*, p. 97.
90. Gilles Lauzon et Alan M. Stewart, « Le centre bourgeois », dans Gilles Lauzon et Madeleine Forget (dir.), *L'Histoire du Vieux-Montréal*, p. 125-128.
91. Comme le précisent Gilles Lauzon et Alan M. Stewart dans leur article sur le sujet, « la commission du Havre vient d'être créée avec l'appui tactique des Patriotes, même si ces derniers auraient préféré que le port soit sous la responsabilité d'un nouveau conseil municipal électif. Les Patriotes obtiennent en revanche la démocratie municipale qui remplace l'administration des juges de paix et qui contrôlera le développement de la ville », *Ibid.*, p. 139.
92. Cité dans Dany Fougères, *L'Approvisionnement en eau à Montréal*, p. 171. Sur la discussion des facteurs entourant la propagation de l'épidémie à Montréal à l'époque, voir John B. Osborne, « Preparing for the Pandemic: City Boards of Health and the Arrival of Cholera in Montreal, New York, and Philadelphia », *Revue d'histoire urbaine / Urban History Review*, 36, 2 (printemps 2008), p. 33 et suivantes.
93. Comme le soutient Patrick Joyce en reprenant les conclusions des travaux de Christopher Hamlin sur la *sanitary idea* : « It was, as Hamlin says, "the only game in town", the only argument with sufficient coherence and clarity to function as *public* policy ». Joyce, *The Rule of Freedom: Liberalism and the Modern City*, Londres, Verso, 2003, p. 67.
94. Cité dans Dany Fougères, *L'Approvisionnement en eau à Montréal*, p. 171.
95. Cité dans *ibid.*, p. 172.

96. De fait, dans les années qui suivent l'ouverture du canal de Lachine se dessine la nécessité d'une « modification complète du gabarit du canal », notamment pour répondre à l'accroissement de la taille des bateaux mais aussi de l'industrialisation de l'économie. Pauline Desjardins, *L'Organisation spatiale du corridor du canal de Lachine*, p. 77.

CHAPITRE 3 • LE SAINT-LAURENT : « UN SUPERBE INSTRUMENT À AMÉNAGER ET À ASSOUPLIR »

1. La métaphore est de la plume du géographe Raoul Blanchard, dont bien des auteurs ont déjà signalé la puissance évocatrice et la couleur : *L'Ouest du Canada français*, p. 246.
2. Ces propos sont cités dans William Henry Atherton, *Montreal 1535-1914*, vol. 2, p. 538.
3. Ce mode de représentation des villes à vol d'oiseau est bien de son temps. Pour une analyse du phénomène : Gerald Danzer, « Bird's-Eye Views of Towns and Cities », dans David Buisseret (dir.), *From Sea Charts to Satellite Images*, Chicago, University of Chicago Press, 1990, p. 165-169.
4. L'expression est empruntée à Martin V. Melosi, *The Sanitary City: Urban Infrastructure in America from Colonial Times to the Present*, Baltimore, Johns Hopkins University Press, 2000.
5. Cette manière de considérer la transformation du rapport avec l'eau s'inspire de Erik Swyngedouw, « Metabolic Urbanization: The Making of Cyborg cities », dans Nik Heynen, Maria Kaika and Erik Swyngedouw (dir.), *In the Nature of Cities: Urban Political Ecology and the Politics of Urban Metabolism*, Londres, Routledge, 2006, en particulier p. 36.
6. Pierre Beaubien, « Améliorations de notre cité », *La Minerve*, 29 décembre 1842, p. 2, disponible en ligne sur le site de BANQ : bibnum2.banq.qc.ca/bna/minerve/ (page consultée le 11 décembre 2008).
7. Dany Fougères, *L'Approvisionnement en eau à Montréal*, p. 185.
8. Pierre Beaubien, « Améliorations de notre cité », *loc. cit.*
9. Une présentation plus détaillée de cette transformation de la vie politique en lien avec le développement du régime municipal est proposée dans Michèle Dagenais, « The Municipal Territory: A Product of the Liberal Order ? », dans Jean-François Constant et Michel Ducharme (dir.), *Liberalism and Hegemony: Debating the Canadian Revolution*, Toronto, University of Toronto Press, 2009, p. 201-220.
10. En ce sens, la ville va devenir un véritable laboratoire, comme le montre Patrick Joyce dans son étude sur les villes britanniques au XIXe siècle, *The Rule of Freedom: Liberalism and the Modern City.*
11. Comme l'explique Thomas Osborne, il s'agit de faire de la ville « un espace de vitalité ». « Security and Vitality: Drains, Liberalism and Power in the Nineteenth Century », dans Andrew Barry *et al.* (dir.), *Foucault and Political Reason: Liberalism, Neo-Liberalism and Rationalities of Government*, Londres, University of Chicago Press, 1996, p. 114.
12. Dany Fougères, *L'Approvisionnement en eau à Montréal*, p. 194 et suivantes.
13. *Rapport du Comité de l'eau, soumettant les rapports des ingénieurs sur les nouveaux aqueducs de Montréal*, Montréal, John Lovell, p. 58, cité dans Louise Pothier, *L'Eau, l'hygiène publique et les infrastructures*, p. 40.
14. L'ingénieur John P. Doyle expose en détail la situation dans son rapport sur les égouts à Montréal dans *Report on the Drainage and Sewage of the City of Montreal, showing the location, and estimated cost of the system of main outlet and intercepting sewers proposed to be constructed for the thorough and effectual drainage of the city*, Montréal, S. Starke, 1857. p. 6-8.

15. Voir à ce sujet la solide analyse de Christopher Hamlin : *Public Health and Social Justice in the Age of Chadwick. Britain, 1800-1854,* Cambridge, Cambridge University Press, 1998.
16. *Ibid.*, p. 6.
17. Christopher Hamlin, « Public Sphere to Public Health: The Transformation of "nuisance" », dans Steve Sturdy (dir.), *Medecine, Health and the Public Sphere in Britain, 1600-2000,* Londres, Routledge, 2002, p. 191.
18. « Ce qui était en jeu, ce n'était pas simplement une manie victorienne de la propreté, mais une stratégie de gouvernement indirect : inciter à la propreté [...] non par la discipline, mais par la seule présence matérielle d'eau courante entrant dans chaque demeure et en ressortant par la suite. » Thomas Osborne, « Security and Vitality », p. 115.
19. Pour une analyse récente de ces événements, voir Vincent Breton, « L'émeute Gavazzi : violence et liberté d'expression au milieu du XIXe siècle », *Bulletin d'histoire politique,* 14, 2 (hiver 2006), p. 63-70.
20. L'expression, empruntée à Michel Foucault, est associée à sa notion de gouvernementalité. L'une et l'autre suggèrent de considérer le pouvoir de manière relationnelle, comme une pratique, et par conséquent de scruter les technologies ou « les techniques et les procédures destinées à diriger la conduite des hommes ». Michel Foucault, « Du gouvernement des vivants », dans *Dits et écrits 1954-1988,* tome 4 : *1980-1988,* Paris, Gallimard, 1994, p. 125. Voir aussi, du même auteur : « La gouvernementalité », dans *ibid.*, tome 3 : *1976-1979,* Paris, Gallimard, 1994, p. 635-657.
21. La première ville sur le continent à fournir un tel service est Philadelphie en 1798, suivie de Cincinnati en 1817. Matthew Gandy, *Concrete and Clay,* p. 29.
22. Propos de Benjamin Holmes rapportés par *La Minerve,* 26 janvier 1843, p. 2. Disponible en ligne sur le site de BANQ : bibnum2.banq.qc.ca/bna/minerve/ (page consultée le 20 décembre 2008).
23. « Et qu'il soit statué, que rien dans le présent Acte, n'aura l'effet de donner à la dite Corporation quelque pouvoir additionnel de taxer outre ceux dont elle jouit maintenant, ou de mettre en force quelque taxe ou redevance pour l'eau [...] ou de forcer aucun propriétaire, locataire ou autre personne à recevoir telle eau ou les conduites d'icelle dans leur bâtiments. » Cité dans Dany Fougères, *L'Approvisionnement en eau à Montréal,* p. 343.
24. Dany Fougères, « De l'eau partout, pour tous. La naissance du service d'eau universel à Montréal au milieu du XIXe siècle », *Flux,* 55 (janvier-mars 2004), p. 31 et suivantes.
25. Christopher Hamlin, *A Science of Impurity: Water Analysis in Nineteenth-Century Britain,* Berkely, University of California Press, 1990, p. 84-85.
26. Comme le soutient le rapport d'un des comités, « plusieurs familles de fortunes modiques mais indépendantes seront indubitablement engagées à faire [le] choix de cette Cité pour leur plan de résidence future, tant à cause de la salubrité de son atmosphère qui sera égalée en pureté à celle de la campagne ». Cité dans Dany Fougères, *L'Approvisionnement en eau à Montréal,* p. 384.
27. Edwin Atwater est un des acteurs les plus actifs sur la scène municipale à l'époque. Voir la notice que lui consacre Pierre Landry dans le *Dictionnaire biographique du Canada.*
28. Keefer est embauché par la Ville la veille même de l'incendie qui va détruire une grande partie de la ville. Dany Fougères, *L'Approvisionnement en eau à Montréal,* p. 408. Voir la biographie qu'en propose H. V. Nelles dans le *Dictionnaire biographique du Canada.*
29. Thomas C. Keefer, *Rapport sur une exploration préliminaire faite dans la vue de fournir de l'eau à la ville de Montréal,* Montréal, John Lovell, 1852, p. 5.
30. *Ibid.*, p. 11.
31. Le montant prévu initialement pour défrayer les travaux, 150 000 livres, doit presque être

doublé (286 236 livres) une fois ceux-ci terminés. Dany Fougères, « Le public et le privé dans la gestion de l'eau potable à Montréal depuis le XIXe siècle », dans Louise Pothier (dir.), *L'Eau, l'hygiène publique et les infrastructures*, p. 53.

32. Disponible en ligne, le *Grand Répertoire du patrimoine de Montréal* offre un bon aperçu de ces installations à l'adresse suivante : patrimoine.ville.montreal.qc.ca/inventaire/fiche_zone.php?arrondissement=26&batiment=oui&lignes=25&protection=0&zone=ou&id=1199 (page consultée le 19 octobre 2009).
33. L'aménagement de réservoirs d'eau sur le mont Royal a fait l'objet d'une étude par Susan Ross : « Hidden Water in the Landscape: The Covered Reservoirs of Mount Royal », dans Stéphane Castonguay et Michèle Dagenais (dir.), *Metropolitan Natures: Environmental Histories of Montreal*, Pittsburgh, University of Pittsburgh Press, 2011, p. 167-188.
34. Comme l'écrit Jean-Pierre Goubert, « l'eau est donc objet de conquête [...]. Mais parce qu'elle lave, parce qu'elle débarrasse le corps de ses déchets, parce qu'elle "purifie", elle conquiert cette fois l'homme qui l'a asservie. C'est une conquête dans les deux sens ». *La Conquête de l'eau. L'avènement de l'eau à l'âge industriel*, Paris, Robert Laffont, 1986, p. 33.
35. *Montréal fin-de-siècle*, p. 61. Voir aussi le passage que consacre l'historien William Henry Atherton aux épisodes de pénurie d'eau à cette époque : *Montreal 1535-1914*, p. 409-412.
36. W. H. Atherton en présente un tableau complet en 1912. *Montreal 1534-1914*, p. 410.
37. Louis Lesage, *Rapport sur l'agrandissement proposé de l'aqueduc de Montréal, suivi de l'historique de l'aqueduc*, Montréal, J. Starque, 1873, p. 9.
38. Voir à ce sujet l'article de Chris Otter : « Making Liberalism Durable: Vision and Civility in the Late Victorian City », *Social History*, 27, 1 (janvier 2002), p. 1-15. Les épisodes récents de bris de conduites d'eau à Montréal et ailleurs au Québec, et les travaux requis pour remettre en état les infrastructures souterraines, illustrent bien ce travail incessant. Voir notamment les articles suivants : « L'hiver pèse lourd sur le réseau d'eau de Montréal », *La Presse*, 10 janvier 2009, A8 ; « Bris de canalisation », *Le Devoir*, 12 janvier 2009, A2.
39. Pour une liste de ces rapports, se référer à la bibliographie de l'ouvrage de Dany Fougères, *L'Approvisionnement en eau à Montréal*.
40. Formulation extraite d'un article paru dans le *Journal d'hygiène populaire*, 4, 10 (février 1888), p.157.
41. Extrait d'une résolution du conseil municipal, citée dans Robert Gagnon, *Questions d'égouts*, p. 110-111.
42. John P. Doyle, *Report on the Drainage and Sewage of the City of Montreal*.
43. *Ibid.*, p. 12-13.
44. Il est à noter que, conformément à ce que recommande Chadwick, Doyle suggère de récupérer les boues pour les utiliser comme engrais dans l'agriculture. Cependant, il ne donne pas d'indications sur la manière de procéder. *Ibid.*, p. 13 et 31.
45. « Des conduites et non des réservoirs », comme le fait remarquer Christopher Hamlin, *Public Health and Social Justice*, p. 239.
46. John P. Doyle, *Report on the Drainage and Sewage*, p. 23.
47. Yvon Desloges et Alain Gelly, *Le Canal Lachine. Du tumulte des flots à l'essor industriel et urbain, 1860-1950*, Québec, Septentrion, 2002, p. 29.
48. *Statuts du Bas-Canada*, 14-15 Vict (1851), chapitre 128, article 56, cité par Dany Fougères, « De l'eau partout, pour tous », p. 36.
49. Jean-Pierre Collin et Michèle Dagenais, « Évolution des enjeux politiques locaux et des pratiques municipales dans l'île de Montréal, 1840-1950 », dans Denis Menjot et Jean-Luc Pinol (dir.), *Enjeux et expressions de la politique municipale*, Paris, L'Harmattan, 1997,

p. 202. Voir aussi Dany Fougères, *L'Approvisionnement en eau à Montréal,* p. 414 et suivantes.

50. Dany Fougères, *ibid.,* p. 109-110.
51. À partir de 1887, l'acquittement de la taxe d'eau comme préalable à l'exercice du droit de vote ne s'applique plus qu'aux seuls locataires, les propriétaires étant libérés de cette exigence. Paul-André Linteau, *Histoire de Montréal depuis la Confédération,* p. 121. De plus, le défaut de paiement de la taxe d'eau entraîne l'interruption du service, comme l'indique Dany Fougères dans *L'Approvisionnement en eau à Montréal,* p. 419.
52. *Rapport du surintendant de l'aqueduc de Montréal,* 1897, p. XXII-XXIII, cité dans Dany Fougères, *ibid.,* p. 92.
53. Comme l'explique encore Patrick Joyce, « il est possible de considérer l'eau comme une médiatrice entre la nature et le social, ainsi qu'entre les humains et le monde des objets ; par conséquent, comme quelque chose que l'on peut façonner de manière à inciter les humains à se conduire "normalement" ». *The Rule of Freedom,* p. 71.
54. Pour des détails sur les pouvoirs obtenus, voir Robert Gagnon, *Questions d'égouts,* p. 139.
55. D'après Robert Gagnon, la longueur totale des égouts montréalais atteint 270 kilomètres dès avant la fin du XIXe siècle, une longueur pratiquement équivalente à celle de l'ensemble des rues. *Ibid.,* p. 203.
56. Benoît Gaumer, Georges Desrosiers et Othmar Keel, *Histoire du Service de santé de la Ville de Montréal,* Sainte-Foy, Presses de l'Université Laval et IQRC, 2002, p. 65-66.
57. Sur les retombées dans l'environnement de l'augmentation des usages de l'eau, voir Michèle Dagenais et Caroline Durand, « Cleansing, Draining and Sanitizing the City: Conceptions and Uses of Water in the Montreal Region », *The Canadian Historical Review,* 87, 4 (décembre 2006), p. 621-651.
58. Robert Gagnon, *Questions d'égouts,* p, 155 et 187.
59. A. B. Larocque, « Mortalité dans la ville de Montréal (suite) », *Journal d'hygiène populaire,* 1, 4 (juillet 1884), p.46.
60. Dr J. M. Beausoleil, « Clinique de Montréal : les fosses fixes », *Journal d'hygiène populaire,* 1, 16 (janvier 1885), p. 181-182. Sur la réglementation municipale à propos des fosses d'aisance et leur disparition : Robert Gagnon, *Questions d'égouts,* p. 187-188.
61. « Responsabilité dans la propagation de la fièvre typhoïde », *Bulletin sanitaire,* 1, 8 (août 1901), p. 61.
62. Sur le développement d'une vision plus technique et bureaucratique de l'eau bien de son temps, voir Linda Nash, « The Changing Experience of Nature ».
63. Raoul Blanchard, *L'Ouest du Canada français,* p. 241.
64. John Young, *Remarks on the Montreal Harbor and the Lachine Canal,* Montréal, Witness Printing House, 1875, p. 9.
65. Yvon Desloges et Alain Gelly, *Le Canal Lachine,* p. 19. Pour un exposé détaillé des travaux, voir Pauline Desjardins, *L'Organisation spatiale du corridor du canal de Lachine,* chapitre 4.
66. Jason Gilliland, « Muddy Shore to Modern Port: Redimensioning the Montréal Waterfront Time-Space », *The Canadian Geographer / Le Géographe canadien,* 48, 4 (2004), p. 462.
67. Mais comme l'expliquent Yvon Desloges et Alain Gelly, ces deux fonctions sont difficilement compatibles, la consommation d'eau des usines risquant de faire diminuer le niveau des eaux du canal et de nuire à la navigation. *Le Canal de Lachine,* p. 51.
68. Voir les planches 25 et 26 de l'*Atlas historique de Montréal,* p. 105 et p. 108-109.
69. Christopher G. Boone traite de ce problème : « The Political Ecology of Floods in Late Nineteenth-Century Montreal », dans Stéphane Castonguay et Michèle Dagenais (dir.),

Metropolitan Natures: Environmental Histories of Montreal, Pittsburgh, University of Pittsburgh Press, 2011, p. 148-166.

70. Pierre Camu, *Le Saint-Laurent et les Grands Lacs au temps de la vapeur, 1850-1950*, Montréal, Hurtubise HMH, 2005, p. 42 et suivantes. Sur le financement de ces chantiers fort onéreux, voir Pierre Brouillard, « Le développement du port de Montréal 1850-1896 », thèse de M.A. (histoire), Université du Québec à Montréal, 1976, p. 37, 61 et 62.
71. William Henry Atherton, *Montreal 1535-1914*, p. 570.
72. À propos du chenal, voir les explications fournies dans son ouvrage par Pierre Camu, *Le Saint-Laurent et les Grands Lacs*, p. 44-45 ; à propos du canal, Yvon Desloges et Alain Gelly, *Le Canal de Lachine*, p. 58-59.
73. Jason Gilliland, « Muddy Shore to Modern Port », p. 465.
74. *Annual reports of the Harbour Commissionners of Montreal for the year 1882*, Montréal, The Commissioners, 1882, p. 105.
75. Pierre Brouillard, « Le développement du port de Montréal », p. 41 et 50-55.
76. *Ibid.*, p. 81.
77. À cette époque, le président de la Commission du Havre, John Young, souhaite d'abord favoriser le développement du port pour assurer le développement économique. Il se fait ainsi le représentant des intérêts de la bourgeoisie commerciale. Voir sa biographie dans le *Dictionnaire biographique du Canada.*
78. Sur cette question, voir le mémoire de maîtrise de Pierre Brouillard, « Le développement du port de Montréal », p. 16.
79. Paul-André Linteau, « Le développement du port de Montréal au début du XXe siècle », *Communications historiques / Historical Papers*, 7, 1 (1972), p. 181-205.
80. Gouvernement du Canada, *Documents de la session*, n° 76, 52 Victoria, 1889, « Commission des inondations de Montréal », p. 5.

CHAPITRE 4 • DE LA VILLE À L'ÎLE : EXTENSION DES RÉSEAUX D'EAU ET STRUCTURATION DU TERRITOIRE

1. *La Métropole de demain, ou Montréal agrandi et gouverné selon le plan de Paris*, Montréal, Adjutor Ménard, 1910, p. 16-17. L'ouvrage fut publié à titre posthume.
2. Voir sa biographie par Serge Laurin dans le *Dictionnaire biographique du Canada.*
3. Sur la santé publique comme moteur de l'accroissement de l'activité gouvernementale en milieu urbain, voir Christopher Hamlin, « Public Sphere to Public Health », p. 189-204.
4. Sur les retombées de l'aménagement des réseaux d'eau en termes d'inégalités environnementales, voir Craig E. Colten, « Basin Street Blues: Drainage and Environmental Equity in New Orleans, 1890-1930 », *Journal of Historical Geography*, 28, 2 (2002), p. 237-257 ; et Christoph Bernhardt, « At the Limits of the European Sanitary City: Water-Related Environmental Inequalities in Berlin — Brandenburg, c.1900-39 », dans Geneviève Massard-Guilbaud et Richard Rodger (dir.), *Environmental and Social Justice in the City: Historical Perspectives*, Isle of Harris (Écosse), White Horse Press, 2011, p. 155-170.
5. À ce sujet, voir Denis Goulet et Othmar Keel, « Généalogie des représentations et attitudes face aux épidémies depuis le XIXe siècle », *Athropologie et Sociétés*, 15, 2-3 (1991), p. 205-228.
6. AVM, *Rapports annuels*, « Adresse d'inauguration du maire John C. Abbott », 1888, p. 14.
7. *Ibid.*, p. 244. Témoin de l'événement, la ligne tracée sur l'édifice Allan, encore visible aujourd'hui. Voir le bâtiment sur le site du Vieux-Montréal : www.vieux.montreal.qc.ca/

inventaire/fiches/fiche_bat.php?id=0039-57-7762-01&mat=0039-57-7762 (page consultée le 6 février 2009).

8. Christopher G. Boone, « The Political Ecology of Floods », p. 154.
9. Gouvernement du Canada, Document de la session n° 76, *Commission des inondations de Montréal*, 52 Victoria, 1889, p. 1. (C'est nous qui soulignons.)
10. Expression empruntée à Raoul Blanchard, *L'Ouest du Canada français*, p. 241.
11. De fait, des données sur les inondations à Montréal sont consignées depuis le milieu du XVIIe siècle : Christopher G. Boone, « The Political Ecology of Floods », p. 150.
12. Une situation dont se plaint Louis-Édouard Morin, membre de la Commission du Havre, dans *Histoire des travaux de la Commission du Havre dans le port de Montréal*, Montréal, Moniteur du commerce, 1894, notamment p. 42, 45, 47.
13. Christopher G. Boone, « The Political Ecology of Floods », p. 152.
14. Pauline Desjardins, « Les équipements du port et leur évolution », dans *Montréal portuaire et ferroviaire. Actes du 5e congrès de l'Association québécoise pour le patrimoine industriel*, Montréal, Association québécoise pour le patrimoine industriel, 1993, p. 26.
15. AVM, *Rapports annuels*, « Discours inaugural du maire Honoré Beaugrand », 1885, p. 6-7.
16. Sur cette question abordée dans une perspective historique, voir Diane Saint-Laurent et Marlies Hähni, « Crues et inondations majeures des villes de l'Estrie : variations climatiques et modifications anthropiques (Québec, Canada), *Environnement urbain / Urban Environment*, 2 (2008), en ligne : www.vrm.ca/cyber-revues.asp
17. Comme l'explique Stéphane Castonguay dans l'article suivant : « The Production of Flood as Natural Catastrophe: Extreme Events and the Construction of Vulnerability in the Drainage Basin of the St. Francis River (Quebec), Mid-nineteenth to Mid-twentieth Century », *Environmental History*, 12, 4 (octobre 2007), p. 821.
18. L'explication du géographe s'appuie en partie sur l'étude produite par Thomas C. Keefer, « Ice Floods and Winter Navigation of the Lower St. Lawrence », *Mémoires et comptes rendus de la Société royale du Canada*, 2e série, 4, 1898, section 3, p. 3-17 ; Raoul Blanchard, *L'Ouest du Canada français*, p. 244.
19. Christopher G. Boone, « The Political Ecology of Floods », p. 156.
20. L'ouvrage suivant de Michael Bliss offre un portrait détaillé de l'épidémie de 1885, fortement empreint du discours hygiéniste de l'époque : *Montréal au temps du grand fléau. L'histoire de l'épidémie de 1885*, Montréal, Montréal, Libre Expression, 1991.
21. AVM, *Rapports annuels*, « Discours inaugural », p. 5.
22. *Ibid.*, « Adresse d'inauguration du maire John C. Abbott », p. 4.
23. Robert Gagnon, *Questions d'égouts*, p. 198-200.
24. À l'époque, les travaux effectués lors de l'aménagement de la voie maritime du Saint-Laurent et l'usage des brise-glaces empêchent la formation ultérieure d'embâcles et les inondations : *Mémoire présenté au Bureau d'audiences sur l'environnement par l'Association québécoise pour le patrimoine industriel dans le cadre du projet de modernisation de la rue Notre-Dame à Montréal*, 9 janvier 2002, p. 6-7.
25. La célèbre photo de la gare Bonaventure, alors située au square Chaboillez, atteste de l'étendue des dégâts. Elle est affichée sur le site web du Musée McCord à l'adresse suivante : www.musee-mccord.qc.ca/fr/collection/artefacts/MP-0000.236.9&section=196 (page consultée le 10 février 2009).
26. Pour le détail des tractations entourant l'aménagement de cette digue dont les frais seront assurés par la Ville de Montréal, voir Christopher G. Boone, « Private Initiatives to Make Flood Control Public: The St. Gabriel Levee and Railway Company in Montreal, 1886-1890 », *Historical Geography*, 25 (1997), p. 100-112.

27. Pour une illustration, voir l'ouvrage de Pauline Desjardins, *Le Vieux-Port de Montréal*, p. 38.
28. Voir sa biographie dans le *Dictionnaire biographique du Canada*.
29. Paul-André Linteau, « Le développement du port de Montréal », p. 194 et suivantes.
30. Pour une description des changements survenus dans la zone depuis 1875, voir Benoît Brouillette, « Le port et les transports », dans Esdras Minville (dir.), *Montréal économique*, p. 121-125. Voir aussi Paul-André Linteau, « Le développement du port de Montréal ».
31. Plusieurs illustrations de ces travaux sont présentées dans l'ouvrage de Pauline Desjardins, *Le Vieux-Port de Montréal*.
32. Le site du Vieux-Montréal présente un bon aperçu de la portion centrale du port : www.vieux.montreal.qc.ca/inventaire/hall.htm. Pour ce qui des installations portuaires dans leur entièreté, voir le plan sur le site du port de Montréal : www.port-montreal.com/site/4_0/4_1.jsp?lang=fr (pages consultées le 5 février 2009).
33. Expression employée par l'auteur en référence aux travaux effectués contre les glaces dans son ouvrage *Montreal Seaport and City*, p. 208.
34. Les travaux requis pour aménager la digue sont décrits dans Louis-Édouard Morin, *Histoire des travaux de la Commission du Havre*, p. 51-53. Cette jetée, renommée ultérieurement « jetée MacKay », devient la Cité du Havre à partir d'Expo 67 ; Ernest Labelle, « Histoire du port de Montréal », dans *Montréal portuaire et ferroviaire*, p. 8.
35. AVM, Rapports et dossiers de résolutions du conseil municipal et du comité exécutif (désormais Rapports), 2e série, no 751, « Rapport de l'inspecteur sanitaire J. A. Beaudry », 6 septembre 1895, p. 4. La version originale anglaise se lit comme suit : « Such a state of things is totally against the law of nature and hygiene ».
36. Quelques années plus tôt, le *Journal d'hygiène populaire* publie un article qui discute déjà des problèmes causés par les rejets d'égouts dans le port : L. E. Fortier, « Nos égouts », 10, 4 (août 1893), p. 98.
37. AVM, Rapports, 2e série, no 751, « Rapport de l'inspecteur sanitaire », p. 3.
38. *Ibid.*, lettre adressée à l'inspecteur de la ville, Percival St. George, 20 novembre 1899.
39. *Ibid.*, du secrétaire du Conseil provincial d'hygiène, Elzéar Pelletier, au maire et aux échevins de Montréal, 22 décembre 1900.
40. *Ibid.*, Extraits de l'Avis juridique des avocats de la Ville de Montréal, 29 novembre 1901.
41. *Ibid.*, *Report of the Joint Commission of Engineers, appointed for the purpose of investigating and reporting on the best means that should be adopted to abate the nuisance caused by the deposit of sewage in the Elgin Basin, in the harbour of Montreal*, 31 mars 1911.
42. *Idem*, p. 9.
43. La station d'Youville devient fonctionnelle en 1916. Voir à ce sujet www.vieux.montreal.qc.ca/inventaire/fiches/fiche_bat.php?sec=i&num=35 (consulté le 6 février 2009).
44. AVM, Rapports, 2e série, no 751, « Le plan qu'on suggère pour épurer le bassin Elgin », *La Patrie*, 10 avril 1911, p. 1.
45. Ces propos sont rapportés dans une lettre du secrétaire du Conseil d'hygiène, Elzéar Pelletier, publiée dans le *Journal d'hygiène populaire*, 5, 10 (1889), p. 184.
46. « La fièvre typhoïde à Montréal », *Bulletin sanitaire*, 10, 1 (janvier 1910), p. 1 (l'italique est dans l'original).
47. Elzéar Pelletier, « Quelques considérations sur la mise à exécution de la Loi d'hygiène, des Règlements sanitaires provinciaux ainsi que des dispositions sanitaires du Code municipal », *Bulletin sanitaire*, 8, 8-12 (août-décembre 1908), p. 126.
48. Michèle Benoît et Roger Gratton, *Pignons sur rue*, p. 2-3 ; Louise Pothier, « Réseaux d'eau potable et d'eaux usées : l'hygiène publique et la société montréalaise 1642-1910 », dans Louise Pothier (dir.), *L'Eau, l'hygiène publique et les infrastructures*, p. 37.

49. AVM, Rapports, 2e série, no 751, Report of the Joint Commission of Engineers, 31 mars 1911, p. 5 ; Robert Gagnon, *Questions d'égouts*, p. 70-71.
50. ANQ, fonds E8, Ministère de la Santé, Rapports du directeur, le sous-ministre de la Santé, Jean Grégoire, aux municipalités de Côte Saint-Luc, Montréal, Lachine, Saint-Laurent, Saint-Pierre, Montréal-Ouest et Hampstead, vol. 68 (1959), p. 109.
51. Sur l'état de cette rivière, voir le blogue « Undermontreal. Adventures through the city below », en ligne : www.undermontreal.com/riviere-st-pierre-part-i-start-to-finish/ (consulté le 2 avril 2009).
52. AVM, Rapports, 2e série, no 1049, J. E. Durocher, sergent, à Louis Laberge, médecin officier de santé, 14 juin 1897. Dans son ouvrage, Robert Gagnon consacre quelques pages aux branchements clandestins de certaines municipalités au réseau montréalais, ce qui contribue aussi à la pollution de la rivière : *Questions d'égouts*, p. 189-190 et 193 notamment.
53. *Journal d'hygiène populaire*, 5, 11 (mars 1889), p. 207.
54. *Bulletin sanitaire*, 4-5-6 (avril à juin) 1905, p. 25.
55. À cette époque, on entend par *traitement* « une purification organique, c'est-à-dire que les matières organiques contenues dans les eaux d'égout doivent être transformées de façon à devenir non putrescibles ». AVM, Rapports, 2e série, no 1049, le secrétaire du Conseil d'hygiène, Elzéar Pelletier, au maire et aux commissaires de Montréal, 29 mai 1914 ; *Ibid.*, Rapport sur l'assainissement de la rivière Saint-Pierre, 21 octobre 1914.
56. AVM, Rapports, 2e série, no 1049, « Interim report upon the sanitary improvement of the little St. Pierre river, Que. », 16 avril 1910, p. 2-6.
57. Comme l'ont d'ailleurs constaté des chercheurs travaillant sur d'autres contextes. Voir notamment Martin V. Melosi, *The Sanitary City*, p. 136.
58. AVM, Rapports, 2e série, no 1049, « Petite rivière St-Pierre — Commission d'étude des améliorations à apporter à son état sanitaire », 24 décembre 1915, p. 2.
59. Du moins, la question n'est pas mentionnée ni abordée dans les documents consultés à propos de la rivière Saint-Pierre dans les années suivantes.
60. Des recherches supplémentaires sont à faire pour préciser le moment où le recouvrement de cette portion de la rivière est réalisé. Un rapport du ministère de la Santé de 1959 atteste de la poursuite du recouvrement de la rivière : ANQ, fonds E8, Ministère de la Santé, Rapports du directeur.
61. ANQ, fonds E88, Conseil d'hygiène de la Province de Québec, Rapports d'inspection, 1887-1922 (désormais Rapports d'inspection), « Inspection de la rivière au point de vue de sa souillure », 16 et 29 septembre 1908, p. 3.
62. Si, sur le versant sud de l'île, ce sont d'abord des questions d'encombrement qui sont à la source des conflits, cela n'empêche pas que, là aussi, se pose le problème de la contamination des prises d'eau potable. Michèle Dagenais et Caroline Durand, « Cleansing, Draining, and Sanitizing the City », p. 634-635.
63. ANQ, fonds 88, Rapports d'inspection, « Inspection au sujet d'une nuisance causée par des égouts privés », 16 février 1907, p. 1.
64. ANQ, fonds 88, Rapports d'inspection, « Examen de l'eau, quartier Bordeaux », 18 mars 1913.
65. La ferme était située « à un mille au sud du Blvd. Gouin, près du Chemin Lajeunesse » : AVM, Rapports, 3e série, no 1423, « Système d'épuration du quartier St-Denis », 22 mai 1915.
66. « Le champ d'épuration St-Denis », *Bulletin sanitaire*, 2, 8 (août 1902), p. 62. Adoptée dans d'autres villes canadiennes et américaines, cette pratique a rapidement été abandonnée au début du xxe siècle. Voir Douglas Baldwin, « Les réseaux d'égouts » dans Norman R.

Ball (dir.), *Bâtir un pays. Histoire des travaux publics au Canada,* Montréal, Boréal, 1988, p.237-261.

67. Il s'agit d'un ruisseau qui « origine quelque part dans le quartier St-Denis de la ville de Montréal, traverse le chemin de la côte St-Michel et, à une quinzaine d'arpents en bas de ce chemin, tout en se dirigeant vers la rivière des Prairies, tombe dans un autre ruisseau communément désigné sous le nom de ruisseau Prévost ». ANQ, fonds E88, Rapports d'inspection, « Inspection au sujet d'une nuisance causée par le déversement d'eaux d'égout », 23 et 25 août 1910.
68. « Ahuntsic contre Montréal », *Bulletin sanitaire,* 4, 3-4 (mars-avril 1904), p. 17.
69. ANQ, fonds E88, Rapports d'inspection, « Rapport d'inspection au sujet d'une nuisance causée par des égouts publics, Ahuntsic et Sault-au-Récollet », 13 et 29 janvier 1904, p. 22-24.
70. *Ibid.,*« Rapport sur la ferme d'épuration Saint-Denis, Cité de Montréal », 2 mai 1914, p. 74-75.
71. Dr Joseph A. Beaudry, « Des puits et des aqueducs ; investigations à faire », *Bulletin sanitaire,* 8, 8-12 (août-décembre 1908), p. 99-100.
72. Les débats sur la qualité de l'eau sont même antérieurs au milieu du XIXe siècle. Certains surgissent dès avant la fin du XVIIIe siècle, dans le cadre de projets d'aménagement hydraulique à Paris. À ce sujet, voir les travaux récents de Frédéric Graber et notamment : « La qualité de l'eau à Paris, 1760-1820 », *Entreprises et Histoire,* 50 (2008), p. 119-133.
73. Sur la question complexe des diverses analyses menées sur l'eau au XIXe siècle, voir Christopher Hamlin, *A Science of Impurity.*
74. « L'eau potable à Montréal », *Journal d'hygiène populaire,* 5, 3 (juillet 1888), p. 46.
75. Christopher Hamlin, « "Waters" or "Water" ? Master Narratives in Water History and their Implications for Contemporary Water Policy », *Water Policy,* 2 (2000), p. 313-325.
76. « Des puits et des aqueducs », p. 107.
77. J. L. Archambault, « Analyse de l'eau », *Journal d'hygiène populaire,* 4, 3 (juillet 1887), p. 40.
78. « Les expériences microscopiques les plus récentes démontrent en effet qu'une foule de maladies ont pour cause une eau souillée » : Dr L. E. Fournier, « Congrès d'hygiène de Montréal », *Journal d'hygiène populaire,* 11, 7-8 (novembre-décembre 1894), p. 247. Voir aussi « Aqueducs et canalisations d'égouts », *Bulletin sanitaire,* 3, 12 (décembre 1903), p. 95-96.
79. « Fièvre typhoïde. Moyens d'en prévenir la contagion », *Journal d'hygiène populaire,* 11, 1 (mai 1894), p. 3.
80. « Aqueducs et canalisations d'égouts », *Bulletin sanitaire,* 3, 12 (décembre 1903), p. 96.
81. James Linton, *What is Water ?*
82. Dr J. A. Chopin, « Interprétations des résultats fournis par l'analyse chimique des eaux potables », *Bulletin sanitaire,* 9, 9-12 (septembre-décembre 1909), p. 167.
83. Celui-ci est alors engagé par diverses villes de la région de Vancouver pour mettre en place un système d'évacuation des égouts à cette échelle. Arn Keeling, « Sink or Swim: Water Pollution and Environmental Politics in Vancouver, 1889-1975 », *BC Studies,* 142-143 (été-automne 2004), p. 76-78.
84. « Protection des cours d'eau potable / Protection of water-courses which are available for water-supplies », *Bulletin sanitaire,* 13, 3-5 (mars-mai 1913), p. 23 et 29.
85. Pour des détails sur le débat épuration versus filtration en contexte canadien, voir Douglas Baldwin, « Les réseaux d'égouts », p. 254 et suivantes ; sur les villes américaines, Martin V. Melosi, *The Sanitary City,* p. 161 à 165, 172 à 174, 247, 248 et 257.
86. Le mémoire de Ginette Gagnon examine en détail les étapes ayant mené à la filtration de

l'eau à Montréal : « L'aqueduc de Montréal au tournant du siècle (1890-1914). L'établissement de la purification de l'eau potable », mémoire de M.A. (histoire), Université de Montréal, 1999, en particulier p. 47-51 et chapitre 4.

87. *Ibid.*, p. 154 et suivantes.
88. « Amendements à la loi d'hygiène publique de Québec, sanctionnés le 5 mars 1915 », *Bulletin sanitaire*, 15, 3 (mars 1915), p. 18-21.
89. Pour une vue d'ensemble du mouvement d'annexion à cette époque, voir Paul-André Linteau, *Histoire de Montréal depuis la Confédération*, chapitre 8.
90. La Montreal Water and Power Company est un aqueduc privé, fondé en 1891. AVM, Herbert Cantwell, *History of the Montreal Water Works*, Montréal, s.n., 1947, p. 6-14.
91. F. Clifford Smith, *L'Aqueduc de Montréal. Son historique pour la période comprise entre l'anéée 1800 et l'année 1912*, Montréal, s.n., 1913, p. 56-57.
92. Cette question est analysée plus longuement dans Michèle Dagenais et Claire Poitras, « Une ressource abondante et inépuisable ? Urbanisation et gestion de l'eau dans le Montréal métropolitain aux XIXe et XXe siècles », *Histoire urbaine*, 18 (avril 2007), p. 97-123.
93. Sur les divisions sociolinguistiques dans l'île de Montréal, voir Paul-André Linteau, *Histoire de Montréal depuis la Confédération*, p. 317-325, et Claire McNicoll, *Montréal. Une société multiculturelle*, Paris, Belin, 1993, p. 157-206.
94. La fosse Imhoff est un type de fosse septique en béton comprenant deux chambres et permettant une sédimentation rapide des matières en suspension. Au début du XXe siècle, elle était largement utilisée en Amérique du Nord et en Europe. Martin V. Melosi, *The Sanitary City*, p. 171.
95. AVM, Rapports, 3e série, n° 2615, « Rapport de l'ingénieur en charge de la division nord au surintendant du Service des égouts de Montréal sur la fosse Imhoff de Cartierville », 22 novembre 1917.
96. Frédéric Graber approfondit cette question dans son article « La qualité de l'eau à Paris ».
97. Christopher Hamlin, *A Science of Impurity*, p.78-79 et 137.
98. Sur cette question, voir l'ouvrage de Chris Otter, *The Victorian Eye: A Political History of Light and Vision in Britain, 1800-1910*, Chicago, University of Chicago Press, 2008, en particulier le chapitre 3.

CHAPITRE 5 • À LA RECHERCHE DE LA RIVIÈRE PERDUE, OU L'INDUSTRIALISATION DE LA RIVIÈRE DES PRAIRIES

1. « Le milieu physique », dans Esdras Minville (dir.), *Montréal économique*, p. 91-92.
2. Raoul Blanchard, *L'Ouest du Canada français*, p. 339 et suivantes. Voir aussi Bryan Demchinsky et Elaine Kalman Naves, *Montreal in the Literary Imagination. Storied Streets*, Toronto, Macfarlane, Walter and Ross, 2000, p. 186-194.
3. Le terme de système sociotechnique est emprunté et adapté de la définition qu'en donne Eva Jakobsson dans ses travaux sur l'industrialisation des rivières : « Industrialization of Rivers: A Water System Approach to Hydropower Development », *Knowledge, Technology, & Policy*, 14, 4 (hiver 2002), p. 41-56.
4. Denis Vézina, *Le Site des Moulins : parc-nature de l'Île-de-la-Visitation. Guide d'interprétation*, Montréal, Cité Historia et Communauté urbaine de Montréal, 1998.
5. ANQ, fonds E20, S93, SS7, Ministère des Terres et des Forêts, Département des ressources hydrauliques, rivière des Prairies, correspondance générale (désormais fonds E20), dossier n° 20119/1918, vol. 1, Mémoire du chef du Service hydraulique, Arthur Amos, soumis à Jules Allard, ministre des Terres et Forêts, 30 septembre 1918, p. 3.

6. Les dernières « cages » de bois descendent la rivière en 1892. Chaque cage est formée d'une vingtaine de pièces de bois équarri qui, attachées à d'autres, forment des radeaux que les « cageux » dirigent sur l'eau à l'aide de grosses rames. Denis Vézina, *Le Site des Moulins*, p. 28-29 ; Michèle Benoît et Roger Gratton, *Pignons sur rue*, p. 280.
7. Jean-Claude Lasserre, *Le Saint-Laurent*, p. 344-345.
8. « Une grande route maritime canadienne en territoire canadien ou Le canal de la baie Georgienne », numéro spécial du *Bulletin de la Chambre de commerce du District de Montréal*, juin 1914, p. 50.
9. La référence en est donnée dans la note précédente.
10. « Une grande route maritime », p. 75. En 1911, la Ville de Montréal compte 467 986 habitants, tandis que l'île en compte 554 761. Celle-ci atteint le million d'habitants en 1931. Paul-André Linteau, *Histoire de Montréal depuis la Confédération*, p. 160 et 314.
11. Quant à la voie maritime du Saint-Laurent, présentée dans le chapitre suivant, elle sera réalisée à la fin des années 1950. À ce sujet voir Normand Lafrenière, *La Canalisation du Saint-Laurent. Deux siècles de travaux 1779-1959*, Ottawa, Ministère des Approvisionnements et Services, 1983, p. 55 et suivantes. Voir aussi Jean-Claude Lasserre, *Le Saint-Laurent*, p. 335 et suivantes.
12. ANQ, fonds E20, dossier n° 20119/1918, vol. 1, lettre adressée à Jules Allard, ministre des Terres et Forêts, 19 juin 1911.
13. Sur cette question examinée dans le contexte du développement de l'hydroélectricité, se reporter à Claude Bellavance, « L'État, la "houille blanche" et le grand capital. L'aliénation des ressources hydrauliques du domaine public québécois au début du XXe siècle », *Revue d'histoire de l'Amérique française*, 51, 4 (1998), en particulier p. 8-9.
14. Le géographe Stuart Oliver suggère le concept de métabolisation pour parler du travail effectué pour discipliner l'eau à des fins économiques : « The Desire to Metabolize Nature. Edward Loveden Loveden, William Vanderstegen, and the Disciplining of the River Thames », dans Nik Heynene, Maria Kaika et Erik Swyngedouw (dir.), *In the Nature of Cities: Urban Political Ecology and the Politics of Urban Metabolism*, Londres, Routledge, 2005, p. 93-109.
15. ANQ, fonds E20, dossier n° 20119/1918, vol. 1, Hugh Quilan, vice-président de la Sault-au-Récollet Land and Power Company au ministre des Terres et Forêts, 6 juillet 1918.
16. Sur cette idéologie, l'étude la plus complète à ce jour demeure celle de Michel F. Girard : *L'Écologisme retrouvé. Essor et déclin de la Commission de conservation au Canada*, Ottawa, Presses de l'Université d'Ottawa, 1994.
17. ANQ, Fonds E20, *ibid.*, F. Cochrane, acting minister of Public Works, to the Governor General in Council, 3 octobre 1918.
18. ANQ, Fonds E20, dossier n° 20119/1918, vol. 1, Séverin Létourneau, avocat pour la Ville de Montréal-Nord, à Jules Allard, ministre des Terres et Forêts, 28 août 1918.
19. ANQ, fonds E20, dossier n° 20119/1918, vol. 1, Bureau des avocats de la Ville de Montréal au ministre des Terres et Forêts, 27 septembre 1918.
20. Paul Dauphinais, Luc Dauphinais et Daniel Marien, *De la seigneurie à la banlieue. L'histoire de Laval-des-Rapides des origines à la fusion (1636-1965)*, Montréal, s.n., 1984, p. 88-89.
21. ANQ, fonds E20, dossier n° 20119/1918, vol. 1, Pétition de la municipalité de Saint-Vincent-de-Paul, 9 octobre 1918. À noter que le même document sera présenté au gouvernement au moment des négociations entourant le deuxième projet de barrage. *Ibid.*, vol. 2, 30 octobre 1922.
22. ANQ, fonds E88, Conseil d'hygiène de la Province de Québec, Rapports d'inspection, 1887-1922, 11 juillet 1922.

23. En réalité, c'est d'abord la Back River Company, propriétaire des installations industrielles de l'île de la Visitation, qui présente le projet. Mais dès le 27 septembre 1923, le bail est transféré à la Montreal Island Power Company qui en devient ainsi le maître d'œuvre : ANQ, fonds E20, dossier n° 20119/1918, vol. 2, Notes de l'ingénieur J.-R. Latreille du service hydraulique, 15 décembre 1926.
24. ANQ, fonds E20, dossier n° 20119/ 1918, vol. 2, à Honoré Mercier, ministre des Terres et Forêts, 1er septembre 1922. Voir aussi le mémoire déposé par la Back River Company : « Memorandum Re Property and Power Rights of the Back River Power Company in the Rivière des Prairies », 26 septembre 1922.
25. Le principal rapport est signé par nul autre que l'ingénieur sanitaire réputé Richard Smith Lea, engagé aussi à l'époque par diverses municipalités canadiennes, dont Montréal, comme on l'a vu au chapitre précédent.
26. ANQ, fonds E20, dossier n° 20119/ 1918, vol. 2, Rapport technique de T. Pringle & Sons Limited — Industrial Engineers and Architects, 6 juillet 1922.
27. ANQ, fonds E20, dossier n° 20119/ 1918, vol. 2, rapport « Rivière des Prairies — concernant la demande de la Back River Power Company inc. », 2 septembre 1922.
28. ANQ, fonds E20, dossier n° 20119/ 1918, vol. 2, rapport de l'ingénieur sanitaire Théo J. Lafrenière aux présidents et membres du Conseil d'hygiène de la province de Québec, 23 janvier 1919.
29. La popularité de cette pratique à l'époque, tout autant ici qu'ailleurs sur le continent, s'explique aussi par son caractère économique : Joel A. Tarr et Terry F. Yosie, « Critical Decisions in Pittsburgh Water and Wastewater Treatment », dans Joel A. Tarr (dir.), *Devastation and Renewal: An Environmental History of Pittsburgh an its Region,* Pittsburgh, University of Pittsburgh Press, 2003, p. 74 et suivantes.
30. À ce sujet, voir l'étude de Arn Keeling : « Urban Waste Sinks as a Natural Resource: The Case of the Fraser River », *Urban History Review / Revue d'histoire urbaine,* 34, 1 (automne 2005), p. 58-70.
31. ANQ, fonds E88, Conseil d'hygiène de la Province de Québec, Rapports d'inspection, 1887-1922, rapports d'Elzéar Pelletier, secrétaire-directeur du Conseil provincial d'hygiène, 23 mars 1920, 31 mai 1920, 15 juin 1992.
32. ANQ, fonds E20, dossier n° 20119/1918, vol. 2, rapport de Arthur Lessard, secrétaire du Service provincial d'hygiène, 15 décembre 1922. Cependant, il faudra encore quelques années avant que l'entreprise parvienne à s'entendre avec la Ville de Montréal au sujet des égouts, ce qui constitue une exigence de la part du gouvernement. Les discussions sur cette question se trouvent dans le même dossier.
33. Expression tirée d'une lettre de plainte d'un riverain, Émile Martineau, adressée au directeur du Service hydraulique le 8 février 1932 : ANQ, fonds E20, dossier n° 20119/1918, vol. 3.
34. ANQ, fonds E20, dossier n° 20119/1918, vol. 2, Copie du rapport d'un comité de l'Honorable conseil exécutif en date du 27 nov. 1922, approuvé par le lieutenant-gouverneur, le 29 novembre 1922. Voir aussi la chronologie produite par le Service hydraulique le 15 décembre 1926.
35. Denis Vézina, *Le Site des moulins,* p. 18. L'auteur explique qu'en détournant l'eau vers la centrale, ce barrage, aujourd'hui appelé Simon-Sicard, prive les moulins de l'île de la Visitation de l'énergie de la rivière. Pour compenser, la Montreal Island Power signe un contrat avec les propriétaires des moulins par lequel elle s'engage « à fournir un pouvoir d'eau suffisant pour produire 500 chevaux-vapeur ».
36. ANQ, fonds E20, dossier n° 20119/1918, vol. 2, Projet d'amendement du contrat « concerning the request of the Montreal Island Power [...] », Ministère des Terres et Forêts, 1929.

37. Sur cette question, voir Eva Jakobsson, « Industrialization of Rivers », p. 44, de même que Ted Steinberg, *Nature Incorporated: Industrialization and the Waters of New England,* Cambridge, Cambridge University Press, 1991.
38. ANQ, fonds E20, dossier n° 20119/1918, vol. 2, « City Authorizes Power Dam Plan », *The Gazette,* 8 juillet 1923.
39. ANQ, fonds E20, dossier n° 20119/1918, vol. 2, S. Paquin, Pont-Viau au ministre des Terres et Forêts, 7 avril 1926.
40. Une variété de circonstances, qu'il serait trop long d'exposer, retarde en effet les travaux. Elles tiennent d'abord à la compétition que se livrent entre elles les entreprises dans le secteur de l'électricité et aux diverses opérations d'achat et de rachat de certaines par les plus gros joueurs. Ainsi, la Montreal Island Power est rachetée par la Montreal Light, Heat and Power à la fin des années 1920. Il est possible que les tractations entourant cette prise de contrôle de la seconde sur la première aient ralenti la mise en branle du chantier sur la rivière des Prairies. De plus, il faut savoir que c'est une firme spécialisée, engagée sur plusieurs sites à la même époque, qui procède aux travaux d'aménagement du barrage et de la centrale. Enfin, il semble que l'élaboration de ce chantier est en partie tributaire d'un autre projet envisagé à peu près à la même époque, sur la rivière des Mille Îles. À ce jour, la centrale de la rivière des Prairies n'a pas encore fait l'objet d'une étude spécifique. Claude Bellavance en traite à divers endroits dans son ouvrage *Shawinigan Water and Power, 1898-1963. Formation et déclin d'un groupe industriel au Québec,* Montréal, Boréal, 1994, p. 107-109 et 216. Voir aussi l'ouvrage de John H. Dales, *Hydroelectricity and Industrial Development. Quebec 1898-1940,* Cambridge (Mass.), Harvard University Press, 1957, p. 113-117.
41. ANQ, fonds E20, dossier n° 20119/1918, vol. 3, Honoré Mercier, ministre des Terres et Forêts, à Joseph Filion, député du comté de Laval, 4 février 1932. Pour les documents ayant conduit à cet arrangement, se référer au vol. 2 de la même série.
42. Et d'expliquer : « Je suis propriétaire d'une terre de 40 arpents de long par 2 de large à 10 arpents de la maison. La compagnie se trouve par les tracés qui sont faits à fouler l'eau sur une longueur d'à peu près 3 arpents sur la largeur et par ce à couper ma terre en deux et qui sans doute tiendra l'humidité beaucoup plus tard le printemps [...] c'est toute la terre à jardinage et on m'offre pour cela un prix ridicule. » ANQ, fonds E20, dossier n° 20119/1918, vol. 2, Hormisdas Guilbault, Pont-Viau, à Honoré Mercier, ministre des Terres et Forêts, 25 février 1929.
43. ANQ, fonds E20, dossier n° 20119/1918, vol. 2, lettre à Hormisdas Guilbault, 8 mars 1929. Claude Bellavance évoque cette question et explique que ces pouvoirs d'expropriation sont alors donnés aux entreprises dans un contexte où les pressions s'accroissent en faveur du développement des ressources hydrauliques : « L'État, la "houille blanche" et le grand capital », p. 14-15.
44. L'ouvrage de John H. Dales offre un tableau récapitulatif de la part d'énergie fournie par chacune des entreprises de la région pour la période allant de 1913 à 1940. Dans le lot, la centrale de la rivière des Prairies représente peu : *Hydroelectricity and Industrial Development,* p. 117.
45. À cette époque, en effet, la consommation d'électricité domestique est peu importante et se limite surtout à l'éclairage : Claude Bellavance et Paul-André Linteau, « La diffusion de l'électricité à Montréal au début du XXe siècle », dans Horacio Capel et Paul-André Linteau (dir.), *Barcelona, Montréal. Desarrollo urbano comparado / Développement urbain comparé,* Barcelone, Publicacions de la Universitat de Barcelona, 1998, p. 252-253.
46. Sur le processus d'urbanisation de ces territoires, voir Paul-André Linteau, *Histoire de Montréal depuis la Confédération,* p. 363-364 et 492-494.

47. Sur cette question, voir la thèse de Marcel Samson : « La résidence secondaire et la région métropolitaine de Montréal », thèse de Ph.D. (économie appliquée), Université de droit, d'économie et des sciences d'Aix-Marseille, 1988, p. 78-79.
48. Paul Dauphinais, Luc Dauphinais et Daniel Marien, *De la seigneurie à la banlieue*, p. 86.
49. ANQ, fonds E20, dossier n° 20119/1918, vol. 3, Harold E. Walker, avocat, à Arthur Amos, directeur du Service hydraulique, 16 octobre 1931, p. 6.
50. ANQ, fonds E20, dossier n° 20119/1918, vol. 3, Honoré Mercier, ministre des Terres et Forêts, à Joseph Filion, député du comté de Laval, 4 février 1932. Voir aussi Harold E. Walker, avocat, à M. Descary and Descary, 10 octobre 1932.
51. ANQ, fonds E20, dossier n° 20119/1918, vol. 3, J. Alfred Ouimet, propriétaire à l'Abord-à-Plouffe, à Arthur Amos, 21 novembre 1932. D'après les données compilées par Raymond Perrier, la région de Montréal, parmi d'autres, connaît une période de pluies particulièrement abondantes du 5 au 7 octobre 1932 : « Historique des inondations au Québec », dans *L'Eau, une industrie. Actes du congrès conjoint de l'AQTE-FACE*, s.l., s.n., 1974, p. 25-22.
52. ANQ, fonds E20, dossier n° 20119/1918, vol. 3, Arthur Amos à J. Alfred Ouimet, 22 novembre 1932.
53. « L'inondation envahit trois municipalités. Effet d'un barrage de glace », *La Presse*, 13 décembre 1932, p. 1-2 ; « Une embâcle de glace sur la rivière des Prairies cause maintes inondations », *La Patrie*, 13 décembre 1932, p. 3 et 13.
54. Monique Lenghan Langlois, *Index des rapports de la Commission des eaux courantes*, Québec, Ministère des Richesses naturelles, 1974, p. 164-165.
55. ANQ, fonds E20, dossier n° 20119/1918, vol. 3, Rapport interne de Arthur Amos, 21 décembre 1932, p. 3.
56. *Ibid.*, p. 4.
57. *Idem.*
58. Formulé à maintes reprises à l'occasion des divers litiges opposant des propriétaires riverains à la Montreal Island Power, le constat provient ici de la poursuite intentée par l'Œuvre des retraites fermées contre l'entreprise et le gouvernement du Québec. L'établissement est situé dans la paroisse Saint-Martin sur l'île Jésus, à deux kilomètres en amont du pont de Bordeaux, proche du pont de Cartierville. ANQ, fonds E20, dossier n° 20119/1918 vol. 3, « Bref d'assignation à comparaître et déclaration de la Cour supérieure », 6 juin 1938.
59. Claude Bellavance, dans son ouvrage *Shawinigan Water and Power*, traite de cette commission présidée par Ernest Lapointe, p. 14-15 et 95.
60. Sur les manières diverses dont sont vécues les transformations environnementales par les groupes concernés, voir l'étude de Tina Loo : « Disturbing the Peace: Environmental Change and the Scales of Justice on a Northern River », *Environmental History*, 12, 4 (octobre 2007), p. 895-919.
61. ANQ, fonds E20, dossier n° 20119/1918, vol. 3, lettre adressée au ministre des Terres et Forêts, Honoré Mercier, 11 août 1933.
62. ANQ, fonds E20, dossier n° 20119/1918, vol. 3, Rapport interne de Arthur Amos, 21-22 décembre 1932, p. 4.
63. ANQ, fonds E20, dossier n° 20119/1918 vol. 3, « Bref d'assignation », p. 4.
64. Le bref d'assignation évoque cette entente dont l'existence se vérifie aussi dans le texte d'une pétition des membres du Conseil municipal de l'Abord-à-Plouffe adressée à la Montreal Island Power le 17 mai 1943 : Archives Hydro-Québec, série F9/3462.
65. Des tentatives de régularisation de l'eau dans le bassin hydrographique de l'Outaouais sont

menées tôt au XXe siècle. Cette question, centrale après la Seconde Guerre mondiale, est abordée dans le chapitre 7. Pour un bref aperçu, voir le site web du Centre Saint-Laurent : www.ec.gc.ca/water/fr/manage/floodgen/f_backgr.htm (page consultée le 8 juin 2009).

66. AVM, P30, S31, D3, Usine d'épuration des eaux, *Cinquième ordonnance de la Commission des services publics du Québec,* 10 mars 1930.
67. AVM, 3e série, dossier n° 2615, 21 août 1916.
68. AVM, 3e série, dossier n° 2615, D^r Le Cavalier, propriétaire, à J. A. A. Brodeur, président du comité exécutif, 21 août 1922.
69. ANQ, fonds E4, Secrétariat de la province — Service provincial d'hygiène, décisions du directeur (désormais fonds E4), vol. 37, 22 février 1928.
70. AVM, 3e série, dossier n° 50607, *Sixième ordonnance des services publics du Québec,* 22 décembre 1930.
71. Les demandes de la population contribuent sans doute aussi à l'empressement de la Commission : AVM, dossiers de presse, bobine 134, pollution des eaux, « Une délégation d'Ahuntsic. On demande de hâter la construction d'une usine d'épuration et de filtration dans le nord », 20 octobre 1933.
72. AVM, P30, S31, D3, Usine d'épuration des eaux, *Ordonnance n° 493 de la Régie des services publics,* 30 avril 1942, p. 7.
73. On peut penser que les pressions sont suffisamment nombreuses pour que Montréal ressente la nécessité d'avoir recours à des compétences externes : AVM, 3e série, dossier n° 50607, résolution du comité exécutif, 13 mai 1935.
74. AVM, 3e série, dossier n° 47152, *Rapport concernant le projet d'installation d'une usine d'épuration pour les eaux d'égouts qui se déversent dans la rivière des Prairies,* 25 mars 1936, p. 8. À noter que l'ingénieur Lea en est un des signataires.
75. *Ibid.,* p. 40. Le traitement alors envisagé consisterait à « chlorer les eaux usées avant leur rejet dans la rivière » : ANQ, fonds E4, vol. 46, Théo Lafrenière, ingénieur sanitaire, à Alphonse Lessard, directeur du Service provincial d'hygiène, 6 décembre 1935.
76. Bien qu'aucune source consultée ne le mentionne explicitement, il faut savoir que la baignade en aval du barrage n'est pas sans risque puisqu'il peut arriver que les évacuateurs de crue s'ouvrent et laissent s'écouler d'importantes quantités d'eau. Ces dernières années, Hydro-Québec a d'ailleurs décidé de creuser un canal dissuasif le long de la rive sud de la rivière. Des panneaux plantés sur la berge en avisent la population.
77. AVM, 3e série, dossier n° 50607, Alphonse Lessard, directeur du Service provincial d'hygiène, à Jos.-Étienne Gauthier, greffier de la Ville de Montréal, 14 septembre 1933. Voir aussi ANQ, fonds E4, vol. 41, de l'ingénieur sanitaire Théo Lafrenière au greffier de Montréal, 15 septembre 1932.
78. AVM, dossiers de presse, bobine 134, pollution des eaux, Paul Sauriol, « Les égouts de Montréal », *Le Devoir,* 8 octobre 1932.
79. *Ibid.,* « Pour contrôler les bains publics », 13 juillet 1933. Le règlement stipule aussi que le baigneur « devra être convenablement vêtu [...] pourvu d'une serviette individuelle, ainsi que d'un costume de bain individuel ».
80. « Six lives claimed during week-end. Two are drowned before onlookers can reach scene », *The Montreal Daily Star,* 21 juillet 1930, p. 11. Voir aussi « Gare à l'eau », *La Patrie,* 1er juillet 1933, p. 16 ; « Boy lost life while fishing », *The Montreal Daily Star,* 14 juin 1934, p. 23.
81. AVM, dossier de presse « Pollution des eaux », n^o D720.5, bobine 134, « Aux baigneurs. Endroits défendus », *Le Devoir,* 3 juillet 1979.
82. Raoul Blanchard, *L'Ouest du Canada français,* p. 371.

83. La thèse de Marcel Samson sur la villégiature comprend quelques mentions de l'existence de ces chalets : « La résidence secondaire », p. 95-97.
84. ANQ, fonds E4, vol. 42, rapport d'enquête de l'assistant-ingénieur sanitaire E. Langevin, 4 juillet 1933 ; fonds E8, « Mémoire sur les règlements sanitaires provinciaux au sujet de certains chalets à Ste-Rose (ouest) », vol. 51, 1942.
85. AVM, 3e série, dossier n° 50607, 2 novembre 1937 ; « Une usine d'épuration réclamée à grands cris » *La Patrie,* 11 décembre 1937.
86. AVM, 3e série, dossier n° 50607, 30 novembre 1937.
87. AVM, dossier de presse, bobine 134, pollution des eaux, « Beach is badly needed », *The Montreal Gazette,* 8 août 1935 ; « St. Helen's Island Bathing Beach to be Ready for Use Dominion Day », *The Montreal Gazette,* 19 juin 1937 ; « La plage de l'île Sainte-Hélène ouverte », *La Presse,* 12 juillet 1937.
88. Voir notamment ANQ, fonds E4, vol. 43, rapport de l'assistant-ingénieur René Cyr à propos de la situation à Montréal, 3 et 9 mai 1934.
89. « C'est une voie navigable », répète tel un leitmotiv Marguerite Plourde Garant dans *La Rivière des Prairies de 1500 à nos jours,* Laval, s.n., 1986, p. 13, 125, 131, etc. Le thème de la rivière perdue occupe aussi une place centrale dans les travaux entourant le projet Archipel, abordé dans le chapitre 7.
90. Voir notamment Marcel Paquette, *Laval entre deux âges,* Laval, GID, 2002.
91. « Le "gros sault" existait encore en 1928, mais cette année-là, il disparut avec la construction de l'énorme barrage. [...] Voilà pourquoi personne ne s'étonnera d'entendre parler les habitants riverains du "grand massacre de 1928" » (Robert Prévost, *Le Moulin du Gros-Sault,* Montréal, Archonte, 1939, p. 15). « C'est en 1928 que le "gros sault" disparaît [...] plus aucune vigueur apparente, plus de turbulence, mais un rapide noyé » (Marguerite Plourde Garant, *La Rivière des Prairies,* p. 131).
92. En 1963, le Comité de canalisation des deux rivières est mis sur pied qui amorce la reprise du débat sur le caractère navigable ou non de la rivière. Marguerite Plourde Garant, *La Rivière des Prairies,* p. 134 et suivantes. Aujourd'hui, les Amis de la rivière des Prairies continuent de militer en faveur d'un tel projet. Voir leur mémoire à ce sujet, en ligne : www2.ville.montreal.qc.ca/ocpm/pdf/PD03/19d.pdf (page consultée le 8 juin 2009).
93. Voir le dépliant « La centrale de la Rivière-des-Prairies. Urbaine et pourtant si près de la nature », offert dans le présentoir du kiosque à l'entrée des installations d'Hydro-Québec à Laval.

CHAPITRE 6 • TOUT LE POIDS DE L'ÎLE : LE RATTACHEMENT AU CONTINENT

1. *La Isla en peso.* Ce poème, d'origine cubaine, est parfois traduit par *Tout le poids de l'île.* Ce titre fait écho à un certain état d'esprit par rapport à l'insularité de Montréal durant l'époque abordée dans ce chapitre. Pour une version complète du poème en français, voir Claude Couffon, *Poésie cubaine du XXe siècle,* Genève, Éditions Patino, 1997.
2. La métaphore est empruntée au texte d'introduction de *Montréal. Horizon 2000. Rapports techniques,* vol. 1, Ville de Montréal, Service d'urbanisme, s.d., p. 1. Pour une bonne réflexion sur le phénomène d'éclatement de la ville, voir André Corboz, « L'urbanisme au XXe siècle, esquisse d'un profil », dans *De la ville au patrimoine urbain. Histoires de forme et de sens,* André Corboz, textes choisis et assemblés par Lucie K. Morisset, Québec, Presses de l'Université du Québec, 2009, p. 245-255.
3. L'expression est employée dans un des nombreux rapports produits dans le cadre du

projet Archipel, abordé dans le prochain chapitre : *La Problématique des eaux de l'archipel de Montréal / Archipel. Projet d'aménagement des eaux de l'archipel de Montréal*, Québec, Éditeur officiel, 1980, p. 16.

4. Sur cette question, voir l'article suivant de Jean-Claude Robert : « Le Saint-Laurent et la structuration de l'espace montréalais, XVIIe-XXe siècle », *Études canadiennes / Canadian Studies*, 50 (2001), en particulier p. 28-29.
5. Expression employée par le ministère des Ressources naturelles en parlant des pratiques d'envahissement du fleuve par les riverains dans les années 1970 : André Delisle, « Le cancer des eaux », *Québec Science*, septembre 1975, dans *Un fleuve, un parc. Dossier de presse, juin 1971 — août 1977*, vol. 2, p. 261.
6. Jean-Claude Lasserre, *Le Saint-Laurent*, p. 334 et suivantes. Voir aussi le site de l'organisme : www.ijc.org/fr/accueil/main_accueil.htm (consulté le 26 juin 2009).
7. *Idem*, p. 394-410.
8. Pour plus de précisions, voir la présentation qu'en fait le Conseil international de contrôle du fleuve Saint-Laurent, en ligne : www.islrbc.org/new-Version/brochure-f.html (page consultée le 25 juin 2009).
9. Jean-Claude Robert, « Le Saint-Laurent et la structuration de l'espace montréalais », p. 28.
10. Voir la carte de localisation de ce canal fournie par Jean-Claude Robert dans l'*Atlas historique de Montréal*, planche 37.
11. Projet Archipel, *Dossier sur la navigation de plaisance / Archipel de Montréal*, Montréal, s.n., 1981, p. 15.
12. À l'époque, Hydro-Québec envisage d'utiliser le pouvoir de l'eau de ces rapides pour y aménager une centrale hydroélectrique. Mais elle y renonce car le coût des kilowattheures s'avérerait trop élevé : Jean-Claude Lasserre, *Le Saint-Laurent*, p. 414.
13. Olive Patricia Dickason, *Les Premières Nations du Canada depuis les temps les plus lointains jusqu'à nos jours*, Sillery, Septentrion, 1996, p. 358. Le film *Kahnawà:ke Revisited: The St. Lawrence Seaway*, réalisé en 2009, présente les impacts qu'a eus la création de la voie maritime sur la vie de la communauté. En ligne : www.kahnawake.com/community/revisited.asp (page consultée le 29 octobre 2010).
14. Jean-Claude Robert, *Atlas historique de Montréal*, p. 141.
15. Sabine Courcier, « De l'évaluation de l'effet structurant d'un projet urbain à l'analyse des congruences entre stratégies d'acteurs : le réaménagement du Vieux-Port de Montréal », thèse de PhD (aménagement), Université de Montréal, 2002, p. 107.
16. Jean-Pierre Bonhomme, « Un fleuve malade que les Montréalais doivent guérir », *La Presse*, 19 août 1975, dans *Un fleuve, un parc. Dossier de presse, juin 1971 — août 1977*, vol. 2., p. 250.
17. Projet Archipel, *La Problématique des eaux de l'archipel*, p. 16. L'écoulement des eaux est aussi affecté par la disparition des rapides en divers endroits : Projet Archipel, *La Faune et son habitat. Problématique, synthèse des études et éléments de solution*, Montréal, Ministère du Loisir, de la Chasse et de la Pêche, Service Archipel, 1984, p. 8-12.
18. Voir l'étude récente de Louis-Raphaël Pelletier qui examine l'histoire de ces installations et leurs retombées sur le plan environnemental : « The Heavy Industrialization of Landscapes in the Beauharnois County and the Destruction of Montreal's Rural Hinterland », dans Stéphane Castonguay et Michèle Dagenais (dir.), *Metropolitan Natures: Environmental Histories of Montreal*, Pittsburgh, University of Pittsburgh Press, 2011, p. 296-318.
19. Claude Allard, *Étude de la pollution des cours d'eau de la province de Québec*, Montréal, Fédération des associations de chasse et de pêche du Québec, 1955, p. 8. Dix ans plus tard, un nouveau rapport déplore à son tour « une diminution sensible du rendement » du lac

Saint-Louis depuis la « canalisation » du Saint-Laurent : Tony Le Sauteur, *Rapport sur la qualité des eaux du lac Saint-Louis*, Régie des eaux du Québec, 1966, p.4.

20. Jean-Claude Lasserre, *Le Saint-Laurent*, p. 424.
21. *Rapport principal du Comité d'étude sur le Saint-Laurent*, Québec, Éditeur officiel, 1978, p. 44. Sur les retombées de la voie maritime en aval de Montréal, voir aussi Rodolphe De Koninck, *Les Cent-Îles du lac Saint-Pierre. Retour aux sources et nouveaux enjeux*, Québec, Presses de l'Université Laval, 1996, p. 109-110.
22. Titre extrait d'un texte de présentation de l'exposition *Les années 60 : Montréal voit grand* organisée par le Centre canadien d'architecture. Le texte complet est disponible à l'adresse suivante : www.cca.qc.ca/Mtl60/60sFR.SWF (page consultée le 19 juin 2009).
23. Eugène Beaudoin, *Urbanisme municipal, urbanisme régional*, cours et conférences sous les auspices du Service d'urbanisme et de recherche de la Commission métropolitaine de Montréal, Montréal, 1938, p. 10 et suivantes. De même, quelques années plus tard, Séraphin Ouimet élabore un *Plan d'ensemble de l'île de Montréal* (s.l.n.d.) voué à l'« élimination de la congestion des rues, des taudis, de la fumée, du bruit, des passages à niveau, des voies élevées, du chômage, etc. ». Ouimet est alors ingénieur en chef et gérant de la Compagnie d'entreprise du Terminus de Montréal.
24. David B. Hanna, « Les réseaux de transport et leur rôle dans l'étalement urbain de Montréal », dans Horatio Capel et Paul-André Linteau (dir.), *Barcelona-Montréal. Desarrollo urbano comparado / Développement urbain comparé*, Barcelone, Publicacions de la Universitat de Barcelona, 1998, p. 124.
25. Jean-Pierre Collin et Michèle Dagenais, « Évolution des enjeux politiques locaux et des pratiques municipales dans l'île de Montréal, 1840-1950 », p. 212-213.
26. *Urbanisation de Montréal*, plan directeur, rapport préliminaire, Ville de Montréal, Service d'urbanisme, novembre 1944, p. 17-18.
27. *Montréal. Horizon 2000*, p. 3.
28. Voir à cet égard la carte du géographe Ludger Beauregard sur la géographie manufacturière de Montréal, reproduite par Jean-Claude Robert dans son *Atlas historique de Montréal*, p. 141.
29. Pierre Aubry et Rolland Cousineau, « Loisirs, normes et politiques », 2 novembre 1966, dans *Montréal. Horizon 2000*, p. 1 à 10.
30. Jacques Des Rochers et Alain Roy, « Le Vieux-Montréal de 1950 au XXIe siècle : le lieu et le temps retrouvé », dans Gilles Lauzon et Madeleine Forget (dir.), *L'Histoire du Vieux-Montréal*, p. 251-252.
31. Luc Noppen, *Du chemin du Roy à la rue Notre-Dame. Mémoires et destins d'un axe est-ouest à Montréal*, Québec, Ministère des Transports, 2001, p. 34-38.
32. C'est l'urbaniste Blanche Lemco Van Kingle qui, la première, soulève la question : Sabine Courcier, « De l'évaluation de l'effet structurant d'un projet urbain », p. 221-223.
33. David Hanna en a dressé une carte dans son article « Les réseaux de transport et leur rôle dans l'étalement urbain », p. 125.
34. Sur le développement du réseau autour de Montréal à cette époque, voir Claire Poitras, « Repenser les projets autoroutiers : deux visions de la métropole contemporaine », dans Gilles Sénécal et Laurence Bherer (dir.), *La Métropolisation et ses territoires*, Québec, Presses de l'Université du Québec, 2009, p. 107-124.
35. La croissance se poursuit alors que, de 1971 à 1981, ce territoire augmente de 133 km^2 ; voir David B. Hanna, « Les réseaux de transport et leur rôle dans l'étalement urbain », p. 129. Sur le développement de la banlieue montréalaise à cette époque, voir aussi Paul-André Linteau, *Histoire de Montréal depuis la Confédération*, chapitre 18.

36. L'expression est empruntée à Alain Corbin, *Le Territoire du vide. L'Occident et le désir du rivage, 1750-1840,* Paris, Flammarion, 1990.
37. Michèle Dagenais, *Faire et fuir la ville. Espaces publics de culture et de loisirs à Montréal et Toronto aux* XIXe *et* XXe *siècles,* Québec, Presses de l'Université Laval, 2006, chapitre 7.
38. *Rapport principal du Comité d'étude sur le Saint-Laurent,* p. 46, p. 124-130.
39. Voir le cas assez spectaculaire du comblement des marais dans le secteur des battures de Beauport, à Québec : Matthew Hatvany, « L'expansion urbaine », dans Serge Courville et Robert Garon (dir.), *Québec, ville et capitale,* Québec, Presses de l'Université Laval, 2001, p. 266-269.
40. *Rapport principal du Comité d'étude sur le Saint-Laurent,* p. 145 ; *L'Eau dans l'aménagement et le développement du territoire de la région de Montréal,* Québec, Office de planification et de développement du Québec, 1979, p. 44 et 47.
41. Jean-Claude Lasserre, *Le Saint-Laurent,* p. 649-650. Voir aussi les articles de journaux suivants : Gilles Provost, « Le fleuve a été rétréci de 50 % ici et là par le remplissage », *Le Devoir,* 29 avril 1975, dans *Un fleuve, un parc. Dossier de presse.* Vol. 2, p. 231 ; « Le 13e Congrès de l'A.Q.T.E. Le Saint-Laurent… Notre fleuve », *La Revue municipale,* 6 juin 1975, dans *ibid.,* p. 235-236 ; « Le cancer des eaux », *Québec Science,* septembre 1975, dans *ibid.,* p. 261.
42. Pour une vision d'ensemble, voir l'ouvrage de Martin Drouin, *Le Combat du patrimoine à Montréal (1973-2003),* Québec, Presses de l'Université du Québec, 2005.
43. « Un projet de restauration », *La Vie au grand air,* 5, 11 (février-mars 1946), p. 11.
44. Fondée en juillet 1937, la revue se présente comme l'« Organe officiel français de l'Association de la province de Québec pour la protection du poisson et du gibier ».
45. *La Vie au grand air,* 1, 11 (juin-juillet 1938), p. 1.
46. « En attendant l'ouverture », *La Vie au grand air,* 1, 9 (avril 1938), p. 2.
47. « Pétition au ministère de la Chasse et de la Pêche », *La Vie au grand air,* 2, 15 (mars-avril 1939), p. 23-24.
48. « Pourquoi courir si loin… », *La Vie au grand air,* 3, 4 (juin 1940), p. 14-16.
49. « L'Association de la province de Québec pour la protection du poisson et du gibier », *La Vie au grand air,* 5, 11 (février-mars 1946), p. 2 et 12. Voir aussi, dans le même numéro, « Un projet de restauration », p. 11-12.
50. « Les industries et les pêcheries », *La Vie au grand air,* 6, 1 (mai 1946), p. 19 ; voir aussi « La pêche de rivières », p. 11-14.
51. Voir notamment l'annonce de la revue parue dans le vol. 6, 4 (août 1946), p. 2.
52. « Pêcheurs sportifs du lac St-Louis », *Chasse et Pêche,* novembre 1950, p. 26. Son activité la plus populaire semble être le derby de pêche au début du mois de juillet. En 1953, 1 467 concurrents y ont pris part. « Le derby de pêche du Lac St-Louis », *Chasse et Pêche,* juillet 1953, p. 5.
53. L'étude de Samuel Hays évoque le rôle clé joué par ces clubs dans l'émergence du mouvement environnementaliste après 1945 : *Beauty, Health, and Permanence: Environmental Politics in the United States, 1955-1985,* Cambridge, Cambridge University Press, 1987, p. 19-21.
54. Sur la lutte contre la pollution des eaux à la même époque, notamment dans l'Estrie, voir Stéphane Castonguay, « Les territoires de la pollution. L'environnement comme catégorie de l'action publique au Québec », dans Guy Massicotte (dir.), *Sciences du territoire. Perspectives québécoises,* Québec, Presses de l'Université du Québec, 2008, en particulier p. 81 à 89.

55. « L'eau, la forêt et la faune », *Nouvelles de la Fédération,* janvier-mars 1954, p. 1.
56. « Progrès contre la pollution », *Nouvelles de la Fédération — News,* juillet-septembre 1955, p. 3.
57. Robert Lagueux, « La pollution de l'eau et la récréation de plein air », *Colloque de l'ACFAS sur les problèmes de l'eau, Annales de l'ACFAS,* 36, Supplément n° 1 (1969), p. 36.
58. Samuel Hays explique bien cette transition dans son ouvrage *Beauty, Health, and Permanence,* chapitre 1.
59. « L'eau, la forêt et la faune », *Nouvelles de la Fédération,* janvier-mars 1954, p. 1.
60. Sur le processus d'élaboration de la notion de pollution et ses modes d'appréhension, voir K. Bickerstaff et G. Walker, « The Place(s) of Matter: Matter Out of Place — Public Understandings of Air Pollution », *Progress in Human Geography,* 27, 1 (2003), p. 45-67.
61. Lucien Piché, *Rapport sur la pollution de la rivière Ottawa et de ses principaux tributaires entre Ottawa-Hull et l'île de Montréal en 1954,* Montréal, Fédération des associations de chasse et de pêche du Québec et Association de la province de Québec pour la protection du poisson et du gibier, 1954.
62. *Ibid.,* p. 2 et 49.
63. Claude Allard, *Étude de la pollution des cours d'eau de la province de Québec,* p. 6.
64. *Ibid.,* p. 18.
65. La notion de territoires de la pollution est empruntée à Stéphane Castonguay, « Les territoires de la pollution ».
66. Lucien Piché, *Rapport sur la pollution de la rivière Ottawa,* p. 47.
67. *Ibid.,* p. 49. C'est nous qui soulignons.
68. *Ibid.,* p. 52 ; Claude Allard, *Étude de la pollution des cours d'eau de la province de Québec,* p. 36.
69. Stéphane Castonguay, « Les territoires de la pollution », p. 91 et suivantes.
70. *Les usines municipales d'épuration des eaux usées, leurs émissaires aux cours d'eau et le cas de la Communauté urbaine de Montréal. Avis préparé pour le ministre de l'Environnement par le Conseil consultatif de l'environnement,* Québec, Conseil consultatif de l'environnement, 1982, p. 25.
71. À ce sujet, voir Michèle Dagenais et Claire Poitras, « Une ressource abondante et inépuisable ? », p. 118-121.
72. *La Lutte contre la pollution des eaux au Québec,* Québec, Programme de la Régie des eaux du Québec, 1970.
73. Titre d'un article de Jean-Pierre Bonhomme, *La Presse,* 19 août 1975, dans *Un fleuve, un parc. Dossier de presse.* Vol. 2, p. 250.
74. « Des enfants risquent leur santé chaque jour en se baignant dans la rivière des Prairies », titre *La Patrie* dans son édition du 21 août 1968. AVM, dossiers de presse, bobine 134, pollution des eaux.
75. Tony Le Sauteur possède son propre site web, intitulé « Tony Le Sauteur — le parcours d'un combattant », où il raconte la campagne qu'il a menée dans les années 1970. En ligne : www.tonylesauteur.com/frtony7.htm (page consultée le 9 juillet 2009).
76. *Un fleuve, un parc,* vol. 1 : *Les Grandes Lignes du projet,* Montréal, Fédération québécoise de la faune, s.d., p. 1. Pour un bon aperçu du projet dans son ensemble, voir le cahier « Perspectives » de *La Presse* publié dans l'édition du 27 novembre 1971, dans *Ibid.,* p. 56-63.
77. Propos de Tony Le Sauteur dans « Un parc de plein-air sur le St-Laurent, de Montréal à Sorel, en passant par 110 îles », *Le Soleil,* 27 octobre 1971, dans *Un fleuve, un parc. Dossier de presse,* vol. 1 : *Juin 1971 — août 1977,* p. 27.

78. C'est ce dernier qui souligne : « La Fédération québécoise de la faune étend à trois autres villes son programme de récupération d'espaces-nature », communiqué de presse, 7 mars 1972, dans *Un fleuve, un parc*, vol. 1 : *Les Grandes Lignes du projet.*
79. « Un fleuve, un parc », communiqué de presse, 20 mars 1973, dans *ibid.*
80. Henri Poupart, « Pour $17,500000, un parc sur le Saint-Laurent », *La Presse*, 21 mars 1973, dans *Un fleuve, un parc. Dossier de presse*, vol. 1 : *Juin 1971 — août 1977*, p. 123.
81. Jean-V. Dufresne, « La réalisation d'"un fleuve, un parc" débute avec l'expropriation des îles de Boucherville », *Le Devoir*, 29 décembre 1973, dans *ibid.*, p. 145. Pour un aperçu de l'histoire de ces îles : www.sepaq.com/pq/bou/fr/historique.html (page consultée le 9 juillet 2009).
82. En écho au projet « Un fleuve, un parc » qu'elle tente de remettre au cœur de l'actualité, la revue *Québec Science* présente un grand dossier sur le fleuve Saint-Laurent dans son édition de septembre 1975, qui aborde notamment les développements sur les îles de Boucherville : *Un fleuve, un parc. Dossier de presse*, vol. 2, p. 260-270.
83. C'est ce qui ressort de certains articles réunis dans le dossier de presse sur la campagne « Un fleuve, un parc ». Voir notamment Jean-Pierre Bonhomme, « Un fleuve malade que les Montréalais doivent guérir », *La Presse*, 19 août 1975, dans *ibid.*, vol. 2, p. 250 ; Tony Le Sauteur, « En pleine ville. Des paradis perdus », *Plein Air*, avril 1974, dans *ibid.*, vol. 2, p. 204-206 ; de même que le dossier de *Québec Science* sur le projet publié en septembre 1975.
84. Comme le remarque Jean-Claude Robert dans « Le Saint-Laurent et la structuration de l'espace montréalais », p. 29. Voir aussi Sabine Courcier, « De l'évaluation de l'effet structurant d'un projet urbain », p. 106 et suivantes.
85. Cette affirmation est tirée d'un article de Tristan Péloquin, « Montréal aura bientôt son usine de désinfection », *La Presse*, 9 juillet 2009.
86. Conseil des sciences du Canada, *« Mais tous étaient frappés ». Analyse de certaines inquiétudes pour l'environnement et dangers de pollution de la nature canadienne*, Ottawa, Le Conseil, 1972, p. 12.
87. *Ibid.*, p. 26-27.
88. *Rapport principal du Comité d'étude sur le fleuve Saint-Laurent*, p. 16. Voir aussi Rose-Anne Giroux, « L'assainissement du Saint-Laurent sera étudié par Ottawa et Québec », *La Presse*, dans *Un fleuve, un parc. Dossier de presse*, vol. 1, p. 96.
89. *Rapport principal du Comité d'étude sur le Saint-Laurent*, p. 26.
90. *Ibid.*, p. 143, 155.
91. Michèle Bérubé, *Annexe n° 1. Plan d'assainissement des eaux usées municipales*, s.l., Comité d'étude sur le fleuve Saint-Laurent, 1977, p. 12.
92. Pour une présentation des actions entreprises en ce sens, on peut consulter le document suivant, produit par le gouvernement du Québec : *25 ans d'assainissement des eaux usées industrielles au Québec : un bilan*, en ligne : www.mddep.gouv.qc.ca/eau/eaux-usees/industrielles/index.htm (page consultée le 20 juin 2009). Pour une discussion des effets du programme à l'époque de son implantation, voir Raymond Lemieux, « À la recherche du fleuve perdu. Un rêve : faire disparaître l'interdiction de baignade et de pêche », *La Presse*, 21 décembre 1985, cahier Plus, p. 10-11.
93. Portrait global de la qualité des eaux au Québec, en ligne : www.mddep.gouv.qc.ca/eau/sys-image/global/global4.htm (page consultée le 20 juin 2009).
94. Son site est logé à l'adresse suivante : www.slv2000.qc.ca/index_f.htm (page consultée le 7 juillet 2009).
95. Le Plan d'action Saint-Laurent dispose de son propre site web, accessible via celui de Saint-

Laurent Vision 2000 ou à l'adresse suivante : www.planstlaurent.qc.ca/index_f.html (page consultée le 11 juillet 2009).

96. Pour un bref historique, voir *Les Usines municipales d'épuration des eaux usées,* p. 34-36. Voir aussi Marc-Antoine Fleury, *Unearthing Montreal's Municipal Water System: Amalgamating and Harmonizing Urban Water Services,* Toronto, York University, 2003. Document disponible à l'adresse suivante : www.yorku.ca/fes/research/docs/ma_fleury.pdf
97. Le site de la station d'épuration des eaux usées de Montréal contient une carte qui permet de localiser le déploiement du réseau sur l'île de Montréal : http://services.ville.montreal.qc.ca/station/fr/accustaf.htm (page consultée le 12 juillet 2009).
98. Tristan Péloquin, « Montréal aura bientôt son usine de désinfection », *La Presse,* 9 juillet 2009.
99. Sur la présence de substances chimiques dans l'eau, voir Daniel Baril, « Le fleuve regorge de composés d'œstrogène », *Forum,* 15 septembre 2008, p. 2-3 ; « La qualité de l'eau dans certaines régions du Canada laisserait à désirer », *Le Devoir,* 4 août 2008.
100. *L'Aqueduc de Montréal. Waterworks,* Montréal, Service des travaux publics, 1968, p. 20.
101. Dany Fougères, « Le public et le privé dans la gestion de l'eau potable à Montréal », p. 60.

CHAPITRE 7 • UNE VILLE, UN ARCHIPEL : UNE UTOPIE ?

1. « Le projet Archipel : une réflexion et une discussion géographique », *Cahiers de géographie du Québec,* 27, 71 (1983), p. 327.
2. Pour plus de précisions, se référer à Jean-Claude Lasserre, *Le Saint-Laurent,* p. 462 et suivantes.
3. Jeanne Andrews, *Inondation. Cahier de l'eau du Canada,* Ottawa, Environnement Canada, 1993, p. 93-95.
4. *Comité sur la régularisation des eaux. Région de Montréal. Rapport final,* Québec, Ministère des Ressources naturelles du Québec et Environnement Canada, 1976, p. 95.
5. Telles sont certaines des questions soulevées par Raymond Perrier qui examine le problème au cours du XXe siècle : « Historique des inondations au Québec », p. 25-1.
6. Depuis 1963, la gestion des eaux du fleuve, et plus particulièrement des ouvrages de contrôle effectués à la fin des années 1950 et au début des années 1960, est encadrée par le plan 1958-D. Voir *Comité sur la régularisation des eaux,* p. 50.
7. *Ibid.,* p. 15.
8. Gaston Côté, « Rapport de recherche sur les inondations dans la région montréalaise », Montréal, INRS-Urbanisation, culture et société et Université de Montréal, 2006, p. 8-9.
9. Jean-Claude Lasserre consacre une section de son ouvrage à la « lutte contre les glaces ». *Le Saint-Laurent,* p. 481-485.
10. Gaston Côté, « Rapport de recherche sur les inondations », p. 13.
11. *Comité sur la régularisation des eaux,* p. 96-97.
12. Voir le site de la Commission de planification de la régularisation de la rivière des Outaouais : www.ottawariver.ca/fmain.htm (page consultée le 21 juillet 2009).
13. Extrait du discours inaugural du premier ministre du Québec, René Lévesque, prononcé le 9 novembre 1981, et cité dans Jean Décarie et Gilles Boileau, « Le projet Archipel », p. 326.
14. Énoncé cité dans Projet Archipel, *La Problématique des eaux de l'archipel de Montréal,* p. 25. Pour une présentation de cet énoncé, voir Marie-Odile Trépanier, « Les défis de l'aménagement et de la gestion d'une grande région métropolitaine », dans Claude Manzagol et de Christopher R. Bryant (dir.), *Montréal 2001. Visages et défis d'une métropole,* p. 332-333.

15. *L'Eau dans l'aménagement et le développement du territoire de la région de Montréal*, 1979.
16. Projet Archipel, *Le Loisir*, tome 1 : *Synthèse et propositions d'intervention*, Québec, Ministère du Loisir, de la Chasse et de la Pêche, 1984, p. 12.
17. Pour une présentation plus détaillée de ces différentes facettes dans le contexte du projet Archipel, voir Jean Décarie et Gilles Boileau, « Le projet Archipel », p. 327 et suivantes.
18. *Ibid.*, p. 330.
19. Sur cette perspective, voir la thèse de Jean-François Bibeault, « Limites à la gestion intégrée de l'eau au Québec : tension entre l'intégration et la fragmentation du territoire », thèse de Ph.D. (aménagement), Université de Montréal, 1999, p. 132.
20. Projet Archipel, *Rapport de faisabilité*, vol. 1 : *Origine et évolution du projet*, Québec, Ministère des Affaires municipales et Secrétariat Archipel, 1986, p. 44.
21. *Ibid.*, p. 44-45.
22. *Ibid.*, p. 50.
23. Projet Archipel, *Dossier sur la navigation de plaisance / Archipel de Montréal*, Montréal, s.n., 1981, p. 5.
24. Projet Archipel, *Rapport de faisabilité*, vol. 1, p. 10.
25. Projet Archipel, *Rapport de faisabilité. Synthèse*, Ministère des Affaires municipales et Secrétariat Archipel, 1986, p. 1.
26. Projet Archipel, *Rapport de faisabilité*, vol. 1, p. 10-11.
27. Centrale, cette composante est présentée comme « la clé de voûte de tout le projet » : Jean Décarie et Gilles Boileau, « Le projet Archipel », p. 335.
28. Projet Archipel, *Rapport de faisabilité*, vol. 2 : *La Régulation des eaux et les aménagements en rive*, Québec, Ministère des Affaires municipales et Secrétariat Archipel, 1986, p. 21 et 244.
29. *Ibid.*, p. 31 et 84.
30. La mesure sera réalisée en 1984-1985, *Ibid.*, p. 85.
31. *Ibid.*, p. 20.
32. Pour une présentation critique de ce volet du projet Archipel, voir Olivier Soubeyran, « L'évolution de la planification environnementale en matière de loisirs touristiques à Montréal : vers un aménagement intégré de "l'espace bleu" ? », dans Pierre George (dir.), *La Géographie du Canada*, Bordeaux, Presses universitaires de Bordeaux, 1986, p. 204 et suivantes.
33. Projet Archipel, *Rapport de faisabilité*, vol. 2, p. 22. Sur les équipements techniques à aménager, voir p. 35-36.
34. Un organisme, la Société d'aménagement du Parc des Îles-de-la-Paix, a été créé pour veiller à la protection de cet archipel situé dans la partie sud-ouest du lac Saint-Louis.
35. François Forest, « Archipel : Bourbeau doute que le projet soit mené à terme », *La Presse*, 24 mai 1986, A18.
36. Projet Archipel, *Rapport de faisabilité*, vol. 2, p. 268 et suivantes.
37. Christopher G. Boone, « The Political Ecology of Floods ».
38. C'est ce que conclut une enquête menée pour le compte du gouvernement fédéral à la fin des années 1990. Simon Forget, Benoît Robert et Jean Rousselle, « Efficacité des mesures utilisées en matière de réduction des dommages dus aux inondations dans la région montréalaise », dans *Évaluation préliminaire de l'efficacité des mesures de réduction des dommages causés par les inondations au Canada*, Ottawa, Gouvernement du Canada, Bureau de la protection des infrastructures et de la protection civile, 1999, p. 113 (cité par Gaston Côté, « Rapport de recherche sur les inondations dans la région montréalaise », p. 54).
39. Gérald Leblanc, « Une île sans plage nommée Montréal », *La Presse*, 23 juillet 1986, A5.

40. Jean Décarie et Gilles Boileau, « Le projet Archipel », p. 330.
41. Projet Archipel, *La Problématique des eaux de l'archipel de Montréal*, p. 15 et 16.
42. Jean Décarie et Gilles Boileau, « Le projet Archipel », p. 337.
43. Projet Archipel, *La Problématique des eaux de l'archipel de Montréal*, p. 5.
44. Le second volume présente en détail des propositions d'aménagement organisées autour des six réseaux thématiques envisagés : Projet Archipel, *Le Loisir*, tome 2 : *Les Réseaux thématiques*, s.l., Ministère du Loisir, de la Chasse et de la Pêche, 1984.
45. En fait, ce parc ne fait pas partie du schéma de départ. L'idée en est plutôt élaborée à la suite de l'échec du projet d'établissement des installations hydroélectriques dans les rapides de Lachine. Voir Olivier Soubeyran, « L'évolution de la planification environnementale en matière de loisirs touristiques à Montréal ».
46. Projet Archipel, *Rapport principal*, s.l., Ministère du Loisir, de la Chasse et de la Pêche et Service Archipel, 3e édition, 1985, p. 61. Les modalités d'implantation du parc dans ce cadre sont explicitées aux p. 126 à 131.
47. Normand Grondin, « Le Parc national de l'Archipel : un double défi », *La Presse*, 21 décembre 1985, cahier Plus, p. 12.
48. Yvon Laberge, « Québec "gèle" le dossier du Parc national de l'Archipel », *La Presse*, 23 janvier 1986, A5 ; voir aussi « Projet Archipel : décision en mars », *La Presse*, 2 février 1986, A21.
49. Jean-Guy Dubuc, « A-t-on les moyens de s'offrir Archipel ? », *La Presse*, 27 janvier 1986, A6. Voir aussi la lettre d'un lecteur de *La Presse* qui fait part d'une analyse de la situation en des termes semblables : « Les rapides de Lachine : touchez pas », *La Presse*, 2 janvier 1985, A7. Le coût des recherches effectuées par Archipel est considérable pour l'époque. Il est estimé à 50 millions de dollars, dont 30 millions défrayés par Hydro-Québec. Voir François Forest, « Archipel : Bourbeau doute que le projet soit mené à terme », *La Presse*, 24 mai 1986, A18.
50. Jean-Pierre Bonhomme, « Les maires de LaSalle et Verdun se joignent à Greenpeace contre le projet Archipel », *La Presse*, 28 mai 1985, B6 ; Pierre Gingras, « La Fédération de la faune et les Mohawks. Un front commun contre le projet Archipel ? », *La Presse*, 17 janvier 1984, D4.
51. Une dynamique qu'étudie Jean-François Bibeault dans sa thèse, en lien avec la gestion de la rivière Yamaska : « Limites à la gestion intégrée de l'eau au Québec », notamment p. 305 et suivantes.
52. L'expression est empruntée au document d'orientation adopté par la Ville de Montréal en 2007 à propos de la mise en valeur de son patrimoine naturel hydrique. En ligne : ville.montreal.qc.ca/portal/page?_pageid=3096,3619897&_dad=portal&_schema=PORTAL (page consultée le 31 juillet 2009).
53. Voir à ce sujet la thèse de Sabine Courcier, « De l'évaluation de l'effet structurant d'un projet », de même que Gilles Sénécal, « Montréal vert, Montréal bleu », dans Claude Manzagol et Christopher R. Bryant (dir.), *Montréal 2001. Visages et défis d'une métropole*, p. 283-294..
54. Jean-Claude Marsan, *Montréal en évolution*, p. 400.
55. Pour un aperçu du Sommet de Montréal et des chantiers qui ont été définis dans ce cadre, voir le site Internet suivant : montrealmetropoleculturelle.org/portal/page?_pageid=2137,2657425&_dad=portal&_schema=PORTAL (page consultée le 15 juillet 2010).
56. En ligne : ville.montreal.qc.ca/pls/portal/docs/page/dev_durable_fr/media/documents/PSDD_2007-2009F.pdf (page consultée le 13 juillet 2010).

57. Ce réseau est présenté plus en détail dans une luxueuse brochure en couleurs produite par la Ville de Montréal : *Le Réseau bleu. Montréal vers une culture de l'eau*, Ville de Montréal, 2007. La brochure se trouve aussi sur le site « Réseau bleu » : ville.montreal.qc.ca/portal/page?_pageid=3096,3533300&_dad=portal&_schema=PORTAL (page consultée le 30 juillet 2009).
58. *Le Réseau bleu*, p. 6.
59. *Ibid.*, p. 14.
60. Voir à cet égard les plans d'action du Conseil régional de l'environnement de Montréal produits depuis une dizaine d'années, en ligne : www.cremtl.qc.ca/index.php?d=rapplan (page consultée le 5 octobre 2010).
61. À ce sujet, les propos énoncés par le directeur du service montréalais des Grands parcs et de la nature en ville sont éloquents : « Accès aux plages à Montréal : va te baigner ailleurs ! », *GaïaPresse* (« L'environnement au quotidien »), 22 juillet 2009, en ligne : www.gaiapresse.ca/fr/articles/article.php?id=9791 (page consultée le 24 juillet 2009).
62. Voir à cet égard le programme du Secrétariat métropolitain de mise en valeur des espaces bleus et verts, créé en 2002 par la Commission métropolitaine de Montréal, en ligne : www.cmm.qc.ca/index.php?id=216 (page consultée le 31 juillet 2009).
63. À titre d'exemples, parmi une pléthore d'autres : « Les bons coins de pêche à Montréal », *Le Journal de Montréal*, 27 juin 2009, p. 10. De même, le dossier « Rêvez Montréal » paru dans *La Presse* au moment de la campagne électorale montréalaise, où le projet d'une plage dans le Vieux-Montréal a fait l'objet de discussions : « Plongez dans le fleuve, marchez dans la rue » (19 septembre 2009). Un guide touristique portant spécialement sur les activités qu'offre le « Montréal aquatique » en atteste également : *Montréal au fil de l'eau*, guide de voyage, Montréal, Ulysse, 2008.
64. « Le maire de Montréal, Gérald Tremblay, jure qu'il se baignera dans le fleuve Saint-Laurent d'ici quelques années », rapporte d'entrée de jeu Tristan Péloquin dans un article récent : « Montréal aura bientôt son usine de désinfection », *La Presse*, 9 juillet 2009. Très éloquent à cet égard est aussi l'article suivant : Raymond Lemieux, « À la recherche du fleuve perdu. Un rêve : faire disparaître l'interdiction de baignade et de pêche », *La Presse*, 21 décembre 1985, cahier Plus, p. 10-11. Et que dire du maire Jean Doré, passé à la postérité en grande partie grâce à la plage qu'il a fait aménager sur l'île Notre-Dame en 1990 ?
65. Voir le site web du Comité qui présente ses activités et ses objectifs : montrealbaignade.org/ (page consultée le 24 juillet 2009). Voir aussi l'article consacré à ce comité et à la question de la baignade à Montréal sur le site du Conseil régional de l'environnement de Montréal, « Récupération des usages récréatifs en rive » : www.cremtl.qc.ca/index.php?id=359 (page consultée le 30 juillet 2009).
66. Ces zones établies un peu partout le long du fleuve, et notamment présentes dans la région montréalaise, ont été mises en place dans le cadre du Plan Saint-Laurent, discuté dans le chapitre 6. Voir aussi le site Internet suivant : www.strategiessl.qc.ca/zip/presentation.html (page consultée le 11 juillet 2009).

CONCLUSION • AU CŒUR DE LA VIE MONTRÉALAISE

1. « Dix braconniers pincés… en plein Montréal », *La Presse*, 3 juin 2010.
2. Un des articles parus sur l'incident rassure les lecteurs en précisant que ces poissons pêchés juste en face de la ville sont sans danger pour la santé !
3. « Se baigner pour revendiquer un accès au fleuve », *Canoë Info*, 6 juillet 2010, en ligne :

fr.canoe.ca/infos/quebeccanada/archives/2010/07/20100706-151341.html (site consulté le 8 décembre 2010).

4. « La pêche à l'alose au barrage de la rivière des Prairies », *Québec Pêche,* 11 avril 2006, en ligne : www.quebecpeche.com/index.php?Itemid=4&id=123&option=com_content&task=view (page consultée le 5 novembre 2010).
5. « Pourquoi y-a-t-il si peu d'accès aux berges à Montréal ? », *Métro,* 30 juillet 2010.

Bibliographie

Sources manuscrites

Archives de la Ville de Montréal

Usine d'épuration des eaux, P30, S31, D3.

Dossier de presse « Pollution des eaux », n° D720.5, bobine 134.

« Plan de la ville et cité de Montréal avec les projets d'accroissement, dans l'étendue qui lui a été fixée », Louis Charland, 1801.

Rapports et dossiers de résolution du conseil municipal et du comité exécutif, 2e série (1910-1914) ; 3e série (1914-1961).

Rapports annuels, « adresses inaugurales du maire », 1870-1914.

Cantwell, Herbert, *History of the Montreal Water Works,* Montréal, s.n., 1947.

Archives nationales du Québec

Fonds E8, *Ministère de la Santé — Rapports du directeur,* 1922-1959.

Fonds E4, Secrétariat de la province — Service provincial d'hygiène, décisions du directeur, 1923-1947.

Fonds E88, *Conseil d'hygiène de la Province de Québec, Rapports d'inspection, 1887-1922.*

Fonds E20, S93, SS7, *Ministère des Terres et des Forêts,* département des ressources hydrauliques, rivière des Prairies — correspondance générale, 1918-1943.

Trudeau, Romuald, *Mes tablettes. Mémoire de ce que je croirai assez intéressant pour en conserver le souvenir, 1820-1848,* n° 7, 3 avril 1827.

Périodiques

Journal d'hygiène populaire, 1884-1895.
Bulletin sanitaire, 1910-1950.
Chasse et pêche, 1950-1953.
La Vie au Grand Air, 1938-1946.
Nouvelles de la Fédération — News (organe de la Fédération des associations de chasse et pêche), 1946-1955

Études et rapports

25 ans d'assainissement des eaux usées industrielles au Québec : un bilan, Gouvernement du Québec, Ministère du Développement durable, de l'Environnement et des Parcs, 2002, en ligne : www.mddep.gouv.qc.ca/eau/eaux-usees/industrielles/index.htm

Allard, Claude, *Étude de la pollution des cours d'eau de la province de Québec*, Montréal, Fédération des associations de chasse et de pêche du Québec, 1955.

Andrews, Jeanne, *Inondation. Cahier de l'eau du Canada*, Ottawa, Environnement Canada, 1993.

Annual Reports of the Harbour Commissionners of Montreal for the Year 1882, Montréal, The Commissioners, 1882.

L'Aqueduc de Montréal. Waterworks, Montréal, Service des travaux publics, 1968.

Armstrong, Christopher, Matthew Evenden et H. V. Nelles, *The River Returns: An Environmental History of the Bow*, Montréal et Kingston, McGill-Queen's University Press, 2009.

Atherton, William, *Montreal, 1535-1914*, vol. 2 : *Under British Rule, 1760-1914*, Montréal, Clarke, 1914.

Baldwin, Robert, « Les réseaux d'égouts », dans Norman R. Ball (dir.), *Bâtir un pays. Histoire des travaux publics au Canada*, Montréal, Boréal, 1988, p. 237-261.

Barles, Sabine, *La Ville délétère. Médecins et ingénieurs dans l'espace urbain XVIIIe-XIXe siècles*, Paris, Champ Vallon, 1999.

Beaudoin, Eugène, *Urbanisme municipal, urbanisme régional*, cours et conférences sous les auspices du Service d'urbanisme et de recherche de la Commission métropolitaine de Montréal, Montréal, 1938.

Beauregard, Ludger (dir.), *Montréal. Guide d'excursions*, Montréal, Presses de l'Université de Montréal, 1972.

Bellavance, Claude, *Shawinigan Water and Power, 1898-1963. Formation et déclin d'un groupe industriel au Québec*, Montréal, Boréal, 1994.

—, « L'État, la "houille blanche" et le grand capital. L'aliénation des ressources hydrauliques du domaine public québécois au début du XXe siècle », *Revue d'histoire de l'Amérique française*, 51, 4 (1998), p. 487-520.

Bellavance, Claude, et Paul-André Linteau, « La diffusion de l'électricité à Montréal au début du XXe siècle », dans Horacio Capel et Paul-André Linteau (dir.), *Barcelona, Montréal. Desarrollo urbano comparado / Développement urbain comparé*, Barcelone, Publicacions de la Universitat de Barcelona, 1998, p. 239-258.

Benoît, Michèle, et Roger Gratton, *Pignons sur rue. Les quartiers de Montréal*, Montréal, Guérin, 1991.

Bernhardt, Christoph, « At the Limits of the European Sanitary City: Water-Related Environmental Inequalities in Berlin — Brandenburg, c. 1900-39 », dans Geneviève Massard-Guilbaud et Richard Rodger (dir.), *Environmental and Social Justice in the City: Historical Perspectives*, Isle of Harris (Écosse), White Horse Press, 2011, p. 155-170.

Bertrand, Camille, *Histoire de Montréal*, Montréal, Beauchemin, 1935-1942, 2 vol.

Bérubé, Harold, *Les Différents Visages de Montréal*, Montréal, INRS-Urbanisation, 2002.

Bérubé, Michèle, *Annexe n° 1. Plan d'assainissement des eaux usées municipales*, s.l., Comité d'étude sur le fleuve Saint-Laurent, 1977.

Bibeault, Jean-François, « Limites à la gestion intégrée de l'eau au Québec. Tension entre l'intégration et la fragmentation du territoire », thèse de Ph.D. (aménagement), Université de Montréal, 1999.

Bickerstaff, K., et G. Walker, « The Place(s) of Matter: Matter Out of Place — Public Understandings of Air Pollution », *Progress in Human Geography*, 27, 1 (2003), p. 45-67.

Blanchard, Raoul, *L'Ouest du Canada français. Montréal et sa région*, Montréal, Librairie Beauchemin, 1953.

—, *Montréal. Esquisse de géographie urbaine*, édition préparée et présentée par Gilles Sénécal, Montréal, VLB, 1992.

Bliss, Michael, *Montréal au temps du grand fléau. L'histoire de l'épidémie de 1885*, Montréal, Libre Expression, 1991.

Boone, Christopher G., « Private Initiatives to Make Flood Control Public: The St. Gabriel Levee and Railway Company in Montreal, 1886-1890 », *Historical Geography*, 25 (1997), p. 100-112.

—, « The Political Ecology of Floods in Late Nineteenth-Century Montreal », dans Stéphane Castonguay et Michèle Dagenais (dir.), *Metropolitan Natures*, Pittsburgh, University of Pittsburgh Press, 2011, p. 148-166.

Borthwick, John Douglas, *History of Montreal including the Streets of Montreal. Their Origin and History*, Montréal, s.n., 1897.

Bosworth, Newton, *Hochelaga Depicta: The Early History and Present State of the City and Island of Montreal with Numerous Illustrative Engravings*, Montréal, William Creig, 1839 ; Toronto, Coles, 1974.

Bouchette, Joseph, *Description topographique de la province du Canada avec des remarques sur le Haut-Canada et sur les relations des deux provinces avec les États-Unis d'Amérique*, Londres, W. Faden, 1815 ; avec une présentation de John A. Hare, Montréal, Élysée, 1978.

—, *The British Dominions in North America*, Londres, H. Colburn and R. Bentley, 1831.

Boudreau, Claude, *La Cartographie au Québec 1760-1840*, Sainte-Foy, Presses de l'Université Laval, 1994.

Braun, Bruce, « Producing Vertical Territory: Geology and Governmentality in Late Victorian Canada », *Ecumene*, 7, 1 (2000), p. 7-46.

Breton, Vincent, « L'émeute Gavazzi : violence et liberté d'expression au milieu du XIXe siècle » *Bulletin d'histoire politique*, 14, 2 (hiver 2006), p. 63-70.

Brouillard, Pierre, « Le développement du port de Montréal 1850-1896 », thèse de M.A. (histoire), Université du Québec à Montréal, 1976.

—, « La Commission du Havre de Montréal (1850-1896) », dans *Montréal. Artisans, histoire, patrimoine*, Montréal, Fides, 1979.

Bunce, Susannah, et Gene Desfor, « Introduction to "Political Ecologies of Urban Waterfront Transformations" », *Cities*, 24, 4 (2007), p. 251-258.

Camu, Pierre, *Le Saint-Laurent et les Grands Lacs au temps de la vapeur, 1850-1950*, Montréal, Hurtubise HMH, 2005.

Castonguay, Stéphane, « The Production of Flood as Natural Catastrophe: Extreme Events and the Construction of Vulnerability in the Drainage Basin of the St. Francis River (Quebec), Mid-nineteenth to Mid-twentieth Century », *Environmental History*, 12, 4 (octobre 2007), p. 820-844.

—, « Les territoires de la pollution. L'environnement comme catégorie de l'action publique au Québec », dans Guy Massicotte (dir.), *Sciences du territoire. Perspectives québécoises*, Québec, Presses de l'Université du Québec, 2008, p. 77-102.

Castonguay, Stéphane, et Michèle Dagenais (dir.), *Metropolitan Natures: Environmental Histories of Montreal*, Pittsburgh, University of Pittsburgh Press, 2011.

La Centrale de la Rivière-des-Prairies. Urbaine et pourtant si près de la nature, Montréal, Hydro-Québec, s.d.

Cioc, Mark, *The Rhine: An Eco-Biography,* Seattle, University of Washington Press, 2002.

Collin, Jean-Pierre, et Michèle Dagenais, « Évolution des enjeux politiques locaux et des pratiques municipales dans l'île de Montréal, 1840-1950 », dans Denis Menjot et Jean-Luc Pinol (dir.), *Enjeux et expressions de la politique municipale,* Paris, L'Harmattan, 1997, p. 191-221.

Colten, Craig E., *An Unnatural Metropolis: Wrestling New Orleans from Nature,* Bâton Rouge, Louisiana State University Press, 2005.

—, « Basin Street Blues: Drainage and Environmental Equity in New Orleans, 1890-1930 », *Journal of Historical Geography,* 28, 2 (2002), p. 237-257.

Comité sur la régularisation des eaux. Région de Montréal. Rapport final, Québec, Ministère des Ressources naturelles du Québec et Environnement Canada, 1976.

Conseil des sciences du Canada, « *Mais tous étaient frappés* ». *Analyse de certaines inquiétudes pour l'environnement et dangers de pollution de la nature canadienne,* Ottawa, Le Conseil, 1972.

Cooper, John Irving, *Montreal: A Brief History,* Montréal et London, McGill-Queen's University Press, 1969.

Corbin, Alain, *Le Territoire du vide. L'Occident et le désir du rivage, 1750-1840,* Paris, Flammarion, 1990.

Corboz, André, « L'urbanisme au XXe siècle, esquisse d'un profil », dans *De la ville au patrimoine urbain. Histoires de forme et de sens. André Corboz,* textes choisis et assemblés par Lucie K. Morisset, Québec, Presses de l'Université du Québec, 2009, p. 245-255.

Côté, Gaston, « Rapport de recherche sur les inondations dans la région montréalaise », Montréal, INRS-Urbanisation, culture et société et Université de Montréal, 2006.

Courcier, Sabine, « De l'évaluation de l'effet structurant d'un projet urbain à l'analyse des congruences entre stratégies d'acteurs : le réaménagement du Vieux-Port de Montréal », thèse de Ph. D. (aménagement), Université de Montréal, 2002.

Courville, Serge, Jean-Claude Robert et Normand Séguin (dir.), *Le Pays laurentien au XIXe siècle. Morphologies de base,* Sainte-Foy, Presses de l'Université Laval, 1995.

Creighton, Donald, *The Commercial Empire of the St. Lawrence, 1760-1850,* Toronto, Ryerson Press, 1937.

Dagenais, Michèle, *Faire et fuir la ville. Espaces publics de culture et de loisirs à*

Montréal et Toronto aux XIXe et XXe siècles, Québec, Presses de l'Université Laval, 2006.

—, « The Municipal Territory: A Product of the Liberal Order ? », dans Jean-François Constant et Michel Ducharme (dir.), *Liberalism and Hegemony: Debating the Canadian Revolution*, Toronto, University of Toronto Press, 2009, p. 201-220.

Dagenais, Michèle, et Caroline Durand, « Cleansing, Draining and Sanitizing the City: Conceptions and Uses of Water in the Montreal Region », *The Canadian Historical Review*, 87, 4 (décembre 2006), p. 621-651.

Dagenais, Michèle, et Claire Poitras, « Une ressource abondante et inépuisable ? Urbanisation et gestion de l'eau dans le Montréal métropolitain aux XIXe et XXe siècles », *Histoire urbaine*, 18 (avril 2007), p. 97-123.

Dagenais, Pierre, « Le milieu physique », dans Esdras Minville (dir.), *Montréal économique. Étude préparée à l'occasion du troisième centenaire de la ville*, Montréal, Fides et École des hautes études commerciales, 1943, p. 37-95.

Dales, John H., *Hydroelectricity and Industrial Development. Quebec 1898-1940*, Cambridge (Mass.), Harvard University Press, 1957.

Danzer, Gerald, « Bird's-Eye Views of Towns and Cities », dans David Buisseret (dir.), *From Sea Charts to Satellite Images*, Chicago, University of Chicago Press, 1990, p. 165-169.

Dauphinais, Paul, Luc Dauphinais et Daniel Marien, *De la seigneurie à la banlieue. L'histoire de Laval-des-Rapides des origines à la fusion (1636-1965)*, Montréal, s.n., 1984.

Décarie, Jean, et Gilles Boileau, « Le projet Archipel : une réflexion et une discussion géographique », *Cahiers de géographie du Québec*, 27, 71 (1983), p. 323-340.

De Koninck, Rodolphe, *Les Cent-Îles du lac Saint-Pierre. Retour aux sources et nouveaux enjeux*, Québec, Presses de l'Université Laval, 1996.

Deligne, Chloé, *Bruxelles et sa rivière. Genèse d'un territoire urbain (12e-18e siècles)*, Bruxelles, Brepols, 2003.

Demchinsky, Bryan, et Elaine Kalman Naves, *Montreal in the Literary Imagination. Storied Streets*, Toronto, Macfarlane, Walter and Ross, 2000.

Desjardins, Pauline, « Les équipements du port et leur évolution », dans *Montréal portuaire et ferroviaire. Actes du 5e congrès de l'Association québécoise pour le patrimoine industriel*, Montréal, Association québécoise pour le patrimoine industriel, 1993.

—, *L'Organisation spatiale du corridor du canal de Lachine au XIXe siècle*, Québec, Association des archéologues du Québec, 2006.

—, *Le Vieux-Port de Montréal,* Montréal, Éditions de l'Homme, 2007.
Desloges, Yvon, et Alain Gelly, *Le Canal Lachine. Du tumulte des flots à l'essor industriel et urbain, 1860-1950,* Québec, Septentrion, 2002.
Dickason, Olive Patricia, *Les Premières Nations du Canada depuis les temps les plus lointains jusqu'à nos jours,* Sillery, Septentrion, 1996.
Dickinson, John, et Brian Young, *Brève Histoire socio-économique du Québec,* nouvelle édition mise à jour, Québec, Septentrion, 2003.
Doige, Thomas, *An Alphabetical List of the Merchants, Traders, and Housepkeepers, Residing in Montreal. To Which Is Prefixed, a Descriptive Sketch of the Town,* Montréal, James Lane, 1819.
Doughty, Arthur G., et Duncan A. McArthur (dir.), *Documents relatifs à l'histoire constitutionnelle du Canada, 1791-1818,* Ottawa, Imprimeur du roi, 1915.
Doyle, John P., *Report on the Drainage and Sewage of the City of Montreal, showing the location, and estimated cost of the system of main outlet and intercepting sewers proposed to be constructed for the thorough and effectual drainage of the city,* Montréal, S. Starke, 1857.
Drouin, Martin, *Le Combat du patrimoine à Montréal (1973-2003),* Québec, Presses de l'Université du Québec, 2005.
Dubuc, Alfred, « Montréal et les débuts de la navigation à vapeur sur le Saint-Laurent », *Revue d'histoire économique et sociale,* 45, 1 (1967), p. 105-118.
L'Eau dans l'aménagement et le développement du territoire de la région de Montréal, Québec, Office de planification et de développement du Québec, 1979.
Fleury, Marc-Antoine, *Unearthing Montreal's Municipal Water System: Amalgamating and Harmonizing Urban Water Services,* Toronto, York University, FES Outstanding Graduate Papers Series, 8, 2 (juin 2003).
Foucault, Michel, *Sécurité, territoire, population. Cours au Collège de France, 1977-1978,* Paris, Seuil et Gallimard, 2004.
—, « Du gouvernement des vivants », dans *Dits et écrits 1954-1988,* tome 4 : *1980-1988,* Paris, Gallimard, 1994, p. 125-129.
—, « La gouvernementalité », dans *Dits et écrits 1954-1988,* tome 3 : *1976-1979,* Paris, Gallimard, 1994, p. 635-657.
Fougères, Dany, « Le public et le privé dans la gestion de l'eau potable à Montréal depuis le XIXe siècle », dans Louise Pothier (dir.), *L'Eau, l'hygiène publique et les infrastructures,* Montréal, Groupe PGV — Diffusion de l'archéologie, 1996, p. 47-63.
—, *L'Approvisionnement en eau à Montréal. Du privé au public 1796-1865,* Québec, Septentrion, 2004.

—, « De l'eau partout, pour tous. La naissance du service d'eau universel à Montréal au milieu du XIXe siècle », *Flux*, 55 (janvier-mars 2004), p. 30-42.

—, « Des eaux indésirables : Montréal et ses eaux de surface, 1796-1840 », *Revue d'histoire de l'Amérique française*, 60, 1-2 (été-automne 2006), p. 95-124.

Frost, David B. (dir.), *Montreal Geographical Essays*, Montréal, Université Concordia, Occasional Papers in Geography, 1 (1981).

Gagnon, Ginette, « L'aqueduc de Montréal au tournant du siècle (1890-1914) : l'établissement de la purification de l'eau potable », mémoire de M.A. (histoire), Université de Montréal, 1999.

Gagnon, Robert, *Questions d'égouts. Santé publique, infrastructures et urbanisation à Montréal au XIXe siècle*, Montréal, Boréal, 2006.

Gandy, Matthew, « Rethinking Urban Metabolism: Water, Space and the Modern City », *City*, 8, 3 (décembre 2004), p. 371-387.

—, *Concrete and Clay: Reworking Nature in New York City*, Cambridge (Mass.), MIT Press, 2002.

Gaumer, Benoît, Georges Desrosiers et Othmar Keel, *Histoire du Service de santé de la Ville de Montréal*, Sainte-Foy, Presses de l'Université Laval et IQRC, 2002.

Germain, Annick, et Damaris Rose, *Montréal: The Quest for a Metropolis*, New York, Wiley, 2000.

Gilliland, Jason, « Muddy Shore to Modern Port: Redimensioning the Montréal Waterfront Time-Space », *The Canadian Geographer / Le Géographe canadien*, 48, 4 (2004), p. 448-472.

Girard, Michel F., *L'Écologisme retrouvé. Essor et déclin de la Commission de conservation au Canada*, Ottawa, Presses de l'Université d'Ottawa, 1994.

Goubert, Jean-Pierre, *La Conquête de l'eau. L'avènement de l'eau à l'âge industriel*, Paris, Robert Laffont, 1986.

Goulet, Denis, et Othmar Keel, « Généalogie des représentations et attitudes face aux épidémies depuis le XIXe siècle », *Anthropologie et Sociétés*, 15, 2-3 (1991), p. 205-228.

Graber, Frédéric, « La qualité de l'eau à Paris, 1760-1820 », *Entreprises et Histoire*, 50 (2008), p. 119-133.

Guay, Lorraine, « L'archipel suspendu », *Continuité*, 85 (été 2000).

Gunn, Simon, et Alastair Owens, « Nature, Technology and the Modern City: An Introduction », *Cultural Geographies*, 13 (2006), 491-496.

Hamlin, Christopher, *A Science of Impurity: Water Analysis in Nineteenth-Century Britain*, Berkeley, University of California Press, 1990.

—, *Public Health and Social Justice in the Age of Chadwick. Britain, 1800-1854,* Cambridge, Cambridge University Press, 1998.

—, « Public Sphere to Public Health. The Transformation of "Nuisance" », dans Steve Sturdy (dir.), *Medecine, Health and the Public Sphere in Britain, 1600-2000,* Londres, Routledge, 2002, p. 189-204.

—, « "Waters" or "Water" ? Master Narratives in Water History and Their Implications for Contemporary Water Policy », *Water Policy,* 2 (2000), p. 313-325.

Hanna, David B., « Les réseaux de transport et leur rôle dans l'étalement urbain de Montréal », dans Horatio Capel et Paul-André Linteau (dir.), *Barcelona-Montréal. Desarrollo urbano comparado / Développement urbain comparé,* Barcelone, Publicacions de la Universitat de Barcelona, 1998, p. 117-132.

Harley, J. B., « Maps, Knowledge, and Power », dans Paul Laxton (dir.), *The Nature of Maps: Essays in the History of Cartography,* Baltimore, Johns Hopkins University Press, 2001.

Hatvany, Matthew, « L'expansion urbaine », dans Serge Courville et Robert Garon (dir.), *Québec, ville et capitale,* Québec, Presses de l'Université Laval, 2001, p. 256-279.

Hays, Samuel, *Beauty, Health, and Permanence: Environmental Politics in the United States, 1955-1985,* Cambridge, Cambridge University Press, 1987.

Jakobsson, Eva, « Industrialization of Rivers: A Water System Approach to Hydropower Development », *Knowledge, Technology, & Policy,* 14, 4 (hiver 2002), p. 41-56.

Jenkins, Kathleen, *Montreal: Island City of the St. Lawrence,* New York, Doubleday, 1966.

Joyce, Patrick, *The Rule of Freedom: Liberalism and the Modern City,* Londres, Verso, 2003.

Kahnawà:ke Revisited: The St. Lawrence Seaway, 2009, en ligne : www.kahnawake.com/community/revisited.asp

Keefer, Thomas C., *Rapport sur une exploration préliminaire faite dans la vue de fournir de l'eau à la ville de Montréal,* Montréal, John Lovell, 1852.

—, « Ice Floods and Winter Navigation of the Lower St. Lawrence », *Mémoires et comptes rendus de la Société royale du Canada,* 2e série, 4, 1898, section 3, p. 3-17.

Keeling, Arn, « Sink or Swim: Water Pollution and Environmental Politics in Vancouver, 1889-1975 », *BC Studies,* 142-143 (été-automne 2004), p. 76-78.

—, « Urban Waste Sinks as a Natural Resource: The Case of the Fraser River »,

Urban History Review / Revue d'histoire urbaine, 34, 1 (automne 2005), p. 58-70.

Kelman, Ari, « Boundary Issues: Clarifying New Orleans's Murky Edges », *Journal of American History*, 94 (décembre 2007), p. 695-703.

Labelle, Ernest, « Histoire du port de Montréal », dans *Montréal portuaire et ferroviaire. Actes du 5e congrès de l'Association québécoise pour le patrimoine industriel*, Montréal, Association québécoise pour le patrimoine industriel, 1993.

Lafrenière, Normand, *La Canalisation du Saint-Laurent, deux siècles de travaux 1779-1959*, Ottawa, Ministère des Approvisionnements et Services, 1983.

Lagueux, Robert, « La pollution de l'eau et la récréation de plein air », *Colloque de l'ACFAS sur les problèmes de l'eau*, *Annales de l'ACFAS*, 36, Supplément n° 1 (1969).

Langlois, Monique Lenghan, *Index des rapports de la Commission des eaux courantes*, Québec, Ministère des Richesses naturelles, 1974.

Lasserre, Jean-Claude, *Le Saint-Laurent, grande porte d'entrée de l'Amérique*, Montréal, Hurtubise HMH, 1980.

Lauzon, Gilles, et Madeleine Forget (dir.), *L'Histoire du Vieux-Montréal à travers son patrimoine*, Québec, Publications du Québec, 2004.

Leacock, Stephen, *Montreal Sea Port and City*, New York, Doubleday, 1943.

Leblond de Brumath, Adrien, *Histoire populaire de Montréal depuis son origine jusqu'à nos jours*, Montréal, Granger Frères, 1890.

Lelièvre, Francine (dir.), *Montréal, par ponts et traverses*, Montréal, Pointe-à-Callière et Nota Bene, 1999.

Lesage, Louis, *Rapport sur l'agrandissement proposé de l'aqueduc de Montréal, suivi de l'historique de l'aqueduc*, Montréal, J. Starque, 1873.

Le Sauteur, Tony, *Rapport sur la qualité des eaux du lac Saint-Louis*, Régie des eaux du Québec, 1966.

Lighthall, William D., *Montreal After 250 Years*, Montréal, F. E. Grafton and Sons, 1892.

Linteau, Paul-André, *Histoire de Montréal depuis la Confédération*, Montréal, Boréal, 1992.

—, « Le développement du port de Montréal au début du XXe siècle », Société historique du Canada, *Communications historiques / Historical Papers*, 7, 1 (1972), p. 181-205.

Linteau, Paul-André, et Jean-Claude Robert, « Les divisions territoriales à Montréal au 19e siècle », Montréal, Université du Québec à Montréal, Département d'histoire, Groupe de recherche sur la société montréalaise au XIXe siècle, *Rapports et Travaux*, 1972-1973.

Linton, James, *What is Water ? The History of a Modern Abstraction*, Vancouver, UBC Press, 2010.

Loo, Tina, « Disturbing the Peace: Environmental Change and the Scales of Justice on a Northern River », *Environmental History*, 12, 4 (octobre 2007), p. 895-919.

La Lutte contre la pollution des eaux au Québec, Québec, Programme de la Régie des eaux du Québec, 1970.

Manzagol, Claude, et Christopher R. Bryant (dir.), *Montréal 2001. Visages et défis d'une métropole*, Montréal, Presses de l'Université de Montréal, 1998.

Marsan, Jean-Claude, *Montréal en évolution. Historique du développement de l'architecture et de l'environnement urbain montréalais*, 1974 ; troisième édition mise à jour, Montréal, Méridien, 1994.

McNicoll, Claire, *Montréal. Une société multiculturelle*, Paris, Belin, 1993.

Minville, Esdras (dir.), *Montréal économique. Étude préparée à l'occasion du troisième centenaire de la ville*, Montréal, Fides et École des hautes études commerciales, 1943.

Melosi, Martin V., *The Sanitary City: Urban Infrastructure in America from Colonial Times to the Present*, Baltimore, Johns Hopkins University Press, 2000.

Montréal au fil de l'eau, guide de voyage, Montréal, Ulysse, 2008.

Montréal fin-de-siècle. Histoire de la métropole du Canada au dix-neuvième siècle, Montréal, *The Gazette*, 1899.

Montréal. Horizon 2000. Rapports techniques, volume 1, Ville de Montréal, Service d'urbanisme, s.d.

Morin, Louis-Édouard, *Histoire des travaux de la Commission du Havre dans le port de Montréal*, Montréal, Moniteur du commerce, 1894.

Nantel, Guillaume-Alphonse, *La Métropole de demain, ou Montréal agrandi et gouverné selon le plan de Paris*, Montréal, Adjutor Ménard, 1910.

Nash, Linda, « The Changing Experience of Nature: Historical Encounters with a Northwest River », *The Journal of American History*, 86, 4 (mars 2000), p. 1600-1629.

Noppen, Luc, *Du chemin du Roy à la rue Notre-Dame. Mémoires et destins d'un axe est-ouest à Montréal*, Québec, Ministère des Transports, 2001.

Oliver, Andrew, *A View of Lower Canada: Interspersed with Canadian Tales and Anecdotes, and Interesting Information to Intending Emigrants*, Edimbourg, R. Menzies, 1821.

Oliver, Stuart, « The Desire to Metabolize Nature. Edward Loveden Loveden, William Vanderstegen, and the Disciplining of the River Thames », dans Nik Heynene, Maria Kaika et Erik Swyngedouw (dir.), *In the Nature of*

Cities: Urban Political Ecology and the Politics of Urban Metabolism, Londres, Routledge, 2005, p. 93-109.

Osborne, John B., « Preparing for the Pandemic: City Boards of Health and the Arrival of Cholera in Montreal, New York, and Philadelphia », *Revue d'histoire urbaine / Urban History Review,* 36, 2 (printemps 2008), p. 29-42.

Osborne, Thomas, « Security and Vitality: Drains, Liberalism and Power in the Nineteenth Century », dans Andrew Barry *et al.* (dir.), *Foucault and Political Reason: Liberalism, Neo-Liberalism and Rationalities of Government,* Chicago, University of Chicago Press, 1996, p. 99-122.

Otter, Chris, « Making Liberalism Durable: Vision and Civility in the Late Victorian City », *Social History,* 27, 1 (janvier 2002), p. 1-15.

—, *The Victorian Eye: A Political History of Light and Vision in Britain, 1800-1910,* Chicago, University of Chicago Press, 2008.

Ouimet, Séraphin, *Urbanisme municipal, urbanisme régional,* cours et conférences sous les auspices du Service d'urbanisme et de recherche de la Commission métropolitaine de Montréal, Montréal, 1938.

Ouimet, Séraphin, *Plan d'ensemble de l'île de Montréal,* s.l.n.d.

Paquette, Marcel, *Laval entre deux âges,* Laval, GID, 2002.

Pelletier, Louis-Raphaël, « The Heavy Industrialization of the Beauharnois County and the Destruction of Montreal's Rural Hinterland », dans Stéphane Castonguay et Michèle Dagenais (dir.), *Metropolitan Natures: Environmental Histories of Montreal,* Pittsburgh, University of Pittsburgh Press, 2011, p. 296-318.

Perrier, Raymond, « Historique des inondations au Québec », dans *L'Eau, une industrie. Actes du congrès conjoint de l'AQTE–FACE,* s.l., s.n., 1974.

Piché, Lucien, *Rapport sur la pollution de la rivière Ottawa et de ses principaux tributaires entre Ottawa-Hull et l'île de Montréal en 1954,* Montréal, Fédération des associations de chasse et de pêche du Québec et Association de la province de Québec pour la protection du poisson et du gibier, 1954.

Plourde Garant, Marguerite, *La Rivière des Prairies de 1500 à nos jours,* Laval, s.n., 1986.

Poitras, Claire, « Repenser les projets autoroutiers : deux visions de la métropole contemporaine », dans Gilles Sénécal et Laurence Bherer (dir.), *La Métropolisation et ses territoires,* Québec, Presses de l'Université du Québec, 2009, p. 107-124.

Pothier, Louise (dir.), *L'Eau, l'hygiène publique et les infrastructures,* Montréal, Groupe PGV — Diffusion de l'archéologie, 1996.

Premier Plan stratégique de développement durable de la collectivité montréalaise. Phase 2007-2009, Ville de Montréal, en ligne : ville.montreal.qc.ca/

pls/portal/docs/page/dev_durable_fr/media/documents/PSDD_2007-2009F.pdf
Prévost, Robert, *Le Moulin du Gros-Sault*, Montréal, Archonte, 1939.
Projet Archipel, *Dossier sur la navigation de plaisance / Archipel de Montréal*, Montréal, s.n., 1981.
—, *La Problématique des eaux de l'archipel de Montréal / Archipel. Projet d'aménagement des eaux de l'archipel de Montréal*, Québec, Éditeur officiel, 1980.
—, *La Faune et son habitat. Problématique, synthèse des études et éléments de solution*, Montréal, Ministère du Loisir, de la Chasse et de la Pêche, Service Archipel, 1984.
—, *Le Loisir*, tome 1 : *Synthèse et propositions d'intervention*, Québec, Ministère du Loisir, de la Chasse et de la Pêche, 1984.
—, *Le Loisir*, tome 2 : *Les Réseaux thématiques*, s.l., Ministère du Loisir, de la Chasse et de la Pêche, 1984.
—, *Rapport de faisabilité*, vol. 1 : *Origine et évolution du projet*, Québec, Ministère des Affaires municipales et Secrétariat Archipel, 1986.
—, *Rapport de faisabilité*, vol. 2 : *La Régulation des eaux et les aménagements en rive*, Québec, Ministère des Affaires municipales et Secrétariat Archipel, 1986.
—, *Rapport de faisabilité. Synthèse*, Ministère des Affaires municipales et Secrétariat Archipel, 1986.
—, *Dossier sur la navigation de plaisance*, Montréal, 1981.
—, *Rapport principal*, s.l., Ministère du Loisir, de la Chasse et de la Pêche et Service Archipel, troisième édition, 1985.
Quenet, Grégory, *Les Tremblements de terre aux XVIIe et XVIIIe siècles. La naissance d'un risque*, Paris, Champ Vallon, 2005.
Rapport principal du Comité d'étude sur le Saint-Laurent, Québec, Éditeur officiel du Québec, 1978.
Règles et règlements de police pour la ville et les fauxbourgs de Montréal. Approuvés et confirmés par les Juges de la Cour du Banc du Roi, dans le terme de février, 1810, Montréal, James Brown, 1810.
Règles et règlements de police pour la Cité et les Faubourgs de Montréal, Montréal, James Lane, 1817.
Règles et règlements de police pour la Cité et les Faubourgs de Montréal. Publiés par Autorité, Montréal, James Brown, 1821.
Remiggi, Frank W. (dir.), *Montréal, tableaux d'un espace en transformation*, Montréal, Association canadienne-française pour l'avancement des sciences, 1992.

Le Réseau bleu. Montréal vers une culture de l'eau, Ville de Montréal, 2007, en ligne : ville.montreal.qc.ca/portal/page ?_pageid=3096,3533300&_dad=portal&_schema=PORTAL

Robert, Jean-Claude, « Montréal, 1821-1871. Aspects de l'urbanisation », thèse de doctorat, Paris, École des hautes études en sciences sociales, 1971.

—, *Atlas historique de Montréal,* Montréal, Art Global et Libre Expression, 1994.

—, « Le Saint-Laurent et la structuration de l'espace montréalais, XVIIe-XXe siècle », *Études canadiennes / Canadian Studies,* 50 (2001), p. 19-32.

Roncayolo, Marcel, « Ville — Mythe et représentation à partir du XVIIIe siècle », *Encyclopédie Universalis,* supplément 2, 1980, p. 1502-1506.

Ross, Susan, « Hidden Water in the Landscape: The Covered Reservoirs of Mount Royal », dans Stéphane Castonguay et Michèle Dagenais (dir.), *Metropolitan Natures: Environmental Histories of Montreal,* Pittsburgh, University of Pittsburgh Press, 2011, p. 167-188.

Saint-Laurent, Diane, et Marlies Hähni, « Crues et inondations majeures des villes de l'Estrie : variations climatiques et modifications anthropiques (Québec, Canada) », *Environnement urbain / Urban Environment,* 2 (2008), en ligne : www.vrm.ca/cyber_pub.asp?vol=2008

Saint-Pierre, Télesphore, *Histoire du commerce canadien-français de Montréal, 1535-1893. Un souvenir,* 1895 ; réimpression, Montréal, Élysée, 1975.

Samson, Marcel, « La résidence secondaire et la région métropolitaine de Montréal », thèse de Ph.D. (économie appliquée), Université de droit, d'économie et des sciences d'Aix-Marseille, 1988.

Sénécal, Gilles, « Montréal vert, Montréal bleu », dans Claude Manzagol et Christopher R. Bryant (dir.), *Montréal 2001. Visages et défis d'une métropole,* Montréal, Presses de l'Université de Montréal, 1998, p. 283-294.

Silliman, Benjamin, *Remarks on a Short Tour Between Hartford and Quebec in the Autumn of 1819,* deuxième édition, New Haven (Conn.), S. Converse, 1824.

Smith, F. Clifford, *L'Aqueduc de Montréal. Son historique pour la période comprise entre l'année 1800 et l'année 1912,* Montréal, s.n., 1913.

Soubeyran, Olivier, « L'évolution de la planification environnementale en matière de loisirs touristiques à Montréal : vers un aménagement intégré de "l'espace bleu" ? », dans Pierre George (dir.), *La Géographie du Canada,* Bordeaux, Presses universitaires de Bordeaux, 1986, p. 199-214.

Steinberg, Ted, *Nature Incorporated: Industrialization and the Waters of New England,* Cambridge, Cambridge University Press, 1991.

Swyngedouw, Erik, « Metabolic Urbanization. The Making of Cyborg Cities », dans Nik Heynen, Maria Kaika et Erik Swyngedouw (dir.), *In the Nature of Cities: Urban Political Ecology and the Politics of Urban Metabolism*, Londres, Routledge, 2006, p. 21-40.

Swyngedouw, Erik, Maria Kaika et E. Castro, « Urban Water: A Political-Ecology Perspective », *Built Environment*, 28, 2 (2002), p. 124-137.

Tanghe, Raymond, *Géographie humaine de Montréal*, Montréal, Librairie d'Action canadienne-française, 1928.

—, *Montréal*, Montréal, Albert Lévesque, 1936.

Tarr, Joel, *The Search for the Ultimate Sink: Urban Pollution in Historical Perspective*, Akron (Ohio), University of Akron Press, 1996.

Tarr, Joel A., et Terry F. Yosie, « Critical Decisions in Pittsburgh Water and Wastewater Treatment », dans Joel A. Tarr (dir.), *Devastation and Renewal: An Environmental History of Pittsburgh an Its Region*, Pittsburgh, University of Pittsburgh Press, 2003, p. 64-88.

Trépanier, Marie-Odile, « Les défis de l'aménagement et de la gestion d'une grande région métropolitaine », dans Claude Manzagol et Christopher R. Bryant (dir.), *Montréal 2001. Visages et défis d'une métropole*, Montréal, Presses de l'Université de Montréal, 1998, p. 319-340.

Tulchinsky, Gerald, *The River Barons: Montreal Businessmen and the Growth of Industry and Transportation 1837-53*, Toronto, University of Toronto Press, 1977.

Une grande route maritime canadienne en territoire canadien, ou Le canal de la baie Georgienne, Montréal, Chambre de commerce du district de Montréal, 1914.

Un fleuve, un parc, vol. 1 : *Les Grandes Lignes du projet*, Montréal, Fédération québécoise de la faune, s.d.

Un fleuve, un parc. Dossier de presse. Juin 1971 — août 1977, Montréal, Fédération québécoise de la faune, s.d., 2 volumes.

Urbanisation de Montréal, plan directeur, rapport préliminaire, Ville de Montréal, Service d'urbanisme, novembre 1944.

Les Usines municipales d'épuration des eaux usées, leurs émissaires aux cours d'eau et le cas de la Communauté urbaine de Montréal. Avis préparé pour le ministre de l'Environnement par le Conseil consultatif de l'environnement, Québec, Conseil consultatif de l'environnement, 1982.

Vézina, Denis, *Le Site des Moulins : parc-nature de l'Île-de-la-Visitation. Guide d'interprétation*, Montréal, Cité Historia / Communauté urbaine de Montréal, 1998.

Viger, Jacques, *Observations en amélioration des lois des chemins et ruelles telles qu'en force dans le Bas-Canada en 1825*, Montréal, John Lovell, 1840.

White, Richard, *The Organic Machine: The Remaking of the Columbia River,* New York, Hill and Wang, 1996.

Willis, John, « On and Off the Island of Montreal, 1815-1867: The Transport Background of Town-Country Relations in the *plat pays* of Montreal », dans Serge Courville et Normand Séguin (dir.), *Espace et Culture / Space and Culture,* Québec, Presses de l'Université Laval, 1995, p. 343-355.

Young, John, *Remarks on the Montreal Harbor and the Lachine Canal,* Montréal, Witness Printing House, 1875.

Sources des illustrations

Figure 1. « Plan de la ville et cité de Montréal avec les projets d'accroissement dans l'étendue qui lui a été fixée », Archives de la Ville de Montréal, VM66, plan de Montréal n° 55.

Figure 2. Carte produite par Laura-Lee Bolger pour Michèle Dagenais.

Figure 3. John Adams, « Map of the City of Montreal and Suburbs of Montreal », 1825, Bibliothèque de l'Université McGill, Livres rares et collections spécialisées.

Figure 4. « Le Saint-Laurent à Montréal », William Henry Bartlett (1809-1854), Musée McCord, M16634.

Figure 5. « Vue de Montréal depuis l'île Sainte-Hélène », John Henry Walker (1831-1899), Musée McCord, M930.50.8.588.

Figure 6. « Montreal, The Opening of Navigation. The First Sails », *Canadian Illustrated News*, 9 mai 1874, p. 23, document n° 633, Bibliothèque et Archives Canada, C-06226.

Figure 7. « Montréal, 1892 », Musée McCord, M984.210.

Figure 8. Cartographie CIEQ, pour Michèle Dagenais.

Figure 9. « Vue du port depuis les écluses, Montréal, Qc, vers 1875 », William Notman (1826-1891), Musée McCord, View-958.0.

Figure 10. « Vue du port de Montréal depuis la douane, vers 1872 », Alexander Anderson, Musée McCord, MP-0000.219.

Figure 11. « Nettoyeurs au port », photographe inconnu, Bibliothèque et Archives nationales du Québec, Direction du Centre d'archives de Montréal, Collection Édouard-Zotique Massicotte, P750_4-235-b.

Figure 12. Archives de la Ville de Montréal, VM4-S14SSY, SS1, D1-587.

Figure 13. « Cars Frozen by the Overflow on the Montreal Wharves », *Canadian Illustrated News,* 4 février 1882, p. 73, document n° 343, Bibliothèque et Archives Canada, C-077006.

Figure 14. « Grue flottante déchargeant le grain du vapeur *Prinz Oskar,* port de Montréal, Qc, 1910 », Musée McCord, MP-1979.155.1.200.

Figure 15. « Pose d'un tuyau, sortie d'eau Delorimier, Montréal, Qc, 1919 », Musée McCord, MP-1979.155.1.390.

Figure 16. « L'eau de la ville sous microscope, 1870 », Musée McCord, M994.104.1.3.161.

Figure 17. © Carte INRS et Michèle Dagenais.

Figure 18. « Sur la plage devant le club nautique de Cartierville, environs de Montréal, Qc, vers 1910 », Musée McCord, MP-0000.897.6.

Figure 19. « Carte de la rivière des Prairies. Cartierville à Saint-Vincent-de-Paul », E88, Vol XXXI, P197, Service provincial d'hygiène, Division de génie sanitaire / Fonds Conseil d'hygiène de la province de Québec, juillet 1922.

Figure 20. « Vue aérienne de la Rivière-des-Prairies », Archives d'Hydro-Québec, H2, Commission hydroélectrique de Québec, H2/01225_ch59.

Figure 21. Reproduction tirée de Raymond Tanghe, *Montréal,* Montréal, Lévesque, 1936.

Figure 22. Bibliothèque et Archives nationales du Québec, Canada, Department of National Defence, 1940.

Figure 23. « Regatta Legs », Conrad Poirier, 7 août 1937, Bibliothèque et Archives nationales du Québec, Direction du Centre d'archives de Montréal, Fonds Conrad Poirier, P48, S1, P1964.

Figure 24. « Beach Scenes. Picnic Scene, St.Helen's Island », Conrad Poirier, 21 juillet 1937, Bibliothèque et Archives nationales du Québec, Direction du Centre d'archives de Montréal, Fonds Conrad Poirier, P48, S1, P1182.

Figure 25. « Vue aérienne de la voie maritime du Saint-Laurent et de l'écluse de Saint-Lambert », Henri Rémillard, août 1964, Bibliothèque et Archives nationales du Québec, Direction du Centre d'archives de Montréal, Fonds Henri Rémillard, P685, S2, D83, P2.

Figure 26. « Vue aérienne du port de Montréal, Qc, vers 1945 », Musée McCord, MP-1985.47.1.

Figure 27. « Feature. Bout de l'Isle Bridge Pierre-Le-Gardeur », Conrad Poirier, 20 juillet 1948, Bibliothèque et Archives nationales du Québec, Direction du Centre d'archives de Montréal, Fonds Conrad Poirier, P48, S1, P16549.

Figure 28. « Pêche à l'alose sur la rivière des Prairies », Albert Courtemanche, 14 juin 1964, Bibliothèque et Archives nationales du Québec, Direction du Centre d'archives de Montréal, Série Albert Courtemanche, E6 S7 SS2 D64-018 B004.

Figure 29. « Qualité de l'eau », Jean Pratte, 1963, Bibliothèque et Archives nationales du Québec, Direction du Centre d'archives de Montréal, Série Office du film du Québec, E6, S7, SS1, D631718.

Figure 30. « Territoire desservi — niveaux de distribution ; conduites maîtresses », Archives de la Ville de Montréal, dossier R3564-2_3161, 1964-015.

Figure 31. Carte mise à jour de *Comité sur la régularisation des eaux. Région de Montréal. Rapport final,* Québec, Ministère des Ressources naturelles du Québec et Environnement Canada, 1976, p. 22.

Figure 32. Carte mise à jour de *Comité sur la régularisation des eaux. Région de Montréal. Rapport final,* Québec, Ministère des Ressources naturelles du Québec et Environnement Canada, 1976, p. 32.

Figure 33. « Inondation sur la rivière des Prairies, 1976 », Archives de la Ville de Montréal, VM94, reportage U-1495-306.

Figure 34. « Activités sportives à l'île Notre-Dame le 12 septembre 1982 », Archives de la Ville de Montréal, VM94, reportage U-2768-038.

Figure 35. « La rivière des Prairies prise entre 1993 et 2000 », Denis Labine, Archives de la Ville de Montréal, VM94, reportage 1010280900, Img0035.

Figure 36. Lucie Bataille / GaïaPresse, juillet 2010. Tous droits réservés.

Figure 37. François Thibault, mai 2010. Droits réservés.

Figure 38. François Thibault, mai 2010. Droits réservés.

Index

Note : Une référence en italique indique une carte ou illustration.

C

D

E

F

G

Q

R

T

U

V

W

Y

Z

Table des matières

CRÉDITS ET REMERCIEMENTS

Cet ouvrage a été publié grâce à une subvention de la Fédération canadienne des sciences humaines de concert avec le Programme d'aide à l'édition savante, dont les fonds proviennent du Conseil de recherches en sciences humaines du Canada.

Les Éditions du Boréal reconnaissent l'aide financière du gouvernement du Canada par l'entremise du Fonds du livre du Canada (FLC) pour ses activités d'édition et remercient le Conseil des Arts du Canada pour son soutien financier.

Les Éditions du Boréal sont inscrites au Programme d'aide aux entreprises du livre et de l'édition spécialisée de la SODEC et bénéficient du Programme de crédit d'impôt pour l'édition de livres du gouvernement du Québec.

Photographie de la couverture : *Pont Jacques-Cartier, Montréal,*
© Marcel Pelletier, iStockphoto.com

Ce livre a été imprimé sur du papier 100 % postconsommation,
traité sans chlore, certifié ÉcoLogo
et fabriqué dans une usine fonctionnant au biogaz.

MISE EN PAGES ET TYPOGRAPHIE :
LES ÉDITIONS DU BORÉAL

ACHEVÉ D'IMPRIMER EN MARS 2011
SUR LES PRESSES DE MARQUIS IMPRIMEUR
À CAP-SAINT-IGNACE (QUÉBEC).